Pôle fiction

Jean-Claude Mourlevat

Le Combat d'hiver

GALLIMARD JEUNESSE

À la mémoire de Rony,
mon compagnon d'internat

J.-C. M.

PREMIÈRE PARTIE

LA VOIX DE MILENA

Il y a dans la voix humaine quelque chose qui, émanant de l'âme, touche la nôtre au plus profond.

> Janet Baker, mezzo-soprano britannique, à propos de la voix de Kathleen Ferrier.

1. À l'internat

Sur un signe de la surveillante, une fille du premier rang se leva et alla tourner le bouton de l'interrupteur métallique. Les trois ampoules nues éclairèrent la salle d'étude d'une lumière blanche. Depuis longtemps déjà, on pouvait à peine lire tant il faisait sombre, mais le règlement était strict : en octobre, on allumait les lampes à dix-huit heures trente et pas avant. Helen patienta encore une dizaine de minutes avant de prendre sa décision. Elle avait compté sur la lumière pour dissiper cette douleur qui logeait dans sa poitrine depuis le matin et remontait maintenant dans sa gorge, une boule oppressante dont elle connaissait bien le nom : tristesse. Pour avoir déjà éprouvé cet état, elle savait qu'elle ne pourrait pas lutter et qu'attendre ne ferait qu'aggraver le mal.

Alors oui, elle irait voir sa consoleuse, et tant pis si on était seulement en octobre et que c'était très tôt dans l'année. Elle arracha une demi-feuille à son cahier de brouillon, et écrivit dessus : *Je veux aller voir ma consoleuse. Tu veux bien m'accompa-*

11

gner? Elle jugea inutile de signer. Celle qui lirait ces mots reconnaîtrait son écriture entre mille. Elle plia le papier en huit et inscrivit le nom et l'adresse de la destinataire : *Milena. Rangée fenêtre. Troisième table.*

Elle glissa le message sous le nez de Vera Plasil, sa voisine, qui dormait les yeux ouverts sur son livre de biologie. Le petit courrier passa de main en main, discrètement. Il suivit la rangée du couloir, celle d'Helen, jusqu'à la quatrième table, puis vola sans être vu vers la rangée centrale, parvint à celle des fenêtres et poursuivit sa course à l'autre bout de la salle, jusque dans les doigts de Milena, au deuxième rang. Cela n'avait pas pris plus d'une minute. C'était une règle admise : les messages devaient circuler librement, rapidement et toujours arriver à destination. On les faisait passer sans réfléchir, même si on détestait l'expéditrice ou la destinataire. Ces petits mots interdits représentaient la seule façon de communiquer pendant l'étude comme pendant les cours puisque le silence absolu était de rigueur. Depuis plus de trois ans qu'elle était là, jamais Helen n'avait vu un message se perdre, ni revenir, ni encore moins être lu, et celle qui aurait provoqué cet incident l'aurait payé très cher.

Milena parcourut le message. La masse volumineuse de sa chevelure blonde descendait en cascade dans son dos, une vraie crinière de lionne. Helen aurait donné beaucoup pour avoir ces cheveux-là, mais elle devait se contenter des siens, raides et courts, des cheveux de garçon dont on ne pouvait rien faire. Milena se retourna et fronça les sourcils comme pour gronder. Helen comprit parfaitement ce que cela signifiait : « Tu es folle ! On est en octobre seulement ! L'année dernière tu avais tenu jusqu'en février ! »

Helen eut un petit mouvement rageur de la tête et plissa les yeux : « Peut-être, mais je veux y aller maintenant. Alors, tu m'accompagnes ou pas ? »

Milena soupira. C'était d'accord.

Helen rangea soigneusement ses affaires sous son pupitre, se leva et traversa la salle sous le regard curieux d'une dizaine de filles. Arrivée au bureau, elle nota que la surveillante, Mlle Zesch, dégageait une odeur aigre de transpiration. Malgré le froid, une mauvaise sueur brillait sur ses avant-bras et sur sa lèvre supérieure.

— Je veux aller voir ma consoleuse, chuchota Helen.

La surveillante ne marqua aucune surprise. Elle ouvrit seulement le grand registre noir posé devant elle.

— Votre nom ?

— Dormann, Helen Dormann, répondit Helen, persuadée que l'autre connaissait parfaitement son nom mais qu'elle ne voulait pas le montrer.

La surveillante suivit la liste de son index gras et l'immobilisa sur la lettre D. Elle vérifia que Dormann Helen n'avait pas encore épuisé son compte de sorties.

— C'est bon. Accompagnatrice ?

— Bach, dit Helen, Milena Bach.

La surveillante fit remonter son doigt jusqu'à la lettre B. Bach Milena n'avait pas accompagné plus de trois sorties depuis la rentrée de septembre.

Elle releva la tête et poussa un tel beuglement que la moitié des filles sursautèrent :

— BACH MILENA !

Milena se leva et vint se camper devant le bureau.

— Vous acceptez d'accompagner Dormann Helen chez sa consoleuse ?

— Oui, répondit Milena sans regarder son amie.

La surveillante consulta sa montre et consigna l'heure sur une fiche, puis elle récita avec indifférence, comme une leçon apprise :

— Il est dix-huit heures et onze minutes. Vous devez être de retour dans trois heures, c'est-à-dire à vingt et une heures et onze minutes. Si vous n'êtes pas rentrées, ou si l'une de vous deux n'est pas rentrée, une élève sera mise au Ciel et y restera jusqu'à votre retour. Vous avez une préférence ?

— Non, répondirent en même temps les deux filles.

— Alors ce sera… (le doigt de Zesch se promena sur la liste), ce sera… Pancek.

Helen eut un pincement au cœur. Imaginer la petite Catharina Pancek au Ciel lui était très désagréable. Mais une autre règle tacite de l'internat voulait qu'on ne choisisse jamais soi-même la fille qui serait punie à votre place. On en laissait le soin à la surveillante. Celle-ci pouvait bien entendu, si ça lui chantait, s'acharner dix fois sur la même personne, mais au moins la solidarité entre les filles était-elle préservée et aucune ne pouvait être accusée d'avoir provoqué délibérément le malheur d'une autre.

Le «Ciel» ne méritait pas son nom. Loin d'être perché dans les hauteurs, ce cachot se trouvait sous les caves elles-mêmes. On y accédait depuis le réfectoire par la spirale serrée d'un long escalier aux marches ruisselantes d'eau froide. La pièce mesurait deux mètres sur trois environ. Les murs et le sol puaient la terre moisie. Quand la porte se refermait sur vous, il ne restait qu'à chercher à tâtons la couchette de bois, à s'asseoir dessus ou à s'allonger, et à attendre. On se retrouvait seule avec soi-même, dans l'obscurité et le silence, pendant des heures. Il se disait qu'en entrant il fallait vite lever les yeux vers le haut du mur opposé à la porte. Sur la poutre, quelqu'un avait peint un ciel. Un bout de ciel bleu avec des nuages blancs. Si on arrivait à l'apercevoir, ne serait-ce qu'une seconde, avant que la porte ne se referme, alors on trouvait la force de mieux supporter l'obscurité et de ne pas désespérer. Voilà pourquoi on nommait cet endroit le «Ciel» et pourquoi on redoutait tant d'y être envoyée, ou même, sans l'avoir voulu, d'y envoyer quelqu'un.

— Dans tous les cas, poursuivit la Zesch, vous ratez le repas du soir, vous y avez pensé?

— Oui, répondit Helen pour les deux.

— Alors allez-y, conclut la surveillante.

Elle écrivit la date et l'heure de leur sortie sur les cartes des jeunes filles, y donna un coup de tampon et se désintéressa d'elles.

Milena alla ranger ses affaires sous son pupitre et rejoignit Helen qui attendait dans le couloir, déjà emmitouflée dans son manteau à capuche. Elle décrocha le sien, l'enfila et toutes deux par-

15

tirent le long du couloir éclairé de chaque côté par les lumières des salles d'étude. Elles descendirent le large escalier de pierre aux marches usées en leur milieu et parvinrent au rez-de-chaussée. Elles suivirent un autre couloir, sombre celui-ci, car les salles de classe étaient vides à cette heure. Il faisait froid. Les énormes radiateurs de fonte étaient tous éteints – est-ce qu'ils avaient jamais fonctionné d'ailleurs? Sans échanger un mot, elles traversèrent la cour. Helen marchait devant, d'un pas vif. Milena suivait, l'air renfrogné.

Avant la grille, elles entrèrent, comme le règlement l'exigeait, dans la loge de la Squelette. Cette vieille toquée, effrayante de maigreur et noyée en permanence dans un nuage de fumée âcre, écrasa sa cigarette dans un cendrier plein et leva les yeux vers les deux filles.

– Vos noms?

Les os pointaient sous sa peau, sur le point de la transpercer, aux pommettes, aux doigts. Les veines bleutées y dessinaient des canaux enchevêtrés.

– Dormann Helen, dit Helen en tendant sa carte.

La Squelette étudia le document, toussa dessus et le rendit à sa propriétaire.

– Et vous?

– Bach Milena, dit Milena et elle posa sa carte sur le bureau.

La Squelette leva les yeux, soudain intéressée.

– C'est vous qui chantez bien?

– Je chante… répondit prudemment Milena.

– … bien? insista la Squelette.

On ne savait pas ce qu'elle avait en tête, si

c'était jalousie ou admiration. Ou un mélange des deux.

Comme Milena ne répondait pas, elle reprit :

– Vous chantez… mieux que moi, par exemple ?

Cette fois il était clair que la Squelette cherchait la bagarre.

– Je ne sais pas. Peut-être… répondit Milena.

Après plus de trois ans d'internat, elle avait appris à répondre aux surveillantes et aux professeurs : rester neutre, ne rien affirmer, toujours donner raison. Il y allait de sa tranquillité.

– Vous ne chantez pas mieux que moi ? Répondez !

Le vieux sac d'os avait visiblement décidé de s'amuser un peu. Elle alluma une nouvelle cigarette. Son index droit et son majeur étaient jaunis par la nicotine sur trois phalanges. Helen jeta un coup d'œil à l'horloge accrochée au mur. Tout ce temps perdu !

– Je ne sais pas, répondit calmement Milena. Je ne vous ai jamais entendue chanter.

– Et vous aimeriez sans doute ? minauda la Squelette. Ça vous plairait d'entendre un petit air, mais vous n'osez pas le demander, c'est ça, hein ?

Helen ignorait comment son amie allait se sortir de là, mais la Squelette éclata d'un rire glaireux qui dégénéra bientôt en une toux incontrôlable. Incapable de dire un mot de plus, elle plaça un mouchoir en boule devant sa bouche et, sans cesser de tousser, fit aux filles le signe de ficher le camp.

Il était près de la demie quand les deux amies purent enfin franchir la grille et se retrouver sur les pavés de la rue.

– Complètement cinglée ! commenta Milena.

À droite la petite ville et ses rares lumières, à gauche le vieux pont, ses réverbères et ses quatre statues de pierre représentant des cavaliers en armes. Elles se dirigèrent vers le pont.

– Tu m'en veux ? demanda Helen. C'est à cause du repas manqué ? Ma consoleuse me donnera certainement quelque chose pour toi… Elle cuisine toujours des bonnes choses…

– Je me fiche bien du repas, répliqua Milena. Pour ce qu'on mange ! Ce soir c'est potage brûlé, alors… Je t'en veux surtout parce que tu gâches une consolation au mois d'octobre. Tu sais bien qu'il en faut au moins deux pour passer l'hiver. Dès qu'il fait plus sombre et que les nuits rallongent, on en a besoin. Qu'est-ce que tu feras ensuite quand tu n'en auras plus ?

Helen savait que son amie avait raison. Elle se contenta de répondre :

– Je ne sais pas. J'en avais besoin aujourd'hui, c'est tout.

Un crachin glacé leur fit plisser les yeux. Elles se serrèrent dans leur manteau et, d'instinct, se rapprochèrent l'une de l'autre. Sous leurs pieds brillaient les pavés inégaux du trottoir. Sous le pont coulait l'eau noire et paresseuse du fleuve. Milena passa sa main au bras d'Helen et soupira profondément, comme pour dire : « Tu m'en fais de belles, toi… » Elles se regardèrent et se sourirent. Leurs querelles ne duraient jamais très longtemps.

– Comment elle sait que je chante, la Squelette ? demanda Milena.

– Tout le monde le sait à l'internat, répondit
Helen. Il n'y a pas tant de belles choses, ça se
remarque et on en parle…

Elle se rappela cet après-midi inoubliable où
Milena, trois ans plus tôt, avait chanté pour la
première fois. Elles étaient quatre nouvelles,
assises sur les marches, près du réfectoire, et
elles s'ennuyaient ferme. Il y avait là Doris Lemstedt, qui n'était restée que quelques mois avant
de s'en aller, très malade, Milena et Helen, qui
en étaient encore au tout début de leur amitié,
et une quatrième, peut-être bien Vera Plasil et
ses doux yeux bleus. Doris Lemstedt avait pro-
posé que chacune chante quelque chose, pour
faire passer le temps plus vite. Afin de donner
l'exemple, elle avait commencé et fredonné un
air de chez elle. Elle venait de la plaine. Dans la
chanson, il était question d'une femme de soldat qui attendait fidèlement son mari, mais on
devinait bien que ce dernier ne reviendrait pas.
Elle ne chantait pas si mal et ses trois camarades l'avaient applaudie discrètement pour éviter d'alerter une surveillante. « *Il est interdit de
chanter ou d'écouter chanter toute chanson ne
figurant pas au programme* », disait l'article 42 du
règlement. Helen avait enchaîné par une chanson drôle qui lui venait d'autrefois. Elle racon-
tait les déboires d'un vieux garçon qui ne savait
pas s'y prendre avec les filles. Helen ne se rappelait pas toutes les paroles, mais c'était suffi-
sant pour faire pouffer ses trois amies, surtout le

19

passage où le pauvre bougre chuchote des mots d'amour à une chèvre, la nuit, en la prenant pour sa fiancée. Vera ne connaissait pas de chanson et elle avait préféré passer son tour. Alors, Milena s'était légèrement redressée pour dégager le haut de son corps, ses yeux s'étaient fermés et de sa gorge était sorti le son pur d'une flûte.

Blow the wind southerly, southerly, southerly
Blow the wind south o'er the bonny blue sea...

Les trois autres filles n'en étaient pas revenues. Elles ne savaient pas qu'on pouvait jouer ainsi de sa voix, la moduler, la faire vibrer, prolonger une note, la faire enfler puis s'éteindre.

But sweeter and dearer by far 'tis when bringing
The barque of my true love in safety to me

Dans le silence stupéfait qui avait suivi les dernières notes, Doris avait seulement murmuré :
— C'était quoi ?
— Une chanson traditionnelle anglaise.
— C'était très beau, avait commenté Doris.
Helen avait balbutié :
— Merci...
Trois ans s'étaient écoulés depuis, et Milena n'avait pas chanté plus de six fois. C'était un cadeau rare et précieux, fait à l'instant qu'elle choisissait pour les gens qu'elle choisissait. Par exemple un soir de Noël au dortoir, pour une dizaine de filles, ou dans un coin de la cour, pour Helen seule, un 14 juin, jour de son anniversaire,

ou cette dernière fois, un après-midi d'été au cours d'une longue promenade le long du fleuve. Dès qu'elle ouvrait la bouche, la chair de poule vous venait. Son chant, même sans qu'on en comprenne le sens, parlait à chacun et chacune de ce qui lui était le plus secret. Il faisait apparaître des visages aimés et disparus, ressentir des caresses anciennes dont on croyait avoir oublié la douceur. Et surtout, même si on était triste en l'entendant, il redonnait force et courage. La rumeur s'était répandue très vite : Milena «chantait bien». Mais pendant les cours de musique et de chant donnés par la mère Zinzin, elle ne révélait rien d'elle-même. Sa voix redevenait semblable à celle des autres, ordinaire et sans grâce particulière. En fait de musique, la Zinzin enseignait seulement le solfège et faisait reprendre jusqu'à l'écœurement les trois chants autorisés, en particulier l'insupportable hymne de l'internat :

Cœurs joyeux, âmes pures
Nous chantons à l'unisson…

Les deux filles se trouvaient maintenant au milieu du pont, en son point le plus élevé. Au loin, en face d'elles, se dressait la colline des consoleuses.

– Tu crois qu'on va rencontrer les garçons ? demanda Helen.

– Ça m'étonnerait, rigola Milena. Ils y vont moins que nous, c'est connu. Et pour décider d'aller voir sa consoleuse à cette heure au mois d'octobre, il faut s'appeler Helen Dormann !

– On en croisera peut-être qui redescendent, alors…

– Rêve toujours ! Ils se cachent dans les taillis quand on les croise ! Il faut secouer les branches et crier : «Ouh ouh ! Il y a quelqu'un ?»

Helen éclata de rire. Elle était soulagée de constater que son amie avait retrouvé sa bonne humeur.

– Tu crois que les consoleuses les câlinent comme elles font avec nous ? Je veux dire qu'elles les prennent dans leurs bras et tout ça ?

– J'en suis sûre ! répondit Milena. Mais ils ne l'avoueront jamais, même sous la torture.

Elles s'engagèrent dans la rue des Ânesses, pentue et mal éclairée. Derrière les fenêtres étroites et à travers les rideaux, on devinait des gens à table, en famille, sous les ampoules jaunâtres des lampes. Un autre monde. On attrapait parfois un éclat de voix, un rire. Elles passèrent devant la boutique du cordonnier qui fermait. Il les salua d'un vague mouvement de tête, sans vraiment les regarder. Des filles de l'internat, voilà ce qu'elles étaient pour tout le monde et on évitait de leur parler. Au bout de la rue, c'était déjà la campagne. Plus de maison avant celles des consoleuses, tout en haut de la colline. Elles s'arrêtèrent un instant pour reprendre leur souffle et regarder la ville en bas, au-delà du fleuve. On en voyait maintenant les toits d'ardoise qui scintillaient, les clochers des églises, les rues luisantes sous la lumière des réverbères. Quelques voitures circulaient au loin sur la place, silencieuses, semblables à de gros scarabées noirs et ventrus.

– C'est beau, soupira Helen, on pourrait aimer cette ville s'il n'y avait pas ça…

Du menton elle désigna le bâtiment massif d'où elles venaient : l'internat des filles, juste de l'autre côté du pont.

– … et si on pouvait aller là de temps en temps… compléta Milena en désignant l'autre internat, celui des garçons, deux cents mètres plus loin.

Elles venaient de se remettre en route sur le chemin de terre quand les silhouettes se dessinèrent dans un virage, en surplomb. Les deux garçons descendaient à grandes enjambées. Ils disparurent un instant puis réapparurent plus proches, au bout de la ligne droite. Le premier était grand et mince. Helen observa aussitôt cette façon franche qu'il avait de regarder droit devant lui, son menton volontaire. Le deuxième, plus rond de visage et plus petit, suivait de près. Elle nota les cheveux bouclés qui jaillissaient de sous la casquette, et son œil rieur.

– Bonjour ! dirent-ils presque tous les quatre en même temps, et ils se retrouvèrent immobiles et face à face.

– Vous… montez ? demanda bêtement celui à la casquette.

– Ben, oui… répondit Helen.

Elle se reprocha aussitôt son ton moqueur et, pour se faire pardonner, elle ajouta :

– Et vous, vous redescendez…

– Voilà, dit le garçon.

– Qui accompagnait qui ? osa Helen. On peut demander ?

Le garçon se tut quelques secondes, indécis, et

finalement se décida à avouer en désignant son grand camarade :

– C'est lui qui m'accompagne.

Helen eut l'impression qu'il avait rougi en le disant et elle trouva ça charmant. Pour ne pas l'embarrasser, elle dit à son tour en montrant Milena :

– C'est elle qui m'accompagne…

Ce qui signifiait : «Tu vois, moi aussi j'y vais, il n'y a pas de honte à ça.» Le garçon lui en fut reconnaissant. Il sourit et demanda :

– Vos noms, c'est comment ?

– Moi c'est Helen, dit Helen, et elle c'est Milena.

– Moi c'est Milos, dit le garçon. Et lui c'est Bartolomeo. On est en quatrième année. Et vous, en quelle année vous êtes ?

– On est en quatrième année aussi, répondit Helen. Toutes les deux.

La coïncidence les amusa. Puis ils ne surent plus quoi dire et restèrent silencieux, presque gênés. Les deux garçons ne se décidaient pas à continuer leur descente, ni les filles leur montée. Les occasions de se rencontrer étaient rares. Il aurait été stupide de se quitter si vite. Helen remarqua que Milena et Bartolomeo ne se lâchaient pas des yeux et elle trouva sa camarade bien hardie. Son regard allait de l'un à l'autre et elle cherchait désespérément comment continuer la conversation. Mais ce fut Milena qui parla la première :

– Et si on se passait des messages par le Putois ?

Helen sentit le sang lui sauter au visage. Les

messages transmis par le Putois étaient réser-
vés, elle l'avait toujours cru, aux élèves de cinquième et sixième année. La proposition de
Milena semblait incroyablement osée. Comme
si elle avait soudain franchi sans prévenir une
limite défendue.

Celui qu'on appelait le Putois était un petit
vieux rabougri qui, deux fois la semaine, les mardis et les vendredis, en fin de matinée, traversait
la cour de l'internat, tirant avec peine sa charrette
à bras. Il y entassait une brassée de draps sales
qu'il emportait à laver en ville. Unique personne
à passer librement d'un établissement à l'autre,
il représentait un intérêt considérable : celui de
pouvoir acheminer des messages et rapporter la
réponse la semaine suivante, ou celle d'après. Il
suffisait de déposer sa lettre dans la baraque à
linge, accompagnée de la petite récompense, un
billet dans une enveloppe, ou encore mieux, si on
pouvait : une bouteille d'alcool. Le Putois souf-
frait de troubles gastriques qui lui donnaient une
haleine insupportable. À cinq mètres de lui, et
pour peu qu'il ouvre la bouche, on respirait une
répugnante odeur de chou en décomposition.
Le malheureux luttait contre cette malédiction
en buvant un tord-boyaux infect et bon marché
qu'on se procurait pour lui en ville.

— On n'a jamais fait ça… dit le plus grand, que
son camarade avait appelé Bartolomeo. Mais
d'après les anciens, ça marche…

Sa voix était basse et douce à la fois, celle d'un
homme presque.

— On échange nos noms alors… reprit Milena,

et déjà elle déchirait en quatre une feuille de papier.

Tous fouillèrent aussitôt leurs poches en quête de crayon ou de stylo. Chacun et chacune écrivit soigneusement son nom. Serrés dans leurs longs manteaux, ils formaient un petit îlot de chaleur dans le froid. Cols relevés pour les garçons, capuches sur la tête pour les filles, on ne voyait presque rien de leur peau, juste les visages et les mains. Au moment de donner le papier où elle avait noté *Helen Dormann. Internat des filles. 4ᵉ année*, Helen n'hésita pas et le tendit à Milos. Il fit le même geste en même temps et leurs doigts se touchèrent. Ils se sourirent et empochèrent les deux papiers sans les lire. Milena et Bartolomeo avaient déjà échangé les leurs.

– Il ne faudrait pas que nos courriers se croisent, dit Milena, qui ne perdait pas le nord. Nous écrirons en premier.

– D'accord, répondirent les deux garçons.

– Bon, se secoua Helen en saisissant le bras de Milena, on continue, nous ! Je n'ai plus beaucoup de temps…

– Il faut qu'on se dépêche nous aussi, répondit Milos, on est presque en retard maintenant ! Je n'ai pas envie d'envoyer un camarade au cachot.

Et ils s'élancèrent dans la descente.

– Vous écrivez en premier, alors ! s'assura le plus grand en se retournant.

– C'est promis ? demanda encore Milos, l'index en l'air, comme quand on veut menacer.

– Promis ! dirent ensemble les deux filles en riant.

2. Les consoleuses

Quand Helen et Milena entrèrent dans le village des consoleuses, une bruine glacée les enveloppait, comme une poussière liquide. Les paillettes scintillaient à la moindre lumière, réverbère ou fenêtre. Les maisons de brique, serrées les unes contre les autres tout au long de la rue, semblaient des miniatures. On accédait à la plupart en descendant quelques marches et il fallait presque se courber pour franchir les portes.

Milena s'arrêta devant la toute première :

— Je t'attends ici… Et pense à moi si ta consoleuse a cuisiné quelque chose de bon, j'ai faim…

— J'y penserai, ne t'en fais pas. J'espère pour toi que c'est chauffé dans la bibliothèque…

Afin de vérifier, elle suivit son amie dans la pièce exiguë et basse de plafond. Une flamme vacillait derrière la vitre du poêle à bois, il faisait doux.

— Ils n'oublient jamais, dit Milena.

Sur la table équipée d'une unique chaise, une lampe allumée sous son abat-jour accueillait le visiteur. À mi-hauteur de la cloison couraient deux étagères chargées d'une centaine de livres usés

Milena, en ôtant son manteau, les passait déjà en revue pour en choisir un.

– J'y vais, lui lança Helen. À tout à l'heure. Bonne lecture !

Elle-même était venue ici une dizaine de fois pour accompagner Milena ou d'autres filles. Elle adorait cet endroit hors du monde, où personne ne vous dérangeait jamais, où l'on pouvait lire et rêver paisiblement. Elle le comparait à un nid ou bien à un berceau, enfin quelque part où il fait chaud et où personne ne vous voulait de mal. Seul passait de temps en temps un homme tranquille, le mari d'une consoleuse sans doute, qui venait ajouter une bûche dans le foyer du poêle. Il demandait gentiment : «Alors, mademoiselle, en pleine lecture ?» On lui répondait : «Eh oui !» et il s'en allait. Une fois seulement elle avait dû partager ce moment avec un autre accompagnateur, un jeune garçon qui, après avoir lu quelques minutes, avait fini par se recroqueviller dans un coin de la pièce, tête sur les genoux, et s'était endormi.

Toutes les filles adoraient être choisies comme accompagnatrices pour pouvoir passer deux heures dans cette «bibliothèque». Certaines auraient bien sûr préféré rendre visite à leur consoleuse, mais l'article 22 était clair : «*Il est interdit de rendre visite à sa consoleuse quand on est l'accompagnatrice.*» Et la sanction de rigueur n'encourageait pas à désobéir : «*Privation de toute sortie pour le reste de l'année.*»

Helen marcha tout droit, obliqua sur sa gauche à la fontaine et s'engagea dans une rue en pente. En arrivant devant le numéro 47, elle s'aperçut qu'elle souriait. Elle savait le plaisir qu'elle allait donner et celui qu'elle allait recevoir. Elle descendit les trois marches de l'escalier et, plutôt que sur la porte, tapa deux coups légers à la fenêtre. Les vitres étaient couvertes de buée. Bientôt, une petite main frotta le carreau et un visage radieux se dessina derrière. La bouche s'ouvrit très grand et Helen lut sur les lèvres de l'enfant les deux syllabes de son prénom : HE-LEN !

Quelques secondes plus tard, Octavo se jetait dans ses bras. Elle le souleva et l'embrassa sur ses joues rebondies.

– Qu'est-ce que tu es lourd !

– Je pèse vingt-six kilos, dit l'enfant, très fier de son poids.

– Ta maman est ici ?

– Dans la cuisine. Moi, je fais mes devoirs. Tu m'aideras comme l'autre fois ? J'aime bien comme tu aides.

Ils entrèrent. La pièce était à peine plus grande que la bibliothèque, mais, sur la droite, un escalier montait à l'étage, où se trouvait la chambre, et une porte s'ouvrait à l'arrière, sur la cuisine. C'est dans cet entrebâillement qu'apparut la monumentale silhouette de Paula.

À l'une de ses premières visites, Helen s'était endormie, après avoir beaucoup pleuré, dans les bras de Paula. En se réveillant, elle avait bredouillé :

– Combien tu pèses, Paula ?

Elle n'avait que quatorze ans alors et le sans-gêne de sa question avait fait rire la grosse dame :

– Je ne sais pas, ma petite fille… Je n'en ai aucune idée. Mais je pèse lourd…

Quand elle vous prenait contre elle, on ne savait plus ce qui était bras, épaules, seins ou ventre. Tout se confondait dans une douce chaleur et on avait envie d'y rester toujours.

Paula ouvrit les bras à Helen pour qu'elle vienne s'y blottir.

– Alors, ma toute belle… Ça faisait long-temps…

Paula la complimentait souvent ainsi. « Ma toute belle », « ma jolie… ». Et elle prenait son visage entre ses mains pour mieux la regarder. Helen avait entendu dire des tas de choses sur son propre compte : qu'elle était têtue, passion-née, drôle ou garçon manqué, mais « toute belle » ou « jolie », non. Paula le lui disait, elle, et elle la croyait.

– La dernière fois, c'était avant l'été, confirma Helen, j'aurais voulu attendre décembre au moins, mais je n'ai pas pu…

– Viens, entre. Je suis en train de cuisiner pour Octavo. Des pommes de terre au four. Et il y a un reste de tarte aux poires de midi, ça te convient ?

– Et comment ! jubila Helen.

Tout ce qu'elle mangeait ici, loin du réfectoire haï, lui semblait somptueusement bon. Octavo s'impatientait déjà sur ses cahiers :

– Tu viens, j'y arrive pas tout seul…

Comme Paula retournait à sa cuisine, Helen rejoignit l'enfant et s'assit à ses côtés.

– Alors ? Qu'est-ce que tu apprends de beau ?

– Le masculin et le féminin…

– D'accord. Allons-y…

– L'exemple de la maîtresse, c'est : un boulanger – une boulangère. Il faut en trouver trois.

– Et tu en as trouvé ?

– Trois. Mais je suis pas sûr pour le troisième.

– Je t'écoute.

– Un chat – une chatte.

– Très bien.

– Un magicien – une magicienne.

– Parfait. Et ton troisième ?

– Je suis pas sûr.

– Dis quand même…

– Un pied – une main.

Helen eut du mal à ne pas éclater de rire. Et en même temps, une vague de mélancolie la submergea, violente et profonde. Est-ce qu'elle avait un petit frère à elle, quelque part ? Un petit frère penché sur ses devoirs, lui aussi ? Qui tirait la langue sur le passé simple ou sur une multiplication à deux chiffres ? Non, elle n'avait ni frère, ni sœur, nulle part. Ni parents. Elle repensa à cet orphelinat où elle avait passé toute son enfance et à ce jour d'automne où elle l'avait quitté. Comment oublier ?

Trois hommes sombres la poussent à l'arrière d'une lourde voiture. Ils verrouillent les portières et roulent en silence. Elle demande à celui qui est à côté d'elle :

– Pourquoi verrouillez-vous les portières, vous croyez que j'ai l'intention de sauter en route ? Où est-ce que j'irais ?

Il ne répond pas, il ne tourne même pas la tête. Elle sent tout au long du voyage l'odeur forte du cuir de sa veste et celle du tabac que fument les deux autres, devant. Après des heures de route à travers la campagne, ils longent le fleuve jusqu'à cette petite ville inconnue, jusqu'à ce bâtiment gris : l'internat.

Une centaine d'autres filles attendent là, par groupes de cinq ou six, un manteau sur le bras et un petit livre à la main. Toutes sont étonnamment silencieuses. On lui fait suivre des couloirs vétustes et on la pousse dans la salle d'attente du bureau de la directrice où elle reste seule pendant quelques minutes. Puis la porte s'ouvre et une jeune fille sort, un manteau sur le bras et un livre à la main. Elle est de petite taille, porte des lunettes à verres épais, et elle a l'air plus désemparée encore que les autres. C'est Catharina Pancek, Helen l'apprendra plus tard. Elle bredouille seulement : « C'est à toi... » avant de disparaître. Helen pousse avec prudence la porte restée entrouverte.

– Votre nom ?

C'est la première fois qu'Helen entend la voix de la directrice.

– Dormann. Je m'appelle Helen Dormann.

– Votre âge ?

– Quatorze ans.

– Approchez.

Helen s'avance jusqu'au bureau où est assise une femme massive, aux cheveux courts et gris. Elle porte une veste d'homme, ses épaules sont larges et puissantes. On l'appelle la Tank, Helen l'apprendra bientôt. La Tank fouille dans ses paperasses, trouve le dossier d'Helen et le parcourt. Ensuite elle ouvre un tiroir et en tire un livret :

— Tenez !

Il est très abîmé, sa couverture a été dix fois raccommodée.

— C'est le règlement. Ne vous en séparez jamais. Il compte quatre-vingt-un articles. Apprenez-en dix par jour. Si vous avez à revenir ici, ce que je ne vous souhaite pas, vous devrez les savoir par cœur. Passez à côté, prenez un manteau à votre taille et sortez. S'il y a quelqu'un sur le banc, dites-lui que c'est son tour.

Helen entre dans la salle voisine où pendent des dizaines et des dizaines de manteaux, comme dans la galerie des costumes d'un théâtre. Sauf qu'ici tous les costumes sont les mêmes : de lourds manteaux de laine à capuche. Helen marche dans ce véritable labyrinthe. Si un jour j'ai à me cacher, se dit-elle, je saurai où venir. Elle choisit un manteau gris moins usé que les autres, l'enfile et se trouve bien dedans. Elle le quitte, le pose sur son bras et repasse dans le bureau de la directrice qui l'ignore.

Dans la salle d'attente, une longue fille pâle attend, assise sur le banc. Elle saigne légèrement du nez dans son mouchoir rougi. Elle s'appelle Doris Lemstedt, et quittera l'internat, très malade, six mois plus tard. « C'est ton tour ! » lui dit Helen et elle sort dans la cour où un timide rayon de soleil éclaire les filles immobiles, les manteaux et les livrets.

— Je remplace par un lapin — une lapine ? C'est mieux ?

Helen revint à elle et sourit à Octavo.

– Oui, c'est mieux… Moins drôle, mais mieux.

De la cuisine lui parvint le délicieux fumet des pommes de terre au four, et la voix de Paula :

– Et ton amie Milena ? Elle va bien ? Tu l'admires toujours ?

– Oui, elle va bien, répondit Helen en riant, et je l'admire toujours. Elle m'attend à la bibliothèque. Je pourrai lui apporter une assiette ?

– Bien sûr. Et une part de tarte s'il en reste.

Paula cuisinait toujours. Pour elle, pour Octavo, pour les gens de passage. Il était impossible d'entrer chez elle sans manger quelque chose, ni d'en repartir sans emporter quelque chose à manger : une portion de pudding aux raisins, un morceau de gâteau au chocolat, une simple pomme… Elle avait un enfant, Octavo, mais pas de mari. À la question d'Helen sur le sujet, elle avait répondu qu'elle n'en avait pas besoin. Qu'ici, sur la colline, c'était le royaume des consoleuses. Il n'y avait pas de place pour les hommes, sauf pour ceux qui savent rester discrets. *Comme celui qui alimente le poêle*, avait pensé Helen. Sans doute faisait-il partie de ces hommes-ombres qui avaient le droit de vivre ici sur la colline. Les autres s'y sentaient mal à l'aise. Ils habitaient en ville et se montraient rarement.

La plupart des consoleuses avaient un embonpoint considérable, et l'entretenaient. Comment serrer quelqu'un contre soi, comment consoler si on a les os qui pointent ? Certaines camarades d'Helen soutenaient le contraire : leur consoleuse était menue et fragile, mais elles ne l'auraient échangée contre aucune autre. Catharina Pan-

cek par exemple répétait toujours que sa consoleuse était une petite souris trottinante et qu'elle
l'adorait ainsi. Pour rien au monde elle n'aurait
voulu disparaître noyée dans une masse de chair
comme Paula.

Helen n'avait pas choisi Paula. La surveillante
qui l'avait conduite la toute première fois sur la
colline, trois ans plus tôt, s'était arrêtée sans lui
demander son avis devant le numéro 47 de la rue
et avait énoncé sèchement :

— Elle s'appelle Paula. Je reviens vous chercher
dans deux heures.

Helen avait descendu les trois marches et frappé
à la porte. Paula avait ouvert et presque éclaté de
rire en la découvrant :

— Regardez-moi ce petit chat perdu ! Entre, tu
veux manger quelque chose ? Tu as soif ? Un bol
de chocolat, hein ? Oui, un bol de chocolat. Ça
va te réchauffer.

Depuis ce jour, Helen n'était venue que six fois
chez Paula, c'est-à-dire autant de fois que l'autori-
sait le règlement. Une quinzaine d'heures en tout,
pas davantage. Pourtant, il lui semblait connaître
Paula depuis toujours. La grosse dame avait pris
dans son cœur une place immense.

Octavo rangea son cartable et on mit la table
pour le repas. Les pommes de terre au four étaient
si douces et si parfumées qu'Helen s'en trouva
presque mal en avalant les premières bouchées.

— Que c'est bon ! Dieu que c'est bon…

Elle eut une pensée fugace pour ses camarades
assises derrière leur assiette de potage insipide.
Mais elles auraient leur tour, après tout. Autant les

oublier pour un instant et profiter sans scrupule du bonheur offert. On parla surtout d'Octavo et de son école. Des blagues qu'il y faisait. La maîtresse ne devait pas s'ennuyer avec un numéro comme lui. À vingt heures, il monta dans sa chambre et redescendit en pyjama pour embrasser Helen et sa mère.

– J'aime bien quand tu viens chez nous, dit-il à Helen, mais pas le soir, parce que ma maman ne peut pas me câliner.

– J'irai te voir après, promit Paula. Monte et dors. Helen n'a plus qu'une demi-heure. Je te l'ai expliqué : ce serait très grave pour elle de rentrer en retard.

– C'est vrai qu'on mettrait une autre fille à sa place dans un trou tout noir ? demanda Octavo.

– Qui t'a dit ça ?

– À l'école, il y en a qui le disent.

– Ce n'est pas vrai. Allez, file, va dormir…

L'enfant monta très lentement l'escalier de bois, et ses yeux étaient pleins d'inquiétude.

Il y avait contre le mur de gauche un large fauteuil plutôt fatigué. Paula s'y laissa tomber :

– Alors ma jolie, qu'est-ce que tu me racontes ? Viens vers moi.

Helen vint s'accroupir à ses pieds et elle posa sa tête dans le giron de Paula. La grosse dame lui caressa la tête, lentement, du front jusqu'à la nuque, avec ses deux mains chaudes.

– Je n'ai rien à raconter, Paula, il ne se passe rien à l'internat.

– Parle-moi d'avant, alors…

– Je n'y arrive pas, tu le sais bien…

Elles se turent un instant.

– Parle-moi, toi, reprit la jeune fille. De quand tu étais petite. Ça m'amuse toujours de t'imaginer petite. Est-ce que tu étais déjà…

– … ronde ? Oh oui, je l'ai toujours été. D'ailleurs, un de mes cousins me l'a bien fait comprendre un jour. Figure-toi qu'on avait attrapé un hérisson, ma sœur Marguerite et moi.

– Tu as une sœur ? Je ne savais pas.

– Oui, une sœur aînée, elle a dix ans de plus que moi et elle habite la capitale. Bon, les hérissons, c'est très gras, tu sais, et…

Paula raconta, en caressant la tête d'Helen, l'histoire du hérisson, puis une autre de porte-monnaie perdu, puis une autre encore. Elle n'expliquait jamais ce qu'il fallait faire ou non dans la vie, elle se contentait de raconter. Il vint un moment où Helen se sentit glisser dans le sommeil. Elle ne le voulait pas. Elle se hissa et se blottit contre la poitrine de sa consoleuse, comme une enfant. Paula l'entoura de ses bras et fredonna des chansons qui se mélangeaient les unes avec les autres en une douce rêverie.

– Helen, tu dors ? Il faut que tu rentres maintenant…

– Je ne dormais pas…

L'horloge indiquait huit heures trente. Elle s'arracha lentement à la torpeur qui l'avait envahie et alla décrocher son manteau.

– Tu me prépares une assiette pour Milena ? Avec le bout de tarte qu'on lui a laissé ?

– Je te mets tout dans un panier. Vous n'aurez

37

qu'à le laisser à la bibliothèque. Je passerai le chercher demain. Quand reviendras-tu me voir ?

– Je ne sais pas. J'essaierai d'attendre janvier pour ma deuxième sortie. J'espère qu'on pourra monter, qu'il n'y aura pas trop de neige.

Elles restèrent longtemps dans les bras l'une de l'autre, sur le pas de la porte. Helen respira l'odeur de Paula, de son tablier, de son pull-over, de ses cheveux.

– À bientôt, Paula. Merci. Embrasse Octavo pour moi.

– À bientôt, ma belle. Je serai toujours là pour toi.

Le panier à la main, Helen se hâta dans les rues du village. Il bruinait toujours. On y voyait mal. Elle entra en coup de vent dans la bibliothèque, heureuse par avance de régaler Milena avec les pommes de terre au four. Elle aurait tout juste le temps de les manger avant de rentrer à l'internat. Mais elle fut stoppée net dans son élan. La pièce était vide. Un reste de bûche se consumait dans le poêle.

Passé le premier instant de stupeur, Helen imagina que son amie était peut-être à l'étage. Il y avait une porte au fond de la pièce et donc sans doute un escalier derrière.

– Milena ! Tu es là-haut ?

Elle tenta d'ouvrir la porte, mais celle-ci était condamnée.

– Milena ! Où es-tu ?

L'angoisse la suffoqua. Pourquoi Milena serait-elle déjà redescendue ? Est-ce qu'elle avait eu peur d'être en retard ? Il n'y avait aucune raison à cela.

Sur la table, un livre était posé. Une feuille de brouillon pliée en deux dépassait de ses pages. Helen se jeta dessus. La belle écriture de Milena couvrait à peine quatre lignes :

Helen, je ne rentre pas à l'internat. Rassure-toi, il ne m'est rien arrivé de grave. Demande pardon à Catharina Pancek de ma part.

Milena
(S'il te plaît, ne me déteste pas trop vite.)

Helen resta sans réaction une bonne minute, stupéfaite. Puis la colère monta. Comment Milena avait-elle pu oser ? Fallait-il être lâche pour partir ainsi, et disparaître sans aucune explication ? Elle se sentit trahie et des larmes de rage lui vinrent. «*Ne me déteste pas…*» Si ! En cet instant, elle la détestait. Égoïste et irresponsable, voilà ce qu'elle était ! Que faire ? Courir chez Paula et lui dire ce qui arrivait ? Ça n'aurait servi à rien. S'enfuir ? Ne pas rentrer à l'internat ? Après tout, autant profiter de l'occasion, puisque de toute façon la petite Pancek serait envoyée au Ciel… Mais partir pour aller où ? Et si Milena revenait entre-temps… C'est elle-même, alors, Helen, qui serait responsable pour Catharina. Les questions se bousculaient, sans réponse.

Elle empocha le papier et s'en alla, abandonnant sur la chaise le panier contenant l'assiette encore chaude, enveloppée dans un torchon, et la portion de tarte aux poires.

En suivant à pas prudents le sombre chemin du retour, il lui vint à l'esprit que l'événement ferait sensation : jamais, de mémoire d'interne, une fille n'avait eu l'audace de ne pas rentrer. Si on les laissait sortir des murs, de temps en temps, c'était bien à cause de cette certitude qu'aucune pensionnaire n'oserait en condamner une autre, innocente, à la terrible peine du Ciel. Les punitions les plus cruelles figurant dans le règlement vous y envoyaient pour quelques heures, mais jamais pour des jours, ni des semaines. Sans doute qu'on pouvait en mourir ?

Helen en eut un haut-le-cœur. Elle pressentait la honte qu'elle éprouverait dans quelques minutes au moment d'avouer aux autres : « Milena n'est pas rentrée… – Ah, elle a eu un accident ? – Non, elle n'est pas rentrée, c'est tout… »

La honte d'être l'amie de Milena…

Elle franchit le pont, et le souvenir du bras de son amie sous le sien, quelques heures plus tôt, sur ces mêmes pavés, lui fit mal. Il était vingt et une heures passées de quelques minutes quand elle se présenta à la loge de la Squelette. Celle-ci, en voyant la jeune fille seule, flaira immédiatement que son heure de gloire venait peut-être de sonner : après vingt-cinq ans de surveillance à cette grille, pouvoir enfin annoncer à la directrice qu'une pensionnaire n'était pas rentrée ! « Non, madame la directrice, pas rentrée ! » Elle prit son temps, afin de savourer ce moment unique :

– Vous êtes sortie à… voyons… à dix-huit heures onze ?

Non, à dix-huit heures trente seulement, par ta faute, songea Helen, mais elle avait appris à se contrôler.

– C'est ça, à dix-huit heures onze.

– Et il n'est que vingt et une heures sept. Vous êtes donc à l'heure.

– Oui, je suis à l'heure, répéta Helen et elle pensait : *Vas-y, crache ton venin, tu en crèves d'envie.*

La fumée âcre des cigarettes lui entrait dans le nez, dans les yeux. On n'ouvrait donc jamais la fenêtre ici ? La Squelette minauda quelques secondes, puis laissa tomber, d'une voix à peine audible :

– Et… la chanteuse ?

– Elle n'est pas là, se contenta de répondre Helen.

– Elle va arriver avant vingt et une heures onze dernier délai, bien sûr ?

– Je ne sais pas.

– Vous ne savez pas ?

– Non, je ne sais pas.

– Eh bien nous allons attendre ensemble. Comme ça nous saurons. Et nous nous tiendrons compagnie. Vous aimez la compagnie ?

Ses petits yeux veinés de rouge distillaient la cruauté d'un serpent.

– J'aime la compagnie, dit Helen sans y mettre aucun ton, et elle serra les dents pour ne pas se jeter sur cette sadique et la rouer de coups.

L'aiguille tourna trois fois autour du cadran de l'horloge accrochée au mur et cela lui parut une éternité. *Entre, Milena, je t'en supplie, entre dans cette loge, que ce mauvais rêve finisse.*

– Toujours pas là… constata la Squelette, mimant un air désolé, mais on voyait bien qu'au fond elle jubilait.

Une cigarette se consumait dans le cendrier. Elle l'oublia et en alluma une autre. D'une main tremblante, elle brancha une fiche sur son standard et décrocha le téléphone. Au bout de quelques secondes, elle put parler à quelqu'un à l'autre bout du fil.

– Bonsoir, c'est Mlle Fitzfischer, à la loge…

Mlle Fitzfischer… Helen se dit qu'elle aurait au moins appris quelque chose aujourd'hui. Qui savait que la Squelette s'appelait Fitzfischer ?

– Pourrais-je parler à Mme la directrice, je vous prie. C'est urgent.

La conversation fut très brève. Helen crut que la Squelette allait succomber à une attaque en révélant la nouvelle. Sa voix vibrait d'excitation :

– … c'est cela, une pensionnaire n'est pas rentrée… Son nom ? Bach Milena, de quatrième année… effectivement, madame la directrice… oui, madame la directrice… oui, sa camarade est rentrée, elle… absolument, madame la directrice…

– Je peux regagner le dortoir ? demanda Helen dès que la Squelette eut raccroché.

Elle se rendit compte qu'en disant cela elle venait d'enfreindre l'article 17 du règlement qui interdisait de poser des questions aux adultes.

Mais la Squelette se trouvait dans un tel état qu'elle n'y vit que du feu :

– Oui, vous pouvez disposer.

Situé au-dessus du réfectoire, le dortoir se composait d'une immense salle équipée d'une cinquantaine de lits superposés et d'armoires métalliques grises. À la lueur des veilleuses, Helen traversa, dans les chuchotis et les bruissements de draps, la première partie, occupée par les plus jeunes. À l'angle, la lumière brûlait encore dans le box de la Zesch, et son halo dessinait des ombres vagues au plafond. Arrivée à son lit, près des fenêtres, Helen s'assit au bord et se déchaussa. Pour la première fois depuis plus de trois ans, le lit de Milena, au-dessus d'elle, serait vide. Elle se déshabilla, enfila sa chemise de nuit et disparut sous ses draps, tête comprise. Dix secondes ne s'étaient pas écoulées que la voix chuchotée de Vera Plasil, sa voisine, lui parvint :

— Et Milena ?

Helen émergea timidement :

— Elle n'est pas rentrée.

— Elle va arriver ?

— Je ne crois pas…

Vera laissa échapper un gémissement :

— C'est pas vrai… Et qui a été désignée pour la punition ?

— Catharina Pancek…

— Oh, mon Dieu !

Le dortoir des filles de cinquième et sixième année se trouvait de l'autre côté de la cloison. Une surveillante en franchit soudain la porte avec fracas et marcha droit vers le box de la Zesch. Helen reconnut sans peine la Merlute, une longue femme bossue dont le nez immense semblait un postiche. Elle était, disait-on, le petit chien de la Tank, prête à tout pour elle, et obéissant à ses ordres sans réfléchir une seule seconde. On entendit un dialogue étouffé, puis elles sortirent toutes les deux, la Zesch et la Merlute, et se dirigèrent droit vers le secteur des filles de quatrième année.

– PANCEK CATHARINA ! tonna la Zesch.

Les filles sursautèrent et s'assirent dans leur lit.

– Pancek Catharina se lève, s'habille et vient avec moi ! ordonna la Merlute.

– Les autres se recouchent et se taisent ! brailla la Zesch.

Dans la rangée voisine, la petite Catharina se redressa, incrédule. Elle jeta un coup d'œil au lit plat et impeccablement fait de Milena et comprit aussitôt ce qui l'attendait. Elle chercha le regard d'Helen, mais celle-ci se détourna.

– On se dépêche, s'impatienta la Merlute.

Catharina chaussa ses lunettes qu'elle gardait accrochées à la tête métallique de son lit, ouvrit son armoire, s'habilla, mit ses chaussures et s'en alla, son manteau sous le bras. Comme elle passait tout près, et que les surveillantes attendaient plus loin, Helen l'appela à voix basse :

– Catharina !

– Qu'est-ce qu'il y a ?

– Milena te demande pardon…

– Quoi ?

– Milena te demande pardon, répéta Helen et sa voix s'étrangla.

Catharina ne répondit pas. Elle progressa entre les rangées de lits tandis qu'un concert de voix montait sur son passage :

– Bon courage, Catharina ! Tiens bon, Catharina ! On pensera à toi !

Une fille se précipita vers elle et l'embrassa sur

44

la joue. Helen eut l'impression qu'elle lui glissait quelque chose dans la main.

La Merlute, impatiente, vint saisir la petite Pancek par le bras et l'entraîna au pas de charge. Toutes deux disparurent derrière la porte.

— Salopes ! jura une fille.

— Bande de vaches ! reprit une autre.

— On se tait, j'ai dit ! cria la Zesch et les voix se turent.

Une fois le silence et le calme revenus, Helen se cacha tout entière sous son drap, ses couvertures, et se roula en boule. Dans l'obscurité, elle se força à imaginer que tout cela n'était qu'un cauchemar à oublier, et elle tâcha de se distraire en cherchant des masculins et des féminins, comme Octavo : un boulanger – une boulangère ; un magicien – une magicienne ; un pied – une main ; un garçon – une fille… Et elle tressaillit en prononçant tout bas : un Milos – une Helen.

3. L'assemblée annuelle

Le lendemain était un vendredi, jour de visite du Putois. Il fallait faire vite pour rédiger la lettre à Milos et la déposer dans la baraque à linge avant le passage du vieil homme. Helen profita du cours de mathématiques donné de neuf à dix par la Mersch. Celle-ci, vissée sur son fauteuil de paralytique, ne risquait pas de fondre sur elle et de lui arracher la lettre à moitié écrite en hurlant : « Et ça, mademoiselle, qu'est-ce que c'est ? » Elle possédait peut-être un œil d'aigle, mais Helen, comme toutes ses camarades, était habile à dissimuler.

Elle se demanda un instant par quoi commencer. *Cher Milos* ? Ils se connaissaient à peine… *Bonjour Milos* ? Ça sonnait familier et sans âme. Elle se décida finalement pour *Milos* tout court. Il y mettrait ce qu'il voulait. Elle lui raconta la bibliothèque déserte, le retour à l'internat sans Milena, et surtout la douleur d'avoir vu emmener la petite Catharina Pancek au cachot. Elle lui parla de Milena qui chantait si incroyablement bien, et qu'elle n'aurait jamais crue capable de trahir ainsi. Elle lui demanda de répondre vite, précisant qu'elle attendrait sa lettre avec «*beau-coup d'impatience*». Elle confectionna ensuite une enveloppe de fortune grâce à une autre feuille de brouillon pliée en deux et collée. Elle tira de sa chaussette le papier donné la veille par Milos et recopia son nom avec soin : *Milos Ferenzy. Internat des garçons. Quatrième année*. Avant de glisser la lettre dans l'enveloppe, elle se ravisa et ajouta sous sa signature :

Au fait, je ne t'ai même pas parlé de moi. J'ai dix-sept ans, j'aime les livres et le chocolat (et je suis heureuse de t'avoir rencontré).

En écrivant cette dernière ligne, elle se sentit incertaine et troublée. Est-ce qu'elle en disait trop ? Pas assez ?

À la récréation de dix heures, elle se mêla discrètement à un groupe de filles de cinquième année, dans un coin de la cour, et demanda sans hésiter :

— Pour le courrier, comment on fait ? Il y a quelqu'un qui le dépose dans la baraque à linge, et le Putois l'emporte, c'est ça ?

Une grande mince, plutôt jolie, la dévisagea durement :

— Tu as du courrier pour qui ?

— Pour un garçon d'à côté.

— Tu es en quelle année ?

— En quatrième année.

— Tu t'appelles ?

— Dormann. Helen Dormann.

— Et lui, il s'appelle ?

— Milos Ferenzy, répondit Helen.

Elle rougit et s'en trouva furieuse.

Les grandes se concertèrent du regard. Aucune ne connaissait ce garçon sans doute trop jeune pour elles.

— Donne, dit la fille, et les autres formèrent spontanément un petit rempart de leur corps pour que l'échange se fasse dans la discrétion.

— C'est toi qui vas le déposer ? demanda encore Helen.

— C'est moi.

— Je… je n'ai pas de cadeau pour toi, ni pour le Putois. Je n'ai rien. Je n'ai pas eu le temps de…

— C'est bon. Je t'apporterai la réponse. S'il te répond…

Un peu avant midi, depuis la salle de musique qui donnait sur la cour, Helen vit arriver le Putois et sa carriole bringuebalante. Il disparut dans la baraque à linge et en ressortit avec son chargement de draps blancs dans lequel étaient sans doute cachées les lettres du jour.

Vole, vole, petit courrier,
Vole, vole, jusqu'à mon amour,

fredonna-t-elle, toute surprise de retrouver si facilement cette comptine remontée de son enfance.

Les jours qui suivirent furent insupportables. Helen s'attendit à chaque instant à être convoquée chez la Tank. Mais il n'en fut rien. Cette absence de réaction du côté des autorités était pire que tout. Elle signifiait que l'article 16 du règlement était respecté : « *Pour toute élève non rentrée*

après trois heures d'absence, une autre sera immé-
diatement envoyée au cachot et y restera jusqu'au
retour de la fugitive. » Les choses étaient en ordre,
et l'affaire était close.

Personne n'osait évoquer Catharina, mais on ne
pensait qu'à elle. Est-ce qu'elle arrivait à dormir ?
Est-ce qu'on lui apportait à manger et à boire ?
Helen questionna une fille de cinquième année
qui avait passé une nuit et une matinée au Ciel
l'année précédente pour avoir jeté son assiette de
potage contre le mur du réfectoire et hurlé qu'elle
en avait « marre, marre et marre ! ». Celle-ci se
montra peu bavarde, et sembla surtout inquiète
de savoir si Catharina aurait eu le temps ou non
de voir le dessin sur la poutre.

– C'est si important ? demanda Helen. Tu l'as
vu, toi ?

– Aperçu deux secondes à peine, mais c'est ce
qui m'a évité de devenir folle. C'est avec toi que
Milena est sortie ?

– Oui.

La fille lui tourna le dos. Il semblait à Helen
qu'on la rendait responsable du drame ou au
moins qu'on l'estimait complice. Comme on ne
pouvait pas injurier Milena, disparue, on reportait
contre elle les sentiments de rage et de révolte.
Seule Vera Plasil ne se détourna pas.

– Tu n'y es pour rien. Qui aurait pu imaginer ça ? Elle va revenir, j'en suis sûre. Elle avait
quelque chose d'important à faire. Elle va le faire
et elle rentrera, tu vas voir.

– Pourquoi elle ne m'a rien dit, alors ?

Vera Plasil ne savait pas. Elle se contentait de

regarder Helen de ses grands yeux bleus pleins de compassion.

À partir du dimanche, Helen ne compta plus les jours qui la séparaient du vendredi, jour de visite du Putois, mais les heures. Le temps n'avançait plus. Elle s'efforça, pour ne pas être trop désespérée le moment venu, d'imaginer le pire : elle n'aurait pas de réponse de Milos cette fois et il faudrait attendre une semaine de plus. Cette supposition la décourageait par avance.

Et Milena qui ne revenait pas… Qui ne reviendrait peut-être plus… Jusqu'à ce que Catharina meure dans son trou ? Le moment le plus terrible était le repas du soir. Comme le cachot se trouvait sous les caves du réfectoire, les filles sentaient Catharina toute proche et elles avaient du mal à avaler leur assiette.

Un matin enfin, Helen se réveilla et c'était vendredi. Dix minutes avant midi, titubant mais ponctuel, le Putois tira sa carriole de draps propres à travers la cour. Depuis la salle de musique, Helen le vit disparaître dans la baraque à linge pour les échanger avec les sales.

> *Cœurs légers, âmes pures*
> *Nous chantons à l'unisson*
> *Les forêts et la ramure…*

faisait reprendre la Zinzin pour la douzième fois, mais Helen n'entendait plus rien des voix de ses camarades. *Pourvu qu'il y ait une lettre pour moi*, pensait-elle, *pourvu qu'elle y soit ! Je ne tiendrai pas une semaine de plus.*

À la sortie du réfectoire une fille de sixième année s'approcha d'elle :

– C'est toi, Dormann ?

– Oui.

– Tiens, voilà ton courrier ! Et la prochaine fois, pense au petit cadeau.

– C'est promis ! répondit Helen, folle de joie, et elle empocha les deux enveloppes.

Car il y en avait deux ! Elle avait craint toute la semaine de ne pas avoir de lettre et voilà qu'elle en recevait deux !

Elle chercha fébrilement Vera Plasil dans la cour.

– Vera ! Tu peux me tenir la porte s'il te plaît ?

Les toilettes étaient vétustes, mais c'était le seul endroit où l'on pouvait rester seule et tranquille quelques instants, à condition que quelqu'un veille à la porte. Aussitôt dedans, Helen tira les enveloppes de la poche de son manteau. Sur les deux figurait son nom : *Helen Dormann. Internat des filles*, et sa classe : *Quatrième année*, mais les écritures étaient différentes. La première était celle de Milos, elle la reconnut facilement, large et bien liée, et la seconde, inimitable et presque adulte, celle de Milena ! Elle ouvrit d'abord la lettre de Milos. Après tout, c'est celle qu'elle avait espérée toute la semaine. Le texte était court :

Helen,
J'ai bien reçu ton courrier. Voici le mien. J'espère que le Putois ne l'aura pas trop « parfumé ». Bartolomeo n'est pas rentré l'autre soir. J'ai des choses

graves à te dire. Sois à minuit vendredi soir à l'angle
des murs est et nord de ton internat. Promis ?

Milos

Au fait, je ne t'ai pas parlé de moi. J'ai dix-sept
ans. J'aime faire de la lutte gréco-romaine et man-
ger (et je suis très heureux de t'avoir rencontrée).

Helen se demanda si elle tenait dans ses mains
sa première lettre d'amour. La répétition presque
mot pour mot de la dernière phrase de sa lettre trahissait un désir de complicité de la part de Milos.
L'émotion la fit presque vaciller. Il lui arrivait tant
de choses bouleversantes depuis quelques jours.
Elle remit la lettre dans l'enveloppe et ouvrit celle
de Milena. Elle était plus longue.

Helen,
J'imagine la colère que tu éprouves contre moi
et je la comprends. Mais tu dois savoir que je ne
t'ai pas trahie.

Voici ce qui est arrivé : Bartolomeo m'a rejointe à
la bibliothèque, juste après ton départ. Nous avons
parlé plus de deux heures et au bout de ce temps,
j'ai pris la décision de m'enfuir avec lui. Nous par-
tons cette nuit. Je ne reviendrai plus jamais à l'in-
ternat.

Nous étions cachés derrière la fontaine quand tu
es passée, tout à l'heure, un panier à la main. Je ne
sais pas ce qu'il y avait dedans, mais je te remercie
de me l'avoir apporté !

À présent, nous sommes chez ma consoleuse,
d'où je t'écris cette lettre. Elle la fera passer par le
Putois.

J'aurais beaucoup à te dire, mais le temps me manque. Milos, qui sait tout, t'expliquera. Demande-lui.

J'espère que nous nous reverrons. Tu as été ma meilleure amie pendant toutes ces années. Je ne t'oublierai jamais. Je suis triste de te quitter.

Je t'embrasse.

Milena

P.-S. : Je suis très malheureuse pour Catharina, mais il fallait que je fasse ce que je fais.

— Helen ! Je prends racine, là… Et il pleut, je te signale !

Vera commençait à s'impatienter à la porte. Helen essuya ses yeux à son mouchoir, cacha les deux enveloppes dans la poche intérieure de son manteau et sortit.

À l'étude du soir, la place libre de Milena Bach, au troisième rang, et celle de Catharina Pancek, au premier, semblaient occupées par leurs fantômes. L'absence des deux filles travaillait les esprits. La Zesch, plus suante que jamais, était près de s'assoupir.

— C'est quoi, la « lutte gréco-romaine », Vera ? chuchota Helen.

— Je crois que c'est des types en maillot qui se jettent l'un contre l'autre et qui essaient de se renverser sur le dos.

— Ah bon ?

— Oui, ils puent la sueur et ils grognent.

— Ah…

— Pourquoi tu me demandes ça ?

— Comme ça…

Helen ne cessait pas de penser à Milos, en se disant qu'il fallait être folle pour tomber amoureuse d'un garçon qu'on a vu quatre minutes à peine, et encore dans la pénombre. Autre chose : elle était incapable de retrouver son visage ! Plus elle s'efforçait de se le rappeler, et plus il lui échappait. Milos n'était pas très grand, croyait-elle se souvenir, il avait des joues un peu rondes, oui, des cheveux bouclés, oui, un bon sourire, oui oui et oui, mais elle ne le «voyait» plus. Elle en conclut qu'à la vérité elle avait surtout envie d'être amoureuse, et que le premier venu faisait l'affaire. Pourvu qu'elle ne soit pas trop déçue tout de même...

Que lui voulait-il ? Le rendez-vous la passionnait par avance, mais lui faisait peur aussi. «*Des choses graves*»? Qu'est-ce que cela signifiait ? Et il faudrait s'échapper du dortoir en pleine nuit. Par bonheur, la Zesch, qui les surveillerait ce soir encore, ronflait comme un sanglier dès qu'elle s'endormait, et elle n'arrêtait son terrible moteur qu'au petit matin. De toutes les surveillantes, elle était de loin la plus facile à tromper. Bien plus en tout cas que l'insomniaque Merlute, qui avançait son long nez, silencieuse et rusée, entre les rangées de lits, à n'importe quelle heure de la nuit. Le danger viendrait plutôt des autres filles. De Vera en particulier, qui ne dormait jamais que d'un œil, et qui voudrait savoir où elle allait. Helen eut envie de la mettre dans la confidence, puis elle y renonça. Pour l'empêcher de se mettre en danger, Vera la raisonnable était capable de réveiller tout le dortoir le moment venu.

Helen consulta sous ses draps les aiguilles lumineuses de sa montre : il était dix heures passées et la Zesch ne ronflait pas. À onze heures, elle ne ronflait pas davantage. Voilà qui était très étrange. La lumière brûlait dans son box, mais aucun autre signe de vie n'en provenait. Est-ce qu'elle allait veiller ce soir-là justement et jouer les Merlute en venant rôder entre les lits avec des airs de Jack l'Éventreur ? Helen tendait désespérément l'oreille. À défaut des rugissements habituels, elle se serait contentée d'un petit ronflottement, mais il ne venait pas.

À minuit moins le quart, à bout de patience, elle prit la décision de tenter sa chance et de sortir, quoi qu'il advienne. Elle jeta un coup d'œil au lit voisin. Vera dormait paisiblement, la bouche à demi ouverte. Rassurée, Helen entreprit de se redresser. Elle allait se lever pour atteindre son armoire et ses vêtements lorsque la Zesch entrouvrit la porte de son box. Helen se figea d'abord comme une statue, puis elle s'allongea à nouveau, les yeux écarquillés.

La Zesch n'était visiblement pas dans son état normal. Soucieuse de ne faire aucun bruit, elle se glissait hors de son box avec la lenteur et la méfiance d'un assassin. Et surtout, mais Helen pensa le rêver, elle portait des chaussures à talons hauts et une robe du soir ! Or, jamais au grand jamais on ne l'avait vue autrement qu'avec d'infâmes croquenots aux pieds et dans de vastes pantalons de toile ou bien, au mieux, dans une grossière jupe de laine aux beaux jours. Elle referma la porte derrière elle, et s'en alla sur la pointe des pieds. Helen attendit qu'elle ait tout à fait disparu, patienta quelques minutes encore, au cas improbable où elle reviendrait, puis, comme plus rien ne bougeait, elle s'habilla et se dirigea à son tour vers la sortie.

La nuit était claire et fraîche. Quelques longs nuages en charpie voyageaient devant la lune ronde. Helen, serrée dans son manteau, contourna le bâtiment est et le longea par l'arrière. Le mur d'enceinte s'élevait sur sa gauche, sombre et menaçant. Elle le suivit. Une silhouette grise se tenait là-bas, à l'angle. Milos! Elle lui fit un petit signe de la main et trottina vers lui. Il s'avança à son tour, souriant, et l'embrassa sur les deux joues :

— Helen! J'ai eu peur. Tu es en retard.

Elle fut stupéfaite de le trouver si grand par rapport à son souvenir. Il fallait que ce Bartolomeo soit immense pour que son camarade paraisse petit en comparaison.

— Excuse-moi, mais je ne pouvais par sortir. Notre surveillante ne dormait pas. Figure-toi qu'elle est partie. Elle a quitté le dortoir juste avant minuit.

— Ah oui? Alors je sais où elle est partie, et je vais même te le montrer! À condition que tu sois forte en gymnastique.

— Je suis première! dit Helen.

— Parfait. Tu sais grimper à la corde?

— Comme un écureuil!

Elle n'était pas certaine que les écureuils sachent grimper à la corde, mais elle avait envie de dire oui à tout ce soir. Elle aurait sauté dans le feu avec Milos s'il le lui avait demandé.

– Alors attends-moi ici, j'en ai pour trois minutes.

– Tu m'expliqueras un peu tout de même ?

– Plus tard !

Déjà Milos fourrait sa casquette dans sa poche et entreprenait l'escalade. Helen fut sidérée par sa souplesse et sa force. Agrippé au chéneau, il grimpait aussi facilement qu'un singe. Ses doigts, ses mains, ses bras et ses jambes s'activaient sans cesse, et il ne s'arrêta que pour reprendre son souffle en posant le pied sur le rebord d'une fenêtre, au deuxième étage.

– Fais attention ! le supplia Helen, d'en bas.

Sans prendre le temps de répondre, il poursuivit son ascension, et dans l'instant qui suivit il était sous le toit. Il resta suspendu quelques secondes au chéneau, puis il se balança deux fois et lança sa jambe droite par-dessus. Tandis qu'il se rétablissait, quelque chose s'échappa de sa poche et tomba aux pieds d'Helen.

– Mon couteau ! appela-t-il. Récupère mon couteau !

Elle se pencha et ramassa un canif assez lourd qui devait posséder au moins six lames.

Ensuite ce fut un long silence. Milos avait disparu. Elle sentit le froid s'insinuer sous son manteau. Qu'est-ce qu'elle fichait là, en pleine nuit, avec ce garçon acrobate qui avait « *des choses graves* » à lui dire ?

Elle gardait vainement les yeux tournés vers le toit lorsqu'un menu frottement attira son attention. Un peu plus loin, une corde coulissait sur le chéneau et descendait tout droit le long du mur. Elle se précipita, déboutonna son manteau pour ne pas être gênée, coinça la corde entre ses chevilles comme elle savait si bien le faire, et commença à grimper. Parvenue à la hauteur du deuxième étage, elle jeta un coup d'œil vers le bas et le vertige la saisit. Jamais, en cours de gymnastique, elle n'avait atteint pareille hauteur. Et ici il n'y avait pas de tapis pour la recevoir en cas de chute. *Décidément*, se dit-elle, *voilà un drôle de rendez-vous d'amour! Est-ce que ça se passe toujours comme ça?* Elle respira profondément et continua. Parvenue sous la gouttière, elle n'eut pas le temps de se demander comment elle pourrait monter sur le toit. La main de Milos se tendait vers elle :

— Donne ta main droite et prends mon poignet! Pas ma main, mon poignet!

Elle saisit le poignet, et le garçon fit la même chose. Helen se sentit aussitôt soulevée dans les airs. Elle eut à peine à s'aider des coudes et des genoux, déjà elle était assise à côté de Milos, aussi à l'aise sur ce toit, à douze mètres du sol, que sur le canapé d'un salon.

— Ça s'appelle une prise croisée et ça double la force! expliqua-t-il.

— J'ai cru mourir... souffla Helen.

— Repose-toi un peu. On a fait le plus dur.

— J'espère...

Ils rampèrent sur l'ardoise humide jusqu'à une lucarne à laquelle Milos avait fixé la corde. Il remonta celle-ci, l'enroula et l'attacha à sa ceinture, puis il ouvrit suffisamment la lucarne pour qu'ils puissent s'y glisser. Il était facile de se suspendre au bord et de se laisser tomber à l'intérieur. Milos passa le premier et se reçut sans bruit, en pliant les genoux pour amortir sa chute. Helen l'imita avec aisance et elle eut le sentiment qu'elle venait de l'impressionner deux fois en peu de temps : d'abord en grimpant si bien à la corde, et maintenant en sautant dans le grenier. Quand il la réceptionna, elle se trouva légère entre ses mains solides. Milos tira une torche de sa poche, l'alluma et promena son faisceau dans l'espace autour d'eux.

Les combles étaient vides et poussiéreux. Rien entre la charpente massive et le plancher de chêne. Au centre on pouvait se tenir debout, mais il fallait se courber dès qu'on s'en éloignait.

– Qu'est-ce qu'on fait ici ? demanda Helen.

Milos mit son index sur sa bouche, puis le pointa vers le sol.

– Chut ! Écoute !

De l'étage inférieur montait en sourdine le bruit confus de conversations. Il y eut même un bref éclat de rire.

– Qu'est-ce que c'est ? chuchota Helen.

– Tu as mon couteau ? demanda seulement Milos.

Elle le lui rendit. Il avança à pas de loup, les yeux baissés, comme s'il cherchait quelque chose. Parvenu à l'autre bout de la pièce, il s'agenouilla et fit signe à Helen qu'il avait trouvé, et qu'elle pouvait le rejoindre.

– Éclaire-moi ! dit-il en lui tendant la torche et, grâce au poinçon de son couteau, il entreprit d'inciser sur une dizaine de centimètres une lame du parquet qui semblait plus fragile que les autres.

– On peut avoir un couteau, chez vous ? s'étonna Helen, accroupie près de lui.

– Si on se contentait de ce qui est autorisé, sourit Milos, je n'aurais ni corde, ni couteau, et surtout je ne serais pas ici avec toi au milieu de la nuit...

– Quand est-ce que tu m'expliques ? J'ai gagné le droit de savoir, non ?

– Encore un peu de patience, j'y suis presque. Si tu aimes les surprises, tu ne vas pas être déçue.

Il s'acharna quelques minutes encore à dégager de minuscules copeaux de bois. Enfin il ouvrit une autre lame de son couteau et fit levier. Le bois gémit un peu, résista mais finit par céder. Milos fit signe à Helen d'éteindre la torche et il souleva lentement la planchette de chêne. Aussitôt les voix à peine audibles l'instant d'avant se firent clairement entendre.

– À toi l'honneur ! dit le garçon et il invita Helen à regarder la première.

Elle s'allongea sur le ventre et plaqua son visage contre l'étroit rectangle de lumière. Ce qu'elle vit lui sembla d'abord tellement irréel qu'elle se demanda si elle avait perdu la tête.

Une cinquantaine de personnes étaient présentes. Au fond de la vaste pièce courait un buffet couvert de victuailles et de carafes de vin. Des chaises faisaient face à une estrade sur laquelle trônait une table de chêne. Les rangées à gauche de l'allée centrale semblaient réservées aux femmes, et Helen reconnut immédiatement la Tank, debout près du premier rang et flanquée de son inséparable Merlute. La directrice souriait, boudinée dans une robe du soir mauve trop étroite pour contenir ses épaules de catcheuse. La Merlute, à ses côtés, coiffée d'une incroyable choucroute (son nez aurait constitué la saucisse), tournait la tête de tous côtés à la manière d'une pintade.

Derrière elle, d'autres connaissances s'asseyaient sur les chaises, à peine reconnaissables : la Squelette d'abord, qui avait tenté en vain de s'épaissir grâce à des épaulettes et de nombreux rembourrages ; la mère Zinzin, dont les deux seins pointaient comme de redoutables obus sous un ensemble vert bouteille ; la Mersch, dans son fauteuil, fardée comme un gâteau d'anniversaire et serrant dans ses gants blancs un sac à main d'un noir étincelant ; la Zesch enfin, telle qu'Helen l'avait vue sortir de son box, mais affublée en plus d'un invraisemblable petit bibi jaune. Isolé près du buffet, le Putois tripotait sa casquette en lorgnant le vin.

Helen faillit éclater de rire. Des hommes, inconnus d'elle, prenaient place dans les rangées de droite. La jeune fille se redressa, stupéfaite :

— C'est un défilé de mode ?

— Non, c'est l'assemblée annuelle de nos deux internats, dit Milos et il s'allongea à son tour pour regarder.

— Quelle assemblée ? Comment tu sais tout ça ?

Elle dut patienter encore un peu. Le garçon, fasciné par le spectacle, n'en perdait pas une miette. Parfois l'envie de rire secouait son corps de saccades silencieuses. Après quelques minutes, il s'appuya sur ses coudes et regarda Helen. Le rayon de lumière qui filtrait par l'ouverture du plancher éclairait faiblement leurs mains et leur visage.

– Écoute-moi, Helen, chuchota Milos, ce que nous voyons là, aucun élève ne l'a jamais vu. Quand je t'ai dit : «À toi l'honneur», tout à l'heure, c'était davantage qu'une formule. Tu as reconnu les femmes de ton internat ?

– Oui, elles y sont toutes. Elles ont l'air déguisées ! On dirait des folles !

– Elles *sont* folles. Et les hommes sont ceux de mon internat. Il sont fous aussi, à leur manière.

– Milos, tu me fais peur... Et qu'est-ce qu'ils fichent là, tous ensemble ?

– Je te l'ai dit : c'est l'assemblée annuelle, elle est ultra-secrète. Ils se réunissent pour accueillir un type qui s'appelle Van Vlyck. C'est un des dirigeants de la Phalange, il est un des chefs de la sécurité et il s'occupe en particulier des internats comme les nôtres. Il paraît qu'ils en ont une pétoche terrible, tu vas voir...

Helen baissa encore la voix, effrayée :

– Tu dis que c'est ultra-secret ? Et si on nous prend ? Tu aurais pu me prévenir...

– On ne nous prendra pas. On ne me prend jamais, moi.

– Et pourquoi on ne te prendrait jamais ?

– Parce que j'ai de la chance, figure-toi. J'en ai toujours eu...

– Tu as de la chance ? Et tu veux que je me contente de ça ?

– S'il te plaît...

Helen aurait voulu être furieuse mais elle n'y arriva pas. Il y avait dans le sourire de Milos tant d'assurance qu'elle se surprit à croire ce qu'il disait, sans que la moindre parcelle de doute puisse y trouver place : on ne les prendrait jamais…

— Milos, tu as dit : « Les internats comme les nôtres ». C'est-à-dire ?

— Bon sang ! Ça fait trop à expliquer à la fois, Helen ! J'y reviendrai plus tard, promis.

— D'accord. Et qu'est-ce qu'il vient faire ici, ton Van Vlyck ?

— Voir si tout va bien, j'imagine. Vérifier que ses fous et ses folles le sont toujours autant… Attends ! Je crois que ça s'anime en bas… À toi de regarder ! Note bien tout ce que tu vois !

Helen reprit son poste d'observation. Toutes les personnes s'étaient levées pour saluer de leurs applaudissements l'entrée énergique d'un homme puissant à la barbe rousse, vêtu d'une canadienne que l'usure faisait briller aux coudes. Lui n'avait pas pris la peine de mettre sa tenue de soirée. Ses bottes crottées auraient mérité un bon coup de brosse et de cirage. Deux hommes, apparemment à son service, le suivaient de près. Il marcha droit vers l'estrade et fit disparaître la chaise sous son énorme postérieur, sans même ôter sa veste, à la façon de quelqu'un qui n'a pas l'intention de s'éterniser. D'un geste, il convia la Tank et un homme qui devait être le directeur de l'internat des garçons à venir prendre place à ses côtés. La Tank se dandina comme une oie grasse pour le rejoindre. Le directeur, fleur à la boutonnière, n'était pas moins fier. Les deux hommes de main allèrent se poster debout à la porte d'entrée et ne bougèrent plus.

– Mesdames, messieurs, chers collègues…

La voix de Van Vlyck s'éleva dans un silence total. Son regard brûlant balayait l'assistance.

– … nous voilà réunis une fois de plus… Je suis très attaché à ces rencontres nocturnes, vous le savez. Elles nous permettent chaque année de nous revoir et…

– Tu arrives à entendre ? demanda Helen, qui occupait la bonne place.

– Pas très bien, avoua Milos.

– Viens, on va se serrer…

Elle se poussa un peu et ils s'allongèrent l'un contre l'autre, presque joue à joue.

– C'est mieux ? chuchota Helen.

– C'est parfait, répondit Milos.

– Comme le veut la tradition, continua Van Vlyck, nous allons d'abord faire le point sur les mois écoulés depuis ma dernière visite. Commençons par l'internat des filles… J'ai le plaisir de transmettre les félicitations de la Phalange à Mme la directrice, pour sa fermeté et sa rigueur. Elle sera reconduite dans ses fonctions…

La Tank bredouilla des remerciements confus, mais Van Vlyck ne lui laissa pas le temps de profiter davantage des compliments :

– Félicitations également au personnel de surveillance, à Mlles Zesch et Merlute en particulier, pour le sérieux de leur travail… Félicitations à Mlle Mersch, professeur de mathématiques, dont le dévouement exemplaire…

Au fur et à mesure des citations, les têtes se tournaient vers les heureuses élues qui se pâmaient de contentement. Les autres s'efforçaient de sourire, mais la jalousie déformait presque les visages. La Squelette, en particulier, pinçait les lèvres et tendait son dégoûtant cou de poulet.

Quand il eut fait le tour de l'internat des filles, Van Vlyck passa à celui des garçons, avec la même célérité et la même indifférence. Puis il haussa soudain la voix.

– Nous menons un combat difficile, chers collègues ! Un combat qui exige persévérance et détermination. Sachez tous que vous êtes soutenus dans vos efforts par la Phalange que j'ai l'honneur de représenter ici. Mais sachez aussi que la moindre faiblesse de votre part sera châtiée sans ménagement. Par exemple, laisser sortir ou entrer des lettres est considéré par nous comme une faute majeure, vous le savez…

Au fond de la salle, le Putois tordit drôlement la bouche sur le côté et, pendant tout le reste du discours, il garda les yeux sur ses chaussures.

– Je vous le répète, enchaîna Van Vlyck, si vous venez à douter de vous, à telle ou telle occasion, si vous sentez monter en vous le début d'un sentiment de compassion pour l'un ou l'une de vos pensionnaires, rappelez-vous ceci : ces gens-là ne sont pas comme vous et moi !

Il accompagna sa phrase en frappant la table de son majeur, et continua, pâle de colère :

– Ces gens-là vous méprisent en silence, ne l'oubliez jamais !

– « Ces gens-là », chuchota Helen, de qui il parle ?

– De toi et de moi... répondit Milos. Écoute...

– ... ils sont une menace pour notre société, comme l'étaient leurs parents.

Helen frissonna de tout son corps.

– Qu'est-ce qu'il raconte ? Nos parents ? Milos, qu'est-ce que ça veut dire ?

Le garçon se serra un peu plus contre elle :

– Chut... Écoute jusqu'au bout...

– ... dans ces établissements où nous les avons accueillis avec générosité, nous leur offrons une chance de se rééduquer, continua Van Vlyck. Notre mission essentielle est d'empêcher la mauvaise graine de germer. Nous devons l'écraser sous nos chaussures, impitoyablement. Le règlement est là pour vous guider dans cette tâche. Ce n'est pas compliqué : respectez-le, et vous serez à l'abri de tout. Oubliez-le, et vous vous exposez au pire. Une chose pour finir, que je vous dis les yeux dans les yeux : la Phalange déteste la trahison...

Ayant menacé ainsi, Van Vlyck poussa en avant sa mâchoire puissante et un silence oppressant tomba sur l'assistance.

– Je ne prendrai pas davantage de votre temps, continua-t-il, visiblement satisfait de l'effet produit, je sais qu'un sympathique buffet vous attend. Si quelqu'un souhaite intervenir, qu'il le fasse maintenant, sinon je lève la séance.

Il écarta les bras, certain par avance que personne n'oserait intervenir, et il allait conclure lorsque l'incident arriva.

La Squelette, qui n'avait pas digéré l'absence de

considération à son égard, se leva de sa chaise, pâle comme un cadavre et plus maigre que jamais.

— Monsieur Van Vlyck, commença-t-elle d'une voix nerveuse et saccadée, si je puis me permettre, vous a-t-on informé de la fugue d'une de nos pensionnaires ?

Van Vlyck, déjà presque debout, se rassit avec lenteur :

— Une… fugue, mademoiselle Fitzfischer, vraiment ? Expliquez-vous…

— Oui monsieur, répondit la Squelette, tout émue d'être appelée par son nom. J'ai signalé à notre directrice, voici une semaine, la disparition d'une jeune fille de quatrième année.

Van Vlyck se tourna lentement vers la Tank qui changea trois fois de couleur en quelques secondes : blanche d'abord, rouge ensuite, et verdâtre pour finir.

— C'est exact, monsieur… mais nous avons appliqué aussitôt le règlement et… une autre pensionnaire se trouve actuellement au cachot et…

— Une semaine ? articula lentement Van Vlyck, incrédule. La fugue a eu lieu il y a une semaine…

— Oui monsieur, bredouilla la Tank, soudain aussi craintive qu'une fillette de six ans, mais j'ai pensé que… qu'il était inutile de…

— … de me prévenir… acheva Van Vlyck avec une douceur effrayante. Vous avez estimé, madame la directrice, qu'il était «inutile de me prévenir», c'est bien ça ?

— C'est ça, avoua la Tank, et elle baissa la tête, incapable de dire un mot de plus.

– Mademoiselle Fitzfischer, reprit Van Vlyck, en se tournant à nouveau vers la Squelette qui était restée debout, comment cette jeune personne enfuie s'appelle-t-elle, je vous prie ?

– Elle s'appelle Bach, monsieur, Milena Bach.

– Milena Bach… répéta lentement Van Vlyck, et il sembla à Helen qu'il devenait livide.

Elle frissonna. Entendre le nom de son amie dans la bouche de cet ogre lui donnait la sensation qu'il la tenait déjà à moitié dans ses sales pattes.

– Et comment est-elle ? continua-t-il, je veux dire quelle est son apparence physique ?

– Elle est assez grande, très jolie fille…

– Ses cheveux, je vous prie… Comment sont ses cheveux ?

– Châtain… clair… balbutia d'une voix mourante la Tank à qui on ne demandait rien.

– Châtain clair ? s'étonna Van Vlyck.

– Non, elle est blonde, monsieur, corrigea la Squelette, tout à fait blonde.

La Tank eut encore la force de lever la tête vers celle qui surveillait la grille de son internat depuis vingt-cinq ans, et le regard qu'échangèrent les deux femmes était un effrayant concentré de poison. Il y eut un silence pendant lequel Van Vlyck passa longuement ses mains sur son visage comme pour en ôter de la boue.

– Cette jeune fille, reprit-il enfin d'une voix très basse, cette jeune fille, mademoiselle Fitzfischer, possède-t-elle une… une singularité quelconque ?

– Oui, répondit la Squelette, jubilant par avance de pouvoir le dire.

– Et… quelle est cette singularité, je vous prie ?

– Elle chante bien, monsieur.

Il y eut un long silence oppressant.

– Une dernière question, mademoiselle Fitz-fischer, fit enfin Van Vlyck, et je pourrai vous adresser les remerciements et les félicitations qui vous reviennent : cette jeune fille s'est-elle enfuie seule ?

Le directeur de l'internat des garçons, à la gauche de Van Vlyck, se tordait les mains depuis un bon moment déjà. La perspective de devoir avouer la même faute que sa collègue lui nouait les entrailles.

– Il se trouve… monsieur… que notre internat déplore également… commença-t-il.

– Comment s'appelle le garçon ? l'interrompit violemment Van Vlyck.

– Il s'appelle Bartolomeo Casal, monsieur, et…

Il ne put terminer sa phrase. Van Vlyck, qui avait conservé jusque-là un calme apparent, ferma les yeux, gonfla sa poitrine et accomplit une chose qu'on aurait crue impossible : il leva haut son énorme poing velu, l'abattit sur la table de chêne à laquelle il était accoudé et la fendit en deux. Le cri terrible qu'il poussa en même temps qu'il frappait glaça d'horreur toute l'assistance.

– Qu'on prévienne Mills ! hurla-t-il, hors de lui. Qu'on apporte à Mills et à ses Diables un bout de vêtement, un mouchoir, une chaussure, n'importe quoi qui porte l'odeur de ces deux cloportes !

– Milos, gémit Helen, terrorisée, qu'est-ce qu'ils

69

vont leur faire ? Je ne comprends rien… Explique-moi…

Ils se redressèrent, à genoux face à face. Le garçon ouvrit ses bras et Helen s'y jeta, au bord des larmes.

– Milos, Milos, c'est un cauchemar…

Ils entendirent des chaises se renverser, en bas, et des bruits de course.

– Fichez le camp ! s'égosillait Van Vlyck. Disparaissez tous avant que je vous écrase !

Le vacarme s'estompa, et il y eut pour finir un violent claquement de porte. Helen regarda une dernière fois par l'ouverture pratiquée dans le plancher. Personne n'avait pris le temps d'éteindre les lumières, et la salle désormais vide était retombée dans le silence. Le Putois, resté seul, se tenait au buffet, sa casquette posée sur une chaise, à côté de lui. Il se servit un verre de vin blanc, le but à petites gorgées, fit claquer sa langue sur son palais, reposa le verre et entreprit de se tartiner un sandwich aux rillettes.

4. Bombardone Mills

Bombardone Mills, un tablier de cuisine attaché à la taille, cassait le huitième œuf de son omelette dans un saladier ébréché quand la sonnerie du téléphone retentit. Sa montre, qu'il consulta par réflexe, marquait deux heures du matin passées de quelques minutes. Une fois de plus, la faim avait réveillé le chef de la police régionale au milieu de sa nuit, et il avait dû se lever, persuadé de ne pas retrouver le sommeil avant d'avoir rempli méthodiquement son estomac d'hippopotame. Il prit encore le temps de jeter dans la poêle une généreuse poignée de lardons, s'essuya les mains à un torchon graisseux et se dirigea vers le salon, curieux de connaître la raison de cet appel nocturne. On ne pouvait le déranger à pareille heure que pour une affaire d'importance, et cette simple idée déclenchait dans sa poitrine et dans son ventre un fourmillement très agréable.

De retour dans sa cuisine, moins d'une minute plus tard, il fêta la bonne nouvelle en cassant deux œufs de plus dans le saladier. Il aimait tout dans son métier, mais les épisodes les plus excitants de sa carrière lui étaient toujours venus des chasses à l'homme. Flairer, traquer, harceler, capturer et tuer… comment se sentir plus vivant que dans ces moments-là? Plus puissant? Plus impitoyable? Or cette fois, il n'y avait pas un gibier mais deux! Double plaisir…

Il battit l'omelette avec vigueur, l'aspergea de sel, de poivre et la fit couler dans la poêle où crépitaient déjà le beurre et les lardons. Puis il retourna au salon, décrocha le téléphone et composa un numéro.

– Allô, la caserne? Ici Mills. Passez-moi Pastor!… Allô, Pastor? Prépare la meute. Non, pas tous, cinq ou six. Les meilleurs. Oui, immédiatement.

Sur le canapé défoncé, une forme bougea dans la pénombre.

– Tu as entendu, Ramsès? Ça te fait plaisir? interrogea Mills en raccrochant.

Une tête étrange émergea de sous la couverture mitée. Le bas du visage s'allongeait démesurément, semblable au museau d'un chien, mais le reste était bien humain, les yeux, la peau dépourvue de poils, le crâne plat et couvert de cheveux ras.

– Tu as entendu et tu comprends tout, hein? La-a-a-a chasse! La-a-a-a chasse!

Mills traînait sur le *a* de «la», puis il crachait le mot «chasse» d'un coup en faisant siffler les *s* : «L-a-a-a chasse!»

Ramsès se mit à gémir, et il posa sur son maître un œil encore ensommeillé.

– … hâââss… articula-t-il avec peine.

– « Chasse ! » corrigea Mills, « Chasse ! » Répète, Ramsès : « Chasse ! »

– … hâââss…

– C'est bien, Ramsès, habille-toi et rejoins-moi à la cuisine.

L'omelette était cuite. Mills la fit glisser tout entière dans une assiette creuse restée sur la table depuis le repas de la veille. Il trancha un énorme morceau de pain et décapsula une haute bouteille de bière. L'odeur de l'omelette, ajoutée à la chasse promise, le mettait en joie. Il lui vint à l'idée que la vie était belle et simple quand on n'avait pas d'exigences particulières. Il commença à manger de bon appétit. Ramsès, en veste et pantalon, vint s'asseoir en face de lui. Il avait boutonné lundi avec mardi, et le devant de sa veste se gondolait drôlement. Mills se sentit un peu attendri. Ce bon vieux Ramsès le ferait toujours rire. N'empêche : il était le seul homme-chien à qui il ait pu apprendre à lacer ses chaussures !

– Manger ? Tu veux manger ?

– … an-angé… répondit la créature et un filet de salive coula sur ses babines.

Mills poussa un peu d'omelette devant lui, sur la table et lui tendit une cuillère :

– Tiens, et applique-toi. Propre, hein ? Propre !

Ramsès fixa laborieusement la cuillère entre les trois doigts de sa main droite, dont les ongles ressemblaient à des griffes, et il s'appliqua à porter jusqu'à sa gueule un peu de nourriture.

Ils finissaient leur repas quand on sonna à la porte. Un homme mince et pâle se tenait sur le palier, un sac de voyage à la main.

– Je suis surveillant à l'internat des garçons. Je viens de la part de M. Van Vlyck. J'apporte les…

– Je sais, l'interrompit Mills. Entrez !

Il le précéda dans la cuisine :

– Asseyez-vous !

L'homme posa un quart de fesse sur un coin de la chaise. Ses yeux ne quittaient pas Ramsès et ses mains tremblaient.

– Veuillez m'excuser, monsieur, mais c'est la première fois que je… Je n'avais jamais vu de…

– D'homme-chien ? Eh bien profitez-en et regardez-le à votre aise. Il s'appelle Ramsès. Dis bonjour, Ramsès !

– Chour-jourjh ! crachota la créature, et elle tordit la bouche en un sourire difforme, découvrant deux rangées de dents puissantes.

L'homme eut un tel mouvement de recul qu'il bascula presque de sa chaise. La sueur brillait sur son front.

– Bon, ça va, dit Mills, montrez-moi ce que vous avez.

L'homme ouvrit son sac et en tira une paire de bottes de cuir.

– Voilà, monsieur. Elles appartiennent au jeune homme. J'espère que cela suffira. Et pour la jeune fille, j'ai ceci…

Il fouilla à nouveau dans le sac et, sans cesser de lorgner Ramsès, en sortit un foulard.

– Elle l'a beaucoup porté. Nous nous sommes renseignés.

– Pas de parfum qui masquerait l'odeur de la fille ? demanda Mills.

— Je ne pense pas, répondit l'homme sans oser le vérifier.

Mills lui arracha le foulard des mains, le colla à son nez et le renifla bruyamment.

— C'est bon, vous pouvez partir.

— Je vous remercie, bredouilla l'homme et il se leva. Au revoir monsieur…

À la porte de la cuisine, il se retourna. Sans doute espérait-il entendre encore la voix si troublante de l'homme-chien. La terreur qu'il avait éprouvée lorsque celui-ci avait dit son « Chourjourjh ! » l'instant d'avant lui commandait de s'enfuir à toutes jambes, mais la fascination l'emportait sur la peur.

— Au revoir… monsieur… répéta-t-il, mais à l'adresse de Ramsès, cette fois.

L'homme-chien ne broncha pas.

— Vous fatiguez pas ! dit Mills, il ne réagit qu'à ma voix. Et à mes ordres.

— Ah, vraiment ? fit l'homme.

— Oui, répondit Mills. Si par exemple je lui donne l'ordre de vous attaquer, là, maintenant, eh bien vous n'avez plus qu'une vingtaine de secondes à vivre.

— Une vingtaine de… secondes… vraiment ? s'étrangla l'homme.

— Oui, le temps qu'il vous saute à la gorge et vous sépare à peu près la tête du tronc…

— La… tête du… tronc… répéta l'homme.

Il eut un petit rire nerveux, puis il recula lentement dans le couloir, suivi par le doux regard de Ramsès. On entendit encore son pas qui s'accélérait, le claquement de la porte d'entrée puis le bruit de sa course dans l'escalier.

Il restait une demi-casserole de café noir de la veille. Mills la mit à chauffer, le temps de s'habiller. Il ne fit pas de toilette. Il ne faisait jamais sa toilette avant de partir chasser. Il ne la faisait pas davantage pendant le temps de la chasse, même si elle devait durer des semaines. Il ne se rasait pas non plus. La crasse qui s'accumulait dans les plis de son ventre, entre ses orteils, la barbe qui lui mangeait le visage, tout cela lui donnait la sensation de devenir un animal. Lorsque tout était fini, lorsque le gibier était pris, il aimait rentrer chez lui, épuisé, sale, affamé, prendre un bain brûlant puis passer trois jours sans mettre le nez dehors, se contentant de manger et de dormir.

Il enfila une veste de cuir, ses bottes, avala le café debout et jeta dans un vieux sac à dos de toile quelques habits, une paire de raquettes de neige et un bloc de pain noir. En sortant, il empoigna le sac de voyage contenant les bottes et le foulard.

– Tu viens, Ramsès ? On va s'amuser un peu ?

Tous deux partirent dans la nuit en direction de la caserne. Les rues désertes résonnaient de leurs pas. Le chef de la police allait devant. Ramsès suivait à deux mètres, marchant debout.

Comme tous les hommes-chiens, il maintenait sans trop de peine la posture verticale, mais il présentait cette voussure particulière des épaules et cet arrondi de la nuque qui le faisait ressembler à un homme bossu. Les bras paraissaient trop courts et trop raides, comme atrophiés. «Redresse-toi !» ordonnait souvent Mills. Ramsès se cambrait et tirait sur son dos, mais l'instant d'après il avait oublié.

Bientôt, ils furent dans les faubourgs.

– Marche à côté de moi ! lança Mills. Je n'aime pas que tu me suives, tu le sais ! On dirait un chien de ferme qui voudrait me mordre les mollets !

Ramsès se porta à la hauteur de son maître, et ils allèrent côte à côte pendant une dizaine de minutes, puis insensiblement l'homme-chien décrocha et fut à nouveau sur les talons de Mills. Celui-ci renonça. Cela faisait partie des choses qu'il n'arriverait pas à obtenir de lui. En le prenant dans son appartement, cinq ans plus tôt, il avait pourtant fondé beaucoup d'espoir sur ce surdoué de la meute.

Ramsès appartenait à la troisième génération d'hommes-chiens que Mills avait eue à son service. La première, celle qu'il avait trouvée en accédant à son poste, comptait vingt « bêtes », ou vingt hommes, comme on veut, qui portaient tous des noms d'étoiles. Il avait donné à la seconde, dix ans plus tard, des noms d'empereurs romains : César, Néron, Octave, Caligula… et à la troisième des noms de pharaons de l'Égypte ancienne : Khephren, Téti, Ptolémée… Ainsi Ramsès était-il fils d'Auguste et de Flavie mais frère de Kheops et d'Aménophis… Mills avait observé très tôt les capacités singulières de ce grand chien à l'air rêveur, si bien qu'il avait décidé un beau jour de l'adopter et de le garder dans son appartement de célibataire.

Dans les premières semaines, les progrès avaient été rapides. Ramsès avait appris à écrire son nom et à lire des mots simples comme taxi ou vélo. Il avait vite été capable d'en répéter plus de quarante, en commençant par bonjour, merci, manger, chasse ou Bombardone… qui se transformaient en «Chour-jourjh… er-chi!… an-angé!… hâââss… et… hâârdone!». Mills s'était ensuite acharné à obtenir davantage, et cela avait été plus laborieux : jouer à la bataille de cartes, siffler une mélodie, faire cuire une omelette…

Ce temps était aujourd'hui révolu. Depuis longtemps, à l'évidence, Ramsès ne faisait plus aucun progrès.

– Pourquoi tu le gardes encore? demandait Pastor, le maître-chien, ramène-le donc à la caserne, il sera plus heureux avec les siens. Il ne s'ennuie pas chez toi?

Le chef de la police n'osait pas répondre la vérité : il s'était attaché à la présence tranquille, à la fidélité sans faille de son étrange compagnon. Quelquefois, la nuit, il se réveillait en sursaut, assailli d'angoisses incontrôlables contre lesquelles manger ne faisait plus rien. Alors il allait se coucher à côté de Ramsès, sur le canapé du salon, et il passait là le reste de la nuit, rassuré par la respiration régulière de l'homme-chien.

À la caserne, une lumière brillait à l'étage. Ils entrèrent dans le bâtiment et montèrent un escalier métallique. Pastor les attendait dans son bureau, en fumant une cigarette. C'était un gros homme mou, aux lèvres épaisses. Il avait les cheveux ébouriffés et les yeux rougis d'une personne qu'on a tirée du lit.

– Salut Bombardone, salut Ramsès! Ça pouvait pas attendre demain?

– Chour-jourjh! grommela Ramsès.

– Non, ça ne peut pas attendre, répondit Mills. Tu as préparé la meute?

– J'ai mis les cinq meilleurs : Khéops, Aménophis, Khephren, Mikerinos et Téti. Tu vas prendre Ramsès, je suppose, ça fera six. Ça te va?

– Ça me va.

– Quand est-ce qu'on part?

– Tout de suite.

Sans faire de commentaires, Pastor se leva, enfila sa lourde canadienne et saisit le sac à dos accroché à la patère. Il s'attendait visiblement à ce départ immédiat.

– Ça commence par où?

– Ça commence chez les consoleuses. C'est là qu'on les a vus en dernier.

– Alors allons-y…

Pastor aimait les chiens mais pas la chasse à l'homme. Courir la montagne pendant des jours et des nuits, comme une bête, grelotter de froid sous une couverture, ne pas manger quarante-huit heures durant, cela ne lui disait rien. Il n'avait jamais eu l'instinct de prédateur d'un Mills par exemple, prêt à tout supporter parce que c'était «la chasse».

Les cinq hommes-chiens attendaient dans l'obscurité, près de la grille, leurs bras raides le long du corps. Deux d'entre eux fumaient une cigarette. Tous étaient habillés et chaussés, si bien que de loin on aurait pu les prendre pour des ouvriers d'usine attendant leur car, à l'aube.

Quand Ramsès se joignit à eux, ils le regardèrent à peine.

Pastor traversa la cour en traînant les pieds, un trousseau de clefs à la main. Il bâilla, ouvrit la grille et siffla un coup bref entre ses dents. La petite troupe se mit en route derrière lui. Mills fermait la marche, heureux de ne plus avoir Ramsès à ses basques.

Ils arrivèrent un peu avant trois heures du matin au village des consoleuses. Mills fit stopper la meute devant la bibliothèque, dernier lieu où les fuyards avaient été localisés. Il poussa la porte du pied et jeta un coup d'œil à l'intérieur. La lampe était allumée sur la table, une flamme dansait encore derrière la vitre du poêle. Il entra seul dans la pièce et l'inspecta sommairement. La disparition des jeunes gens remontait à plus d'une semaine, et il ne fallait plus compter trouver trace de leur passage. Mills alla jusqu'aux étagères et balaya la plus basse de son avant-bras, faisant tomber pêle-mêle au sol une vingtaine de livres qu'il éparpilla encore d'un coup de pied.

— Quelque chose ? demanda Pastor, pointant sa tête à la porte.

— Rien du tout, répondit Mills en sortant de la pièce. On va faire sentir les affaires aux chiens.

Pastor ouvrit le sac de voyage et en tira une des deux bottes.

— Je vais la présenter à Khéops, Aménophis et Téti seulement. Et on fera sentir le foulard de la fille aux trois autres. Comme ça, si nos deux oiseaux se séparent, on s'en rendra compte.

— Bravo, Pastor ! commenta Mills, faussement admiratif. Tu es mieux réveillé que tu en as l'air.

— Je voudrais surtout en finir au plus vite, ronchonna le maître-chien et il tendit la botte à Kheops :

— Tiens, Kheops, cherche! Cherche!

L'homme-chien fit entrer tout son museau dans la botte. Il inclinait drôlement sa tête et gardait les yeux clos. Quand il eut reniflé à son aise, il passa la botte à Téti qui procéda de la même façon. Mills les observait du coin de l'œil, guettant l'agitation qui les gagnait peu à peu. Il avait toujours été fasciné par cet instant où les hommes-chiens cessaient d'être hommes pour devenir tout à fait chiens. Les voir frémir d'excitation, les entendre gémir le rendait jaloux. Il aurait aimé lui aussi pouvoir inscrire dans l'endroit approprié de son cerveau l'odeur exacte du gibier et commencer la traque, le nez au vent.

— Cherche, Ramsès, cherche! dit-il en tendant le foulard à son protégé.

— … hââââss… dit Ramsès.

— Oui, chasse! l'encouragea Mills.

Mikerinos était, d'après Pastor, le meilleur «nez» de la meute. À peine eut-il flairé le foulard qu'il s'engagea dans la rue principale du village. Tous les autres le suivirent. C'était un curieux spectacle que ces six créatures voûtées allant à grands pas dans la lumière blafarde de la lune, tels des vampires en quête de sang. À la fontaine, ils n'hésitèrent pas et prirent une petite rue en pente, sur leur gauche. Ils la descendirent à moitié et s'immobilisèrent en silence devant le numéro 49.

Les hommes-chiens n'aboyaient jamais. Tout juste laissaient-ils échapper, au comble de l'excitation, de faibles gémissements à peine perceptibles à l'oreille humaine. Rien ne trahissait jamais leur présence ni leur approche. Quand on était traqué par eux, il fallait se résoudre à les voir surgir soudainement, à quelques mètres de soi, et cela signifiait qu'il était déjà trop tard.

La maisonnette dormait. Mills ne prit pas la peine d'aller taper à la porte d'entrée, en contrebas de la rue. Il resta sur la chaussée et jeta une poignée de gravier qui crépita contre les carreaux de l'étage.

– Qu'est-ce que c'est ? demanda une voix de femme.

– Police ! annonça Mills.

– Qu'est-ce que vous voulez ?

– Ouvrez !

Le rideau de la fenêtre s'écarta légèrement. La présence des hommes-chiens indiquait qu'il ne s'agissait pas d'une blague. On entendit la personne maugréer un instant puis descendre les escaliers avec lenteur. La porte d'entrée s'ouvrit enfin sur une énorme femme en robe de chambre et en pantoufles.

– Vous êtes madame… ? demanda Mills.

– On m'appelle Martha. Qu'est-ce que vous voulez ?

– Vous êtes consoleuse ?

– Vous me croiriez si je vous disais que j'étais coureur cycliste ?

N'en possédant aucun, Mills n'aimait pas qu'on fasse de l'humour. Il dut prendre sur lui pour rester calme.

– Vous êtes la consoleuse de Mlle Bach?

– Je ne connais que les prénoms.

– Milena, laissa tomber Mills, et il était surprenant d'entendre à quel point ces trois syllabes restaient belles même dans la bouche de cette brute.

– Possible… répondit Martha.

– Oui ou non? demanda Mills.

La grosse femme le fixa dans les yeux sans trahir le moindre signe de crainte. Mills sentit que l'agacement montait encore en lui.

– Elle est venue chez vous la semaine dernière. Avec un jeune homme. Où sont-ils partis ensuite?

– Cher monsieur, chuchota Martha en plissant les yeux, vous savez très bien qu'aucune consoleuse ne vous révélera les visites qu'elle reçoit, et encore moins ce qu'on s'y dit. Nous sommes comme des prêtres-confesseurs, voyez-vous. Et si vous ne le comprenez pas, alors je traduirai à votre intention en termes plus simples : secret professionnel.

Mills était un sanguin. En une demi-seconde, il fut hors de lui.

– Entrez! ordonna-t-il, comme s'il s'était trouvé chez lui.

Une fois à l'intérieur, il tira la porte sur eux, poussa la consoleuse sur une chaise et s'assit à cheval sur une autre, bien en face d'elle, les bras sur le dossier.

– Chère madame, chuchota-t-il à son tour, vous et vos collègues êtes payées par vos dirigeants, c'est-à-dire par moi, pour permettre à ces jeunes gens de sortir trois fois l'an de leur internat. Autrefois, on vous appelait simplement des «correspondantes». Je ne sais pas qui a inventé ce terme stupide de «consoleuses». Mais une chose est certaine, il me suffit de faire ça (il fit claquer les doigts de sa main droite), voyez : ça (il les refit claquer) et c'en est fini de cette plaisanterie. Vous pourrez descendre de votre colline et débuter votre carrière de… coureur cycliste. Alors je vous pose la question pour la deuxième fois : avez-vous eu la semaine dernière la visite de Mlle Milena Bach ?

– Cher monsieur, vous devriez prendre une tisane de verveine le soir. Vous dormiriez mieux. Et cela vous éviterait de traîner dehors en pleine nuit avec ces malheureuses créatures qui…

– Avez-vous eu, oui ou non, la visite de cette fille, madame Martha ? Je vous recommande vivement de répondre…

– Il y a aussi la fleur d'oranger… Vous avez un tempérament nerveux et cela vous aiderait à…

La gifle cingla la joue gauche de Martha. Elle en fut stupéfaite. Jamais on ne l'avait giflée, même pas son père quand elle était petite, et la main de Mills était lourde. L'espace d'une seconde, étourdie et désemparée, elle faillit éclater en sanglots, mais elle n'en eut pas le temps. On entendit, venu de l'extérieur, une espèce de gong retentissant suivi d'un râle, et la porte s'ouvrit.

– Un problème, Martha ?

Quatre consoleuses entrèrent l'une derrière

l'autre et emplirent de leur volume colossal les deux tiers de la pièce. La première était Paula, la consoleuse d'Helen, tenant à la main une poêle à frire, les trois autres étaient armées de rouleaux à pâtisserie.

— Aucun, sourit Martha, les larmes aux yeux. Nous bavardions avec monsieur qui est un vrai gentleman. Mais il allait partir, je crois…

Mills, toujours assis, eut tôt fait d'estimer la situation. Malgré sa force physique, il n'était pas du tout certain d'avoir le dessus contre ces quatre montagnes de chair. Et mourir assommé à coup de rouleaux à pâtisserie, lorsqu'on est chef de la police, et célibataire par-dessus le marché, cela manque terriblement de grandeur. Bien sûr, il lui aurait suffi de siffler Ramsès et de lui dire : «Attaque!», mais lancer un homme-chien sur des consoleuses n'avait rien de glorieux non plus.

— En effet, j'allais partir, grommela-t-il, et il se leva de sa chaise.

Les quatre énormes femmes lui laissèrent un étroit passage qui l'obligea à se faufiler entre elles comme un garnement. Dehors, Pastor se frottait le crâne à deux mains.

— Regarde, Bombardone, ce qu'elles m'ont fait, pesta-t-il. J'ai un œuf de poule sur la tête. Elles n'ont même pas peur des chiens, ces enragées !

Mills l'ignora. Les six hommes-chiens se tenaient ensemble, un peu plus loin. Tous étaient tournés vers le nord, museaux tendus et frémissants. Mills les rejoignit.

— Ils sont là-bas ? Ils sont partis vers la montagne, hein ?

85

– … hâââss… fit Ramsès, tendant le cou.

– J'en étais sûr, murmura Mills. Ils s'enfuient toujours par la montagne, jamais par le fleuve.

Les autres hommes-chiens ne bougeaient pas, mais en s'approchant plus près, Mills entendit leurs plaintes impatientes.

5. *Le Ciel*

Catharina Pancek, malgré ses quinze ans et son visage enfantin, ne manquait pas de présence d'esprit. Sous le prétexte de l'embrasser, une camarade venait de lui glisser quelque chose dans la main, et ce quelque chose, il fallait à tout prix le cacher avant la fouille qu'on ne manquerait pas de lui infliger. En faisant passer l'objet dans sa poche, elle reconnut le bruit infime et familier des petits bâtonnets qui s'entrechoquent : des allumettes ! Le plus beau cadeau qu'on puisse faire à une personne dans sa situation.

La Merlute la poussa devant elle à travers le dortoir des grandes. Celles-ci ne connaissaient pas Catharina par son prénom, mais les encouragements l'accompagnèrent quand même tout au long des rangées :

— Courage ! Tiens bon ! N'aie pas peur !

Et même, comme elle franchissait la porte pour sortir, ce dernier cri lancé sans crainte :

— Regarde le Ciel ! N'oublie pas !

Catharina en eut la chair de poule. Elle-même avait tâché de réconforter ainsi des filles qu'on emmenait au cachot, les années précédentes, mais elle n'aurait jamais pu imaginer qu'elle y serait condamnée un jour. Tandis qu'elle avançait entre les lits, elle sentit la peur se dissiper un peu, comme si la solidarité et la compassion témoignées par tant de voix amies lui tissaient, par touches légères, un habit de courage.

Une fois sorties du dortoir, elles traversèrent au pas de charge des couloirs étroits et déserts que Catharina ne connaissait pas. Des moutons de poussière noirâtre volaient sous leurs chaussures. On ne devait pas balayer souvent ici. La Merlute allait devant, allumant et éteignant les lampes à la volée sur leur passage. Parfois elle se retournait pour voir si sa prisonnière aux jambes plus courtes suivait, et, de profil, son nez immense devenait presque irréel de longueur. Elles descendirent un escalier, puis suivirent un long couloir. Sans ralentir son pas, afin de ne pas alerter la surveillante, Catharina tira la boîte d'allumettes de sa poche droite et l'enfouit dans ses cheveux épais. Avec un peu de chance on n'irait pas regarder là. Elles franchirent encore plusieurs portes rapprochées et se retrouvèrent soudain, de façon tout à fait inattendue, devant le bureau de la directrice. La Merlute tapota deux coups rapprochés, puis un troisième après une pause. *Leur code…* se dit Catharina.

– Entre ! fit une voix encombrée, de l'autre côté de la porte.

La Merlute empoigna Catharina au col comme on fait d'un voleur de pommes alpagué, et la poussa à l'intérieur.

— Pancek! annonça-t-elle.

La Tank, assise derrière son bureau, achevait son repas. Ses reliefs s'étalaient devant elle : un reste de salade, une carcasse de poulet, un bol de mayonnaise avec une cuillère plongée dedans, une assiette de fromage, de la confiture, une bouteille de bière.

— Alors, Pancek? demanda-t-elle, en mastiquant à grand bruit.

Alors quoi? eut envie de répondre Catharina.

— Vous savez où on vous emmène?

— Je le sais.

— Vous y ferez du calcul mental. Ça vous passera le temps…

Catharina ne comprit pas ce que la directrice voulait dire, et se tut.

— Vous avez peur? continua la Tank.

— Oui, mentit Catharina, estimant qu'il valait mieux répondre ainsi, j'ai peur…

En réalité, elle n'éprouvait plus rien à cet instant, sinon la crainte qu'on découvre ses allumettes. La Tank la dévisagea, perplexe :

— Vous y êtes déjà allée, au cachot?

— Non, jamais.

— Parfait. Ça vous fera quelque chose à raconter en sortant. Si vous sortez…

Cause toujours! pensa Catharina.

Pendant ce temps, la Merlute avait pris place à un coin du bureau devant son assiette à elle et, de la pointe de son couteau, elle entreprenait d'arracher des restes de viande à la carcasse du poulet.

— Videz vos poches! ordonna la Tank.

Catharina posa sur le bureau un mouchoir et une brosse à cheveux.

– Reprenez le mouchoir. Il pourrait vous servir. Mais posez vos lunettes, et votre montre. Ça coupe. On vous les rendra quand vous sortirez.

En une seconde, la belle assurance de Catharina s'envola. Elle était myope depuis son enfance et portait des verres épais.

– Laissez-moi mes lunettes, je vous prie…

– PARDON ? tonna la directrice. Elle donnerait des ordres maintenant ? Là où vous allez, ma petite, vous n'aurez pas besoin de vos binocles.

– Je ne vous donne pas d'ordre, je…

– Vos lunettes !

Catharina sentit ses yeux se brouiller et les sanglots lui monter à la gorge. Elle quitta ses lunettes et les posa sur le bureau avec sa montre. Tout ce qui l'entourait devint flou, et elle se retrouva dans un brouillard que les larmes firent étinceler.

– Fouille-la ! ordonna la Tank.

La Merlute ne se le fit pas dire deux fois. Ses vilaines pattes s'activèrent sur la jeune fille qui serra les dents. L'haleine de la surveillante puait le poulet froid et la mayonnaise. *Pourvu qu'elle ne fouille pas mes cheveux…* priait Catharina. Elle ne les fouilla pas.

– Emmène-la ! conclut la Tank.

La course folle à travers les couloirs reprit de plus belle. Catharina, qui tendait ses deux bras en avant pour ne pas se heurter aux obstacles, ralentissait la marche. Quand la Merlute en eut assez, elle saisit à nouveau sa prisonnière par le col et ne la lâcha plus. En quelques enjambées, elles furent au réfectoire. C'était étrange de le traverser en pleine nuit. Les lourdes tables desservies semblaient sommeiller comme de gros animaux. Les sons résonnaient. La Merlute ouvrit la porte du fond, alluma une torche électrique et toutes deux s'engagèrent côte à côte dans l'escalier pentu. Quelques mètres plus bas, elles délaissèrent la cave, qui s'ouvrait sur la droite, et continuèrent leur descente. Les marches étaient luisantes d'eau. Les bruits devinrent sourds. Cela donnait l'impression qu'on entrait dans une tombe. La spirale de l'escalier s'acheva enfin, débouchant sur une galerie en terre battue d'une dizaine de mètres, à peine étayée, au bout de laquelle se trouvait le cachot. La Merlute fit tourner une énorme clef dans la serrure, poussa la porte et promena le faisceau de sa torche sur le «mobilier».

— Ça, c'est les toilettes! expliqua-t-elle en désignant un seau en fer-blanc. Vidées une fois par jour. Les repas aussi, c'est une fois par jour. Et ça, c'est la couchette.

Le Ciel! se disait Catharina, les yeux levés vers le haut du mur, *éclaire donc un peu le Ciel, vieille carne! Même si je le vois trouble! Je me fiche du seau!* Mais la Merlute ne s'attarda pas. Sans doute avait-elle hâte de terminer son repas en compagnie de la Tank. Elle tourna les talons et sortit du cachot. En une seconde, un noir profond occupa tout l'espace. On entendit la clef faire un tour dans la serrure, puis le pas rapide de la surveillante s'éloigna et ce fut le silence. À tâtons, Catharina avança jusqu'à la couchette et s'y assit. Elle était faite de planches et dépourvue de matelas. La jeune fille prit la boîte d'allumettes, restée bien en place dans ses cheveux, et l'ouvrit avec précaution. Elle compta trois fois les bâtonnets en prenant soin de ne pas les faire tomber sur le sol humide. Il y en avait huit exactement. *Combien de secondes de lumière huit allumettes représentent-elles si on arrive à les faire brûler jusqu'au bout dans ses doigts? soixante-quatre secondes? soixante-douze?* Elle repensa à la réflexion de la Tank à propos du calcul mental. *Qu'est-ce qu'elle voulait dire par là, cette folle?* En tout cas, il valait mieux tenir aussi longtemps que possible avant de les utiliser. Il fallait être parcimonieux, un peu comme avec les visites aux consoleuses… Catharina eut le cœur serré en pensant à la sienne, sa gentille souris trotte-menu. Comme elle en serait malade de la savoir là! De la main droite, elle amena la couverture à son nez et trouva qu'elle sentait moins mauvais qu'elle aurait pu le craindre. Elle se pelotonna dedans pour dormir. Il devait être dix heures du soir. Une longue nuit commençait.

Quand le froid la réveilla, elle n'aurait su dire si elle avait dormi quelques minutes seulement ou plusieurs heures. Était-ce déjà le matin? Il lui sembla entendre le déplacement d'un insecte tout près de son oreille. Une araignée? Elle se serra dans son manteau, remonta sa couverture et tâcha de se rendormir. En vain. Les pensées noires la gagnaient comme une armée de cafards insidieux. *Milena, où es-tu partie? Est-ce que tu reviendras bientôt? Qui viendra me chercher ici?*

Elle résista un temps qui lui parut infini, mais peut-être était-ce seulement une heure, et elle résolut de craquer la première allumette. Elle en brûlerait une après chaque visite, une par jour donc, ainsi elle ne les gaspillerait pas trop vite. Elle se leva et tira sa couchette jusqu'au mur du fond. En se tenant debout dessus, elle se trouvait tout près de la poutre dont on lui avait parlé… Au moment de frotter la petite boule de soufre sur le côté de la boîte, elle eut une angoisse soudaine : et s'il n'y avait rien sur cette poutre ? Ni ciel et ni nuage ? Ni dessin d'aucune sorte ? Quelle déception ce serait ! Et s'il y avait quelque chose, est-ce qu'elle le verrait seulement sans ses lunettes ? Elle hésita quelques secondes, puis se décida finalement. L'allumette s'enflamma du premier coup, et Catharina fut stupéfaite de voir à quel point elle parvenait à éclairer le cachot tout entier. Elle leva son bras tremblant vers la poutre et elle vit.

Oui, il y avait un bout de ciel peint sur le bois à demi moisi. Il ne mesurait pas plus de trente centimètres sur quinze et le bleu azur avait sans doute pâli, mais c'était un ciel, assurément ! On le voyait au nuage qui complétait le dessin, sur la gauche. Un cumulus ventru et blanc comme une balle de coton. La flamme indécise faisait gonfler ses formes mouvantes : éléphant, montagne ou dragon. Catharina observa, fascinée. Il lui sembla que la vue de ces couleurs, même dans le flou de sa myopie, l'arrachait au ventre sombre de la terre et la ramenait à la vie d'en haut, il lui sembla que le vent soufflait dans ses cheveux, que le sang coulait à nouveau dans ses veines.

Le noir soudain revenu et la vive brûlure au bout de ses doigts la ramenèrent à la réalité : elle venait de consumer sa première allumette. Il n'en restait que sept désormais. Mais qu'importe, elle avait vu le Ciel, et elle en était plus forte. Elle se recoucha, pleine de courage.

Ne t'en fais pas, Milena ! Va là où tu dois aller ! Fais ce que tu dois faire ! Je résisterai, pour toi, pour Helen, pour nous toutes ! N'ayez crainte, les filles : la petite Catharina Pancek a vu le Ciel et elle tiendra le coup ! Elle vous en bouchera un coin !

Les larmes trempèrent son mouchoir, mais la Tank pouvait aller se faire voir : ce n'étaient pas des larmes de tristesse ni de peur.

La Merlute avait dit vrai. On rendit visite à Catharina dès le lendemain. La clef, en tournant dans la serrure, la fit sursauter. Une torche l'éblouit.

— Votre repas !

Une femme courtaude posa sur le bord de la couchette un plateau sur lequel se trouvaient un morceau de pain, une assiette, un pichet d'eau et un gobelet.

— Mangez pendant que je vais vider le seau !

— Quelle heure est-il s'il vous plaît ?

— Je n'ai pas le droit de vous parler, répliqua la femme, et elle sortit en prenant soin de bien refermer à clef derrière elle.

Catharina but d'un trait la moitié du pichet. Elle se rendit compte qu'elle mourait de soif. À tâtons, elle trouva la cuillère et goûta du bout des lèvres le contenu de l'assiette. Des haricots blancs. À peine tièdes. Elle en avala une bouchée, mordit dans le pain qu'elle trouva presque bon. *Je vais le garder*, se dit-elle, *je le mangerai petit bout par petit bout*. Elle le cacha sous la couverture et se força à terminer les haricots.

Au bout de deux minutes, la femme était de retour. Elle reposa le seau dans l'angle du cachot, et s'avança d'un pas vers la couchette, braquant sa torche sur le plateau.

– Fini ?

– Oui, répondit Catharina. Vous… vous travaillez à l'internat ? Vous êtes nouvelle ? Je ne vous connais pas…

– Je n'ai pas le droit de vous parler, répéta la femme. À demain…

Elle reprit le plateau et s'en alla.

Une fois seule, Catharina resta longtemps allongée sur le dos, les yeux grands ouverts, dans un état de rêverie très étrange. La voix de cette femme ne lui était pas inconnue, elle aurait pu le jurer.

Occuper le temps n'était pas une mince affaire. Catharina épuisa tous les jeux possibles. Elle s'efforça de retrouver les poésies de son enfance, elle répertoria par ordre alphabétique les noms de pays, puis les prénoms de garçons, ceux de filles, les arbres, les animaux. Combien de temps lui prit tout cela ? Des heures ou des minutes ? Comment savoir ? Faire du calcul mental… pourquoi pas, après tout ? Elle entreprit de réciter ses tables de multiplications…

Le deuxième jour, la même femme revint et ce fut comme la veille, à la différence que les haricots avaient laissé la place à des pommes de terre bouillies.

Le troisième jour – son ouïe s'était-elle aiguisée ? – il sembla à Catharina qu'elle parvenait à entendre, au-dessus d'elle, la rumeur du réfectoire aux heures des repas, le bruit des pas, des couverts, le grincement des chaises sur le carrelage, mais c'était tellement infime qu'elle ne savait pas si elle le rêvait ou non.

Le quatrième jour, en voulant faire brûler sa quatrième allumette, elle s'y prit mal et la flamme s'éteignit aussitôt. Ce petit incident la plongea dans un désespoir profond. C'est ce même jour que la femme courtaude, au moment de quitter le cachot, s'immobilisa dans la porte entrebâillée et demanda :

– C'est Pancek, votre nom ?

– Oui, répondit Catharina.

La femme resta quelques secondes parfaitement immobile et silencieuse, puis s'en alla.

Le cinquième jour, Catharina commença à tousser et la gorge lui fit mal. Elle s'aperçut qu'elle avait de plus en plus de peine à tenir le compte des jours passés dans le cachot. Tout s'embrouillait terriblement dans sa tête. La seule certitude à ce propos lui était donnée par le nombre restant de ses allumettes, puisqu'elle en brûlait une seule par jour, et elle ne pouvait pas s'empêcher de les recompter sans cesse. *Trois allumettes… Trois… Trois jours encore à voir le Ciel… Mais ensuite ?* Où trouverait-elle la force de ne pas sombrer ?

Le sixième jour, la femme s'immobilisa de nouveau à la porte et poursuivit la phrase interrompue la veille. À croire qu'elle n'avait pensé qu'à cela depuis :

– Pancek… Catharina?

– Oui, répondit Catharina, assise sur la couchette et tremblante de fièvre.

Il y eut un long silence, puis la femme lâcha :

– Il est neuf heures du soir. Je viens toujours à neuf heures du soir. Je vous laisse le pichet d'eau près de la porte. À demain…

Cette voix… L'espace d'une seconde, Catharina eut l'impression qu'elle allait pouvoir nommer cette femme, que cela allait jaillir de ses lèvres. Elle l'avait au bout de la langue, au bout du cœur. Mais dès que la porte se fut refermée, elle sut que le nom s'était enfui et qu'elle ne le retrouverait pas. Elle fit des rêves confus. Il s'y mêlait des incendies, des bruits de clef, des hordes d'insectes et la Tank qui hurlait : «PARDON ?» Elle chercha au moins une heure ses allumettes dans ses cheveux avant de se souvenir qu'elles étaient dans la poche de son manteau depuis le premier soir.

Le septième jour, elle ne parvint pas à se lever quand la femme apporta le plateau. Celle-ci s'approcha, posa sa torche sur la couchette et l'aida à se redresser.

– Il faut manger, mademoiselle…

Catharina s'assit en claquant des dents. La femme courtaude la fit d'abord boire, puis lui mit la cuillère dans la main droite, mais ses doigts tremblaient si fort que tout le contenu tomba sur ses genoux. Alors la femme prit la cuillère et lui donna à manger, comme à une enfant.

Une fois la dernière bouchée avalée, elles restèrent assises côte à côte. La femme semblait hésiter.

— Tu ne me reconnais donc pas ? finit-elle par murmurer.

— Je reconnais ta voix... dit Catharina, sans s'étonner de la tutoyer à son tour, mais c'est si loin...

La femme prit la torche et en dirigea le faible faisceau sur son propre visage.

— Tu me reconnais mieux ?

Catharina leva la tête et plissa les yeux. Cette face lourde et triste ne lui disait rien.

— J'ai bien connu ton père, continua la femme, et sa voix se fit vacillante. Il s'appelait Oskar Pancek. J'ai travaillé chez lui. Comme bonne à tout faire...

— Mon père ?

— Oui, ton père. C'était un brave homme. Il a été bon pour moi.

— Je ne me souviens de rien...

— Et comme ça ? reprit la femme, en faisant pivoter sa tête afin de montrer son profil droit. Tu te souviens mieux comme ça ?

Tout ce côté-là de son visage était recouvert d'une immense tache de vin. Elle partait du milieu du front et couvrait la joue, la moitié de la bouche et la mâchoire.

— Thérèse... murmura Catharina. (Les deux syllabes s'échappèrent de sa bouche et diffusèrent dans le cachot une douceur immédiate.) Thérèse... répéta-t-elle.

Ce fut comme si une porte s'ouvrait, ou bien comme si un voile se dissipait. Elle se retrouva dans un grand salon où flottait une odeur parfumée de tabac. Le rideau de la baie entrouverte se balançait dans la brise. Quelqu'un jouait du piano, un homme barbu vêtu d'une veste de velours et dont les doigts caressaient le clavier. Elle ne voyait que son profil. Elle s'approchait pour grimper sur ses genoux. « Cathia ! Laisse ton père tranquille ! » disait une voix, et Thérèse se penchait sur elle pour la soulever.

— Mon père... jouait du piano ? hasarda Catharina, dont le cœur s'emballait.

— Oui, répondit la femme et elle se leva.

À la porte, elle s'arrêta de nouveau et ajouta, d'une voix empreinte de tristesse :

— Il jouait du piano, mais pour son plaisir seulement. C'était surtout... c'était un grand mathématicien. Et un grand résistant. Je n'ai pas le droit de vous parler. Voici vos lunettes, votre montre et votre brosse. Je les pose près du pichet d'eau...

Catharina pensa qu'elle allait la quitter sur ces mots, mais la femme n'en avait pas tout à fait terminé :

— Il n'y a pas de surveillance cette nuit... À partir de une heure du matin, il n'y aura aucune surveillance dans l'internat...

Catharina resta dans un état d'hébétude pendant un long moment, le temps de comprendre ce que la femme venait de lui dire en quelques mots, et surtout de prendre conscience que la clef n'avait pas tourné dans la serrure. Elle tituba jusqu'à la porte, glissa ses doigts sur le côté du battant et le tira vers elle. Il s'ouvrit sans offrir de résistance. L'émotion la fit tomber à quatre pattes. Elle tâtonna vers le pichet d'eau, y trouva sa brosse à cheveux, sa montre et ses lunettes qu'elle chaussa aussitôt.

Je suis libre, se dit-elle, et ses pensées s'affolaient dans son cerveau : *Je suis libre… j'ai mes lunettes… ma montre… il n'y a pas de surveillance cette nuit… mon père était un grand mathématicien… un grand résistant… j'ai encore une allumette pour regarder le Ciel…*

Elle s'allongea sur sa couchette, frissonnant de tout son corps malgré le manteau et la couverture. Elle s'endormit et se réveilla plus de cinq fois avant d'estimer que le temps était peut-être passé. Elle tira comme elle put la couchette sous la poutre, se dressa dessus et gratta la huitième et dernière allumette. Il était presque deux heures à sa montre. Pour la première fois elle vit le Ciel avec ses lunettes, et elle en fut bouleversée tant elle le trouva bleu et puissant. Le nuage blanc ressemblait à un gigantesque édredon de plume.

Elle but encore au pichet, grelottante de fièvre, et s'en alla à petits pas le long de la galerie de terre. *Ma consoleuse…* se dit-elle, *il faut que j'aille chez elle, il faut que j'y arrive…* Chacun de ses pas résonnait douloureusement dans sa tête. Elle gravit à tâtons la spirale des marches humides. Elle avait accompli la moitié environ de son ascension, quand la porte grinça, là-haut. La lumière d'une torche plongea dans l'escalier. On descendait. Était-ce Thérèse qui revenait ? Quelqu'un d'autre ? Affolée, elle eut juste le temps de se réfugier sur sa gauche, dans le dégagement où commençait la cave. Elle se plaqua contre le mur et retint sa respiration.

– Attention, ça glisse ! chuchota une voix.

– Mets tes mains sur mes épaules ! répondit une autre. Tu dis que c'est sous la cave ?

– Oui, continue ! Il faut descendre tout au fond !

Les deux silhouettes passèrent devant Catharina sans la voir. La voie était libre à nouveau. La jeune fille s'avança dans l'escalier, mais le vertige la prit et elle crut qu'elle allait basculer dans le vide. La fièvre la dévorait et lui ôtait toute force. Elle sut qu'elle n'arriverait jamais à remonter seule. Alors autant faire le pari que ces deux-là seraient de son côté… Ils allaient bien voir que le cachot était vide et ils feraient demi-tour. Dans quelques secondes ils seraient là. Elle s'assit sur une marche pour les attendre.

6. Sur le toit

L'ardoise humide brillait d'un noir étincelant. Assis sur le faîte du toit de l'internat, Helen et Milos se serraient dans leur manteau et contemplaient la petite ville. Elle sommeillait entre le fleuve couleur d'acier et les collines sombres du Nord.

— Dieu qu'elle est belle! disait Helen. Tu t'y es déjà promené?

— Chaque fois que j'accompagne un camarade chez sa consoleuse! répondit Milos. Je ne vais jamais à la bibliothèque. Je n'aime pas trop lire. Ça m'endort. Alors je redescends, je passe le pont et je vais en ville. Les trois quarts des garçons font ça.

— Et si tu te fais prendre?

— Je ne me fais jamais prendre, je te l'ai déjà dit. Regarde là-bas, d'où montent ces fumées presque violettes. C'est le bas quartier, celui des tavernes et des voyous. On y va pour boire et se battre.

— Tu me fais peur... Tu y es déjà allé?

Milos éclata de rire.

— Je le traverse. Mais rassure-toi, je ne bois

jamais et je ne me bats pas non plus. Enfin pas dans les tavernes.

— Ah, c'est vrai, tu fais de la lutte, c'est ça ?

— De la lutte gréco-romaine.

— C'est comment ?

— Comme la lutte libre, sauf qu'on n'a pas le droit de saisir son adversaire aux jambes. Ni de frapper. Ni de mordre. Ni d'étrangler.

— Ah. Et le but du jeu, c'est quoi alors ?

— Renverser l'autre en l'attaquant par le haut du corps seulement, et lui faire toucher les épaules au sol. Ça s'appelle un tombé.

— C'est primaire !

— Je suis primaire…

— Je ne te crois pas. Et tu es fort en… lutte gréco-romaine ?

— Ça va…

— Le plus fort de l'internat ?

— Je pense, oui.

Milos disait cela sans forfanterie. Helen le lui demandait et il répondait la vérité, c'est tout. Elle en fut impressionnée. Elle éprouva une fois de plus le sentiment qu'elle ne risquait rien aux côtés de ce garçon aux mains larges et presque inconnu d'elle. Ils levèrent les yeux. Les étoiles innombrables semblaient brûler d'une énergie particulière. Leur lumière étincelante, silencieuse et lointaine, emplissait le ciel glacé. Helen frissonna.

— Tu as froid ? Tu veux qu'on rentre ?

— Pas avant que tu m'aies dit ce que tu dois me dire, Milos. Tu me l'as promis.

Il hésita un peu. Un chat pointa sa tête derrière une cheminée, les observa un instant, surpris de trouver deux êtres humains en cet endroit, puis il s'éloigna de sa démarche souple.

– On fait de drôles d'oiseaux, sur notre toit, tous les deux…

– Raconte-moi, Milos.

– D'accord. Tu es prête ?

– Je suis prête.

– Alors voilà. Commençons par le début. Ça se passe au printemps dernier. Un nouveau arrive à l'internat. Un drôle de type : dix-sept ans environ, taille supérieure à la moyenne mais râblé tout de même, des épaules de déménageur, une longue tête épaisse, le pouce de la main droite complètement tordu, le nez enfoncé, des cicatrices sur les bras, les mains, les cheveux en épis. Bref, le genre dur au mal dont je me méfierais beaucoup en lutte ! Dès le premier soir, dans la cour, il s'avance vers nous et s'adresse à Bart, avec un peu d'hésitation : «Y paraît que c'est toi, Bartolomeo Casal ?» Bart le regarde en face et lui répond que oui, c'est lui. Je me demande un instant si le gars va se jeter sur Bart et le rosser. Mais non, il ouvre une bouche immense, se prend le visage dans les mains et répète en gémissant : «J'y crois pas… J'y crois pas.» Il a l'air tellement bouleversé qu'on l'entraîne dans un coin de la cour pour ne pas se faire repérer. «Eh ben tu peux te vanter de m'avoir fait courir ! dit le gars. Trois ans que je te cherche ! Trois ans que je me fais renvoyer exprès de tous les internats pour te dénicher ! J'en ai fait des cachots ! J'en ai pris des volées ! Regarde ma gueule !»

Il en suffoque d'émotion, il sort un mouchoir

sale de sa poche, pleure dedans, se mouche. «Explique-toi! lui dit Bart. On n'y comprend rien, à ton histoire! Qui es-tu d'abord? – Ben, ch'suis un bourrin, il répond. – Un quoi? – Un bourrin! Vous savez pas ce que c'est? Je suis un de ces types qui se font cogner et tabasser pour des artistes dans ton genre! On nous dit qu'y faut livrer un courrier, alors on y livre, même si ça doit prendre dix ans et que le bonhomme est introuvable. On est prêt à en prendre plein la figure pour ça. Mais attention, pas pour n'importe qui. Pas pour ces salauds de la Phalange! Mon père a jamais pu les blairer, et moi c'est pareil. Oh, dire que c'est moi qui te trouve! J'arrive pas à y croire! Tu m'jures que t'es bien Bartolomeo Casal? – Je te le jure, répond Bart qui a plutôt envie de rire, maintenant. Et pourquoi tu me cherches? – Je viens de te le dire! s'énerve le gars. T'es dur d'oreille ou quoi? J'ai du courrier pour toi! Elle est dans la doublure de ma veste, ta putain de lettre. Douze ans qu'elle se promène dans nos doublures! Ch'suis le quatrième bourrin à la traîner avec moi! Coudre, découdre chaque fois que je change de veste ou de manteau! Ras le bol! Ch'suis bourrin, moi, pas couturière. T'as vu mes mains? Bon, je vais aux toilettes et je te la donne. Attends-moi ici!»

Bart et moi, on se regarde, stupéfaits. Au bout d'une minute, le gars est de retour. «Merci, dit Bart en glissant dans sa poche l'enveloppe en lambeaux, comment tu t'appelles au fait? – Je m'appelle Basile, et vous savez ce qu'y va faire maintenant, le Basile? – Non, on lui dit. – Eh ben y va se tenir à carreau, le Basile, y va devenir un ange, un petit agneau. Voilà. Et surtout y va se reposer parce qu'il a fini son boulot!»

Là-dessus, il nous serre la main à tous les deux et s'en va de sa démarche d'ours. On l'entend renifler à dix mètres.

Par la suite, on est devenus amis. C'était passionnant de l'écouter. Il avait connu plus de six internats et appris plein de choses secrètes. Il suffisait de demander. L'assemblée annuelle, Van Vlyck… tout ça, c'est par lui que je suis au courant.

– Je comprends. Et en plus il avait sans doute lu la lettre. Personne ne peut garder une lettre trois ans dans ses poches sans succomber à la tentation de la lire.

– Effectivement. Sauf une personne qui ne sait pas lire…

– Basile ne savait pas lire?

– Non. Les hommes-chevaux ne savent pas lire.

– Les quoi?

– Les hommes-chevaux. Basile dit «bourrin» pour se moquer de lui-même, mais ce sont des «hommes-chevaux». Je t'expliquerai une autre fois. Bref, ils ne savent pas lire. Dès le premier jour, Basile s'est s'installé au dernier rang, dans la salle de classe, et on a vite compris. Les professeurs lui ont fichu la paix.

– Pauvre garçon. Et il y avait quoi dans l'enveloppe?

– Une lettre pour Bart.

– Je m'en doute. Et de qui elle était cette lettre?

– Attends un peu. Bart l'a lue aussitôt après dans les toilettes. Je lui ai tenu la porte. Chez nous, c'est comme chez vous : on ne peut jamais être tranquille ! Il est ressorti incroyablement pâle. «Ça ne va pas ? je lui ai demandé. Qui t'a écrit ? – Mon père… il a répondu. C'est une lettre de mon père… je ne savais même pas que j'en avais un… il me l'a écrite il y a quinze ans… »

Dans les jours suivants, Bart a changé. Lui qui n'est pas bavard s'est mis à interroger plein de camarades, les uns après les autres. Et c'était toujours la même question : «Tu te souviens de tes parents ? » Un autre que lui se serait fait jeter, mais on ne jette pas Bartolomeo Casal… C'était étrange : il s'avançait vers des gars à qui il n'avait jamais adressé la parole en trois ans, et leur posait directement cette question : «Tu te souviens de tes parents ? » Le plus souvent, la réponse était non. Mais si quelqu'un répondait oui, alors il l'interrogeait pendant des heures.

– Pour quoi faire ?

– Pour vérifier quelque chose que son père lui explique dans la lettre.

– C'est-à-dire ?

– Bart a fini par me le confier, et c'est justement la chose grave dont je voulais te parler.

– Vas-y…

– Nous… comment dire… nous ne sommes pas des orphelins comme les autres…

– Pas comme les autres ?

– Non. Nos parents avaient tous quelque chose en commun.

– Quoi donc ?

– Ils ont tous lutté contre la Phalange quand elle a pris le pouvoir.

Le cœur d'Helen se serra. En dix-sept ans de vie, elle n'avait jamais pu se représenter ses parents d'aucune façon. Elle avait souvent essayé de les imaginer, mais malgré tous ses efforts, ils glissaient de sa mémoire comme un poisson glisse des mains. Entendre quelqu'un les évoquer, même en termes si vagues, paraissait irréel. Il lui sembla que ces deux silhouettes insaisissables depuis toujours, son *père* et sa *mère*, lui faisaient de loin, d'infiniment loin, après tout ce temps, un signe affectueux de la main. Elle se serra contre l'épaule de Milos, pour se persuader que tout cela existait bien : le toit sur lequel elle était assise, la nuit pure et froide autour d'elle, et ce garçon tranquille sur le point de lui révéler des secrets inouïs.

– Je ne comprends pas… On nous aurait regroupés à cause de nos parents ?

– Oui.

– Pourquoi ?

– Parce qu'ils sont tous morts… au même moment… ou à peu près.

– Tu veux dire qu'on les aurait…

– On les a éliminés.

– Éliminés ? Mais qui a fait ça ?

Milos hésita quelques secondes.

– Les types de la Phalange. Le père de Bart utilise un mot très simple : il dit que ce sont des *barbares*. Ils ont pris le pouvoir par la force, il y a un peu plus de quinze ans. Ça s'appelle un coup d'État. Ils ont arrêté et assassiné tous ceux qui ont osé résister. Ils ont effacé leurs traces, interdit qu'on prononce leurs noms, détruit leurs œuvres s'ils étaient des artistes…

— Mais le père de Bartolomeo s'en est tiré, lui, puisqu'il a écrit cette lettre…

— Il était un des chefs de la Résistance, et il a réussi à fuir. Dans la lettre, il écrit qu'il se trouve presque au sommet des montagnes du Nord et qu'il a pu échapper jusque-là aux Diables, les hommes-chiens de Mills. Mais il dit qu'il n'ira pas plus loin, qu'il est épuisé, que ses pieds sont gelés. Et qu'il remet la lettre à un compagnon avec l'espoir qu'elle arrivera un jour dans les mains de Bartolomeo, son fils.

— Elle aura mis quinze ans, mais elle est arrivée ! s'émerveilla Helen. Grâce à Basile !

— Exact. Et pour finir, continua Milos, le père de Bart explique qu'il a rencontré dans sa fuite une femme extraordinaire, une cantatrice que les gens adoraient et protégeaient. Les barbares n'arrivaient pas à la faire taire. Aussi longtemps qu'elle a pu chanter, ils ont eu peur d'elle, de sa voix. Elle s'appelait Eva-Maria Bach et elle avait une fillette blonde qui lui ressemblait trait pour trait.

— … Milena… murmura Helen.

— Oui. Les barbares ont traqué sa mère dans la montagne où elle s'était enfuie avec le père de Bart et une poignée d'autres partisans. Ils ont lâché les hommes-chiens sur elle…

Helen frissonna :

— Mon Dieu ! Bart ne va pas raconter ça à Milena, hein ?

– Je ne sais pas…

Ils se turent quelques instants, puis Helen reprit :

– Tous ces gens-là, je veux dire nos parents, sont morts ? Il ne reste plus rien d'eux, alors ?

– Non, rien, dit tristement Milos, il ne reste rien d'eux… Puis il ajouta très bas : Sauf nous.

Sa voix résonna étrangement à travers l'air translucide de la nuit. Il leur sembla qu'ils étaient en cet instant, perchés côte à côte sur ce toit d'ardoises, les survivants d'un malheur ancien et terrible, deux oiseaux fragiles et miraculés.

– J'ai toujours su que Milena n'était pas une fille ordinaire, dit Helen en souriant, qu'il y avait au fond de sa personne un secret qui nous dépassait toutes, un pouvoir singulier. Il suffit de l'entendre chanter pour le comprendre.

– Bartolomeo n'est pas un garçon ordinaire non plus, dit Milos. Ces deux-là devaient forcément se rencontrer. Tu te rappelles le soir où nous nous sommes croisés sur les pentes de la colline ? Ils ne se quittaient pas des yeux ! Comme on rentrait à l'internat, Bart s'est arrêté net au milieu du pont et il m'a dit : « Tu as entendu ? Elle s'appelle Milena ! C'est elle ! » J'ai compris aussitôt que plus rien ne l'empêcherait de la rejoindre, même pas l'idée d'envoyer un camarade innocent au cachot. C'était plus fort que tout. On n'a pas eu besoin de se parler davantage. Il m'a juste embrassé, et il est parti. Il s'est retourné un peu plus loin et m'a lancé : « On se reverra, Milos ! On se reverra… ailleurs ! On se retrouvera tous, les vivants et les morts ! » Et il a disparu. Je me suis retrouvé couillon tout seul sur ce pont, exactement comme toi quelques heures plus tard…

— Ils ne reviendront plus, alors ?

— Ils ne reviendront plus.

— Et Catharina dans son cachot ? On ne va pas la laisser mourir !

— Tu as raison. Il faut la tirer de là cette nuit même. Avec l'assemblée annuelle et ce qui s'y est passé, la surveillance est sûrement très relâchée.

— Mais il doit y avoir un garçon au cachot chez vous aussi ?

Milos fourragea des deux mains dans ses cheveux, puis soupira profondément :

— Il y avait… Mais il n'y a plus…

— Comment ça ? On l'a libéré ?

— Écoute-moi, il est arrivé une chose terrible. Quand on a quitté l'internat, Bart et moi, la semaine dernière, pour que j'aille voir ma consoleuse, le surveillant a désigné sur la liste un garçon qui serait puni à notre place au cas où on ne rentrerait pas. Et, tu me croiras si tu veux, il a choisi… Basile. Le pauvre bougre s'est retrouvé au cachot sans avoir rien fait de mal pour une fois. Lui qui voulait se tenir tranquille et se reposer ! Il y est resté cinq jours et cinq nuits, et jeudi matin j'ai vu deux hommes qui transportaient son corps inerte sur une civière. Son crâne était enfoncé, le sang coagulé couvrait son visage et ses épaules. Ils l'ont chargé dans une voiture et emporté je ne sais pas où. Je pense qu'il n'a pas supporté l'idée d'être puni injustement, qu'il est devenu fou de rage dans son trou et qu'il s'est jeté contre la porte pour se tuer. Voilà ce que je pense…

La voix de Milos se brisa. Helen se tourna vers lui et trouva que ses yeux brillaient beaucoup pour un garçon «primaire».

– On y va, se secoua-t-il, il faut aller chercher Catharina avant qu'elle ne devienne folle, elle aussi. Viens!

Ils abandonnèrent la corde sur le toit et franchirent à nouveau la lucarne. Au bout du grenier, la serrure de la porte ne résista pas longtemps au couteau de Milos. Ils descendirent l'escalier et entrèrent dans la salle de réunion. Elle était telle qu'on l'avait laissée une heure plus tôt, éclairée et déserte. Le Putois, rassasié et ivre mort, s'était effondré, assis au pied du mur, la bouche ouverte. Un avion aurait pu s'écraser dans la pièce sans le réveiller. En découvrant de près le buffet à peine entamé par le vieil ivrogne, Milos faillit tourner de l'œil :

– Oh, les cochons! Regarde : de la terrine, du jambon, du pâté de campagne, des tartes aux pommes!

– Des chocolats! gémit Helen.

Ils se jetèrent sur les victuailles et dévorèrent tout ce qui leur tombait sous la main. Puis ils se servirent sans scrupule et bourrèrent leurs poches de pain, de fromage et de gâteaux secs. Les portes étaient toutes restées ouvertes après la fuite éperdue des convives. Ils les poussèrent les unes après les autres et parvinrent sans peine au rez-de-chaussée. Ils suivirent dans l'obscurité le couloir qui courait sur toute la longueur du bâtiment. Milos n'alluma sa torche que dans le réfectoire, certain que personne ne pourrait les surprendre ici à cette heure. La petite porte du fond était entrouverte. Milos s'engagea le premier dans l'escalier.

– Attention, ça glisse! chuchota Helen.

– Accroche-toi à mes épaules! répondit le garçon. Tu dis que c'est sous la cave?

– Oui, continue! Il faut descendre tout au fond!

Après quelques mètres, un espace s'ouvrait sur la droite. Milos le balaya de sa torche, ne vit rien et continua la descente. En suivant la galerie de terre sur les pas de son compagnon, Helen sentit son cœur battre à tout rompre. Dans quel état trouveraient-ils la petite Catharina? Comment aurait-elle survécu là où un dur à cuire comme Basile avait perdu la tête? Comment avaient-ils pu l'abandonner une semaine entière, seule, dans le cauchemar de ce cachot? La honte et l'angoisse la submergèrent.

– C'est ouvert… s'exclama Milos, incrédule. Helen, regarde, la porte est grande ouverte…

La jeune fille le rejoignit, lui arracha la torche des mains. Si on avait laissé la porte ouverte, c'était peut-être parce que Catharina ne pouvait plus s'enfuir… Peut-être qu'elle aussi… Elle balaya le cachot avec le faisceau de la lampe. Il était vide.

– Elle n'est plus là! Je n'y comprends rien! Qu'est-ce qu'ils ont fait d'elle?

– Viens! trancha Milos, il ne faut pas traîner ici!

Ils firent demi-tour, perplexes, ne sachant s'il fallait se réjouir ou s'inquiéter de la disparition de Catharina. Ils allaient commencer l'ascension quand Milos pila si brusquement qu'Helen buta sur lui. Assise sur une marche, au-dessus d'eux, se tenait la petite Catharina Pancek, recroquevillée dans son manteau. Elle leur souriait.

– Helen… Helen… je suis contente de te voir…

Helen se précipita et prit ses mains dans les siennes. Elles étaient brûlantes. Ses cheveux collaient à son front. Elle sentait la terre.

– Catharina! Qu'est-ce que tu fais là? Tu grelottes… Qui t'a libérée?

– Thérèse, répondit la jeune fille, c'est Thérèse… vous… vous voulez voir le Ciel?

Helen réalisa que, toute à sa surprise de trouver le cachot vide, elle avait complètement oublié de regarder sur la poutre ce dessin fabuleux qu'on rêvait de voir autant qu'on le redoutait.

– Euh… oui. J'aimerais bien. Il existe vraiment, ce Ciel?

– Bien sûr… et il est beau… je vais vous le montrer… mais aidez-moi… mes jambes… ne me portent pas…

Ils la prirent sous les bras et tous les trois revinrent à pas lents vers le cachot. Milos éclaira la poutre et ils regardèrent en silence. Le bleu du ciel était intense sous la lumière de la torche, les nuages blancs se bousculaient, chassés par le vent. Un grand oiseau gris virait, les ailes déployées. Ils l'entendirent pousser son cri.

– Je ne savais pas qu'il y avait… un oiseau, chuchota Helen, très impressionnée.

– Il n'y en avait pas tout à l'heure… dit Catharina. Il n'y était pas quand j'étais dedans… il vient d'apparaître… Ça veut dire que l'oiseau c'est moi… et l'oiseau s'est envolé…

– Tu es sûre ? balbutia Helen.

– … mon père était mathématicien… répondit Catharina.

– Quoi ? Qu'est-ce que tu racontes ?

– … mon père était mathématicien… c'est Thérèse qui me l'a dit…

– Fichons le camp ! souffla Milos à l'oreille d'Helen. Elle a de la fièvre. Elle claque des dents.

– D'accord, mais où l'emmener ?

– Je veux aller chez ma consoleuse… balbutia Catharina.

Les deux jeunes gens échangèrent un regard rapide et approuvèrent. Ils hissèrent tant bien que mal Catharina en haut de l'escalier et sortirent du réfectoire. Ils avaient compté sur l'air piquant de la nuit pour revigorer la malade, mais ce fut tout le contraire : elle faillit s'évanouir, et ils durent la soutenir pour qu'elle ne s'écroule pas dans la cour. Ils rasèrent le mur extérieur jusqu'à la loge de la Squelette. La lumière y était éteinte. Est-ce que la vieille toquée guettait en silence derrière ses stores ? Ils se courbèrent en deux, passèrent sans bruit sous les fenêtres et arrivèrent à la grille. Milos actionna en vain la poignée. La serrure était fermée à clef.

Il se retournait pour le dire à Helen qui soutenait Catharina lorsqu'une voix acide les cloua sur place :

– On va faire une petite promenade ?

La Squelette se tenait à trois mètres d'eux. Sa

peau était jaune dans la clarté de la lune. Elle n'avait pas quitté sa robe de soirée ni ôté son maquillage. La braise de sa cigarette luisait au bout de sa main.

– Que faites-vous ici, jeune homme ?

Helen ouvrit la bouche pour inventer quelque chose, mais elle la referma aussitôt. Il n'y avait rien à expliquer, ou plutôt trop de choses… et Milos s'avançait lentement vers la Squelette.

– N'avancez plus, jeune homme ! Un pas de plus et je hurle !

– Alors, je suis désolé, madame… dit Milos.

Et il fit une chose très simple et très «primaire». Il assomma la femme. D'un unique uppercut à la pointe du menton. Elle émit un curieux couinement de souris, décolla d'une dizaine de centimètres et s'effondra sur le sol comme le sac d'os qu'elle était.

– Boum ! fit Catharina en riant.

Milos se précipita sur la Squelette, la souleva d'une main et la transporta dans la loge. Il en ressortit aussitôt, ferma à clef et alla ouvrir la grille.

– Je l'ai enfermée dedans et j'ai arraché le fil du téléphone, mais il faut faire vite !

Catharina marchait décidément trop mal, même soutenue des deux côtés. Milos s'arrêta après quelques mètres, lui ôta ses lunettes, la chargea en écharpe sur ses épaules et repartit à grandes enjambées. Ils s'engagèrent sur le pont, sous le regard indifférent des quatre cavaliers de pierre.

– Attention ! souffla Helen, il y a une barque qui passe dessous.

– Qu'est-ce qu'elle fait là en pleine nuit, celle-ci ? s'étonna Milos et il s'éloigna un peu du garde-fou pour échapper au regard du rameur qui semblait l'observer.

Ils montèrent aussi vite qu'ils le purent la rue aux Ânesses, sombre et silencieuse. Bientôt ils furent à l'endroit du chemin où ils s'étaient vus pour la première fois une semaine plus tôt.

– Tu te rappelles ? hasarda Helen, que la situation n'empêchait pas de rester romantique.

– Et comment ! répondit Milos, hors d'haleine.

Sur son dos, Catharina tenait des propos sans suite.

– Qu'est-ce qu'elle dit ? demanda Helen.

– Elle délire. Elle parle d'allumettes, de piano et d'araignées, il me semble… Tu connais sa consoleuse ? Tu sais où elle habite ?

– Oui. Elle s'appelle Mélie. Je crois que je trouverai. Tu arriveras jusque là-haut ?

– J'y arriverai.

Parvenus à la fontaine, ils la contournèrent et continuèrent dans la rue qui montait tout droit en face d'eux.

– C'est là, dit Helen en s'arrêtant devant une maison de brique aux volets bleus.

Elle frappa trois coups à la porte :

– Ouvrez, s'il vous plaît. On vous amène Catharina !

– Je viens, je viens… répondit une voix fragile depuis l'étage.

Ils patientèrent. Milos, dégoulinant de sueur et encore tout essoufflé, déposa la malade sur ses pieds, lui remit ses lunettes et la maintint debout en la serrant contre lui. Il la sentait brûlante dans ses bras. La porte s'ouvrit enfin sur une femme en robe de chambre, si délicate et menue qu'elle évoquait irrésistiblement une souris. Ses sourcils se soulevaient très haut, découvrant de grands yeux emplis d'inquiétude et d'étonnement. Elle joignit ses mains devant sa poitrine.

— Catharina, ma pauvre petite ! Qu'est-ce qu'ils t'ont fait ?

— Elle était au cachot, répondit Helen.

— Oh Sainte Vierge ! Entrez, entrez vite !

Milos porta Catharina dans la chambre et l'allongea dans le lit tout chaud que la petite souris venait juste de quitter.

— Je vais lui donner un médicament pour faire tomber la fièvre. Oh mon Dieu, comment peut-on être aussi sauvage ? Comment peut-on ? Vous le savez, vous ?

Milos et Helen ne le savaient pas. Ils se turent. La petite dame s'affaira avec ardeur autour de sa protégée. Elle lui lava le visage et les mains, la caressa, lui souffla sur le front, lui dit des mots de réconfort. Quelques minutes plus tard, Catharina dormait profondément. Sa consoleuse la veilla encore un peu, puis elle redescendit s'asseoir à la table de la cuisine où les deux jeunes gens s'entretenaient à voix basse.

— Vous allez pouvoir la garder, Mélie ? demanda Helen.

— Tu connais mon prénom ? s'étonna la consoleuse.

— Oui, Catharina m'a souvent parlé de vous…

– C'est une bonne petite, je la garderai ici jusqu'à ce qu'elle soit guérie. Je la cacherai. Ne vous en faites pas. Mais vous, qu'allez-vous faire ? Il faut que vous soyez rentrés avant le jour, n'est-ce pas ?

– Il faudrait, dit tristement Helen.

Dans le silence qui suivit, il leur sembla entendre des bruits venus de la rue et une voix d'homme qui lançait un ordre étouffé.

– Éteignez la lumière ! Vite ! ordonna Milos.

Mélie bondit sur l'interrupteur et le tourna. Ils attendirent, parfaitement immobiles, puis s'aventurèrent prudemment à la fenêtre. Dans la pénombre, des silhouettes grisâtres flottaient comme des fantômes. Elles s'éloignèrent lentement. Un retardataire, passant tout près de la fenêtre, présenta son long profil, un museau de chien…

– Les Diables ! chuchota Milos. Les hommes-chiens de Mills. Ils s'en vont chasser Bartolomeo…

– Et Milena… compléta Helen, parcourue d'un frisson d'épouvante.

Ils n'osèrent bouger à nouveau et rallumer la pièce que lorsque la dernière silhouette eut tout à fait disparu au bout de la rue.

– Venez, dit alors la consoleuse, je vais vous faire un café. Et vous allez manger quelque chose.

Helen n'avait plus très faim depuis son passage au buffet de la grande assemblée. Milos, lui, parvint encore à avaler une tranche de rôti de porc et un flan aux œufs.

– Il faut qu'on rentre… dit Helen, une fois qu'ils eurent bu le café.

Milos inspira profondément et son visage se fit très dur soudain :

– Je ne rentre pas, Helen. Je ne mettrai plus les pieds à l'internat.

– Qu'est-ce que tu dis ?

– Je ne rentre pas ! Plus jamais !

– Et tu veux faire quoi ?

– Je vais suivre la meute, rattraper Mills et ses Diables et les empêcher de prendre Bart. Je le connais, il est incapable de se défendre ! Sans moi il est fichu, et Milena avec. Ces saloperies de chiens vont les bouffer !

– Ne faites pas ça, supplia la consoleuse, c'est vous qui serez mangé…

– Personne ne me mangera ! Je pars et c'est tout !

– Mais quelqu'un sera envoyé au cachot à ta place, tu le sais bien ! argumenta Helen.

– Je le sais ! Mais tu parles comme eux et je ne veux plus entendre ce discours ! Ils nous tiennent depuis toujours avec ça : « Quelqu'un sera puni à votre place. » Bartolomeo a osé le premier. Et il a eu raison ! Basile nous a montré une autre façon de partir, même si je n'aime pas cette façon… Moi je vais partir aussi, mais pas les pieds devant ! Je m'en vais ! Ne me dites plus rien !

Il fallut se rendre à l'évidence : la résolution de Milos était irrévocable. La consoleuse et Helen lui préparèrent en silence un sac rempli de provisions et de vêtements chauds. Il était trois heures du matin quand ils quittèrent la petite maison.

À la fontaine, où leurs routes se séparaient, ils restèrent un instant face à face, désemparés, ne sachant comment se dire adieu. Puis, sans qu'on sache qui des deux avait fait le premier mouvement, ils s'avancèrent l'un vers l'autre, s'enlacèrent et s'étreignirent de toutes leurs forces. Ils s'embrassèrent les joues, la bouche, le front, les mains. Le froid les soudait l'un à l'autre.

— Je ne peux pas te quitter, pleura Helen… Je ne peux pas…

— Tu veux venir avec moi? demanda Milos.

— Oui, je veux venir!

— Tu ne me reprocheras pas de t'avoir entraînée?

— Jamais…

— Je ne sais pas où ça finira, cette affaire, tu t'en doutes…

— Je m'en fiche. Je viens.

— On ne se quitte plus alors?

— On ne se quitte plus.

— Promis?

— Promis.

Ils revinrent chez Mélie pour lui annoncer leur décision. La petite consoleuse se contenta de gémir :

— Oh, mes enfants, mes pauvres enfants…

Mais elle ne tenta pas de les dissuader. Elle trouva pour Helen aussi des vêtements supplémentaires et les laissa s'en aller en leur promettant de prendre soin de Catharina.

Au-dessus du village, ils se retournèrent sur la ville endormie. Ils la regardèrent en silence, dans le pressentiment qu'ils ne la reverraient jamais.

— J'aurais voulu dire au revoir à Paula et à

Octavo, dit Helen, et des larmes salées roulaient sur ses joues.

– Qui est-ce?

– Des gens que j'aime ici…

– Alors n'y va pas, ils t'empêcheraient de partir…

Dans le ciel éclairé de lune, un grand oiseau gris vira vers le nord, les ailes déployées. Ils l'entendirent pousser son cri.

7. *Dans la montagne*

La nuit de leur fuite, une semaine avant celle de leurs deux amis, Milena et Bartolomeo prirent l'autocar qui, après avoir traversé tout le pays, s'en allait vers le nord. Leur but était de franchir les montagnes le plus vite possible. Ils ignoraient ce qui les attendait au-delà, mais tout vaudrait mieux que d'être repris par ceux de la Phalange.

Martha, la consoleuse, les accompagna jusqu'à la route qui contournait la colline, et ils attendirent ensemble, dans le crachin épais, l'arrivée du véhicule, un vieux monstre bringuebalant que son nez carré faisait ressembler à un animal furieux. La nuit était noire. Dès qu'elle entendit le rugissement du moteur, Martha se campa sans crainte au milieu de la chaussée et elle arrêta le car en agitant les bras au-dessus de sa tête. Elle poussa les deux jeunes gens à l'intérieur et, à la question du chauffeur sur leur destination, elle nomma la ville située cent cinquante kilomètres plus au nord, au pied de la montagne.

– C'est là qu'ils vont. Voici l'argent.

L'homme jeta un regard soupçonneux sur les longs manteaux d'internes, et demanda perfidement :

— Et… ils viennent d'où ?

— Comme vous, répliqua Martha, du ventre de leur mère ! Occupez-vous de suivre la route et fichez-leur la paix !

L'homme se garda de répondre et tendit les deux billets à Bartolomeo. L'expérience lui avait appris à éviter toute querelle avec une consoleuse. On risquait d'y laisser des plumes ! Il pressa un bouton sur son cadran de bord et la portière pliée en accordéon se referma dans un grincement aigu, obligeant Martha à descendre du marchepied. Du bord de la route, elle envoya un baiser à Milena. Celle-ci, encore debout, le lui rendit, puis, tandis que le car l'emportait, elle fit signe de la main aussi longtemps qu'elle le put, jusqu'à ce que la nuit et la brume engloutissent la grosse dame.

— Adieu, Martha, murmura la jeune fille.

Ils déposèrent dans le filet à bagages le sac volumineux donné par Martha et s'assirent côte à côte sur un siège de cuir sale et déchiré, lui à la fenêtre, elle du côté du couloir. Bartolomeo manquait de place avec ses grandes jambes. Il n'y avait pas plus de dix passagers à bord, dispersés de l'avant à l'arrière, et la plupart, endormis sous des couvertures, ne laissaient voir que leurs cheveux. Le chauffeur, après un regard mauvais jeté dans son rétroviseur, éteignit les veilleuses, et il n'y eut plus soudain que la lumière jaune des phares dans la nuit et le ronflement entêté du

124

moteur. Cela sentait le vieux cuir, les gaz d'échappement et la transpiration.

– C'est ça, la liberté ? chuchota Milena.

– C'est ça, répondit Bartolomeo. Comment tu la trouves ?

– Délicieuse, et toi ?

– Je ne la voyais pas comme ça… sourit le garçon, mais ça me plaît tout de même. En tout cas, il faut qu'on se repose. Nous serons là-bas dans quelques heures et nous aurons besoin de toutes nos forces pour franchir la montagne le plus vite possible.

– Tu as raison.

Elle appuya sa tête sur l'épaule de son compagnon et ils s'efforcèrent de dormir. Au bout d'une demi-heure, ils durent admettre qu'ils n'y parviendraient pas. Les virages, les cahots de la route et surtout le tumulte de leurs pensées les en empêchaient. Milena poussa un soupir.

– Tu penses à Catharina Pancek ? chuchota Bartolomeo.

– Oui, avoua Milena.

– Tu regrettes d'être partie ?

– Oui… non… Je ne sais plus… Et toi ? Tu penses à celui qui est au cachot pour toi ?

– Oui. D'autant plus que c'est lui qui m'a donné la lettre de mon père…

– Comment s'appelle-t-il ?

– Il s'appelle Basile…

Ils se turent, le cœur soudain lourd de culpabilité. Le chauffeur alluma une cigarette. De chaque côté de la route, on ne distinguait que des rangées d'arbres pétrifiés dans la brume.

– Tu as vu comme ce car est vieux, reprit Milena en grattant de l'ongle le cuir sec et noirci de son siège, nos parents l'ont peut-être pris quand ils se sont enfuis…

– Pourquoi pas ? Ils étaient peut-être même assis à nos places !

– Tu te moques de moi…

– Je ne me moque pas. Mon père ne donne pas de détails dans sa lettre. Il raconte simplement qu'il a rencontré ta mère pendant leur fuite.

– Et il ne dit pas ce qu'elle est devenue ?

– Non, mentit Bartolomeo, il ne le dit pas.

– Ils ont peut-être franchi la montagne tous les deux. Ils vivent peut-être encore…

– Je ne sais pas.

– Qu'est-ce qu'il dit sur elle ?

– Je te l'ai répété dix fois, Milena : qu'elle chantait merveilleusement bien… que les gens l'adoraient…

– Chantait… adoraient… Les verbes sont à l'imparfait dans la lettre ?

– Oui… non… je ne sais plus…

– Ouvre-la, s'il te plaît, et regarde…

Bartolomeo mit la main à la poche de son manteau, puis se ravisa :

– Je n'arriverai pas à lire. Il fait trop sombre. Demain…

– Bart, ils sont à l'imparfait dans la lettre ? insista Milena.

Le garçon hésita un instant, puis :

– Oui, ils sont à l'imparfait. Mais ça ne signifie rien, sinon qu'ils quittaient ce pays. Il en parlait au passé, c'est normal.

La route était moins sinueuse, maintenant. Ils s'endormirent ensemble, appuyés l'un contre l'autre. Milena fit un rêve très drôle dans lequel la mère Zinzin avait fait venir un orchestre symphonique dans la salle de classe, mais les musiciens ne jouaient pas. Ils s'étaient assis sur les coins de table et bavardaient amicalement avec les élèves ravies. La Tank et la Merlute, grimpées sur le dernier échelon d'une échelle, montraient à la fenêtre leurs deux têtes congestionnées par la rage et tapaient furieusement aux carreaux pour protester. Mais personne ne s'occupait d'elles sauf la Zinzin qui leur adressait des gestes d'impuissance et de découragement.

À son réveil, Milena sursauta. Deux yeux délavés la dévisageaient à quelques centimètres. Elle se rendit compte que sa tête avait perdu l'épaule de Bartolomeo et s'inclinait maintenant vers le couloir. L'homme assis sur le siège voisin ne se gênait pas pour la détailler. Il portait une veste et un pantalon de paysan, ses épaisses mains gercées reposaient, inertes, sur ses genoux. À ses pieds se trouvait une cage grillagée contenant deux gros lapins gris.

– Eva-Maria Bach… marmonna-t-il d'une voix pâteuse.

Son visage aplati, éclairé d'un sourire béat, trahissait une folie légère.

– Pardon ? bredouilla Milena. Qu'est-ce que vous dites ?

– Eva-Maria Bach… c'est toi, hein ?

– Non, je… Qui est-ce?

L'homme ne répondit pas, mais il hocha la tête, satisfait, comme si Milena avait répondu par l'affirmative à sa question. Voyant qu'il continuait à la fixer avec insistance, elle se détourna. À côté d'elle, Bartolomeo dormait, la tête appuyée à la vitre. Elle le poussa du coude :

– Bart, réveille-toi, il y a un type bizarre à côté de moi.

Le garçon ouvrit les yeux, se pencha en avant et interpella le bonhomme :

– Qu'est-ce que vous voulez, monsieur?

L'autre, toujours épanoui, souleva la cage afin qu'on puisse mieux voir ses deux lapins.

– Laisse-le, c'est un simple d'esprit, glissa Bartolomeo à l'oreille de Milena.

Ils lui adressèrent un sourire et approuvèrent : oui, c'étaient de très beaux lapins. Il pouvait en être fier.

Le jour se levait maintenant et la ville était proche. Des taches de lumière d'un vert sombre se posaient çà et là sur la campagne. Des fermes aux toits d'ardoise surgissaient parfois au détour d'un virage. Ils roulèrent bientôt sur une interminable ligne droite truffée de nids-de-poule, mais le chauffeur, sans chercher à les éviter, poussa à fond le régime du moteur. Le car se jeta en avant avec rage. Réglée entre deux canaux, la radio crachait à plein volume une musique inaudible. En peu de temps, les voyageurs, secoués comme des prunes, émergèrent les uns après les autres de leur couverture, et ils commencèrent à rassembler leurs affaires.

– Vous aimez pas la musique ? brailla le chauffeur, hilare.

– Si, justement… chuchota Milena.

En quelques minutes, ils avaient atteint les faubourgs de la ville, puis la gare routière. Le chauffeur rangea son car près d'une dizaine d'autres, tous alignés le long d'un bâtiment aux murs lépreux.

L'endroit était désert. Le froid vif. Milena remonta sur sa tête la capuche de son manteau.

– Tu crois que c'est le buffet, là-bas ? On pourrait peut-être boire quelque chose de chaud avant de partir…

– Il vaudrait mieux ne pas trop se montrer, objecta Bartolomeo.

La porte vitrée, tout au bout, ressemblait à celle d'un café, avec son dessin de tasse et de petite cuillère. Ils s'avancèrent. À l'intérieur, trois hommes, installés au bar, disparaissaient à moitié dans la fumée de leurs cigarettes. Des chauffeurs, peut-être, qui buvaient du vin blanc. Le patron obèse balayait le plancher avec nonchalance. Rassurés, ils poussèrent la porte et allèrent prendre place à une table, sous la fenêtre opposée. D'ici, on devinait les premières collines, et, au-delà, la masse sombre de la montagne.

– Oui ? interrogea le patron, faisant trembloter ses trois mentons.

– Deux cafés, dit Bartolomeo.

Ils burent à petites gorgées, en serrant les bols brûlants entre les paumes de leurs mains. Milena, un peu réchauffée, rabattit sa capuche sur ses épaules, faisant jaillir la masse de ses cheveux blonds. L'un des hommes du bar se retourna aussitôt et ne la quitta plus des yeux, bientôt imité par un deuxième. Leur rictus n'avait rien d'avenant.

– Qu'est-ce qu'ils me veulent, Bart ? Ils n'arrêtent pas de me regarder…

– Il faudra t'y habituer, plaisanta le garçon. Te regarder n'est pas franchement une punition, tu sais.

En toute autre occasion, Milena aurait apprécié le compliment, mais le malaise qu'elle éprouvait gâchait le plaisir :

– Arrête, ce n'est pas ça. Il me semble plutôt que je les intrigue.

Cette fois, les trois hommes conversaient à voix basse et la détaillaient sans gêne.

– Ça suffit, trancha Bartolomeo, je n'aime pas ça, on s'en va !

Milena avala sa dernière gorgée de café, la plus sucrée, et tous deux se levèrent, laissant sur la nappe poisseuse un peu de l'argent que Martha leur avait donné.

– Au revoir, messieurs, dirent-ils en sortant.

– Au revoir, grommela un des trois hommes.

Bartolomeo refermait la porte quand la voix éraillée du type les rattrapa, aussitôt suivie du rire gras des deux autres :

– Elle nous chante pas quelque chose avant de partir ?

Milena s'arrêta net :

– Tu as entendu ce qu'il a dit ?

– J'ai entendu.

Elle empoigna Bartolomeo par le col de son manteau, se suspendant presque à lui.

— Bart ! Tu ne comprends pas ?

— Qu'est-ce qu'il y a à comprendre ?

— Mais ils me prennent pour ma mère ! Tu le vois bien ! Ce matin déjà dans le car, et maintenant…

— Un demeuré et trois ivrognes, Milena ! Viens ! Je t'en prie.

Elle résista :

— Mais non ! Je vais leur demander, à ces hommes ! Ils doivent savoir, eux. Celui du car m'a appelée Bach. Tu entends, il a prononcé mon nom ! Et il a dit un prénom : Eva-Maria. Le prénom de ma mère, j'en suis sûre !

— Tu as peut-être raison, mais il ne faut pas traîner ici. On nous recherche, ne l'oublie pas… Il suffit d'un coup de téléphone du patron ou d'un de ces types et nous sommes pris. Viens…

Il la saisit par le bras, et elle se laissa entraîner à regret.

De toute la matinée, le temps ne se leva pas. Ils marchèrent dans la bruine, côte à côte, au rythme de leur respiration. La route s'éleva rapidement, mais ils ne voyaient presque rien de la plaine qu'ils laissaient derrière eux, ni de la montagne, devant. Milena était morose et ils parlèrent peu. Quelques voitures ralentirent à leur hauteur. Derrière les vitres, des visages étonnés, des regards soupçonneux.

— Quittons la route ! décida Bartolomeo. J'en ai marre de leurs têtes à claques…

En fin d'après-midi, ils rattrapèrent une car-riole tirée par un cheval sur un chemin pierreux. Un petit homme noiraud menait l'animal par le licol. Milena, que ses pieds commençaient à faire souffrir malgré ses bottes, s'arma de son plus joli sourire et l'interpella :

— On peut monter ?

Le paysan s'arrêta, à contrecœur, et les laissa enjamber la ridelle.

Dans la carriole, une femme d'une soixantaine d'années, vêtue d'un tablier noir et coiffée d'un grossier bonnet de laine, se tenait assise sur un sac de pommes de terre. Elle les salua d'un sourire, puis ses petits yeux d'un bleu profond se posèrent sur Milena et ne la lâchèrent plus. L'intensité de ce regard jurait avec le reste de sa personne, assez commune.

— Vous… vous me connaissez, madame ? demanda la jeune fille, troublée.

— Bien sûr que je vous connais, répondit la femme.

Puis, très doucement, elle commença à fredon-ner, bouche fermée. Sa voix était peu sûre et la mélodie incertaine, presque fausse quelquefois, mais on devinait qu'en la chantant, cette personne entendait une autre voix, belle celle-ci, et qu'elle cherchait à imiter.

Milena en eut la chair de poule :

— C'est… c'est très joli. D'où vous vient cette chanson ?

La femme ignora la question et continua à chantonner, rêveuse. On avait l'impression que, regardant Milena, elle regardait aussi à l'intérieur d'elle-même et de ses souvenirs. Elle s'appliquait à chaque note.

– Qui chantait cette chanson ? insista Milena quand elle eut fini.

– Mais c'est vous… répondit la femme. On avait vos disques à la maison… C'est dommage… Oui, c'est dommage, ce qui est arrivé…

La carriole s'arrêta à cet instant, le paysan décrocha la chaînette qui assurait la porte arrière et rabattit brutalement celle-ci.

– Descendez ! On est arrivés !

– Attendez ! dit Milena, je voulais demander à cette dame…

– Y a rien à d'mander ! dit le paysan, et il poussa la femme vers la maison. J'aurais pas dû vous prendre. Foutez le camp !

Ils passèrent les deux nuits suivantes dans les ruines de maisons effondrées. Elles les protégeaient assez du vent et du froid pour qu'ils puissent dormir quelques heures. À peine debout, ils reprenaient leur marche vers le nord. Ils s'efforcèrent, malgré la faim, de préserver autant que possible leurs provisions. Ils burent l'eau glacée des ruisseaux dans les paumes de leurs mains.

Le matin du troisième jour, la brume se leva d'un coup, au milieu de la matinée, et ils découvrirent avec stupeur l'irréelle beauté du paysage qui les entourait. La lande verte s'étendait devant eux, parsemée de rochers gris et de petits lacs étincelants. Tout au fond, la montagne dressait ses sommets enneigés vers le ciel. L'air vif se rua dans leurs poumons.

– Oh, mon Dieu! s'exclama Milena, et les autres mots lui manquèrent.

– C'est ça la liberté, lui souffla Bartolomeo, comment tu la trouves?

– Je la trouve acceptable, répondit la jeune fille après un moment, et nous allons fêter ça…

Elle marcha jusqu'à un rocher et s'assit dessus. Comme le garçon voulait prendre place à côté d'elle, elle le repoussa :

– Non, mets-toi plus loin. Voilà, comme ça.

Elle redressa son dos, posa ses deux mains sur ses genoux et prit une profonde inspiration.

A poor soul sat sighing by a sycamore tree;
Sing willow, willow, willow!

Dès les premières notes, l'espace autour d'elle sembla transfiguré. Sa voix pure tendait entre le ciel et la terre des fils invisibles.

With his hand in his bosom
And his head upon his knee;
O willow, willow, willow, willow!

Milena chantait sans effort, les sourcils légèrement froncés, les yeux fermés. Elle ne les ouvrit qu'après la dernière vibration de la dernière note.

Bartolomeo, saisi, n'osait pas rompre le silence. L'émotion lui serrait la gorge.

– Ça t'a plu? demanda Milena.

– Oui… répondit le garçon, beaucoup… Et j'ai bien aimé aussi les petits plis que cela te fait entre le haut du nez et le front.

– Je sais… Ils viennent dès que j'ouvre la bouche pour chanter. Je n'arrive pas à les faire disparaître…

Il s'approcha et s'assit près d'elle, sur le rocher :

– D'où tiens-tu cette chanson ?

– Il me semble que je la connais depuis toujours. J'ai dû l'apprendre toute petite. Par ma mère sans doute, je le comprends maintenant. J'en connais une vingtaine par cœur. Je me les suis toujours chantées, à l'orphelinat, à l'internat… Toujours… Je suis capable de me les chanter en silence et je les entends… Parfois, j'en choisis une et je décide de la chanter vraiment, je veux dire à voix haute.

– Et qu'est-ce qui te décide à le faire ?

– Je ne sais pas… le bon moment… la bonne personne…

– Ah. Et là c'était le bon moment ou… la bonne personne ?

– Devine !

Elle le prit par la main pour continuer la route. C'est ce soir-là qu'ils décidèrent de ne pas aller plus loin.

Le refuge, à l'abri d'un bosquet, se trouvait à la limite des premières neiges. Ils n'eurent qu'à pousser la porte pour y entrer. La pièce unique était équipée d'une banquette appuyée au mur du fond, d'une vaste cheminée, d'un buffet bricolé avec de mauvaises planches, d'une table et de deux bancs. Ils firent du feu, mangèrent un peu de leurs provisions. La nuit entière, ils se parlèrent. Ils se parlèrent avec fièvre, jusqu'à l'épuisement, et au petit matin leur décision était prise.

Bartolomeo trouva dans un tiroir une paire de ciseaux rouillés qu'il aiguisa longuement à une pierre dure. Milena s'assit à califourchon sur une chaise de paille, devant le feu, et dégagea son cou :

– Vas-y.

Bartolomeo, hésitant, fit glisser entre ses doigts une lourde poignée de cheveux blonds.

– Tu es sûre ? Tu ne m'en voudras pas ?

– C'est moi qui te le demande. Puisqu'on doit redescendre, je ne tiens pas à être prise pour une revenante par les trois quarts de la population… Vas-y, Bart.

Le premier coup de ciseaux les blessa au cœur tous les deux. Ensuite Bartolomeo s'activa de son mieux, faisant voler autour d'eux les mèches blondes. Bientôt, les pieds de la chaise furent entourés d'un tapis soyeux et doré. Quand Milena n'eut plus sur la tête que les cheveux en bataille d'un garçon, il posa ses ciseaux.

– Ça va ? demanda-t-il, et il alla s'agenouiller devant elle.

Le visage de Milena était inondé de larmes.

– C'est dur, tu sais, gémit-elle, je les avais depuis l'âge de quatre ans… À l'âge où j'ai appris les chansons. C'est comme si tu m'avais coupé les bras.

– Ils repousseront… Ne pleure pas…

– À quoi je ressemble ?

– Je ne sais pas… À Helen Dormann, peut-être…

Elle trouva la force de rire. En la voyant ainsi,

barbouillée de larmes, les yeux rougis et les cheveux ras, Bartolomeo Casal se dit qu'il n'avait jamais vu une femme aussi belle de toute sa vie. Une femme, se dit-il, pas une fille.

Ils quittèrent leurs manteaux d'internes et les jetèrent dans le feu. Ils les regardèrent brûler jusqu'à ce qu'il n'en reste que les boutons calcinés, puis ils sortirent et marchèrent jusqu'au petit lac voisin. Celui-ci, parfaitement rond, reflétait le vert intense des sapins qui l'entouraient. Le silence et le calme étaient absolus.

– Le premier qui dit : «C'est le premier matin du monde» a perdu, s'amusa Milena.

– « C'est le premier matin du monde», s'écria Bartolomeo et il se précipita vers la berge.

Il ôta en un clin d'œil tous ses vêtements et plongea dans l'eau glacée. Il nagea avec furie, fouettant l'eau de ses bras, de ses jambes.

– Viens! Viens! cria-t-il quand il eut atteint le milieu du lac.

Elle hésita, puis se déshabilla aussi et s'avança au bord.

– Viens! appelait Bartolomeo.

Elle ne pouvait plus faire autrement. Elle hurla à gorge déployée et se jeta à l'eau. Ce fut comme si on perçait son corps de mille aiguilles rougies au feu. Ils se rejoignirent au milieu du lac, suffocants, secoués de rire, incapables de parler.

Quand ils furent à nouveau sur la rive, l'air leur sembla brûlant. Ils coururent jusqu'au refuge et entassèrent dans le feu des branches sèches, toutes les bûches qui restaient et leurs habits, qu'ils avaient rapportés sous leurs bras. Le bois crépita, projeta des étincelles, puis les flammes montèrent haut. Ils tirèrent alors un matelas devant la cheminée et se glissèrent sous les couvertures. Leur peau, chaude du feu, était encore par endroits glacée de l'eau. Quelques gouttes du lac perlaient sur le dos blanc de Milena. Ils se serrèrent l'un contre l'autre, s'embrassèrent, se caressèrent, stupéfaits d'être là tous les deux, nus, corps contre corps, pour la première fois, et de ne pas avoir peur.

Quand ils s'éveillèrent, longtemps après, le soleil était déjà haut. Ils firent l'inventaire des vêtements que Martha avait rassemblés pour eux dans le sac. Il manquait dix centimètres au pantalon de Bartolomeo et il dut défaire les ourlets pour l'allonger un peu. Milena, elle, se trouva affublée d'une robe qui aurait pu appartenir à sa grand-mère et d'un manteau noir à col fourré.

— Au point où j'en suis… plaisanta-t-elle en désignant ses cheveux qui ressemblaient à un champ de blé après la moisson, mais l'œil de Bartolomeo lui répondait : « Tu peux t'habiller de n'importe quoi, tu ne parviendras pas à être laide. »

— En tout cas, dit le garçon, les hommes-chiens vont se trouver devant un problème épineux en arrivant ici. Nos traces s'arrêtent à ce refuge ! Désolé, messieurs, nous redescendons !

L'idée de franchir la montagne et de fuir leur avait vite semblé insupportable. Autrefois, leurs parents avaient fui, mais au moins ils s'étaient battus, avant. Ils avaient défié la Phalange. Des gens étaient sûrement prêts à le faire, aujourd'hui encore. Comme cette femme qui avait dit « c'est dommage », dans la carriole… Il suffisait de les trouver et de les rejoindre ! La force brutale était bien sûr du côté des barbares, mais comment croire qu'il n'y ait pas, tapi dans le cœur des gens, le souvenir précieux de leur vie d'avant ? Il y avait à coup sûr une braise sur laquelle souffler avant que les ténèbres ne recouvrent tout à fait le monde. Dans leur conversation enfiévrée du refuge, Bart et Milena avaient eu l'intuition ardente qu'un lien existait entre ce feu à rallumer et la voix d'Eva-Maria Bach. Les barbares l'avaient fait taire, cette voix, Bart savait comment, mais à présent elle vibrait dans la gorge de Milena, et tout était peut-être encore possible !

De plus, la jeune fille, qui commençait tout juste à retrouver la trace de sa mère, ne pouvait se résigner à y renoncer aussi vite. Chacun de ses pas vers le nord allait contre son cœur, contre son désir d'en savoir plus sur cette femme à qui elle ressemblait tant.

Et puis, s'étaient-ils dit, comment laisser derrière eux Catharina Pancek et Basile, dans leur cachot ? Leur sacrifice exigeait autre chose que la fuite !

Les secrets révélés par Basile avaient aussi fait leur chemin dans l'esprit de Bartolomeo. L'effrayant Van Vlyck n'était après tout qu'un homme, et un ordre de lui suffisait sans doute à ouvrir les portes de tous les internats… Il fallait le trouver, cet homme, et le contraindre. De quelle façon ? Ils n'en avaient aucune idée. Mais au moins ils auraient essayé. Ils auraient lutté.

C'est dans cet espoir insensé qu'ils avaient pris leur résolution : abandonner la fuite et rejoindre la capitale qui se trouvait dans le sud du pays. Ni l'un ni l'autre n'y était jamais allé.

Ils marchèrent longtemps, trouvèrent le fleuve, volèrent une barque accrochée à un ponton et se laissèrent dériver, ne s'arrêtant que pour dormir et désengourdir leurs jambes. Le grand fleuve semblait vouloir les protéger, il leur offrait sa douce rumeur et la lenteur de ses eaux. Il les berçait.

— Chante… disait parfois Bartolomeo, et Milena plissait pour lui le petit carré de peau entre le haut du nez et le front.

Au milieu de la troisième nuit, ils passèrent sous un pont. Le ciel clair était parsemé d'étoiles. Bartolomeo reconnut les quatre cavaliers de pierre :

— Milena, réveille-toi, c'est notre petite ville. Regarde ton internat !

La jeune fille, qui dormait sous une couverture, au fond de la barque, pointa le nez et se redressa pour voir :

— Tu as raison. Ça fait drôle de passer sous le pont ! On est si souvent passés dessus ! Regarde, il y a des gens qui traversent ! On dirait des internes avec leurs manteaux ! Qu'est-ce qu'ils fichent là à cette heure ?

En effet, deux personnes se hâtaient en direction de la colline. La première semblait porter quelque chose de lourd sur son dos, un sac peut-être. La seconde, un peu plus petite, une fille sans doute, suivait de près. Mais la barque, entraînée par le courant, les empêcha de mieux voir.

8. *La nuit des hommes-chiens*

Pastor descendit de l'autocar de fort méchante humeur. Sur ses cinq chiens, trois avaient vomi tripes et boyaux pendant la moitié du voyage, et il avait fallu rouler fenêtres ouvertes pour leur donner de l'air. Les passagers, déjà bien effrayés par la présence de ces étranges compagnons de route, s'étaient gelés toute la nuit, incapables de dormir, sans compter l'insupportable odeur aigrelette qui les prenait à la gorge. Les deux autres hommes-chiens, Kheops et Téti, ne valaient guère mieux que leurs camarades. Le teint verdâtre, ils n'avaient cessé de roter de façon répugnante, privés de toute force, même pas fichus d'essuyer la bave qui coulait sur leurs babines. Seul Ramsès s'était tenu convenablement. Il avait pris place à côté de Mills et tous les deux étaient parvenus à dormir, tête contre tête, comme des amoureux.

– Je te l'avais dit, grommela Pastor en donnant un coup de botte dans la roue du car, ces créatures ne supportent pas les transports. Aménophis a dégueulé sur ma veste, je vais puer pendant toute la chasse.

— Pas plus que d'habitude, je te rassure, se moqua Mills.

À la question de Pastor qui lui demandait pourquoi il n'avait pas signalé les deux fuyards, la semaine précédente, le chauffeur répondit qu'une consoleuse lui avait conseillé de leur «ficher la paix», et comme il n'aimait pas les ennuis... Le gros maître-chien, dont la bosse sur le crâne lui rappelait un cruel souvenir, n'eut aucun mal à comprendre ce qu'il voulait dire. Ils entrèrent dans le café où le patron les accueillit d'un bon-jour endormi. L'énorme bonhomme confirma qu'il avait bien vu les deux jeunes gens. Qu'ils étaient même assis à cette table, là, sous la fenêtre. Où ils étaient partis ensuite? Il n'en avait aucune idée. Pastor commanda une grande casserole de café pour «ses chiens».

— Vos chiens? s'étonna le patron. Les chiens boivent du café maintenant?

— Les miens, oui, répondit Pastor en désignant du menton les silhouettes voûtées qu'on aperce-vait derrière le rideau de la porte vitrée.

— Ah oui... je... je comprends, balbutia le patron, soudain blême. Vous... vous n'allez pas les faire entrer, dites?

— Si vous nous servez assez vite, non.

— Tout de suite... tout de suite, couina le patron et il s'en alla en faisant tressauter ses bajoues sur ses épaules.

Moins de dix minutes plus tard, les deux hommes et leur meute s'élançaient sur la route de montagne. Mikerinos, qui avait reniflé le foulard de Milena avec Khephren et Ramsès, marchait en tête, la truffe au vent. Kheops, Aménophis et Téti, les trois autres chiens, à qui Mills avait présenté de nouveau la botte de Bartolomeo, ne montraient aucune hésitation non plus.

– C'est bon, estima le chef de la police. Ils ont suivi la route à pied. Nous allons couper droit et gagner du temps.

Malgré son retard sur les deux jeunes gens, il ne doutait pas une seconde qu'il les rattraperait avant qu'ils ne passent la montagne. Plus de dix fois, il avait fait cette expérience : les fugitifs se perdaient, se blessaient, ou succombaient à l'épuisement. On finissait toujours tôt ou tard par leur tomber dessus, et alors… La consigne officielle était certes de les ramener, mais jamais Mills n'avait résisté au plaisir trouble de s'y prendre autrement. Lui et Pastor se connaissaient si bien qu'ils n'avaient pas besoin de se parler le moment venu. Mills se contentait d'un mouvement de tête, et le gros maître-chien comprenait : il chuchotait à l'oreille d'une de ses bêtes ce mot de deux syllabes, tout simple, mais implacable et mortel : *Attaque*… Le spectacle de la mise à mort dégoûtait Pastor, et il se cachait la tête sous sa veste pour ne rien voir. Quand c'était fini, il rappelait ses chiens et les félicitait. Il n'allait même pas reconnaître les corps. Mills, lui, se forçait à regarder jusqu'au bout, le cœur au bord des lèvres, mais les yeux grands ouverts. Dans le rapport, il suffisait de dire que les fuyards étaient armés, qu'ils s'étaient montrés menaçants, et qu'il fallait bien se défendre.

Ils s'engagèrent dans le chemin pentu qui prenait sur leur droite. Au bout de cent mètres, Pastor dégoulinait de sueur.

– Bombardone, grommela-t-il, je t'annonce au passage que c'est ma dernière chasse. Plus jamais tu me verras avec toi dans cette foutue montagne !

– Tu me l'as déjà dit et tu es toujours revenu. Avoue que tu aimes ça.

– Je déteste ça. De toute façon, je prends ma retraite dans six mois, tu le sais. Moi et ma femme, on va aller vivre dans le Sud. Et tu sais quel animal on aura à la maison ?

– Non.

– Un chat ! Un gentil gros chat castré qui me ronronnera sur les genoux ! Ah ah ah !

Trois cents mètres plus bas, Helen et Milos entendirent le rire tonitruant de Pastor qui emplissait l'espace et dont l'écho résonnait contre la montagne. Ils s'arrêtèrent.

– S'il éclate de rire comme ça assez régulièrement, dit Helen, on ne risque pas de les perdre !

La nuit avait été très pénible pour tous les deux. Sur les conseils de Mélie, ils avaient abandonné chez elle leur manteau d'interne et pris le même car que Bart et Milena, la semaine d'avant. Ils s'étaient installés tout au fond, le plus discrètement possible. Mais quelle terreur au moment du départ ! Un homme massif s'était campé au milieu de la route pour arrêter le chauffeur. Celui-ci avait ouvert la portière et le type était monté, bientôt suivi de l'effrayante meute des hommes-chiens.

– Ne craignez rien, messieurs dames ! avait

tonné Mills à l'adresse des voyageurs terrorisés. Ils ne vous feront aucun mal.

– Vous en faites pas ! avait ajouté Pastor. Ils m'obéissent au doigt et à l'œil. En principe.

Et il avait entrepris de les faire asseoir sur les sièges libres.

Deux d'entre eux que leur maître appelait Kheops et Téti avaient pris place juste devant Helen et Milos. Les voir de dos était fascinant : leur crâne plat semblait vide de cervelle.

Ensuite, le calvaire avait commencé pour les pauvres bêtes. Les effluves de vomissure, les arrêts incessants et l'air glacé qui entrait par les fenêtres avaient rendu le voyage interminable, mais Milos en avait profité pour observer un détail qui pourrait lui être très utile par la suite : si on exceptait cet homme-chien qui dormait contre l'épaule de Mills, tous les autres ne semblaient obéir qu'à un seul homme : leur maître, celui que Mills avait appelé Pastor. À plusieurs reprises, le chef de la police avait dû passer par lui pour obtenir quelque chose d'eux : dis-leur ceci, fais-leur faire cela…

– Si j'arrivais à le… comment dire… à le neutraliser, avait chuchoté Milos.

– Le neutraliser ? avait répondu Helen. Tu te crois sur un tapis de lutte ?

Pendant le reste de la nuit, les deux fugitifs s'étaient tenus silencieux, somnolant parfois quelques minutes, mais toujours réveillés par le froid. Vers le matin, un des deux hommes-chiens s'était soudain retourné et les avait observés longuement, d'un œil stupide. Son long visage blafard et inexpressif semblait surgi d'un cauchemar. Helen avait failli hurler.

Maintenant, ils étaient sur les talons de la meute, et l'escalade commençait. Tout là-haut, le soleil d'automne colorait la crête de la montagne.

– Beau temps pour une excursion ! lança Milos. Tu connais des chansons de marche ?

Deux jours durant, Mills, Pastor et leurs chiens progressèrent à marche forcée. Ils coururent même, dès que le terrain le permettait. Chaque fois qu'on pouvait couper, Mills n'hésitait pas et entraînait sa troupe dans des passages escarpés ou même envahis de broussailles. Ils arrivèrent au refuge dès le deuxième soir, écorchés, fourbus, abrutis de grand air. Pastor n'en pouvait plus. Les chiens étaient affamés. Mills, lui, était aux anges… Il donna un coup de pied dans la porte et entra.

– Regarde-moi ce petit nid d'amour ! Ils ont couché ici, sur ce matelas ! Il est encore chaud, je parie !

– Possible, maugréa Pastor. Ils ont surtout fait brûler tout le bois, ces vandales. Je vais en chercher un peu pour la nuit. Ramsès, Khephren, venez m'aider, espèces de feignants !

Les deux hommes-chiens le suivirent. Les autres se couchèrent sur le sol et attendirent les prochains ordres de leur maître.

– Bougez-vous de là ! leur lança Mills. On peut plus passer !

Ils le regardèrent comme s'il avait parlé en hébreu.

– Bougez-vous, j'ai dit ! C'est pas difficile à comprendre !

Ils ne bronchèrent pas. Mills en éprouva un vague malaise, et il préféra sortir de la pièce en attendant le retour de Pastor. Il leva les yeux et vit que le temps avait tourné, en quelques heures. Des nuages bas et gris encombraient le ciel.

À la nuit, la neige commença à tomber, dense et régulière, et elle ne cessa plus. Elle enveloppa la maison d'un silence ouaté et, en peu de temps, ils se sentirent loin de tout, aussi isolés que s'ils s'étaient trouvés au milieu de l'océan. De temps en temps, Mills sortait sur le pas de la porte et rentrait aussitôt, couvert de flocons.

– On repart demain à la première heure. Ce serait rageant qu'ils meurent de froid avant qu'on les rattrape…

Ils firent du feu, mangèrent du pain et burent un peu de l'alcool que Pastor avait eu la bonne idée d'emporter. Le gros maître-chien aurait bien aimé que la neige les empêche de continuer le lendemain, mais avec Mills il ne fallait pas y compter. Il traquerait ses proies jusqu'en enfer, quitte à y laisser sa vie. Ils se couchèrent côte à côte sur le matelas, tout habillés. Mills s'était contenté de suspendre sa veste au crochet de la porte. Les chiens dormaient par terre, un peu plus loin. Mikerinos galopait en rêve, et ses jambes maigres s'agitaient par saccades sous le pantalon de toile.

Pour la première fois depuis leur départ, l'idée vint à Helen qu'elle avait eu tort de suivre Milos. Elle avait osé cette folie, et maintenant ils allaient

147

mourir de froid, à cent mètres d'une maison dans laquelle un feu brûlait, à cent mètres d'une porte à laquelle il était interdit de frapper. Les doigts de sa main gauche étaient devenus tout à fait insensibles. Elle avait soufflé dessus, les avait cachés sous sa chemise. En vain. Et voilà qu'elle ne parvenait plus à empêcher ses dents de claquer. Milos, agenouillé dans son dos, la serrait contre lui et tâchait de la réchauffer en la frictionnant de ses grandes mains, mais il ne valait guère mieux qu'elle. Il tremblait de tout son corps, lui aussi, et ne savait plus que dire pour la réconforter.

Ils avaient atteint les abords du refuge à la nuit tombante, épuisés, et compris à la fumée qui sortait de la cheminée que les chasseurs étaient déjà là. Ils s'étaient cachés derrière des rochers et la neige était venue… Et le froid… Et le découragement… Que faire ? S'éloigner de la maison et se perdre dans la nuit ? Cela signifiait une mort certaine. Aller frapper et demander asile ?

— Ne compte pas sur leur pitié, disait Milos. N'y compte pas une seconde. Ce sont des barbares. Ne l'oublie pas.

Trois fois, ils avaient vu Mills apparaître dans l'encadrement de la porte, humer l'air et revenir vers le feu qui les réchauffait tous, à l'intérieur, les hommes et les chiens.

— C'est l'autre qu'il me faut, dit enfin Milos. L'autre, le maître-chien… Il va bien finir par sortir.

— Et s'il sort ? Qu'est-ce que tu veux lui faire ?

— Je ne sais pas trop. Mais c'est notre dernière

chance. Je vais te laisser seule quelques minutes. Si je n'arrive à rien, je reviens vers toi et tant pis : nous irons frapper. D'accord ?

– D'accord, balbutia Helen. Mais fais attention à toi. Promis ?

– Promis ! répondit-il. Il la serra contre lui, l'embrassa sur les cheveux et courut vers la maison qu'il contourna par l'arrière.

Oh, Milos, qu'est-ce que tu vas encore inventer ? se demanda-t-elle. Malgré le froid et la peur, elle ne put s'empêcher de sourire en le voyant réapparaître sur le toit au bout de trois minutes. Décidément, ce garçon avait dû être chat dans une vie antérieure.

Pastor se leva pour jeter une bûche dans la cheminée, et il la regarda brûler, rêveur, en rassemblant parfois les braises avec le tisonnier. Autour de lui, la pièce ressemblait à un champ de bataille après la défaite. Les hommes-chiens endormis jonchaient le sol comme des cadavres. Il remarqua avec amusement que Ramsès avait rampé jusqu'à Mills et posé son museau contre la hanche de son maître. Il traversa la pièce, évitant de marcher sur les corps, enjamba Aménophis, mit sa canadienne et poussa la porte. Le froid le saisit. La neige tombait toujours. Peut-être un peu moins fort qu'en début de nuit. *Heureusement qu'on a pris les raquettes*, se dit-il en considérant la couche épaisse.

– Où tu vas ? grommela Mills qui ne dormait que d'un œil.

– Je vais pisser, répondit le maître-chien.

149

– D'accord, mais ferme derrière toi, on se gèle.

Pastor tira la porte sur lui et fit un pas en avant dans la neige. Puis il marcha un peu le long du mur, sur sa droite et s'arrêta pour uriner. Il prit tout son temps. Quand il eut fini, il reboutonna sa braguette et bâilla. Un flocon lui entra dans la bouche, puis un autre. Ils fondirent immédiatement sur sa langue chaude. C'était agréable et délicat. Il garda exprès la bouche ouverte pour continuer le petit jeu. *Un gosse!* rigola-t-il, *je suis un vrai gosse! Si Mills me voyait!* Ce fut sa dernière pensée avant le choc.

Accroupi au bord du toit, prêt à bondir, Milos sut qu'il n'y arriverait pas. Planter la lame de son couteau dans le dos de cet homme immobile, là, à deux mètres de lui, était au-dessus de ses forces. Alors quoi? Il garda tout de même le couteau ouvert dans sa main droite, au cas où… puis il se concentra sur les deux choses dont sa vie et celle d'Helen dépendaient : premièrement, terrasser Pastor du premier coup, deuxièmement, l'empêcher à tout prix d'alerter ses chiens. Ceux-ci dormaient à quelques mètres et leur oreille fine saurait percevoir le moindre gémissement. Il eut la chance que Pastor vienne se placer juste en dessous de lui. Malgré l'obscurité, il le reconnut sans peine à son épaisse canadienne. Restait à prendre la décision de sauter.

Jamais, même avant ses plus durs combats, Milos n'avait éprouvé le quart de l'angoisse qui l'envahissait maintenant. Il comprit combien ce qu'il avait vécu sur les tapis de lutte jusqu'à ce jour n'était qu'un jeu. Pourtant il s'y était donné corps et âme : il s'était entraîné dur, il n'avait jamais renoncé malgré les coups, les entorses et les fractures. Depuis un an, il avait vaincu tous les garçons qu'on lui avait opposés, même ceux de cinquième et sixième année, plus âgés et plus lourds que lui. Mais cette fois il ne s'agissait plus de gagner ni de perdre. Il s'agissait de vivre ou de mourir.

Comment ses muscles ankylosés allaient-ils réagir lorsqu'il leur donnerait l'ordre de bondir ? Est-ce qu'ils le trahiraient, pour la première fois ? Ce Pastor semblait un peu empâté bien sûr, mais il était massif. Milos l'estima aux environs du quintal. Une belle différence de poids avec lui qui combattait dans la catégorie des moins de soixante-cinq kilos ! De plus, son adversaire avait encore en lui la bonne chaleur du feu, et il avait sans doute mangé à son aise, lui.

Frigorifié, au bord du malaise, Milos hésitait encore. *Maintenant ! Maintenant !* s'exhortait-il. *Dans quelques secondes, ce gros lard va se retourner, te voir et crier. Et tout sera fini. Saute, Milos ! Saute !*

La neige qui se déroba sous ses pieds décida pour lui. Il commença à glisser sans pouvoir se retenir à rien. Il n'avait plus le choix. Il rassembla toute son énergie et se propulsa dans le vide.

Ses deux genoux percutèrent avec violence la colonne vertébrale de Pastor. Celui-ci s'effondra dans la neige, la tête en avant, et Milos se jeta sur lui avec rage. Il passa son bras droit sous le cou de l'homme et bloqua la prise avec le gauche. Cette clef était interdite en combat. *On n'étrangle pas.* Tous ses entraîneurs le lui avaient répété depuis le jour où, petit garçon, il avait enfilé son premier maillot de lutte : «Il est interdit d'étrangler...»

Le reste de son corps avait pris spontanément la position «dessus» qui empêche l'adversaire de se dégager. Jambes, hanches, bassin, tout fut mobilisé sans qu'il ait à y réfléchir une seule seconde. Comme si les centaines d'heures passées à suer sur les tapis d'entraînement venaient de se concentrer en un seul geste, rapide, sûr et précis. Jusque-là, il en était certain, Pastor n'avait pas émis le plus petit gémissement. Et il fallait que cela continue. Il le fallait à tout prix. Et ces trois mots-là, *à tout prix*, avaient un sens. Milos s'arc-bouta, consolida sa prise et serra...

Bombardone Mills, sur le point de s'endormir, eut le sentiment d'entendre un choc mou venu de l'extérieur. Est-ce que ce pauvre Pastor avait lancé une boule de neige ? Ou bien est-ce qu'il avait glissé et s'était cassé la figure ? Il fut tenté de se lever pour aller voir, mais la longue tête de Ramsès posée sur son ventre le dissuada de bouger. Il la caressa du dos de la main. L'homme-chien, sans ouvrir les yeux, grogna faiblement, comme pour remercier. Mills referma les siens. Il fallait dormir. La journée serait rude demain.

Helen avait vu Milos jaillir du toit et tomber sur l'homme. Elle avait aussitôt oublié le froid, l'épuisement et la peur. Il n'y avait plus, là-bas, que cet amas de deux corps immobiles que la neige commençait déjà à recouvrir. *Milos, oh Milos, qu'est-ce que tu lui fais, dis-moi? Tu ne vas quand même pas...?* Par la fenêtre du refuge, elle percevait les ombres dansantes projetées par les flammes de la cheminée. Un homme cruel et six chiens dormaient là, à quelques mètres, prêts à déchiqueter le garçon s'ils le découvraient. Peut-être même ne dormaient-ils pas? Et Milos était allé les affronter, seul, tout juste armé de ses larges mains et de son courage. «On ne me prend jamais, moi!» disait-il de sa voix joyeuse. *Oui, mais s'ils te prennent quand même? Dis-moi, Milos? S'ils te prennent?*

Combien de temps faut-il pour étrangler un homme? Chaque fois que Milos relâchait sa clef, même de façon infime, son adversaire était pris de légers soubresauts et le bruit menaçait d'alerter les autres. Alors Milos se raidissait à nouveau pour le réduire au silence et à l'immobilité. Les muscles de son bras droit commençaient à se tétaniser sous l'intensité de l'effort.

Soudain, il vit la grosse main de Pastor se mettre en mouvement et avancer, centimètre par centimètre, vers un objet brillant qui reposait dans la neige. *Mon couteau! Mon couteau qui est tombé! Mon couteau ouvert par moi! Il va le prendre!* Sa première impulsion fut de dégager un de ses bras pour bloquer la main de Pastor, mais il se ravisa. Desserrer l'étreinte une seule seconde, c'était permettre à son adversaire d'appeler, et cela signifiait la mort certaine. Sans pouvoir rien y faire, il vit la main tâtonner, s'étirer, saisir enfin le manche du couteau et se retirer. Pendant quelques secondes, il perçut confusément les efforts que faisait Pastor pour mouvoir son bras sous son corps, puis ce fut la douleur, fulgurante, à la cuisse droite. Il se retint de hurler et, dans un réflexe de défense, resserra encore sa prise. Le deuxième coup l'atteignit au même endroit et lui arracha une plainte incontrôlable. Il parvint à déplacer sa jambe de quelques centimètres pour emprisonner le bras de Pastor et l'empêcher de frapper une troisième fois. Celui-ci, à défaut de pouvoir armer son geste, commença alors à fouiller la plaie de sa lame. La douleur irradia. Milos sut qu'il ne la supporterait pas longtemps. Il fallait en finir. Il modifia légèrement sa position. Sa tête était maintenant butée à celle du maître-chien, dont les cheveux sales puaient la sueur. Les deux corps, soudés l'un à l'autre, ne faisaient qu'un.

Milos s'efforça de ne penser qu'à Helen qui allait mourir s'il échouait, à Bartolomeo que les hommes-chiens mettraient en pièces sans l'ombre d'une hésitation. Il imagina leurs crocs impitoyables dans la chair de Milena. *Ce sont des barbares*, se répéta-t-il. *Cet homme, contre lequel je suis couché et dont je sens la chaleur contre moi, est un barbare...*

– Pardon... murmura-t-il sans savoir si l'autre pouvait l'entendre, pardon... et, s'aidant de l'épaule, il imprima une torsion à la nuque. Il y mit toutes ses forces, jusqu'au craquement attendu. Alors, peu à peu, le cou de son adversaire sembla se détendre. Milos maintint sa prise une dizaine de secondes encore, puis la relâcha insensiblement. Le corps de Pastor s'affaissa, inerte, tel celui d'une énorme poupée. Milos resta un moment allongé dessus, presque évanoui de fatigue et de douleur. *On n'étrangle pas...* Ses yeux se brouillèrent de larmes. La honte et le dégoût le firent presque vomir. *Étrangler est interdit...* D'accord, mais pourquoi l'arbitre ne l'avait-il pas arrêté alors ? Et les spectateurs ? Que faisaient-ils ? Il avait gagné, non ? On pouvait l'applaudir un peu quand même !

Il se redressa, tremblant, sur ses avant-bras. Tout autour, les flocons silencieux tombaient avec grâce et légèreté. Il se trouvait bien sur un tapis, mais c'était un tapis de neige. Il n'y avait nul gradin où le public aurait pris place, mais seulement quelques sapins noirs qu'on distinguait à peine dans la nuit. Il n'y avait même pas une serviette pour qu'il puisse essuyer sa sueur.

Et son adversaire était mort...

Il ramassa le couteau, se leva et toucha la toile de son pantalon trempée de sang. On verrait ça plus tard. Il agrippa le corps du maître-chien par le col de la veste et le tira à grand-peine en direction du rocher où l'attendait Helen.

Bombardone Mills se réveilla en sursaut. Une branche sans doute pleine de résine venait d'éclater comme un coup de feu dans la cheminée. Il se retourna et vit que son collègue n'était pas revenu. Quelques hommes-chiens ouvrirent un œil. Ramsès bâilla.

Ça ne ressemblait pas à Pastor d'aller se balader en pleine nuit sous la neige. Ça ne ressemble à personne d'ailleurs. Mills déplaça avec délicatesse la tête de Ramsès et se leva. En sortant, il buta sur la jambe gauche de Téti qui montra le bout des crocs.

— Ça va, ça va ! grogna Mills. N'en rajoute pas…

Dans le faisceau de sa torche, les flocons virevoltaient, mais la brume empêchait d'y voir à plus de dix mètres. Le chef de la police suivit les traces de pas à demi recouvertes de Pastor, sur la droite, et découvrit un endroit où la neige était curieusement tassée.

— Pastor ! Oh, Pastor ! cria-t-il.

Il n'eut aucune réponse. En y regardant mieux, il vit la traînée qui partait de là et s'en allait vers les rochers. Il vit surtout les gouttes de sang qui traçaient un pointillé régulier et vermeil dans la neige blanche. Cela ne lui plut pas du tout. Il se préparait à les suivre quand il se rendit compte que ses bottes seraient bien trop basses pour cette neige. Il rentra rapidement dans le refuge avec l'intention de chausser ses raquettes, mais son regard tomba sur le sac de voyage où se trouvaient les bottes de Bartolomeo.

Assis contre la cloison, il enfila la première, puis la seconde. Elles étaient un peu trop grandes, mais souples et agréables. En se redressant, il fut surpris de trouver Kheops debout devant lui. L'homme-chien s'était levé sans bruit et le fixait.

— Qu'est-ce que tu veux ? demanda Mills, mal à l'aise. Tu as soif ?

Le regard de Kheops descendit lentement jusqu'aux pieds de Mills. Son museau frémit et une lueur assassine brilla dans ses yeux.

– Ah je comprends ! rigola le chef de la police. C'est les bottes… Tu crois que…

Téti s'approcha à son tour, flaira en direction des bottes et un grondement sourd monta des profondeurs de sa gorge. Mills en eut la chair de poule.

– C'est pas mes bottes, bande d'abrutis ! jurat-il. C'est pas moi que vous cherchez ! On marche ensemble depuis trois jours et vous me reconnaissez pas ? Vous êtes bouchés ou quoi ?

Il contourna les deux chiens et se dirigea vers la porte. Mais Aménophis barrait le passage. Ses lèvres se retroussaient sur des crocs blanc ivoire.

– Laisse-moi sortir, imbécile ! Ton maître est dehors ! Il est en danger…

L'homme-chien avança d'un pas et Mills dut battre en retraite. Il trébucha contre le matelas et tomba à la renverse.

– Je les quitte, regardez ! Je les quitte !

Son cœur cognait fort. Il envoya valser les deux bottes à l'autre bout de la pièce, mais les trois hommes-chiens s'en moquaient. Dans leur pauvre cerveau détraqué se formait un raisonnement très simple : on leur avait donné une odeur à renifler, et l'homme qui se tortillait là devant eux, sur le matelas, la portait, cette odeur. Il n'y avait rien d'autre à comprendre.

– Pastor ! brailla Mills à pleine voix. Pastor, bon Dieu !

Puis il chercha Ramsès. Celui-ci s'était réfugié dans un coin de la pièce et il paraissait absolument hébété.

– Ramsès, viens ici ! Viens me défendre !

157

Les trois hommes-chiens se transfigurèrent soudain. Leurs yeux s'injectèrent de sang, leurs crocs jaillirent. En quelques secondes, ils ne furent plus que haine. Khephren et Mikerinos, à qui on avait donné le foulard de Milena à renifler, se laissèrent entraîner par cette rage et vinrent s'ajouter aux trois autres.

– Ramsès! Merde! Tu vois pas qu'ils vont me bouffer?

Le malheureux Ramsès était au supplice. Choisir entre ses frères et son maître le déchirait. Il se tordait, il gémissait, pleurait.

– Ramsès! Au secours!

C'est cet appel qui le décida. Il bondit et vint se placer aux côtés de Mills, la bave aux lèvres. Il était grand et fort. Les autres reculèrent d'un pas.

– Attaque, Ramsès! Attaque!

Le brave homme-chien se jeta sur Mikerinos, le plus proche des assaillants. Il chercha la gorge, mais ne trouva que l'épaule. Les deux roulèrent au sol et luttèrent avec furie. Puis tout alla très vite. Khephren et Téti attaquèrent ensemble. Téti referma sa mâchoire sur la gorge de Ramsès et il serra. Les deux autres se déchaînèrent sur les bras, les jambes, le ventre. Ramsès tenta de se dégager en se débattant mais il n'y parvint pas. Mills vit le sang rouge couler sur le pantalon noir, sur la veste, cette veste qu'il lui avait appris à boutonner autrefois.

– … hâârdone… supplia Ramsès dans un râle, hâârdone…

Puis dans un effort gigantesque, il articula :

158

– … scou-ou-ou-rh…

Mills comprit que son compagnon l'appelait
« au secours ». Un mot de plus qu'il venait d'apprendre… Des sanglots montèrent dans sa poitrine.

– Lâchez-le ! hurla-t-il.

Puis il vit l'œil de Ramsès tourner lentement
jusqu'à devenir tout blanc. L'instant d'après tout
était fini.

Et quand les cinq Diables, barbouillés de sang,
se tournèrent vers Bombardone Mills, celui-ci
comprit que l'enfer était proche.

Milos avait rejoint Helen depuis plus d'une
heure derrière le rocher et ils attendaient en vain
un signe de vie dans le refuge. Il faudrait bien
que Mills s'inquiète de l'absence de son collègue.
Il faudrait bien qu'il sorte. Helen grelottait moins
avec la chaude canadienne de Pastor sur ses
épaules. Milos, allongé près d'elle, tenait un mouchoir pressé sur sa jambe et il luttait contre la douleur. À chaque mouvement, même infime, un peu
de sang tiède venait réchauffer sa cuisse. Le corps
du maître-chien gisait sous la neige, à quelques
mètres de là. Aucun des deux n'osait regarder le
petit monticule que cela formait. Soudain la porte
s'ouvrit, là-bas, et Mills apparut enfin. Ils le virent
s'avancer sous le toit, hésiter, revenir. Plus tard, ils
entendirent ses appels : « Pastor ! » pour commencer, puis : « Ramsès ! » Après cela, il y eut ce terrible déchaînement et ils comprirent avec horreur
ce qui arrivait. Ensuite, dans le silence revenu, ils
assistèrent, pétrifiés, à une scène irréelle.

Les cinq hommes-chiens sortirent devant la porte, tendirent leur museau vers le ciel et se mirent à hurler comme des loups. Leur cri transperça la nuit. Mais ce n'était pas un cri de menace. Au contraire, il semblait empreint de joie. Téti, le premier, ôta sa veste et la jeta dans la neige, Mikerinos fit de même. Khephren et Aménophis arrachèrent à leur tour chemise et pantalon. Bientôt ils furent tous débarrassés de leurs habits d'hommes, et ils s'élancèrent en direction de la montagne. La brume les avala en quelques secondes.

– Les hommes-chiens ! souffla Milos, fasciné. Ils retournent à la sauvagerie…

– Non, corrigea Helen, ils retournent à la liberté. La sauvagerie, ils la laissent derrière eux… Viens, la place est libre maintenant.

Elle le soutint de son mieux. Chaque pas déchaînait dans la jambe de Milos une douleur lancinante. La plaie devait être profonde.

Helen fut stupéfaite de trouver en elle la force de traîner seule les corps de Mills et de Ramsès à l'extérieur. Elle les allongea près de celui de Pastor et les recouvrit de neige. Ses propres gestes, ralentis par l'épuisement, lui paraissaient étrangers. Comme une somnambule, elle revint au refuge, cueillant au passage la chemise d'un homme-chien. Elle retourna le matelas taché du sang de Mills pour que Milos puisse s'allonger dessus et elle fit au garçon un pansement de fortune autour de la cuisse.

Sur la table restait un gros morceau de pain noir.

– Tu pourras manger quelque chose ? demanda-t-elle.

– Non, répondit Milos, mais mange, toi, je crois que tu auras besoin de forces pour nous deux…

Elle jeta du bois dans le feu et s'assit à la table. Elle parvint à avaler quelques bouchées. Enfin, ils s'allongèrent l'un contre l'autre, tandis que les flammes projetaient au plafond des formes mouvantes.

– Ça va ? demanda Helen.

– Ça va, murmura Milos, à part que j'ai tué un homme…

Il cacha sa tête dans le creux de son bras et pleura doucement.

– Tu as tué un homme qui nous aurait tués, le consola la jeune fille. Tu voulais ça ?

– On n'a pas le droit d'étrangler, sanglotait Milos. On n'a pas le droit. Et je l'ai fait… Je ne veux jamais plus me battre…

Elle lui caressa les cheveux. Longtemps. Et il s'apaisa. Puis elle reprit, à voix basse :

– Tu sais, il ne faudra pas continuer, demain. Il est impossible de passer la montagne avec cette neige et ta blessure. On va faire demi-tour. Qu'en penses-tu ?

Milos ne pensait plus rien. Il dormait.

Elle prit dans les siennes ses larges mains qui se réchauffaient à peine et les embrassa. Ce n'étaient pas les mains d'un assassin.

9. *Le cochon géant*

Helen se réveilla au petit jour. Le feu était mort et l'odeur âcre des cendres froides lui sauta à la gorge. Autour d'elle, les affaires de Mills et de Pastor, éparses et inutiles dans la lumière pâle du petit matin, la choquèrent. Ainsi elle n'avait rien rêvé du drame de la veille : ni le combat mortel de Milos, ni la blessure, ni le carnage des hommes-chiens.

Elle se tourna vers le garçon et lui toucha doucement l'épaule :

– Ça va ?

– Ça va… sourit Milos, mais il ne bougea pas d'un centimètre.

Elle se leva et alla ouvrir la porte. Il avait encore neigé dans la nuit. Les vêtements des hommes-chiens étaient recouverts et, près des rochers, les trois corps ensevelis de Mills, Pastor et Ramsès ne dessinaient plus que trois petites bosses gracieuses. Elle rentra et fit du feu avec application : brindilles sèches, petit bois… Elle souffla dessus, à genoux. Milos, toujours allongé sur le matelas, l'observait du coin de l'œil :

— Tu sais tout faire, toi! Cacher des cadavres sous la neige, allumer un feu, réconforter les gens… J'ai bien envie de te demander un café pour voir!

— On parie? lança-t-elle en faisant semblant d'être gaie.

Elle s'élança et ouvrit des tiroirs, des placards jusqu'à trouver ce qu'elle cherchait : une vieille casserole sans manche. Elle sortit la remplir de neige et la mit sur le feu. Moins de dix minutes plus tard, elle tendait à Milos un gobelet d'eau fumante agrémentée de quelques gouttes de l'alcool de Pastor :

— Désolée, il est un peu clair peut-être…

Il but à petites gorgées, appuyé sur un coude.

— Tu pourras marcher? demanda Helen. On aura une paire de raquettes chacun… Ça ira pour la descente… Parce qu'on va faire demi-tour, hein? On ne peut pas continuer…

Milos posa le gobelet vide à côté de lui et la regarda tristement :

— Merci pour le «café», tu es gentille, mais je ne pourrai pas marcher. Je ne pourrai même pas me lever. Je n'ai pas dormi de la nuit parce que j'avais trop mal. Et puis regarde, je pense que la lame a presque traversé ma cuisse.

Il souleva la couverture. Le sang avait trempé la chemise de l'homme-chien. Il écarta délicatement la toile déchirée du pantalon.

— Mon Dieu, gémit Helen, en découvrant la plaie béante, je vais te changer le pansement.

— Ça n'empêchera pas de saigner… dit Milos. Il faut seulement que je comprime la plaie en

163

essayant de bouger le moins possible. Il n'y a rien d'autre à faire. À moins que tu saches aussi coudre les blessures… Tu as du fil et une aiguille ?

Ils ne rirent ni l'un ni l'autre. « Tu auras besoin de forces pour nous deux… » avait annoncé Milos la veille. Helen comprit à cet instant combien il avait raison.

— Je vais aller chercher du secours dans la vallée, dit-elle en tâchant d'affermir sa voix, je trouverai bien un paysan qui aura un traîneau… Et on te redescendra pour te soigner… Ou bien je ferai monter un docteur…

— Tu crois que tu peux y arriver ?

— Tu vois une autre solution ? On peut attendre des siècles avant que quelqu'un passe ici.

Milos soupira. Laisser Helen partir seule ne lui plaisait pas.

— La neige aura transformé le paysage. Tu ne vas rien reconnaître.

— Je ne chercherai pas à retrouver notre chemin. Je descendrai droit devant moi et je frapperai à la première porte.

Sans perdre davantage de temps, elle se redressa et entreprit de préparer son départ. Les raquettes de Mills étaient les meilleures avec leur bois presque neuf et le cuir souple des lanières. Elle les régla à sa pointure et alla faire quelques pas dans la neige pour les essayer. Entre les deux sacs à dos, elle choisit celui de Pastor, plus petit. Elle le vida de son contenu : un paquet de biscuits de soldat et deux pommes qu'elle déposa près de Milos avec une moitié du bloc de pain noir :

— Il faudra que tu manges un peu, sinon tu vas t'affaiblir.

— J'essaierai, promit le garçon.

Elle fit encore fondre une pleine casserole de neige et la lui apporta en réserve. Puis elle rassembla autour de lui tout ce qui pourrait le protéger du froid : la couverture du refuge, le pull-over d'un homme-chien et la veste de Mills qui était restée suspendue derrière la porte. Elle roula la canadienne de Pastor en boule dans le sac à dos et jeta par-dessus le reste de pain noir.

Quand vint le moment de partir, elle s'accroupit près de Milos et prit sa tête bouclée dans ses mains.

— On a eu besoin de deux jours pour monter. Je mettrai moins de temps pour descendre : un jour seulement peut-être. Et je n'aurai même pas à arriver jusqu'en bas. On a vu des habitations sur le chemin, rappelle-toi. Avec un peu de chance, je serai de retour demain, ou après-demain au plus tard... Tu ne te sauves pas d'ici là, hein ?

— J'aurais du mal...

Ils se turent pendant quelques secondes.

— Je pensais te protéger et maintenant c'est moi qui ai besoin de toi, soupira le garçon. J'ai l'air malin... J'aurais mieux fait de rester à l'internat...

— Arrête ! le coupa Helen. Tu voulais empêcher la meute de rattraper Bart et Milena, et tu as réussi ! Ils ne craignent plus rien grâce à toi !

— Oui, mais toi... ?

— Moi je vais me débrouiller, ne t'en fais pas ! Bon, il faut que je parte... Tu veux que j'aille te chercher davantage de bois ? Des branches mortes ? Tu pourrais les faire brûler ce soir…

– Non, ne perds pas de temps à ça. Je préfère que tu files.

– Tu as raison. Je m'en vais.

Elle hésitait encore.

– Je peux faire autre chose pour toi ?

– Oui : revenir…

– Bien sûr que je reviendrai !

– Promis ?

Elle se contenta de hocher la tête. *Si j'ouvre la bouche*, se dit-elle, *ma voix flanche, et ce n'est pas le moment de pleurer*. À la porte, elle se retourna et lui fit un dernier sourire. Il agita les doigts devant son visage en signe d'au revoir.

– Je t'attends, Helen. Fais attention à toi.

Elle marcha des heures droit devant elle dans la descente, courant dès qu'elle le pouvait, sans penser à autre chose qu'à ne pas perdre de temps. Les raquettes de bois crissaient à chaque pas dans la neige fraîche. «Marche ! Marche !» semblait répéter à l'infini leur petite musique obstinée. Le soleil faisait scintiller les cristaux. *Comme ce serait beau*, se disait-elle, *s'il n'y avait pas là-haut Milos avec sa jambe rouge !*…

À chacun de ses arrêts, elle s'étonnait du vacarme de sa respiration et des battements effrénés de son cœur dans le silence de la montagne. Elle avalait une bouchée de pain, laissait fondre un peu de neige dans sa bouche et repartait. Son espoir secret était de trouver à s'abriter avant la nuit, mais le soleil sombrait déjà derrière les sommets, à l'ouest, sans qu'elle ait vu la moindre trace d'habitation.

Enfin, la pente se fit moins forte. La plaine ne devait plus être très loin. Comme l'obscurité gagnait lentement et avec elle le froid vif qui s'insinuait sous son pull-over, Helen enfila la canadienne de Pastor et accéléra l'allure. L'idée de dormir dehors l'angoissait. Par bonheur, des rochers affleurèrent bientôt, puis l'herbe verte de la prairie. Elle ôta ses raquettes et les attacha aux lanières de son sac à dos. Un chemin descendait le long d'un bois de bouleaux. Elle le suivit, et elle n'avait pas fait cinq cents mètres que la maisonnette de pierre apparut sur sa droite, au fond d'un pré.

Elle était très ancienne assurément, mais bien entretenue. Une maigre fumée blanche montait droit de la cheminée. Un cochon géant pataugeait dans la boue de son enclos, ses deux oreilles immenses et sales battant sur les côtés. Jamais Helen n'avait vu un animal de cette taille. Il devait peser près de deux tonnes. Elle s'avança jusqu'à la porte de bois et frappa. Elle attendit en vain une réponse, frappa de nouveau. Elle songea fugitivement à Boucle d'Or. Est-ce qu'il y aurait trois bols sur la table ? Et trois chaises ? Et trois lits ? L'énorme verrat la regardait de loin en roulant dans sa gorge des grondements d'outre-tombe.

– Il y a quelqu'un ? appela Helen.

Elle fit le tour de la maisonnette, mais ne vit ni traîneau, ni carriole d'aucune sorte, juste une réserve de bois sous l'appentis. Revenue de l'autre côté, elle tapa aux carreaux de la fenêtre.

– Il y a quelqu'un ?

Elle colla son visage à la vitre. L'intérieur disparaissait dans la pénombre, mais quelqu'un se tenait assis sur une chaise, à peine éclairé par la flamme du fourneau, les deux jambes posées sur un chauffe-pieds.

– Monsieur ! appela Helen et l'homme leva les yeux vers elle. Je peux entrer ?

Elle considéra que le vague mouvement de tête de l'homme signifiait un accord, et elle poussa la porte. La pièce était basse de plafond. Une armoire, une table, une horloge et deux bancs posés sur le sol en terre battue constituaient tout le mobilier. Helen s'avança vers le fourneau :

– Excusez-moi, monsieur, j'ai vu la fumée et…

Le vieux était bien plus âgé qu'elle ne l'avait pensé. Ou plus malade peut-être. Des rides profondes creusaient son visage fatigué ; ses derniers cheveux blancs dessinaient une drôle de petite virgule sur son front. Il gardait ses bras au chaud sous le plaid qui couvrait ses genoux.

– Je viens du refuge… hasarda Helen. Vous connaissez… le refuge ?

Le vieillard ne parut pas comprendre. Il observait la jeune fille sans crainte, mais sans réelle curiosité non plus. Ses oreilles décollées se détachaient de son crâne chauve.

– Vous vivez seul ici ?

Elle regarda mieux autour d'elle et vit une deuxième chaise de paille, près du fourneau.

– Vous vivez seul ici ? répéta-t-elle en poussant la voix et en désignant la chaise. Il y a quelqu'un avec vous ?

La jeune fille se résignait déjà au silence quand il ouvrit la bouche et prononça d'une voix rauque une phrase courte et tout à fait incompréhensible, quelque chose comme :

— *Sjo cé adji ?*

— Pardon ? dit-elle.

Il reprit les mêmes mots, mais plus fort et avec agacement.

— Je ne comprends pas votre langue… s'excusa Helen, je…

Il sortit alors un bras maigre de sous la couverture et pointa une main tremblante vers elle :

— Gardjoune ? Fjille ?

— Ah ! réagit Helen en riant. Une fille ! Je suis une fille.

Avec ses cheveux courts, son visage carré et la veste de Pastor sur le dos, elle pouvait effectivement tromper son monde. Dès l'instant où le vieil homme sut qu'elle appartenait au sexe féminin, il parut mieux disposé à son égard. Il lui fit signe de tirer la chaise vers elle et de s'asseoir. Mais le rapprochement tourna court, et ils restèrent assis face à face en échangeant de temps à autre un sourire un peu embarrassé. Helen s'interrogeait déjà sur la tournure que prendrait la soirée lorsque la porte s'ouvrit sur une petite vieille coiffée d'un fichu. Elle referma derrière elle, accrocha son manteau au clou d'un geste vif et stoppa net au milieu de la pièce en découvrant la visiteuse qui s'était levée de sa chaise. Cependant, le vieux ayant dit dans sa langue une phrase brève, elle marcha aussitôt vers Helen, les bras ouverts :

— La fiancée de Hugo !

– Non, je ne suis pas la fiancée de Hugo, répondit Helen, heureuse de pouvoir enfin être comprise, je me suis perdue dans la montagne et…

– Ah, fit la vieille, visiblement déçue, mais sur sa lancée elle l'embrassa tout de même. Ses joues froides étaient douces comme de la soie. Vous vous êtes perdue ?

– C'est ça. Je viens du refuge, là-haut. Vous connaissez le refuge ?

– Oui, le refuge, je connais…

– Mon ami est là-haut… il est blessé… gravement blessé, vous comprenez ? À la jambe… je viens chercher du secours… il a besoin d'aide…

Tandis qu'elle parlait, le vieil homme s'acharnait à parler aussi à sa femme et la malheureuse ne savait plus qui écouter des deux.

– Il vous prend pour la fiancée de Hugo, dit-elle enfin à Helen. Il est têtu comme une mule. Dites-lui que Hugo va bien et il nous fichera la paix !

– Hugo va bien, articula Helen, souriante, à l'adresse du vieux. Il va *très* bien.

– Aaah ! fit celui-ci, satisfait, et il se tut.

La vieille cligna de l'œil en signe de complicité. « Nous voilà entre personnes sensées maintenant », semblait-elle dire.

– Je vous disais que mon ami est au refuge, reprit Helen. Il est blessé gravement… il faudrait aller le chercher en traîneau ou bien trouver un docteur pour le soigner…

– Ah, il y a un docteur au refuge ?

– Non ! Il n'y a pas de docteur au refuge. Mon ami est tout seul là-haut. Il est blessé. Vous connaissez un docteur ?

– Mon fils…

– Votre fils est docteur ?

La vieille changea soudain d'expression et regarda Helen, stupéfaite :

– Mon fils est docteur ? Le plus jeune ?

Oh, mon Dieu, gémit la jeune fille, *où suis-je tombée ?*

– Oui, insista-t-elle cependant, vous venez de me le dire : votre fils est docteur. C'est bien ça ?

– Je ne sais pas… Vous voulez un peu de soupe ?

Helen remarqua pour la première fois une marmite en fonte noire de suie qui chauffait sur le fourneau. Un mince filet de vapeur s'échappait sous le couvercle. Pourquoi ne pas en profiter après tout ? Il faisait nuit maintenant. Il faudrait bien manger et dormir quelque part.

La petite vieille alluma une lampe à pétrole suspendue à une poutre du plafond et sortit un grand bol du tiroir de la table.

– Je vais d'abord m'occuper de mon homme. Il tremble trop pour manger seul. Il n'a plus toute sa tête, vous savez. Il ne parle plus que sa langue maternelle depuis quelque temps… C'est triste, mademoiselle. Ah si vous l'aviez vu jeune homme !

Helen l'observa qui donnait la soupe à « son homme », debout près de lui. C'était touchant de voir sa patience et la délicatesse de ses gestes. Ensuite, les deux femmes s'assirent à table pour « dîner ». Hélas, la soupe était moins bonne qu'Helen ne l'avait espéré. Elle avala avec peine les morceaux tout juste tièdes de pommes de terre et de navets qui flottaient dans un bouillon fade.

– Est-ce qu'il y a d'autres habitants par ici ? reprit-elle. D'autres maisons ?

– Mon fils… répondit la vieille.

– Votre fils ? Le docteur ?

À ce moment-là, le vieillard, depuis sa chaise, répéta plusieurs fois une question dans laquelle Helen reconnut le mot «Hugo».

– Qu'est-ce qu'il dit ?

– Il demande combien vous avez d'enfants avec Hugo. Il radote… Attendez, vous allez voir…

Elle baragouina une réponse dans la langue de son mari et pouffa de rire dans le torchon qu'elle avait gardé à la main.

– Qu'est-ce que vous lui avez dit ?

– Que vous en aviez sept. Tous des garçons. Et jumeaux par-dessus le marché ! Le temps qu'il y réfléchisse, il nous laissera tranquilles !

Effectivement, le vieillard hocha la tête et se replongea dans ses pensées. Helen réprima son envie de rire. Cette petite vieille à la fois si vive et si confuse l'étonnait de plus en plus.

– Vous me disiez que votre fils habite par ici. Votre fils le docteur…

– Le docteur ? Il habite par ici ?

– Oui, votre fils…

– Ah oui, mon fils. Il viendra demain matin. Voulez-vous un verre de vin, mademoiselle ?

– À quelle heure viendra-t-il, votre fils ? Parce que mon ami est blessé, là-haut, dans le refuge…

– Oui, à la jambe, n'est-ce pas ?

– C'est ça, à la jambe. Votre fils le docteur pourra le soigner ? Vous pensez qu'il pourra le soigner ?

La vieille trotta vers la porte du fond et l'ouvrit. Un escalier montait à l'étage et l'autre descendait à la cave. Elle prit sur la première marche une bouteille de vin à moitié pleine et sortit deux verres de l'armoire.

— Je ne bois pas de vin, dit Helen, que l'impatience taraudait, je préférerais…

— Oui, vous l'auriez vu quand il était jeune ! l'interrompit la vieille en remplissant les verres. J'avais seize ans et demi et je travaillais à la brasserie. Lui, il était bûcheron. On est passées par hasard dans cette clairière, ma camarade Franciska et moi. Ils étaient une dizaine d'ouvriers étrangers. Ils faisaient la pause. Ils jouaient aux boules avec des pierres rondes, torse nu. Ça parlait fort et ça rigolait. Il était plus beau que les autres. Beaucoup plus beau. Il tenait sa pierre dans la main et un bout de fromage dans l'autre. Ses épaules luisaient sous la sueur. Franciska m'a dit : «Tu l'as vu celui-là comme il est beau !» On a bien ri. Je me suis débrouillée pour repasser toute seule les jours suivants. Une fois, il s'est approché, et on s'est dit nos prénoms. De près, il était encore plus beau que de loin… Une autre fois, on s'est fait comprendre par signes qu'on pourrait se retrouver le soir.

Helen tourna la tête et regarda le crâne piqué de taches de rouille, le cou ridé et les épaules maigres du vieil homme qui s'assoupissait près du fourneau. Malgré son agacement, elle se sentit touchée.

— Et… vous vous êtes retrouvés ?

— Bien sûr. Allez empêcher un garçon et une

173

fille de se retrouver ! Je l'ai attendu au rendez-vous derrière l'atelier de mon père. Je m'étais faite belle en cachette. Rouge à lèvres et tout ça. Quand je l'ai vu passer le coin de la rue et marcher vers moi, j'en serais tombée à la renverse ! Il portait une chemise blanche, ample, avec un col ouvert sur sa poitrine, et son pantalon avait un pli... Un pli ! Fait au fer ! Alors qu'il dormait dans une cabane au milieu des bois ! Ça ne l'empêchait pas d'être élégant. Dix-huit ans, il avait... Et moi seize et demi...

— Vous en avez de la mémoire...

— Non. J'oublie tout... mais pas ça... allez, trinquez avec moi, mademoiselle...

Elles entrechoquèrent leurs verres. Le vin râpait la gorge et Helen eut du mal à boire la première gorgée.

— Et... vous avez eu des enfants ? reprit-elle, un peu honteuse de ramener la conversation à ce qui l'intéressait.

— Des enfants ? Oui... on en a eu... quatre... non... cinq...

— Et le plus jeune est docteur maintenant ? C'est ça ?

— Je ne sais plus... pardonnez-moi, je suis comme lui... je perds la boule... allez, on va se coucher maintenant... nous, on dort dans la chambrette, ici, à côté... vous, vous dormirez en haut... prenez une bougie dans le tiroir avant de monter.

Elle alla vers son mari, lui chuchota quelques mots à l'oreille et le fit lever. Tous deux entreprirent de traverser la pièce. Ils avançaient avec une lenteur infinie. Helen les regarda passer devant elle en buvant son verre. Le vin lui montait déjà à la tête. Quand la porte de la chambrette se fut refermée sur les deux petits vieux, elle se leva et s'assit près du fourneau pour emmagasiner un peu de chaleur. Sans doute qu'il ferait froid dans la pièce du haut. Elle allait monter quand la grand-mère reparut en chemise de nuit, un bonnet sur la tête.

— Regardez, mademoiselle…

Dans son cadre de bois, la photo montrait le buste d'un jeune homme cravaté, à la barbe noire et bien taillée. Il portait de travers sur la tête un étrange couvre-chef plat et regardait l'objectif avec assurance.

— Mon fils… lisez derrière…

Sur le dos cartonné du cadre, une main appliquée avait écrit trente ans plus tôt la date, le prénom du lauréat : *Josef*, et son titre : *Docteur en Médecine*.

— Votre fils ! Celui qui viendra demain ?

— Oui. Il vient tous les mardis. Bonne nuit, mademoiselle.

Helen fit rapidement le compte des jours. Milos et elle s'étaient enfuis un vendredi soir de leur internat, et deux nuits s'étaient écoulées depuis. La vieille dame ne se trompait peut-être pas…

Malgré sa grande fatigue, elle eut toutes les peines du monde à dormir. La chambre était froide, le lit creux et l'énorme édredon roulait au sol au moindre mouvement. L'image de Milos perdant son sang dans le refuge la hantait. Elle ne trouva le sommeil qu'au petit matin, bercée par les grondements sourds du cochon géant qui faisaient vibrer les carreaux de la fenêtre.

Le docteur arriva à dix heures dans une automobile à hautes roues, pétaradante et crottée. C'était un homme d'une cinquantaine d'années, au regard noir. Il ressemblait peu à la photographie avec ses cheveux gris, sa calvitie naissante et sa barbe hirsute. Helen traversa le pré et se précipita sur lui avant même qu'il eût le temps de sauter à terre. Quel soulagement de parler enfin à quelqu'un qui comprenait vite et bien !

— Nous allons continuer en voiture et contourner le massif, dit-il. Je connais un endroit d'où on pourra rejoindre le refuge en deux heures de marche.

— Vous voulez dire qu'on serait là-haut avant ce soir ?

— C'est ce que je veux dire.

— Mais... vous avez votre trousse médicale ? Vous pourrez le soigner ?

— J'ai tout ce qu'il faut. Je dépose les provisions de mes parents et nous partons.

Helen l'aurait embrassé. Les adieux aux deux petits vieux furent vite expédiés.

— Revenez nous voir ! dit la grand-mère. Nous aimons les visites.

— Fjille ! indiqua le grand-père en désignant Helen à son fils.

Et il enchaîna sur une longue tirade incompréhensible où le nom de « Hugo » revint plusieurs fois.

— Qu'est-ce qu'il dit ? demanda Helen.

– Il dit que vous êtes bien jeune pour avoir sept garçons avec Hugo. Je me demande où il a pris ça…

– Qui est ce Hugo, au fait ? sourit Helen.

– C'est mon garçon, répondit le docteur. Il aura douze ans début novembre.

Là-dessus, il jeta une luge dans le coffre de la voiture et fit tourner la manivelle pour démarrer le moteur. Le cochon les salua d'un ultime grogne-ment, et ils s'en allèrent tandis que la vieille dame agitait son torchon sale sur le pas de la porte.

Le chemin montait en pente douce, mais les cailloux le rendaient malaisé. La voiture cahotait violemment, et Helen dut s'agripper à la poignée de la portière et à son siège pour ne pas être pro-jetée en l'air. Il n'était pas commode de bavarder dans les rugissements du moteur.

– Qu'est-ce que vous faisiez au refuge en cette saison ? cria le docteur.

– On était en balade ! répliqua Helen et elle s'étonna de voir combien il était plus facile de brailler un mensonge que de l'énoncer à voix nor-male.

– Vous avez été pris par la neige ?

– Oui.

– Je comprends. Je m'appelle Josef, et vous ?

– Helen.

Ils se turent pendant quelques kilomètres, puis le docteur indiqua de la tête un sac posé sur le siège arrière.

– Il y a des choses à manger dedans, du pain et du chocolat noir, je crois. Servez-vous…

Du chocolat ! Helen fit l'effort de ne pas se jeter

dessus comme une affamée. Elle tendit le bras vers le sac et le posa calmement sur ses genoux.

– Au fait, il s'est blessé comment, votre ami?

– En taillant un morceau de bois avec son couteau, répondit Helen, une barre de chocolat dans la main. Vous en voulez?

– Oui, un petit carreau, rigola le docteur, c'est ma faiblesse!

Comme elle le lui tendait, une secousse plus forte les fit tous deux décoller de leur siège et éclater de rire.

Et si je lui disais la vérité, pensa Helen en croquant le chocolat… *Une fois là-haut, il comprendra vite que j'ai menti. Il verra la blessure profonde de Milos et tout ce sang dans la pièce… Si la neige a fondu, il verra même les corps! Il est médecin, il soignera Milos, bien sûr, mais ensuite? Est-ce qu'il nous dénoncera?*

Elle réalisa qu'elle prenait un pari risqué en entraînant cet homme inconnu sur le lieu du drame. Mais y avait-il une autre façon de venir en aide à Milos?

Ils roulèrent encore un moment sans échanger autre chose que des banalités sur les paysages et le mauvais état du chemin. Le docteur, attentif à sa conduite, ne posa plus de questions. Sur leur droite s'ouvraient des ravins sombres. Sur leur gauche, le sommet du massif disparaissait dans la brume. Un grand rapace vint heurter de ses ailes le pare-brise de l'automobile et les fit sursauter.

– On est encore loin? demanda Helen.

– Non, on arrive, répondit le docteur, et moins

d'un quart d'heure plus tard il stoppait son véhicule sur le côté.

Un sentier enneigé s'en allait droit vers la montagne. Ils chaussèrent leurs raquettes et s'y engagèrent. Le docteur marchait à grandes enjambées, tirant derrière lui la luge qui servirait à redescendre Milos. Parfois il s'arrêtait pour attendre Helen qui suivait avec peine, chargée de la trousse médicale. Ils marchèrent plus de deux heures avant d'atteindre un petit bois de sapins.

– Le refuge est juste derrière, dit le docteur. Vous allez reconnaître l'endroit.

Effectivement, dès qu'ils eurent traversé le bois, elle distingua la masse grisâtre du refuge, deux cents mètres environ au-dessus d'eux. Son cœur s'accéléra. *J'arrive, Milos… Ne t'en fais pas… Je t'amène un docteur… Tout va bien se passer…*

Elle allait sortir du bois quand le docteur lui posa la main sur l'épaule :

– Attendez !

– Qu'est-ce qu'il y a ?

– Des gens ! Regardez !

Trois hommes, armés de pelles, se tenaient près du rocher où étaient ensevelis Mills, Pastor et Ramsès. On les entendait jurer à voix sourde à mesure qu'ils dégageaient les corps. Un quatrième s'affairait autour d'un traîneau stationné devant la porte. Tous portaient des vestes et des bottes de cuir.

– Ce sont des types de la Phalange… dit le docteur à voix basse. Qu'est-ce qu'ils font là ?

La porte du refuge s'ouvrit, et deux autres hommes apparurent. Ils transportaient par les

179

épaules et par les pieds un corps inerte qu'ils jetèrent sans ménagement sur le traîneau. Un bras
pendait sur le côté, à moitié disloqué.

Helen faillit se trouver mal.

– Milos…

Elle recula d'un pas et s'assit sur la luge. Pendant quelques secondes, tout chavira autour
d'elle : la neige éblouissante, les sapins, le ciel
gris.

– Milos… pleura-t-elle.

– Taisez-vous ! ordonna le docteur. Ne faites
pas de bruit !

Là-bas, devant la porte, les hommes chaussèrent leurs raquettes et poussèrent à trois le traîneau vers la descente.

– On y va ! gueula l'un d'eux à ceux qui étaient
vers le rocher.

En quelques secondes, le traîneau avait disparu.

– Ils ne lui ont pas mis de couverture… gémit
Helen. Il est mort ?

– Je ne sais pas, chuchota le docteur. Il ne faut
pas rester ici. Venez !

Malgré le chauffage poussé à fond, Helen grelottait dans la voiture. Le docteur s'arrêta, ôta sa
veste et la lui donna.

– Couvrez-vous, et essayez de vous calmer. Je ne
pense pas que votre ami soit mort. Vous avez vu
comme ils se dépêchaient de l'emmener ? Quand
quelqu'un est mort, on prend son temps, non ?

Helen ne pouvait qu'être d'accord, mais cela
ne la rassurait pas. Ils roulèrent en silence pen-

dant un moment, bien moins vite qu'à l'aller, puis le docteur se tourna vers elle et la regarda avec bienveillance :

— Dites-moi tout maintenant, s'il vous plaît… Qu'est-ce qui s'est passé au refuge ?

Et, comme elle hésitait encore :

— Vous n'avez rien à craindre de moi, mademoiselle. Vous le voyez bien…

Elle voulut le croire et commença par le commencement, sans pouvoir retenir ses larmes :

— On s'est sauvés de notre internat…

Elle lui dit tout : l'évasion de Bart et de Milena, la petite Catharina Pancek au cachot, elle lui dit la mort de Basile, la grande assemblée, Van Vlyck, Mills, Pastor et ses Diables. Elle lui dit le car dans la nuit, la marche épuisante en montagne, l'attente glacée près du rocher, le terrible combat de Milos et sa blessure, la furie des hommes-chiens… Elle dit tout, et quand elle eut fini, elle ajouta pour elle-même et en silence : *Ce que je ne te dis pas, docteur, c'est que Milos est mon premier amour, j'en suis sûre maintenant… mais je l'ai déjà perdu…*

Il l'écouta jusqu'au bout sans l'interrompre, puis demanda simplement :

— Connaissez-vous quelqu'un qui pourrait vous recueillir ?

— Ma consoleuse, murmura Helen. C'est la seule personne que je connaisse en dehors de l'internat, mais je ne peux plus aller chez elle.

Quand ils arrivèrent à la maisonnette de pierre, la nuit tombait déjà. Le docteur arrêta le moteur, mais ne descendit pas. Dans le calme soudain, sa voix était paisible et remplie de certitude.

181

— Écoutez-moi, Helen. J'ai bien réfléchi. Voici ce qui va se passer maintenant. Nous allons d'abord manger ici, avec mes parents. Ne vous en faites pas, ce sera meilleur qu'hier, j'ai apporté des bonnes choses. Ensuite, je vous emmènerai chez moi, dans la petite ville où vous êtes arrivée par le car. Vous y ferez la connaissance de ma femme et de votre «fiancé», Hugo. Mais vous ne pourrez pas rester. Il va y avoir du grabuge dans la région, beaucoup de grabuge, vous vous en doutez. Ils n'aiment pas du tout perdre leurs hommes de cette façon-là. Vous ne pouvez pas non plus rentrer à votre internat. Alors demain matin, à la première heure, je vous mettrai dans le car qui va vers le sud. Je vous donnerai l'argent nécessaire et même un peu plus. Vous arriverez la nuit suivante à la capitale. Demandez le pont aux Fagots et allez-y. Le pont aux Fagots, n'oubliez pas. Parce qu'il y en a beaucoup, des ponts, dans cette ville. Celui-ci se trouve au nord, en amont du fleuve. Il y a des gens qui dorment dessous. Ils ont l'air effrayant mais n'ayez pas peur d'eux. Ils ne vous feront aucun mal. Demandez un certain Mitaine. Vous m'entendez bien : Mitaine. Dites-lui que vous venez de ma part, de la part de Josef, le docteur. Il vous aidera et vous indiquera où retrouver des gens comme nous en ville. Moi j'ai perdu le fil, le réseau se déplace sans cesse…

— Des gens comme nous ?

— Oui, les gens qui n'aiment pas la Phalange… Ça vous suffit comme explication ?

— Ça me suffit. Je vous remercie, monsieur…

— Je m'appelle Josef.

— Merci, Josef…

— De rien, Helen. C'est le moins que je puisse faire. Un petit conseil encore. Je peux ?

— Oui.

— Débarrassez-vous très vite de cette veste et de ce sac à dos. Ils pourraient vous attirer de très graves ennuis.

Elle réalisa qu'elle portait encore la canadienne de Pastor et avait sur le dos le sac de Mills.

— Oh, bien sûr ! Mais qu'est-ce qu'on va en faire ? Je ne voudrais pas qu'on les trouve chez vos parents. Il faudrait les enterrer ou les brûler…

— J'ai une meilleure idée, dit le docteur. Donnez-moi ça. Il n'en restera rien, pas même des cendres… Demain, ma femme vous donnera un manteau pour remplacer.

En passant devant l'enclos, il jeta sac et veste par-dessus la barrière de planches. Le verrat fourragea dedans un instant, de son groin gigantesque, puis il se décida pour le sac qu'il engloutit en quelques secondes, armatures métalliques comprises. Il prit davantage de temps pour apprécier le mélange raffiné de canadienne et de boue.

Le lendemain, à l'aube, ils se rendirent ensemble à la gare routière, Helen pelotonnée dans un grand manteau de laine offert par la femme du docteur. Sur le quai, celui-ci lui donna l'argent promis ainsi que des provisions et un livre pour le voyage. Il lui serra d'abord la main, puis se ravisa et l'embrassa sur les deux joues :

— Le pont aux Fagots… Mitaine… N'oubliez surtout pas… Bonne chance…

Elle monta dans le même car qui l'avait amenée ici quatre jours plus tôt, un siècle plus tôt, en ce temps lointain où Milos était encore à ses côtés. En voyant les montagnes s'éloigner dans le rectangle sale de la vitre arrière, elle sentit son cœur se fendre. *Ils ont réussi à te prendre, Milos, et pourtant tu me disais qu'on ne te prenait jamais… Qu'est-ce qu'ils vont faire de toi ? Et moi, qu'est-ce que je vais devenir toute seule ? On avait juré qu'on ne se quitterait plus… Tu ne vas pas mourir, dis-moi ? On se reverra ? Promis ?*

10. *Le pont aux Fagots*

Le car laissa Helen à la gare routière de la capitale, au milieu de la nuit, plus seule qu'elle ne l'avait jamais été de sa vie. *Milena... Vera... où êtes-vous? Qu'est-ce que je fais dans cette ville?* Un passager lui indiqua la direction d'un geste, sans prendre la peine d'ouvrir la bouche : le pont aux Fagots, c'était «par là-bas». Elle se mit en route. Les falaises sombres des immeubles endormis se dressaient, silencieuses et menaçantes sur sa gauche. Elle se rapprocha du fleuve et suivit le quai. Le pont aux Fagots, Mitaine... Les deux lui étaient inconnus, et pourtant elle n'avait d'autre espoir que de les trouver.

Six feux au moins brûlaient sous le pont, et leurs flammes dansantes se reflétaient sur les vaguelettes du fleuve. Helen s'arrêta en haut de l'escalier de pierre, heureuse d'être enfin arrivée. Elle avait cheminé longtemps et passé plus de six ponts avant d'atteindre celui-ci. Autour du plus grand feu dormaient une dizaine de pauvres bougres en guenilles, allongés sous des sacs en toile de jute. Des ronflements sonores montaient et se répondaient en un concert anarchique, stoppés de temps en temps par un coup de coude ou un coup de pied. Parfois un dormeur se levait pour aller uriner dans l'eau ou pousser une branche dans les flammes. D'autres feux, plus modestes, crépitaient doucement dans la nuit. Assis devant, des hommes mangeaient, buvaient de l'alcool et fumaient en silence.

Minuit sonnait tout juste au clocher de l'église voisine. Elle descendit les marches et s'avança sous la voûte, évoquant pour se rassurer les mots exacts du docteur : « Ces gens ne vous feront aucun mal. »

– Qu'est-ce que tu fais ici, toi ? grommela une voix éraillée tout près d'elle.

La femme qui l'interpellait ainsi se tenait assise dans un renfoncement du mur. On aurait eu du mal à lui donner un âge, la cinquantaine peut-être. Son visage couperosé disparaissait à moitié sous la visière d'une casquette à fourrure. Un chien bâtard dormait à ses pieds.

– Je cherche Mitaine…

– Qu'est-ce que tu lui veux, à Mitaine ?

– Lui parler…

La femme désigna un petit feu presque éteint, à dix mètres de là.

– C'est lui, là-bas. Donnes-y un coup de pied pour le réveiller !

Helen s'avança jusqu'à la forme roulée en boule sous un tas de couvertures.

– Monsieur ! appela-t-elle timidement.

La femme éclata de rire :

– Faut pas l'appeler «monsieur»! Donnes-y un coup de godasse, j'te dis!

Comme Helen n'osait pas, elle se mit à brailler :

– Mitaine! Oh, Mitaine! T'as d'la visite! Une jolie pépée! Une blonde!

– C'est quoi? marmonna l'homme en faisant émerger une longue tête hirsute.

Il pouvait avoir quarante ans. Malgré la maigreur, son visage gardait quelque chose de jovial.

– Qu'est-ce que tu veux?

– Vous êtes Mitaine? demanda Helen.

– Y paraît… Et qui tu es, toi?

– Je viens de la part de Josef, le docteur Josef…

L'homme bâilla longuement, découvrant une bouche à demi édentée, se racla la gorge avec fracas et se redressa un peu.

– Comment y va, ce bon docteur Josef? Y continue à s'faire payer pour tuer les gens?

– Il va bien, sourit Helen.

Le clochard repoussa ses couvertures et se leva avec peine. Il portait de gros gants de laine dont les bouts coupés laissaient apparaître les deux dernières phalanges de ses doigts noirs.

– Tu viens d'là-haut, si je comprends bien. Tu connais rien ici?

– Non, c'est pour ça que le docteur Josef…

– D'accord. Eh ben j'vais commencer par te faire visiter les parages.

Helen, que le froid et la fatigue accablaient déjà, n'avait nulle envie de retrouver les trottoirs glacés de la ville, mais une surprise l'attendait en haut de l'escalier. Mitaine fit démarrer du premier coup de talon une motocyclette digne des antiquités, dont l'énorme réservoir jaune évoquait le corps galbé d'une guêpe.

— Monte derrière et tiens-toi bien!

Le monstre dépourvu de phare pétarada dans les rues pavées et commença à monter la colline, vers le nord.

— Où on va? cria Helen, tout engourdie. Je me gèle!

— Au cimetière! répondit Mitaine. Tu vas apprécier le coup d'œil!

Au fur et à mesure qu'ils s'élevaient, la ville se révéla. Helen ne l'avait pas imaginée si grande. Plus de dix ponts enjambaient le fleuve dont elle avait du mal à croire qu'il fût le même que celui qu'elle connaissait. *Si tu voyais comme il est large, Milos! Quatre fois plus large que celui que nous regardions ensemble, perchés sur le toit de l'internat! Si tu voyais cette ville! Des dizaines de tours et de clochers, de larges avenues, des ruelles par centaines, et ces toits de tuiles à l'infini. C'est plus joli que l'ardoise. Dommage que tu ne sois pas là, vraiment dommage...*

La motocyclette n'avait pas de béquille, Mitaine l'appuya au mur du cimetière et entraîna Helen. Ils traversèrent la route et se postèrent sur une butte herbeuse qui s'avançait en promontoire au-dessus du vide. En se retournant, Helen découvrit les croix et les stèles des tombes qui brillaient dans la lumière froide de la lune.

— Laisse les morts! dit Mitaine. Et vise plutôt le panorama! Y a plus moche, non? Le pont au nord, là, c'est le mien. On le reconnaît aux feux qui brûlent. Le plus grand, au milieu, avec les statues de bronze, c'est le pont Royal. De ce côté du fleuve, tu as la vieille ville, d'accord ? De l'autre, tu as le château, sur la colline, tu le vois ? En dessous de nous, c'est la ville nouvelle. La Phalange est là, dans cet immeuble… Pfuit !

Il cracha dans la direction indiquée et se dirigea aussitôt vers sa moto.

— Bon, t'as tout vu, on redescend, la visite est finie… Et on se caille…

— On va où maintenant ? demanda Helen.

— Je t'emmène dans la vieille ville, chez Jahn.

— C'est qui ?

— Tu verras.

Ils roulaient déjà dans la pente quand Mitaine se retourna à demi et claironna :

— Au fait, tu connais les deux qui sont arrivés en barque la semaine dernière ?

— Quels deux ? demanda-t-elle, et l'émotion lui serra la poitrine.

— Le grand mince et la blonde aux cheveux ras… Attention, accroche-toi, ça secoue ici sur les pavés !

— Aux cheveux ras ? s'étonna Helen. Vous… vous rappelez leurs prénoms ?

— Non… si ! Lui, Alexandro, un truc comme ça, et elle… euh… Helena ! Voilà : Helena !

— Bartolomeo et Milena ?

Elle l'avait presque crié à l'oreille de Mitaine.

— Ça va pas de gueuler comme ça ? Tu veux me crever le pantin ? Ouais, c'est comme tu dis : Bartolo… truc et Milena, c'est ça.

– Et où sont-ils maintenant ?

– Ben, chez Jahn… Là où ce qu'on va, ma belle !

Depuis des jours et des nuits, Helen était aux prises avec le pire désarroi. Et voilà que soudain l'étau se desserrait. Oubliés d'un coup le froid, l'inquiétude et la douleur d'être seule. Elle allait revoir Milena ! Ce soir peut-être déjà. Elle posa son front sur la nuque de Mitaine. *C'est un ange qui m'emmène sur sa moto !* se dit-elle. *Un ange qui ne sent pas très bon sans doute, mais un ange, puisque nous volons vers Milena…*

Ils accédèrent par un labyrinthe de ruelles étroites à une petite place pavée et déserte. Mitaine s'arrêta devant un restaurant dont la façade vieillotte s'étendait sur vingt mètres au moins. Le nom de l'établissement, JAHN, était peint en lettres d'or sur la vitre de la porte d'entrée. Derrière les rideaux des fenêtres, on devinait des enfilades de tables sur lesquelles les chaises retournées dressaient une forêt de pieds.

– C'est là, dit Mitaine sans stopper son moteur. Vas-y. Moi j'entre pas. Tu d'mandes « Monsieur Jahn ». Pas Jahn, hein, *« Monsieur* Jahn ». Tu lui dis que tu cherches du boulot. Y te répondra d'aller te faire voir. Alors tu diras : « Je suis prête à faire la plonge, vous savez ? » Y te dira : « Tu es prête à faire la plonge ? » Et toi tu diras : « Oh oui, j'ai déjà écrasé les pommes de terre pour Napoléon, alors… » Et y te prendra. Voilà, c'est simple. T'as compris ?

Helen se demanda si elle était en train de faire un rêve loufoque.

– Je ne comprends rien. Qui est ce Napoléon?

– C'est le cochon géant du docteur Josef. Tu l'as pas vu là-haut?

– Si, je l'ai vu, mais je ne savais pas son nom.

– C'est not' mascotte. Quand on aura viré ces salopards de la Phalange, on fera une foire d'enfer et on bouffera Napoléon pour lui rendre hommage. Et maintenant vas-y. J'attends ici pour voir si c'est bon. Tu me feras signe derrière les carreaux, d'accord?

– D'accord, dit Helen. J'y vais. Je vous remercie pour tout.

Elle marchait vers l'entrée du restaurant quand Mitaine la rappela :

– T'aurais pas une petite pièce pour l'essence, et la visite guidée?

– Oh, bien sûr! s'excusa la jeune fille, honteuse de ne pas y avoir pensé toute seule, et elle lui donna ce qu'il demandait.

Elle poussa la porte et fut saisie par la chaleur confortable qui régnait à l'intérieur. Les veilleuses éclairaient faiblement la salle démesurée. Elle avança entre les tables, passa devant des portes à deux battants qui devaient ouvrir sur les cuisines. Tout au fond, un large escalier de chêne dont le haut était faiblement éclairé. Elle monta en silence, comme aimantée par le rai de lumière qui filtrait sous une porte. Elle était presque parvenue sur le palier quand elle buta sur une marche.

– Il y a quelqu'un? demanda une voix basse venue de la pièce éclairée.

– Oui, répondit Helen, je… voudrais voir Monsieur Jahn.

– Vous voulez voir Monsieur Jahn ?

– Oui, s'il vous plaît.

– Alors, entrez, et vous le verrez, Monsieur Jahn.

Assis à son bureau, un homme joufflu faisait ses comptes sur des cahiers. Il jeta un coup d'œil rapide vers Helen et se remit à ses calculs. La radio jouait de la musique classique, mais si bas qu'il fallait tendre l'oreille pour la percevoir.

– Qu'est-ce que vous cherchez ici, mademoiselle ?

– Du travail. Je cherche du travail.

– Y en a pas.

Ses lèvres épaisses et boudeuses donnaient l'impression qu'il faisait la moue. Helen ne bougea pas d'un centimètre.

– Je… je suis prête à faire n'importe quel travail, la plonge…

Sans cesser d'écrire avec son petit morceau de crayon à papier, l'homme marmonna :

– Vous êtes prête à faire la plonge ?

– Oh oui, j'ai déjà écrasé les pommes de terre pour Napoléon, alors…

Elle eut l'impression étrange de dire son texte pour une pièce de théâtre, mais une pièce de théâtre qui aurait décidé de sa vie. Jahn leva les yeux vers elle. Cette fois, il la regarda vraiment, et son regard était plein de douceur.

– C'est donc ça… Des pommes de terre pour Napoléon… Et quel âge as-tu ?

– J'ai dix-sept ans.

– Tu t'es enfuie de ton internat, toi aussi ?

– Oui.

Le gros homme posa son crayon, ses lunettes et fourragea à deux mains dans ses cheveux bouclés, puis il soupira comme si toute la fatigue du monde l'accablait.

– Bon… dit-il enfin, bon… Je vais te montrer ta chambre. C'est sous les toits. Tu commences demain matin. Mais j'ai déjà trop de monde à la plonge. Tu… voyons… tu feras le ménage en salle et tu serviras. Les autres t'expliqueront ton travail. Ton salaire sera mince, mais tu seras nourrie et logée. Tu as faim ?

– Non, répondit Helen qui n'avait même pas fini les provisions du docteur Josef.

– Alors va te coucher, il est tard.

Il éteignit la radio, se leva et la précéda dans l'escalier. Ils montèrent deux étages encore et parvinrent à un couloir vétuste, bas de plafond, qui distribuait de chaque côté une dizaine de petites portes fermées.

– Tes collègues… commenta Jahn.

Arrivé tout au bout, il ouvrit la porte de gauche et s'effaça pour laisser passer Helen.

– Voilà. C'est chez toi, ici. Tiens, ta clef.

Il fit quelques pas dans le couloir et se retourna :

– C'est comment ton nom, au fait ?

– Dormann, répondit Helen. Je m'appelle Helen Dormann. S'il vous plaît, est-ce qu'il y a ici une jeune fille qui s'appelle Milena Bach ?

– Milena dort dans la chambre à coté de la tienne, jeta négligemment Jahn, mais ne l'appelle plus comme ça.

– Ah, et comment est-ce que je dois l'appeler ?

— Comme tu veux, mais pas comme ça… bonne nuit, fit le gros homme sans autre explication, et il s'éloigna de sa démarche lourde.

La chambre minuscule ne comportait qu'un lit étroit, une table, une chaise, un lavabo et deux étagères. Un simple cordon tendu à l'angle du mur tenait lieu de penderie. Mais Helen serrait dans sa main la clef de *chez elle*, pour la première fois de sa vie, et elle en éprouva un bonheur violent. Un radiateur de fonte diffusait une douce chaleur. Elle monta sur la chaise pour atteindre la lucarne qui donnait sur le ciel. Elle vit le fleuve, large et silencieux, la ville endormie où des lumières scintillaient.

Un commencement, se dit-elle, *c'est un commencement. Tout ira bien.*

Elle se coucha, engourdie de fatigue et d'émotions, et tandis qu'elle sombrait lentement dans le sommeil, elle convoqua, pour l'accompagner, tous ceux qui lui étaient chers : ses parents, remontés de la nuit et qui lui souriaient avec tendresse ; Paula, qui devait savoir, maintenant, et qui pensait peut-être à elle ; Milos, qui menait quelque part son plus dur combat ; et Milena qui dormait de l'autre côté de la cloison, avec ses cheveux ras…

Sa dernière perception fut le raffut d'une moto qui pétarada dans la rue et s'évanouit. *Zut… c'est Mitaine qui s'en va… et j'ai oublié de lui faire signe à la fenêtre pour le prévenir que je restais… Pardonne-moi, Mitaine…*

DEUXIÈME PARTIE

COMME LE FLEUVE

Je fais le compte de mes bonheurs.

Kathleen Ferrier, contralto
britannique, dans une de ses
dernières lettres.

1. *Le restaurant Jahn*

Helen avait craint de ne pas se réveiller avant midi, tant elle était fatiguée, mais dès le petit jour le bruit d'une porte qu'on refermait avec précaution et d'une clef qu'on tournait dans la serrure voisine la tirèrent du sommeil. Elle eut d'abord du mal à se rappeler où elle se trouvait, puis la conscience lui en revint : Mitaine, la capitale, Monsieur Jahn, la chambre qui était son «chez-elle», et Milena qui dormait à côté. Milena! C'était sûrement elle dont les pas s'éloignaient à présent dans le couloir! De peur de la rater, elle sauta de son lit, enfila une chemise et sortit. Là-bas, tout au bout, une longue jeune fille aux cheveux blonds et ras, et vêtue d'un tablier blanc de cuisinière noué dans le dos par un cordon, s'engageait dans l'escalier.

– S'il vous plaît! appela Helen.

La fille se retourna. Toutes deux s'observèrent quelques secondes, interdites, puis elles se précipitèrent l'une vers l'autre. Elles eurent le même besoin de se toucher, de s'étreindre. Le bonheur de se revoir les faisait rire et pleurer en même

197

temps. Il leur fallut du temps avant de pouvoir parler.

– Milena ! Qu'est-ce que tu as fait de tes cheveux ?

– C'est Bart qui me les a coupés.

– Bart ? Mais il t'a massacrée ! Il est fou !

– Non, il n'est pas fou. Je t'expliquerai. Qu'est-ce que tu fais ici ? Je n'arrive pas à y croire !

– Je me suis enfuie de l'internat avec Milos. On vous a suivis dans la montagne.

– Dans la montagne ? Jusqu'où ?

– Jusqu'au refuge.

– Jusqu'au refuge ! Mais pour quoi faire ?

Les mots se bousculaient dans leur bouche. Il y avait trop à dire à la fois.

– Milos voulait vous défendre contre les hommes-chiens… C'est fou comme ça te change ! On ne voit plus que tes yeux !

– Milos ? Il est ici alors ?

– Non, il s'est blessé à une jambe. Je ne sais même pas s'il est encore vivant. Je suis allée chercher du secours, et pendant ce temps ils l'ont pris. Ceux de la Phalange… La police…

Milena porta un doigt à ses lèvres :

– Chut ! Parle moins fort. Tu me raconteras ça ailleurs. Et Catharina ?

– Rassure-toi, elle n'est plus au Ciel. Milos et moi l'avons emmenée chez sa consoleuse, tu sais, Mélie. Et Bart, où est-il ?

– Il est ici. Il dort au premier. C'est l'étage des hommes.

Elle avait dit les « hommes », et pas les « garçons » comme à l'internat.

Une porte s'ouvrit, et une petite femme ronde-lette, portant le même tablier blanc que Milena, apparut dans le couloir.

— Bonjour, Kathleen! lança-t-elle en passant.

— Bonjour! répondit Milena. Je te présente mon amie Helen. Elle vient d'arriver.

— Bienvenue à la jeunesse! dit la femme, et elle disparut dans l'escalier.

— Comment elle t'a appelée? s'étonna Helen.

— Elle m'a appelée Kathleen, et à partir d'aujourd'hui tu feras la même chose.

— Je n'y arriverai jamais. Où as-tu pêché ce pré-nom?

— C'est le prénom d'une cantatrice. Je l'ai choisi pour ça. Je dois me cacher, tu sais. Ma tête, mon nom, tout... Tu travailles en cuisine?

— Non, en salle. Le ménage et le service.

— Zut. Moi je suis en cuisine. Monsieur Jahn m'a mise là pour que les gens me voient le moins possible, justement. Tu as ton tablier?

— Non.

— Alors, habille-toi vite, et je t'emmène à la lin-gerie pour en choisir un. C'est la première chose à faire ici, comme à l'internat avec le manteau. Ensuite on ira prendre le petit déjeuner à la can-tine, en bas.

Moins de dix minutes plus tard, Helen, vêtue du tablier bleu des ménagères, descendait l'esca-lier en compagnie de son amie. Déjà familière des lieux, celle-ci l'entraîna dans le couloir du premier étage et frappa trois petits coups à une porte de gauche :

— Bart! J'ai une surprise pour toi. Ouvre!

Le garçon pointa sa tête ébouriffée et dévisagea Helen, hilare :

– Ça alors ! C'est le regroupement général !

– Pas tout à fait, dit Milena après une hésitation. Milos s'est enfui avec elle, mais il a été pris.

La bonne humeur de Bartolomeo tomba d'un coup. Son visage se vrilla.

– Pris… par les chiens ?

– Non, par la police de la Phalange.

Le garçon ferma les yeux une seconde et baissa la voix :

– Il ne faut pas en parler ici. Rendez-vous tous les trois cette nuit devant le cimetière, à la fermeture du restaurant. Tu sais où il se trouve, Helen ?

– Le cimetière ? Oui. C'est même la seule chose que je connaisse ici.

– Alors à ce soir… abrégea Bart, et il tira la porte sur lui.

Le restaurant Jahn était en réalité une immense cantine, celle des ouvriers et des ouvrières de la manufacture voisine. Tout était bien plus grand qu'Helen ne l'avait cru la veille. Les portes à deux battants ne donnaient pas du tout sur les cuisines, mais sur une deuxième salle, plus vaste encore que la première. Trois garçons s'y activaient déjà à remettre en place les dizaines de chaises qu'on avait là aussi posées à l'envers sur les tables de bois.

– Tu sais combien de personnes peuvent manger ici à la fois ? demanda Milena. Plus de six cents! Tu verras ça à l'heure des repas : une vraie kermesse!

— Il y a beaucoup d'employés alors? demanda Helen.

— Trois fois trop! sourit Milena. Monsieur Jahn embauche tous ceux qui ont «écrasé des pommes de terre pour Napoléon», et ça fait du monde, crois-moi… Bon, maintenant, on se tait jusqu'à ce soir. Tiens ta langue! C'est la règle, ici.

Elles descendirent au sous-sol par l'ascenseur de service qui secouait ses passagers comme un monstre en colère, et dont on voyait la lourde machinerie de ferraille à travers les portes vitrées.

— Les cuisines! commenta Milena quand elles furent en bas.

Elles passèrent entre d'énormes fourneaux en fonte et des batteries de casseroles en cuivre accrochées aux murs.

— Voilà. Je travaille ici. J'épluche, je lave, je trie. Bart est à la réception des marchandises. Il charge, décharge, transporte, et casse pas mal de choses. Il est très maladroit! Et ici, c'est la cantine du personnel. On y mange tous les jours avant l'arrivée des clients. Entre.

Elle la poussa dans une pièce sonore où flottait une agréable odeur de café et de pain grillé. Plus de vingt personnes prenaient déjà leur petit déjeuner. Des jeunes gens pour la plupart, mais aussi quelques personnes plus âgées. On riait, les plaisanteries se croisaient. On se passait sans façon les corbeilles de pain, les bols de confiture et les cafetières fumantes.

– Assieds-toi là, tu seras en bonne compagnie.

Helen laissa son amie s'éloigner et prit place à côté d'une femme d'une quarantaine d'années, brune aux cheveux bouclés, qui portait le tablier bleu des ménagères. Elle avait des joues rebondies et, dans l'œil gauche, une petite coquetterie qu'on remarquait aussitôt. Elle lui sourit avec bienveillance :

– Salut. Je m'appelle Dora. Tu es nouvelle ?

– Oui. Je m'appelle Helen. Vous êtes en salle aussi ?

– Oui. Je te montrerai ce que tu dois faire. C'est pas compliqué. Et tu peux me dire tu.

Plus tard, Helen se rappela toujours ces premiers mots échangés, la sympathie immédiate éprouvée pour cette personne, le sentiment d'affinité secrète et de confiance irraisonnée. Elle se dit aussi que cette rencontre ne s'était pas faite par hasard dans une cuisine, sous la terre, là où sont les choses chaudes et profondes.

En bavardant, elle remarqua que Dora se servait avec difficulté de sa main droite. Les doigts en étaient curieusement déformés et rougis aux jointures, tandis que le pouce demeurait en permanence à demi plié.

Monsieur Jahn fit une brève apparition. Il salua tout le monde avec une retenue proche de la timidité, et il but, debout, un bol de café, en observant ses employés du coin de l'œil. Lorsque son regard croisa celui d'Helen, il lui adressa de loin une discrète mimique qui signifiait : « Tout va bien ? » « Tout va bien », répondit-elle, et elle se sentit en effet remplie d'espoir.

La journée passa étonnamment vite. Dès onze heures du matin, Helen fut comme emportée dans un tourbillon. Les deux salles de restaurant se remplirent en quelques minutes, et le vacarme ne cessa plus jusqu'à deux heures de l'après-midi. Par chance, le repas était le même pour tous, et les gens n'avaient pas à choisir leur menu. Les serveuses et les serveurs, vêtus de leur tablier bleu, réceptionnaient par des monte-plats ce qu'on leur expédiait des cuisines, et ils criaient en retour leurs commandes dans des porte-voix insérés dans les murs : « Dix entrées ! Dix ! » ou bien : « Quatre plats, quatre ! »

La tache d'Helen était simple : elle avait la responsabilité d'une rangée de six tables. Dès qu'une d'elles se libérait, elle devait se dépêcher de la desservir et de la nettoyer. Il arrivait fréquemment qu'elle dût éponger une cruche d'eau renversée, passer la serpillière ou ramasser les débris d'une assiette cassée. Dora avait toujours un œil sur elle et lui indiquait gentiment comment s'y prendre.

Dès qu'on la libéra, elle fila dans sa chambre, tomba sur son lit et dormit comme une souche. Elle se réveilla juste à temps pour aller manger à la cantine et reprendre son service du soir. Après cela, il fallut aider au grand ménage des deux salles, et il était onze heures passées quand elle put enfin accrocher son tablier bleu derrière la porte de sa chambre et quitter le restaurant Jahn.

Devant l'entrée, elle retrouva comme convenu Milena qui l'attendait, serrée dans son manteau noir, mais aussi Dora qui s'amusa de sa surprise.

Toutes deux portaient la même toque de fourrure qui leur donnait l'air d'être sœurs.

— Ne t'en fais pas, la rassura tout de suite Milena, tu peux parler devant Dora comme si c'était moi-même.

Elles prirent ensemble les rues pavées qui montaient derrière la place. La nuit était fraîche, mais claire. Quelques fenêtres faiblement éclairées jetaient des taches de lumière sur les façades de granit sombre. Milena glissa sa main sous le bras d'Helen :

— Tu te rappelles la dernière fois qu'on a marché comme ça ?

— Oui, c'était en traversant notre pont. J'ai l'impression d'avoir vécu dix ans depuis.

— Et moi donc !

Dora allait devant. Tout en marchant, elle semblait aux aguets. À chaque coin de rue, elle s'arrêtait et observait intensément. À deux reprises, elle choisit de revenir en arrière pour prendre un autre chemin :

— Ces imbéciles ! Ils se cachent sous les porches, mais ils ne peuvent pas s'empêcher de fumer. On voit la braise de leur cigarette à trois kilomètres !

— C'est qui, les « imbéciles » ? demanda Helen.

— Les vigiles, la police nocturne. Je te conseille de les éviter autant que tu peux.

— Ah, et comment on les repère ?

— Facile : ils sont partout, ils sont musclés, ils sont stupides et ils vont par deux.

Plus haut, Helen reconnut les rues qu'elle avait dévalées la veille sur la motocyclette de Mitaine. Elles s'arrêtèrent un instant.

– Le restaurant Jahn est là, indiqua Dora en pointant son doigt. Juste au-dessus de la manufacture. Tu le vois ?

Trois hautes cheminées de brique s'étiraient vers le ciel. L'une d'elles laissait échapper une fumée grisâtre et hésitante dans l'absence de vent. On voyait aussi, au nord, le pont aux Fagots sous lequel tremblotaient quelques feux, et plus loin le château dont la masse sombre dominait la ville, de l'autre côté du fleuve.

Arrivées devant le cimetière, les trois femmes crurent d'abord que Bartolomeo n'était pas au rendez-vous. Elles patientèrent un peu sur la butte, guettant son arrivée en contrebas. La lune s'était cachée derrière un nuage, et on apercevait à peine son disque blafard. Helen souffla sur ses doigts gourds pour les réchauffer.

– Ce serait si dangereux de se parler en bas, bien au chaud ?

– Oui, répondit Dora. La Phalange infiltre des espions partout. Il y a des oreilles qui traînent là où tu te crois le plus en sécurité : dans les couloirs, à la cantine, dans ta chambre… Monsieur Jahn est surveillé de près. Si quelqu'un est pris à dire du mal du régime dans son établissement, ils peuvent l'arrêter et fermer le restaurant dans l'heure. En ville, c'est pareil, tu t'en rendras compte. Ici au moins, on est sûr de ne pas être entendu, on voit venir les gens de loin, et ceux qui sont derrière le mur, là, se fichent éperdument de ce qu'on raconte !

Comme pour la contredire, la grille rouillée du cimetière s'entrouvrit dans une longue plainte grave, et la silhouette élancée de Bartolomeo se profila dans la nuit.

– Tu attendais dans le cimetière ? s'étonna Milena.

– Oui, répondit le garçon en s'avançant, tu connais un endroit plus sûr et plus tranquille ?

– Ça ne te fait pas peur, les morts ? demanda Helen, impressionnée.

– Non. Les morts ne font pas d'histoires. Je me méfie davantage des vivants. Alors raconte-moi, pour Milos…

Helen se racla la gorge et commença par le début : leur escalade du toit de l'internat, le spectacle incroyable de la grande assemblée, Van Vlyck, la libération de Catharina qui était… déjà libre, et elle fit de son mieux pour ne rien oublier de la suite : leur fuite, la nuit dans le car, l'attente glaciale dans la neige, et le terrible combat de Milos… Au fur et à mesure du récit, Bartolomeo secouait la tête et soupirait. Il savait son ami intrépide et généreux, mais pas au point d'attaquer deux hommes et six chiens à mains nues pour le protéger !

– Il a fait ça ? murmurait-il, incrédule.

– Il l'a fait, confirmait Helen. Mais il l'a payé cher…

Elle eut du mal à retenir ses larmes en évoquant le corps supplicié de Milos jeté sur le traîneau comme le cadavre d'une bête.

– Le docteur Josef pense qu'il n'est pas mort, acheva-t-elle en soufflant dans son mouchoir. À son avis, ils ne l'auraient pas emporté aussi vite en ce cas.

– Il a sûrement raison, la consola Dora, rassure-toi.

Et elle lui ouvrit les bras. Helen s'y blottit, et tous les quatre se turent pendant quelques secondes. Dans le silence de la nuit, cela ressemblait à une prière muette pour que leur ami soit encore en vie et qu'il aille bien. Bart et Milena aussi s'étaient enlacés et restaient serrés l'un contre l'autre.

– Et Basile ? questionna enfin le garçon d'une voix pleine d'inquiétude. Est-ce qu'il est resté au cachot ? Est-ce que Milos t'en a parlé ?

– Non, mentit Helen, en se promettant de lui dire la vérité une autre fois.

Elle ne se sentait pas le courage de le faire à cet instant.

– Et vous alors ? reprit-elle. Racontez-moi.

Ils lui dirent leur course folle dans la montagne, la descente du fleuve sur la barque, et aussi les rencontres avec toutes ces personnes persuadées de reconnaître en Milena sa propre mère.

– Tu lui ressembles à ce point ? sourit Helen. Je comprends, maintenant, pour les cheveux… Mais pourquoi avez-vous fait demi-tour ?

– Pour nous battre, expliqua Bartolomeo. Tu sais, je viens de me promener entre les tombes. C'est idiot, mais j'aime ça. Même la nuit. À l'internat, au lieu d'aller chez ma consoleuse ou en ville, il m'arrivait de monter au cimetière. Milos me traitait de fou. Il disait qu'il valait mieux profiter autrement de nos heures de liberté. Mais moi, ça me plaît. Je ne trouve pas ça triste. Au contraire. Ça oblige à penser vraiment à sa propre vie, et à ce qu'on en fait. Et justement, Milena et moi, on est décidés à faire quelque chose de notre vie : on veut lutter contre la Phalange.

– C'est tout ? ironisa Helen.

Elle l'avait dit sans méchanceté, plutôt avec le sentiment un peu triste de leur impuissance.

– C'est tout, répondit Bartolomeo sans se vexer. Mais on possède peut-être plus d'armes que tu ne le crois…

– C'est-à-dire ?

Bartolomeo se tourna vers Milena :

– Tu lui expliques ?

Milena prit une profonde respiration :

– C'est une histoire d'amour, Helen. Tu veux l'entendre ? Même s'il est minuit, qu'on est devant un cimetière et qu'on se gèle ?

– Vas-y.

– Bien. C'est l'histoire d'une jeune fille de vingt ans qui a un amoureux. Un jour, la fille s'aperçoit que son ventre s'arrondit un peu trop. Alors l'amoureux la quitte, disparaît dans la nature et ne revient plus. La fille pleure beaucoup et, quelques mois plus tard, donne le jour à un bébé qu'elle appelle… disons : Milena. Tu me suis, jusque-là ?

– Je crois que oui. Continue.

– D'accord. La jeune maman est assez jolie, et elle chante plutôt bien.

– Non, l'interrompit doucement Dora. Elle n'est pas « assez jolie », elle est belle comme le jour. Et elle ne chante pas « plutôt bien », elle est contralto et sa voix est un véritable miracle. Ça fait une petite différence, dit comme ça, non ? À quatorze ans, elle s'inscrit dans une chorale, et toutes celles qui chantent à côté d'elle, moi par exemple, n'ont plus qu'une envie : se mettre au dessin ou à la peinture ! À seize ans, elle est soliste. À dix-neuf, elle est engagée à l'Opéra, et toutes les salles du pays se l'arrachent. Voilà ce qu'il fallait préciser pour mieux comprendre. Et maintenant, tu peux continuer…

— D'accord, poursuivit Milena. Elle chante très bien, donc. Un jour, un gros type roux l'entend par hasard dans une église où elle interprète un requiem. Le type est un policier, il est marié, et il a une flopée d'enfants roux comme lui accrochés à ses basques. Ce n'est pas un mélomane, plutôt une brute épaisse, mais, va savoir pourquoi, la voix de cette femme le bouleverse. Il tombe fou amoureux d'elle. Il lui fait des avances. Elle le repousse. Il s'entête. Il la harcèle. Pour elle, il quitte sa femme et ses enfants. Elle le repousse encore. Il en crève de douleur et de rage. Il se jure qu'elle le lui paiera. Il s'appelle Van Vlyck. Tu me suis toujours ?

— Van Vlyck ! tressaillit Helen. Celui que j'ai vu à la grande assemblée ?

— Lui-même. Avec moins de ventre, moins de barbe et plus de cheveux sans doute, mais le même.

— Je l'ai vu briser la table de chêne avec son poing, se rappela Helen. J'en ai encore la chair de poule…

— Alors tu as compris quel genre de personne il est. Je préfère te laisser dire la suite, Dora. Je n'y arriverai pas…

Dora parla avec douceur, de son beau timbre grave, même quand il fallut dire les choses les plus cruelles. Dans le froid, sa respiration faisait de petits nuages de vapeur blanche aussitôt dissipés.

– L'histoire d'amour, la vraie, Helen, c'est celle d'un peuple qui tombe amoureux d'une voix. La voix d'Eva-Maria Bach, la mère de Milena, tu l'as compris. Tu ne peux pas imaginer comme les gens l'ont aimée, cette voix. Elle était naturelle, ample, dramatique, profonde. Elle touchait au cœur. J'étais l'amie d'Eva, et j'avais le privilège de l'accompagner au piano quand elle chantait des *lieder* en concert. Elle y mettait tant de sensibilité, et tant de perfection. Je ne m'y suis jamais habituée. À mon clavier, j'en étais à chaque fois clouée d'admiration. Mais dans la vie de tous les jours, elle était gaie, vivante, et incroyablement drôle. On a eu des fous rires mémorables, jusque sur la scène ! D'ailleurs, elle chantait aussi les airs traditionnels, ceux du peuple. Elle n'a jamais voulu y renoncer. Voilà pourquoi les gens l'adoraient. Même ceux qui n'y connaissaient rien en musique. Elle réconciliait tout le monde. Elle détestait la violence. Et puis il y a eu le coup d'État, la prise de pouvoir par la Phalange. Eva s'est engagée dans la Résistance. Je continue, Milena ?

Milena baissait la tête et grattait le sol du bout de son pied.

– Continue. Je veux l'entendre encore une fois.

– Eva s'est engagée dans la Résistance. Et moi aussi. Quand c'est devenu trop dangereux, on a quitté la capitale. Comme ils contrôlaient les voitures sur toutes les routes, on voyageait dans des charrettes, cachées sous des couvertures. On a continué pendant des mois à donner des concerts clandestins dans des villes de province, puis dans de petites salles de village, pour quinze personnes parfois. Je me suis abîmé les doigts sur des pianos innommables, complètement désaccordés ! Mais ça n'avait aucune importance. Eva disait qu'il ne fallait se rendre à aucun prix, que les barbares ne la feraient pas taire. Et le bruit courait dans tout le pays, comme une provocation : « Eva-Maria Bach a chanté ici, Eva-Maria Bach a chanté là, et là, et encore là… » Et tant qu'elle parvenait à chanter, la Résistance ne désarmait pas. On aurait dit que l'espoir tenait accroché à sa voix. Cet entêtement les rendait fous de rage. Il fallait qu'elle « la ferme » !

Ils nous ont finalement prises. C'était dans une petite ville du Nord, au début de l'hiver. C'est Van Vlyck qui les commandait. Ils ont fait irruption en fracassant la porte, et en hurlant comme des animaux. La moitié d'entre eux étaient ivres de bière. On achevait juste un lied de Schubert qui s'appelle *À la musique*. Je ne l'oublierai jamais. Eva m'a dit : « Il fallait bien que ça arrive… Je te remercie de m'avoir accompagnée. » Je pensais qu'elle voulait dire : « de m'avoir accompagnée au piano », mais elle a ajouté : « … de m'avoir accompagnée si loin. » Ce sont les derniers mots que j'ai entendus de sa voix. La scène était très haute. Deux hommes ont basculé le piano dans la fosse, et il a explosé en mille morceaux dans un terrible fracas de notes sauvages et de bois cassé. Ils ont emmené tout le monde. Moi, j'ai eu droit à un traitement spécial : ils m'ont jetée à terre, l'un d'eux m'a tenu la main droite à plat sur le bord de la scène, sous sa botte, et un autre l'a écrasée avec la crosse de son arme. Il a frappé au moins vingt fois, sur les doigts, sur le poignet. Je me suis évanouie. Quand je suis revenue à moi, il y en avait un qui criait à Eva : « Toi, fous le camp ! Va au diable ! Et qu'on revoie plus jamais ta gueule dans ce pays ! »

Je n'ai pas compris. J'étais naïve. Ils l'ont laissée s'enfuir dans la montagne avec quelques autres compagnons. Il y avait le père de Bart parmi eux, je l'ai appris plus tard. Ils les ont tous laissés filer, mais c'était pour mieux les assassiner. Ils ont lâché les hommes-chiens, sur les ordres de Van Vlyck. Pardonne-moi, Bart, pardonne-moi, Milena…

Milena pleurait en silence.

– Oh, mon Dieu, gémit Helen, et elle prit son amie dans ses bras.

– J'ai passé quatre mois dans leurs prisons, poursuivit Dora, et puis ils m'ont relâchée. La ville avait beaucoup changé en peu de temps. Tout le monde se regardait de travers. Dans les rues, dans le tramway, personne n'osait plus parler à son voisin. Je n'étais plus musicienne. Je suis devenue femme de ménage. Tous les théâtres étaient fermés. Et l'arène ouverte.

– L'arène ?

– Oui, l'arène où ils organisent leurs combats. Tu découvriras tout ça. Tu le découvriras bien assez tôt. J'ai cherché Milena partout. Elle avait à peine trois ans et j'étais sa marraine, tu comprends. J'ai réussi à entrer dans plus de dix orphelinats, mais elle est restée introuvable. J'ai fini par penser qu'ils l'avaient… qu'ils s'en étaient débarrassés. J'ai porté son deuil pendant quinze ans, jusqu'à la semaine dernière, où elle est entrée dans la cantine avec ses cheveux ras et ses grands yeux bleus. J'ai vu Eva ressuscitée qui s'avançait vers moi, j'ai failli en tomber dans les pommes. Mais ça va mieux, aujourd'hui, je commence à m'habituer !

Dora s'essuya les yeux, soupira et sourit à nouveau :

— Bon, je crois qu'on s'est tout dit, non ? On devrait redescendre, maintenant. Vous êtes gelés, et moi aussi. Et demain matin, il faudra…

— Attends, l'interrompit Helen. Bart a dit qu'on avait peut-être des armes pour lutter. Lesquelles ?

— Notre arme, dit le garçon, c'est la voix de Milena. Dora dit qu'elle a la même voix que sa mère. En plus jeune bien sûr, mais que ce sera exactement la même dans quelques années. Et elle dit que cette voix est capable de soulever les gens.

Tous les trois tournèrent leur regard vers Milena qui était restée tête basse, et ils eurent la même pensée secrète : elle paraissait bien frêle et fragile, cette jeune fille frigorifiée dans son manteau noir, les yeux rougis d'avoir pleuré, et une larme suspendue au bout du nez. Comment imaginer qu'elle avait dans la gorge de quoi « soulever les gens » ? Elle-même ne semblait pas en croire un mot à cet instant-là.

– C'est bien ce que tu as dit, Dora ? reprit Bartolomeo, comme pour se rassurer. Que sa voix pouvait soulever les gens ?

– C'est ce que j'ai dit, acquiesça tristement la jeune femme. Encore faudrait-il que les gens l'entendent...

Ils se mirent en route, tous les quatre, bras dessus bras dessous. La lune réapparue faisait miroiter les clochers d'ardoise des églises et le fleuve couleur d'acier.

– Tu as rejoué du piano ? hasarda Helen après une centaine de mètres.

– Non, je n'ai jamais rejoué, soupira Dora.

– À cause de ta main ?

– Non, ce n'est pas ma main qui refuse. Une main, ça se mate. C'est le cœur qui n'y est plus.

2. Gus Van Vlyck

Gus Van Vlyck ne décolérait pas. Il arpentait furieusement les couloirs, au quatrième étage de l'immeuble occupé par la Phalange, mâchoire en avant et des flammes dans les yeux. Il entrait sans frapper dans les bureaux de ses subordonnés et trouvait chaque fois une bonne raison de les incendier. Il ressortait en claquant les portes, revenait dans son bureau à lui et appelait pour la dixième fois au téléphone des gens qui lui répétaient inlassablement la même chose : on n'avait rien de nouveau. En raccrochant, il écrasait le combiné à le fendre et proférait des horreurs.

Ce n'était pas la perte de Mills qui le mettait dans cet état, encore moins celle de Pastor qu'il connaissait à peine. Concernant le chef de la police régionale, il avait bien éprouvé une vague compassion en apprenant sa fin épouvantable. Après tout, c'est cet homme-là qui avait obéi à ses ordres, quinze ans plus tôt, et lâché les chiens sur Eva-Maria Bach. Beaucoup n'auraient pas eu les tripes de faire ça, et rien que pour cette absence d'états d'âme, le bonhomme méritait le respect. De là à pleurer sa disparition...

Non, ce qui mettait Gus Van Vlyck hors de lui, c'était l'idée que Milena Bach, fille d'Eva-Maria Bach, se promenait dans la nature, et qu'on n'était pas fichu de mettre la main sur cette gamine. Il avait connu une police moins molle quelques années plus tôt, et il ne se priverait pas de le faire remarquer au prochain Conseil. Si on lui laissait le temps de parler... Car certains ne manque-raient pas de lui rappeler le souvenir cuisant de sa faute, ancienne peut-être, mais qui lui reve-nait aujourd'hui en pleine figure. À la question : « Qu'est-ce qu'on fait de la petite ? » posée juste après l'exécution d'Eva-Maria Bach, il avait hésité. La mère leur avait causé assez d'ennuis. Pourquoi s'encombrer de la fille et prendre le risque qu'elle ravive un jour le souvenir de la chanteuse ? Le bon sens exigeait de faire disparaître l'enfant. Il y avait un service spécial pour ça, des hommes effi-caces qui agissaient vite, bien, et sans qu'on ait à connaître les *détails*. « Qu'est-ce qu'on fait de la petite ? » Il suffisait de ne pas répondre à la ques-tion, et ces machines à tuer comprenaient ce que signifiait votre silence. Vous n'aviez même pas à vous sentir responsable.

Seulement voilà, on lui avait demandé son avis, et il s'était montré faible comme une femme : « La gosse ? À l'orphelinat ! Le plus loin possible d'ici ! Au bout du pays ! » En aboyant cet ordre, il pres-sentait déjà qu'il avait tort. Et aujourd'hui, la cer-titude d'avoir failli le faisait bouillir de rage.

Il quitta le ministère à seize heures sans prévenir quiconque. Négligeant l'ascenseur, il dévala les quatre étages par l'escalier de service. En le voyant surgir à l'entrée, un chauffeur se cambra tout raide, casquette à la main, et ouvrit la portière arrière d'une limousine noire. Van Vlyck l'ignora et s'en alla droit devant lui, encombrant de ses larges épaules la moitié du trottoir. Un tramway hurlant de tous ses freins s'arrêta à quelques mètres, mais il préféra continuer à pied.

Place de l'Opéra, il jeta un regard haineux sur le théâtre à l'abandon, sur la porte obstruée par un tas d'immondices et sur les fenêtres condamnées par des planches grossièrement clouées. Il cra-cha par terre. Pourquoi ne pouvait-on pas extirper de sa tête les souvenirs empoisonnés, comme on arrache de sa bouche une dent pourrie, ou comme on sépare du corps un membre gangrené ? Quand allait-on se décider à abattre ces murs, à raser le bâtiment et à débaptiser cette place ? Ça deve-nait insupportable à la fin ! Les voix traversaient les pierres ! Après tout ce temps, elles vibraient encore dans l'espace. La nuit, parfois, il les enten-dait résonner, s'unir et se répondre. Est-ce que les gens ne les entendaient pas ? Est-ce qu'ils étaient sourds ?

Une voix entre les autres n'en finissait pas de le hanter. Il pouvait bien s'abrutir de bière à ne plus tenir debout et enfouir sa tête dans les oreillers, la nuit, elle se déployait, pure et profonde, inchan-gée, et il n'y avait plus rien à faire : il se souve-nait et se retrouvait assis au premier rang de cette église de quartier, une fin d'après-midi, quinze ans plus tôt.

La jeune femme, la soliste, est assise à trois mètres de lui. Elle est très jeune. À peine plus de vingt ans. Il admire en premier la blondeur de ses cheveux et la délicatesse de ses avant-bras sous la dentelle des manches du chemisier. Comment a-t-il eu l'idée d'entrer dans cette église, lui qui n'y met jamais les pieds ? Peut-être simplement pour trouver le frais. Il fait si insupportablement chaud ce jour-là. Il a acheté son billet à une simple table dressée sur le parvis. Il l'a acheté presque honteusement. Assister à un concert ! Lui, Van Vlyck !

L'église était tout à fait vide quand il y est entré. Il a pris place au premier rang et s'est aussitôt assoupi de bien-être. À son réveil, le chœur et les musiciens sont déployés. Les violonistes accordent leur instrument. Il ne s'est pas aperçu que derrière lui tous les bancs sont occupés. Il se croit seul. Il croit que c'est pour lui seul que la soliste se lève maintenant et qu'elle chante.

Elle chante sans effort. Il y a juste un léger pli à la base de son nez, deux petites rides qui s'en vont vers le front. À trois mètres de lui, « à bout portant », elle le crucifie de ses yeux bleus et de sa grâce. Il détaille à son aise, une heure durant, les mains fines, les doigts, les cheveux et leur mouvement caressant sur les épaules nues. Il observe le grain de la peau, la ligne tendre des joues, le contour des lèvres. Et la voix de cette femme pénètre son âme de brute. Il n'est pas habitué à pareille émotion, alors il pleure. Oui, il pleure, lui, Van Vlyck ! En écoutant une chanteuse !

Quand c'est fini, il applaudit, debout, à s'en

218

faire rougir les mains. Pendant les saluts, il jure-rait qu'elle le regarde en particulier, lui, et qu'elle lui sourit davantage qu'aux autres.

De retour dans la rue, il sait que rien ne sera plus comme avant, qu'une autre vie commence. Je m'ap-pelle Van Vlyck, se dit-il. Je ne suis pas n'importe qui. Rien ne m'a jamais résisté jusqu'à ce jour. Alors pourquoi cette femme me résisterait-elle?

Quelques semaines plus tard, il apprend qu'elle chante à l'Opéra, et il se rend aux représentations pendant une semaine entière avant d'oser l'aborder à la sortie, un bouquet de roses rouges à la main. C'est ainsi qu'on fait avec les artistes, non? Il jette des regards inquiets autour de lui. Si on le surpre-nait ici! Elle sort enfin en compagnie de deux autres femmes. Il s'avance, maladroit, empoté, embarrassé de ses fleurs. Il ne sait pas comment les donner. «Bonsoir. Vous vous souvenez… L'autre jour, dans l'église… Je… Vous… Enfin on s'est regardés… » Elle ne se souvient pas.

Il lui arrache tout de même un rendez-vous pour le lendemain, dans un café. En buvant sa tasse de chocolat, elle tente de s'expliquer : «Mais non, je ne vous regardais pas autrement que les autres. Quand les spectateurs applaudissent, je suis heu-reuse et je leur souris. C'est tout. Vous étiez juste devant moi, je ne pouvais pas vous ignorer. C'est un malentendu, vous savez.» Il n'y croit pas. Le poison est entré dans sa tête et suit son chemin. Il la harcèle. Il la suit jusqu'en bas de chez elle. Il sonne à sa porte. Elle refuse de le voir. «Vous me faites peur! Je ne veux plus que vous veniez me voir à l'Opéra. S'il vous plaît. Je ne veux plus que vous couvriez ma fille de cadeaux. Vous me faites peur, à la fin. Est-ce que vous comprenez ça ? Vous me faites peur !» Non, il ne le comprend pas. Il veut seulement l'épouser et vivre avec elle. D'ailleurs, il a déjà quitté sa femme et abandonné ses enfants pour être libre. Elle ne peut pas le laisser tomber maintenant ! Il faut qu'elle le comprenne tout de même ! Qu'elle ait un peu de bon sens !

Un soir, il parvient jusqu'à sa loge, malgré les ordres qu'elle a donnés de ne pas le laisser entrer. Il essaie de l'embrasser. Elle se défend. Il la menace. Il lui serre le bras, trop fort. Elle le gifle. Elle le gifle, lui, Van Vlyck. Il traverse les couloirs du théâtre à grandes enjambées, avec sa joue rouge, sous le regard moqueur des musiciens et des chanteurs. Il porte sur sa joue sa honte et son déshonneur.

Dès lors, il n'est plus le même. Deux semaines à peine s'écoulent, et il se décide à franchir le pas. Il y pensait depuis longtemps. Le moment est venu : il se présente à la Phalange et jure fidélité.

Le soir même, il se rend avec deux autres recrues dans les bas quartiers où sont les femmes de mauvaise vie, et ils y passent la nuit à boire. Au petit matin, il rentre chez lui ivre mort, épuisé. Sous les fenêtres du théâtre, il hurle comme une bête sauvage. Désormais, il sera une bête sauvage. Et il a trouvé sa horde. On ne se moquera plus jamais de lui.

Quand la Phalange prend le pouvoir, dans le sang, un an plus tard, il a fait du chemin : il occupe un poste à responsabilité à la police d'État. Il est de ceux qui vont chasser Eva-Maria Bach. « Un compte à régler », explique-t-il simplement. On sait *de quoi il parle :* « *T'en fais pas, Gus. Quand on lui tombera dessus, c'est toi qui dirigeras la manœuvre. Tu en feras ce que tu voudras.* » *Ils la traquent pendant des mois. Elle les fait tourner en bourrique.*

Mais un soir, ils la prennent enfin dans une petite salle de province dans le nord du pays. Il a trop bu ce soir-là encore. Il est malade. Il n'entre pas avec les autres. Il est adossé au mur, à l'extérieur. Il entend tout : les hurlements, le fracas du piano qui explose.

En sortant de la salle des fêtes, tout étonnée d'être libre, Eva-Maria Bach l'aperçoit, tapi dans l'ombre. Leurs regards se croisent. Elle croit qu'il vient de la sauver, qu'il a donné l'ordre de la laisser partir. Oh, comme elle s'en veut d'avoir été si cruelle avec lui ! Comme il est généreux de pardonner ! Elle fait un pas dans sa direction, mais, de la main, il la dissuade d'approcher. Elle comprend : c'est parce qu'il ne veut pas se compromettre davantage devant ses collègues. Alors, elle lui dit simplement merci, de loin. Elle trouve la force de lui sourire, malgré la terreur, malgré Dora, qui reste prisonnière, elle, et dont la main n'est plus qu'un amas de chair écrabouillée. Elle lui répète : « *Merci.* » *Merci pour elle-même, et surtout merci pour sa petite fille qu'elle pourra retrouver demain matin et serrer dans ses bras. Merci.*

On la pousse dans la rue afin qu'elle disparaisse une bonne fois pour toutes. Lui, Van Vlyck, ne peut plus contrôler les spasmes de son estomac. Il s'appuie à deux mains contre le mur pisseux de la salle des fêtes, et il vomit à grands jets. Les éclaboussures souillent ses bottes et son pantalon.

Quelques heures plus tard, dans la voiture qui traverse la nuit vers la capitale, on l'informe qu'on a aussi pris la fillette, chez sa nourrice, et on lui pose la question : «Qu'est-ce qu'on fait de l'enfant?» Il a encore la nausée. À cette heure les chiens ont fait leur travail sans doute. Il voudrait qu'on lui fiche la paix, maintenant. Qu'on le laisse dormir. «Qu'est-ce qu'on fait de la petite?» insiste son collègue.

«Orphelinat. Au bout du pays. Celui qui est le plus loin», répond-il.

Et il sait qu'il vient de commettre sa faute.

La salle de sport de la Phalange était vide à cette heure-là. Van Vlyck ouvrit avec sa clef et fit résonner les couloirs de son pas. Dans le vestiaire, tout était imprégné de l'odeur aigrelette des corps en sueur : l'air, le cuir et le bois. Une veste et un pantalon pendaient à un crochet. Il reconnut avec satisfaction les vêtements de Deux et demi. On savait où le trouver, celui-là. Pas à la bibliothèque.

Il se changea rapidement et traversa la salle de musculation, vêtu d'un vieux maillot de gymnastique délavé et d'un short flapi. Un grincement régulier le guida jusqu'à la fenêtre opposée. Un homme au visage prognathe et aux yeux enfoncés dans leurs orbites était allongé sur un tapis de sol et soulevait de la fonte. Les lames du parquet gémissaient sous le poids. Van Vlyck lorgna sur le nombre de disques enfilés de chaque côté de la barre et ne put dissimuler sa stupéfaction :

– Tu fais des séries de dix avec ça?

– De quinze, corrigea l'homme, impassible, lorsqu'il eut reposé sa charge.

Deux et demi n'avait pas la corpulence de Van Vlyck. Il lui rendait sans doute plus de vingt kilos, mais sa force n'avait pas d'égale. Il ne disait pas plus de dix mots par jour et ne comprenait aucune plaisanterie. Son corps était dur et, plus dure encore que son corps : son âme. Son surnom lui venait de l'habitude qu'il avait prise de ne jamais arriver au «trois» quand il menaçait quelqu'un. «Je compte jusqu'à trois», prévenait-il, mais à peine avait-il prononcé le «deux» que l'autre mourait de la balle, du couteau ou de la main nue. Si on lui demandait pourquoi il faisait ça, pourquoi il ne laissait pas sa chance à la personne qu'il interrogeait, il répondait : «Ch'sais pas. J'manque de patience.»

Van Vlyck s'installa à l'appareil voisin et commença ses exercices. Ils les enchaînèrent pendant une bonne heure, sans se parler. Leurs manières différaient en tout. Van Vlyck grognait, gémissait, ahanait. Il semblait haïr les barres ou les haltères qu'il soulevait. Il les insultait. La sueur dégoulinait sur sa peau blanchâtre, entre les poils roux de sa large poitrine et de ses avant-bras massifs. Il s'interrompait souvent pour boire de l'eau et s'éponger à sa serviette. Deux et demi, au contraire, travaillait avec froideur. Son corps demeurait sec. Il ne buvait pas. On entendait à peine sa respiration, mais les poids énormes montaient régulièrement, comme actionnés par un piston infatigable.

Ils se retrouvèrent au bar désert de la salle de sport.

– Une bière? proposa Van Vlyck.

Deux et demi accepta d'un mouvement de paupières. Van Vlyck passa derrière le comptoir et décapsula lui-même les deux bouteilles. Ils commencèrent à les boire en silence. Deux et demi regardait le contenu de son verre d'un œil vide, avec la même indifférence que celle qu'il réservait aux gens. *À quoi pense-t-il?* se demanda Van Vlyck, mal à l'aise. *Est-ce qu'il pense seulement à quelque chose, d'ailleurs?*

– J'aurais un boulot pour toi.

Deux et demi ne broncha pas.

– Un renseignement à obtenir de quelqu'un qui n'aime pas parler… Je te paierai bien.

Deux et demi hocha vaguement la tête pour montrer qu'il acceptait la commande.

Le vent balayait les quais obscurs. Quelques piétons attardés se hâtaient chez eux en évitant les flaques d'eau. En contrebas, la pluie grêlait le fleuve par rafales, comme si on y avait jeté des poignées de gravier. La nuit tombait. Deux et demi suivit la contre-allée avec la nonchalance d'un promeneur. Il savait qu'il allait peut-être tuer un homme, mais cela ne le troublait pas. Sur la toile de son parapluie, les gouttes crépitaient avec acharnement. Il froissa dans la poche droite de sa veste les billets que Van Vlyck lui avait donnés en guise d'avance. La moitié de la somme. Le reste, il l'aurait une fois le renseignement obtenu. Autant dire qu'il l'avait déjà. Il passa quatre ponts sans s'y engager et s'arrêta seulement au cinquième.

Un coup d'œil lui suffit pour comprendre que

son client n'était pas là. Pas de motocyclette enchaînée à la rambarde, cela signifiait : pas de Mitaine. La bécane appartenait en commun à tous ceux du pont aux Fagots, mais aucun à part le grand clochard édenté n'était fichu de la piloter. Pas grave, il attendrait.

Pour patienter, il s'avança sur le pont et marcha à petits pas le long du trottoir détrempé, tenant ferme le parapluie qui menaçait de s'envoler. Il n'avait pas fait cinquante mètres que la motocyclette pétaradante et sans éclairage apparut à l'autre bout. Son pilote, coiffé d'un passe-montagne de laine, et la tête rentrée dans les épaules, ressemblait de loin à un gros insecte pataud. Il poussait le moteur à fond, mais le résultat était pitoyable : l'engin se traînait. Deux et demi le regarda s'approcher, ravi. Il ne pouvait rêver meilleures conditions de travail : l'obscurité, l'absence de témoins, le pont…

Il attendit que Mitaine arrive à sa hauteur et lui envoya un méchant coup d'épaule. Le clochard valdingua au sol en poussant un cri. La motocyclette renversée glissa sur la chaussée mouillée, traversa la route et heurta le trottoir opposé. Le pot d'échappement brûlant, séparé du reste, rebondit sur l'asphalte et cracha de la vapeur.

— Ça va pas, non ! hurla Mitaine. J'ai le genou cassé !

Deux et demi ne referma même pas son parapluie. D'une seule main, il empoigna le clochard par le devant de sa veste, le remit sur ses deux jambes et le colla violemment contre lui.

— J'ai le genou cassé ! gémit Mitaine. J'ai mal !

Sous le passe-montagne imbibé de pluie, son visage émacié et hirsute de barbe était tordu par la douleur.

– Lâche-moi! Qu'est-ce que tu me veux?

– Un renseignement. Une fille blonde. Milena Bach.

– Connais pas! Va te faire foutre!

Deux et demi n'était pas du genre à perdre du temps en bavardages inutiles. La plupart des arrivants venaient par le fleuve, et ils s'arrêtaient au pont aux Fagots. Tout le monde le savait. Il souleva Mitaine et l'assit sur le parapet métallique du pont.

– Et moi, tu me connais?

Leurs visages se touchaient presque. Pour la première fois, Mitaine vit son agresseur dans les yeux, et sa douleur au genou s'envola d'un coup. Il comprit qui le tenait là, dans la tenaille de ses doigts. S'il persistait à se taire, il ne lui restait à vivre que les quelques secondes que durerait sa chute. Il tomberait à la renverse dans l'eau glacée du fleuve. Ses compagnons de misère, sous le pont, entendraient peut-être le plouf dérisoire de son corps trop maigre dans les flots. Cette idée le plongea dans une terreur épouvantable.

– J'sais pas nager… bredouilla-t-il stupidement.

– Tu me connais? répéta l'autre.

– Oui, pleura Mitaine en s'agrippant aux manches de son adversaire.

– Alors je compte jusqu'à trois. Un…

– Comment tu dis qu'elle s'appelle?

– Milena Bach. Blonde. Deux…

Il était inutile de mentir. Cela gagnerait un peu de temps peut-être, mais l'issue serait la même au bout du compte, sinon pire.

– Chez Jahn... Elle est chez Jahn...

Son cœur battait à lui rompre les côtes. Il devina que Deux et demi crevait d'envie de le précipiter dans le vide, même après avoir obtenu ce qu'il désirait. Il y eut quelques secondes qui lui parurent l'éternité, puis il sentit que le tueur le reposait sur le trottoir et, l'instant d'après, il le vit s'en aller paisiblement. Il n'avait même pas refermé son parapluie.

Mitaine essaya en vain de relever sa motocyclette. Il ne parvint qu'à augmenter encore la douleur au genou. La pluie redoublait. Il ramassa le pot d'échappement fumant et le cala sous son bras. Ensuite, il claudiqua jusqu'à l'escalier qu'il descendit à grand-peine en se tenant à la rampe.

Deux et demi commit trois erreurs ce soir-là. La première fut de ne pas basculer Mitaine dans le fleuve. C'était extraordinairement tentant de le faire, de voir le clochard gesticuler dans les airs, d'entendre son cri effaré et le claquement de son corps sur l'eau noire. Une petite pression sur la poitrine suffisait. La seule pensée qui le retint fut que le bonhomme pourrait encore servir.

La deuxième erreur que commit Deux et demi fut de ne pas rentrer tout droit chez lui. Il se dit qu'il n'y avait aucune urgence, puisque le prochain rendez-vous avec Van Vlyck était fixé au lendemain après-midi, dans la salle de sport. Et décidément, le doux bombardement des gouttes sur la toile du parapluie lui plaisait. Il eut envie de prolonger le plaisir. Au lieu de marcher sans détour vers la ville haute où il habitait, il suivit le fleuve et descendit même sur la berge par le premier escalier rencontré. Il ne vit pas les trois ombres courbées qui prirent le même chemin, se tenant à distance. Un banc de bois vissé sur le pavé lui présenta son assise à demi moisie. Sans s'inquiéter de tremper son pantalon, il s'y assit et resta là, immobile, à écouter le vacarme de la pluie.

À cette minute, il ne lui restait plus beaucoup de temps à vivre, mais il l'ignorait.

Il attendit l'accalmie, sagement, et elle arriva bientôt. Le bruit de mitraillage au-dessus de sa tête s'estompa peu à peu, laissant la place à un bruissement de plus en plus faible. Enfin, il n'y eut plus que la sourde rumeur du fleuve et le murmure du vent. Alors, Deux et demi commit sa troisième erreur consécutive en abaissant son parapluie afin de le refermer…

Le ciel explosa. Des éclairs fulgurants l'aveuglèrent et il s'écroula sur le banc.

– Donne-z-y encore un coup ! souffla une voix. C'est un coriace !

Le ciel explosa une seconde fois. Il se sentit tomber dans un gouffre noir et perdit connaissance.

Dressé derrière le banc, Mitaine brandissait son pot d'échappement.

– Je recommence, les gars ?

– Pas la peine, l'arrêta un de ses compagnons. Il a son compte. Y faut s'grouiller maintenant.

Si quelqu'un nous voit d'en haut, on est foutus. Aidez-moi.

Ils contournèrent le banc et traînèrent Deux et demi jusqu'au bord de l'eau en le tirant par les pieds.

– À toi l'honneur, Mitaine !

Mitaine n'avait pas la force de soulever le tueur. Il s'agenouilla contre lui et le poussa à deux mains. Au moment où le corps allait basculer, il hésita. Puis il pensa à Milena, à Helen et à tous les autres qui étaient chez Jahn et qu'il fallait protéger.

– Un, deux… et *trois*, murmura-t-il. Il fallait bien que tu y arrives un jour, quand même…

Et il fit rouler Deux et demi dans les eaux indifférentes et glacées du grand fleuve.

3. Milos Ferenzy

Un geai se tenait sur le rebord de la fenêtre. Il s'était glissé entre les barreaux et regardait la chambre de son œil rond. Milos Ferenzy observa avec ravissement les couleurs vives du grand oiseau, la base bleutée de ses ailes, les drôles de moustaches noires de part et d'autre du bec. Il voulut l'appeler en imitant de petits baisers, comme on fait avec les animaux, mais il n'y arriva pas. Sa bouche était trop sèche. Cela ne lui causa pourtant aucune contrariété. Il éprouvait un bien-être total, comme s'il habitait un corps immatériel, affranchi de toute douleur, en suspension.

Un pâle rayon de soleil tirait un trait oblique sur le mur passé à la chaux, face à lui. La pièce semblait vide de tout meuble. Une ampoule pendouillait au plafond sous son abat-jour métallique. Milos constata qu'on lui avait passé une grossière chemise de nuit à manches courtes. Il tourna la tête vers la gauche et vit, à la saignée de son bras, le pansement d'où partait un tuyau souple relié à un appareil à perfusion qui dispensait son goutte-à-goutte.

Il y avait un autre lit, parallèle au sien. Son occupant, un homme d'une trentaine d'années, mince et musclé, râlait doucement, la bouche à demi ouverte. Un pansement volumineux entourait sa poitrine. Mais le plus choquant, c'était son visage dévasté, labouré d'affreux sillons ourlés de chair rosâtre. Ses longs pieds crasseux dépassaient de la couverture. Est-ce qu'on ne lavait pas les gens dans cet hôpital ? La douce sensation de bien-être se dissipa quelque peu.

Un hôpital ? Que faisait-il dans un hôpital ? Ah oui, le refuge. La jambe. Le couteau dans la jambe… Il repoussa délicatement le drap, retroussa la chemise et découvrit sa cuisse droite badigeonnée de teinture d'iode. Au milieu, la plaie, recousue de fil noir, lui parut petite. *Je ne suis pas médecin*, se dit-il, *mais on m'a assez bien soigné, il me semble*. Au même moment, le drap glissa tout à fait et tomba au sol. Alors il vit sa cheville gauche passée dans un anneau de fer et enchaînée à la barre du pied de lit. Il laissa échapper une plainte. Le geai l'entendit sans doute et s'envola dans un bruissement d'ailes.

Pendant l'heure qui suivit, Milos ne bougea pas d'un centimètre, dans la crainte diffuse de déclencher le pire au moindre mouvement. Où se trouvait-il ? Pourquoi l'avait-on soigné, si c'était pour le garder prisonnier. Afin de lui faire payer la mort du maître-chien ? Le rayon de soleil avait disparu maintenant, et la pénombre gagnait lentement la pièce. L'homme, sur le lit voisin, ne geignait plus, mais il dormait d'un sommeil agité. Sa respiration était irrégulière.

Milos se demanda ce qu'Helen avait pensé en trouvant le refuge vide à son retour. Est-ce qu'elle avait cru qu'il était parti tout seul dans la montagne ? Qu'il n'avait pas eu confiance en elle ? Cette pensée lui déplut terriblement. Il serait resté puisqu'il avait promis ! Seulement, ils étaient arrivés d'abord, et ils l'avaient emporté, à demi inconscient, sur leur traîneau. Il se rappela l'état de rêve éveillé dans lequel il avait flotté alors, les secousses, le froid, la sensation d'être une chose qu'on manipule sans égards, une bête morte que l'équarrisseur jette dans sa charrette. Ensuite, il s'était tout à fait évanoui, et maintenant il reposait dans cette chambre à la fois tranquille et inquiétante, à côté d'un autre blessé.

Des pas décidés retentirent dans le couloir. La porte s'ouvrit brusquement, et un homme trapu appuya sur l'interrupteur, inondant la pièce d'une lumière crue.

– Salut. Bien dormi ?

Avec ses maxillaires de carnassier, ses cheveux ras et le maillot moulé sur sa poitrine puissante, il ressemblait davantage à un entraîneur de lutte qu'à un infirmier. Milos n'aima ni ses yeux bleu acier, ni sa bouche trop petite et serrée.

– Tu as soif ? Tiens, bois ça.

Milos redressa la tête et but avidement le demi-verre d'eau que l'autre lui tendait.

– Vous êtes médecin ?

– Médecin ? Oh non ! Moi j'étais dans la cordonnerie. Mais tu sais, la médecine, c'est comme le bricolage. On s'améliore en faisant. Regarde, c'est moi qui t'ai cousu. Tu vois la différence avec un chirurgien? Franchement, tu la vois, la différence? La peau, c'est jamais que du cuir, non? Il faut juste bien désinfecter le matériel et se laver les mains. C'est tout.

— Et ça? C'est vous qui me l'avez mis? demanda Milos en désignant sa cheville enchaînée.

L'homme éclata-de rire.

— Ils t'ont mis ça! J'avais pas vu! Quelle bande d'abrutis! Je vais te libérer.

Il tira de sa poche une petite clef qu'il fit tourner dans la serrure des menottes.

Tu n'es pas plus futé qu'eux, pensa Milos. *Si tu détiens la clef, c'est que tu n'es pas étranger aux menottes. Je suis même sûr que tu me les as mises juste pour te donner l'avantage de pouvoir me les enlever.* D'instinct, il sut qu'il ne ferait jamais confiance à cet homme, et il prit la résolution de garder ses distances.

— Tu sais où tu es?

— ...

— Tu es dans l'infirmerie d'un camp d'entraînement.

— ...

— Un camp d'entraînement pour les combats. Ça t'étonne? Tu connais ça pourtant, les combats, non?

L'homme s'était assis sur le rebord du lit. Il sembla à Milos qu'il y avait une pointe d'admiration dans son sourire.

— Allez, fais pas l'idiot. On sait tout, pour Pastor. Tu l'as bien arrangé, dis donc. Mais n'imagine pas qu'on te le reproche. Au contraire, on a beaucoup apprécié, ici. C'était un gros balourd, le

Pastor. Il avait fait son temps. Et puis, c'est celui qui gagne qui a raison, non ? Or, c'est toi qui as gagné. Bravo.

— Il aurait lâché les chiens sur nous. Je ne pouvais pas faire autrement.

— Justement : c'était toi ou lui. Et tu as préféré que ce soit lui ! Ça veut dire que tu as tout compris, et qu'on s'est pas trompé en t'amenant ici.

Il lui tapota le bras avec la satisfaction d'un éleveur qui vient d'acquérir un pur-sang. Milos grimaça. L'effet de l'anesthésie locale prenait sans doute fin, et sa blessure commençait à le tirailler. De plus, l'effort qu'il faisait pour parler l'éprouvait beaucoup.

— Je t'expliquerai demain de quel genre de combats il s'agit, continua l'homme en se levant. Tu en sais suffisamment pour aujourd'hui. Il faut que tu te reposes. Au fait, je m'appelle Fulgur. Si tu as besoin de quelque chose, tu me demandes : Fulgur.

Avant de partir, il débrancha la perfusion de Milos et alla contrôler le pouls de l'autre blessé.

— Lui, c'est un champion. Il s'appelle Caïus. Tu pourras le prendre comme modèle. À demain, Milos Ferenzy !

Milos somnola quelques heures, puis se réveilla tout à fait au milieu de la nuit, en sueur. Fulgur, cela signifie « foudre » en latin. Et Caïus c'était un mot latin aussi, non ? Quels étranges noms ils s'étaient donnés ! Parce que c'étaient des noms d'emprunt à coup sûr. Il eut la sensation qu'il pourrait comprendre facilement le mystère qui se cachait là, s'il le voulait, mais quelque chose en lui refusait de le faire, ou plutôt tâchait d'en repousser le moment. Il aurait bien aimé pouvoir parler à son compagnon de chambre, pour se rassurer, seulement ce dernier se contentait de geindre ou de prononcer dans ses rêves des phrases incompréhensibles.

Au petit jour, une lumière blafarde s'insinua par la fenêtre. Milos patienta jusqu'à ce qu'elle permette d'y voir un peu, et il fit la tentative de se lever. En prenant appui sur ses bras, il réussit à s'asseoir au bord du lit. Il y resta un long moment, le temps de dissiper la sensation de vertige, puis il se leva avec d'infinies précautions. Il longea le mur jusqu'à la fenêtre. Elle s'ouvrit facilement, laissant pénétrer une odeur douceâtre de mousse humide. À travers les barreaux scellés, il distingua, à quelques mètres, un haut grillage et, plus loin, une forêt d'arbres aux branches nues. Il respira à pleins poumons. L'air vif lui fit tourner la tête et il faillit tomber. Il allait refermer lorsque le bruit d'un piétinement sourd et régulier se rapprocha. Une quinzaine de jeunes hommes, en culottes courtes malgré le froid, passèrent au pas de course sous la fenêtre. Ils portaient une épée à la main. Leur souffle rythmé et bruyant s'éloigna dans un nuage de vapeur.

— Ferme ! fit une voix sèche.

Milos se retourna et vit que Caïus l'observait depuis son lit. Son regard fiévreux transperçait la pénombre. Ses joues labourées de cicatrices étaient mangées d'une barbe drue.

— Ferme cette fenêtre !

Milos obéit et reprit sa lente progression le long du mur. Une fois allongé, il attendit que son voisin lui adresse à nouveau la parole, mais il dut patienter une bonne dizaine de minutes avant que la voix dure ne reprenne :

– T'es déjà blessé en arrivant, toi ? D'où tu sors ?

Milos ne sut que répondre. D'où il sortait ? Ça n'était pas si simple à expliquer. Et puis il ignorait à qui il parlait. Le dénommé Fulgur avait présenté Caïus comme un modèle, mais les modèles de Fulgur n'étaient pas forcément recommandables.

– J'ai été pris… hasarda-t-il avec prudence.

Il y eut un long silence. Milos voulait s'en tenir à sa décision : se taire autant qu'il le pouvait, ne rien compromettre, et observer au maximum.

– « J'ai été pris », ricana Caïus en l'imitant. Et tu sais où tu es, au moins ?

– Dans un camp d'entraînement, je crois.

– Alors tu crois bien.

Milos n'aima pas les façons moqueuses et condescendantes du type. Il persista à ne poser aucune question, estimant que c'était peut-être la meilleure façon d'apprendre quelque chose. Il ne se trompait pas.

– Tu es même dans le meilleur camp d'entraînement du pays. Ta meilleure chance de survivre, c'est d'être tombé ici. Donne-moi à boire.

Milos peina beaucoup pour se redresser, atteindre le verre d'eau et le tendre à Caïus, mais il fit tout cela sans se plaindre. Il attendit même que l'autre ait fini de boire pour reprendre le verre, le reposer à sa place et se recoucher.

– Tu veux savoir pourquoi c'est ta meilleure chance ?

– Je n'ai rien demandé…

Caïus marqua un temps, sans doute un peu dérouté par la fermeté de Milos.

– Tu as quel âge ?

– Dix-sept ans.

– Dix-sept ans ! Je croyais qu'on prenait personne en dessous de vingt dans les camps. Qu'est-ce que tu as fait pour qu'on te mette avec nous ? Tu as trucidé une huile de la Phalange ou quoi ?

Pour la première fois, Milos ne répondit pas.

– C'est ça ? Tu t'en es payé un ?

– …

– T'es pas bavard, hein ? T'as raison, garde-le pour toi.

Tous les deux se turent à nouveau. Le jour montait dans la pièce. Quelqu'un passa dans le couloir sans entrer. On entendit une seconde fois la course et le souffle des coureurs sous la fenêtre. Milos crut un instant que Caïus s'était rendormi, mais celui-ci reprit à voix très basse, sans ouvrir les yeux :

– Tu es dans le meilleur camp parce que c'est ici que tu apprendras le mieux à haïr tes adversaires… à concentrer ta rage… Ça se passe dans la tête, tu sais, pas ailleurs… ni dans les jambes… ni dans les bras… n'oublie jamais ça… Celui qui m'a fait cette blessure à la poitrine la semaine dernière avait un torse et des biceps deux fois plus puissants que les miens… mais il n'avait pas assez…

Le reste de la phrase se perdit. Caïus parlait de plus en plus bas.

— Pas assez quoi ? demanda Milos sans pouvoir s'en empêcher.

— … pas assez envie de me tuer… et trop peur de mourir… Il était mort avant d'entrer dans l'arène… il était déjà mort quand nos regards se sont croisés… Il a vu la haine dans mes yeux… et moi j'ai vu la trouille dans les siens… Le combat était fini avant de commencer… C'était mon deuxième… je ferai le troisième cet hiver… Ma blessure sera guérie et je vaincrai pour la troisième fois… Et je serai libre… libre…

Caïus s'interrompit. Sa tête s'inclina sur le côté. Quelques secondes plus tard, il dormait profondément.

Tout en ordonnant dans son cerveau les mots qu'il venait d'entendre, Milos tâcha de ne pas céder à la panique, mais, quoi qu'il fît, ces mots se rassemblaient en un seul, inexorablement. Son cœur et sa respiration s'emballèrent. Les noms latins, l'arène, les combats : tout était lumineux à présent.

Ainsi, on ne l'avait épargné ni par compassion ni pour le livrer à la justice. Ceux de la Phalange n'avaient cure de ces choses-là. Ils lui avaient laissé la vie pour une autre raison : l'obliger à la jouer devant eux, cette vie, dans l'arène. L'obliger à mourir ou à tuer, sous leurs yeux et pour leur plaisir. Un gladiateur… On voulait faire de lui un gladiateur ! Est-ce qu'on n'avait donc pas renoncé à cette barbarie depuis des siècles ? Cela ressemblait à un cauchemar.

La journée lui apporta peu d'informations nouvelles. Fulgur revint comme promis, mais il ne fit que déposer les repas et contrôler l'évolution des blessures. La nourriture n'était pas très appétissante, cependant, par réflexe vital, Milos se força à manger tout ce qu'on lui proposait. Caïus, lui, dormit comme une souche et, dans ses rares moments de veille, il paraissait avoir tout oublié de ce qu'il avait dit au matin.

Comme le soir tombait, le geai vint se percher à nouveau sur le rebord de la fenêtre et il y resta plusieurs minutes, passant d'une patte sur l'autre.

— Bonjour, toi ! lui dit Milos, ému par la fidélité de l'oiseau. Tu as pitié de moi, hein ? Tu viens me voir pour me dire de ne pas désespérer. Ne t'en fais pas. J'ai la peau dure.

Le lendemain, à son réveil, il se rendit compte que Caïus n'était plus là. Et son lit non plus. Fulgur entra brutalement dans la chambre, comme à son habitude.

— Tu te demandes où est passé ton voisin, c'est ça ?

— Non, répondit Milos, plus que jamais résolu à ne poser aucune question.

— Eh bien tu le sauras quand même : il a demandé qu'on le ramène au dortoir cette nuit. Il a dit qu'il n'aimait pas ta compagnie.

Milos, stupéfait, s'efforça de ne pas trahir le moindre étonnement et attendit la suite sans broncher. Fulgur s'adossa au mur, près de la fenêtre, les mains dans les poches. Les os du front, des pommettes et de la mâchoire tenaient toute la place sur son visage. Les yeux et la bouche semblaient minuscules.

– Tu sais que c'est très ennuyeux d'être un type dont Caïus n'apprécie pas la compagnie?

Milos se tut.

– Moi, c'est le contraire : tu me plais. Tu jacasses pas comme une fille, tu te plains jamais, et tu as l'air de savoir ce que tu veux. Je me demande ce que Caïus te reproche. Tu le sais, toi, ce qu'il te reproche?

– …

– Bon. Je suis chargé de t'expliquer la maison et comment ça fonctionne. Tu m'écoutes?

– …

– Bien. Ce camp, ici, est un des six camps d'entraînement du pays. Il y en a un dans chaque province. Six provinces, six camps. D'accord? Le nôtre est au milieu de la forêt. Si tu t'évades, tu deviendras un gibier : tu seras pris en chasse par une centaine d'hommes, rattrapé et abattu sans sommation. Oublie cette idée, ça vaut mieux. On t'a enchaîné l'autre jour parce que tu savais pas. Maintenant tu sais, alors t'as plus besoin d'être attaché. Compris?

– …

– Bon. Tu vas t'entraîner ici avec une trentaine d'autres combattants. Ce sont tous des délinquants qui auraient fini à la potence, mais qu'on a graciés pour les mettre ici. De la racaille, quoi… T'attends pas à des petits anges, tu serais très déçu. Dans chacun des camps, il y a une arène. Elles sont toutes exactement identiques : mêmes dimensions, même forme, même sable. Et il en existe une septième dans la capitale, semblable aux six autres, sauf qu'on a installé des gradins autour pour les spectateurs. Ici, chez nous, il y a pas de gradins parce qu'il y a pas de spectateurs. Tu me suis ?

Milos fit de la tête le signe qu'il suivait. En réalité, il n'avait jamais écouté quelqu'un avec autant d'intensité. Chacun des mots de Fulgur se gravait dans sa mémoire à l'instant même où il y entrait.

– Ici, tu feras que t'entraîner. Tu te battras pour de vrai dans l'arène de la capitale. Les combats ont lieu pendant trois jours. Ce sont des duels contre des types venus des autres camps, des types que tu connais pas. Ceux d'ici ne sont que des camarades d'entraînement. Si tu en blesses un gravement, tu seras puni. C'est clair ?

– …

– Ton premier combat aura lieu dans trois mois, au milieu de l'hiver. Tu as tout le temps pour guérir, cicatriser et apprendre les techniques. Si tu es vainqueur et si tu survis, tu disputeras ton deuxième combat au printemps. J'ai bien dit : *si tu survis*, parce qu'il arrive souvent que le vainqueur succombe à ses blessures. Regarde Caïus ! Il est passé près. Bon. Si tu remportes aussi ton deuxième combat, tu disputeras le troisième au début de l'été. Si tu es toujours vivant après ça, tu seras libre. Tu m'as entendu ?

Milos acquiesça.

– Tu seras même beaucoup plus que libre. Tu seras un homme respecté, honoré. La Phalange te procurera à vie un emploi confortable et bien payé, et elle assurera ta protection absolue. Tu es jeune, tu es resté enfermé dans un internat, alors tu te rends peut-être pas compte de ce que ça représente, mais je t'assure que c'est quelque chose. Il suffira que tu dises ton nom pour qu'on te donne la meilleure table dans les meilleurs restaurants et qu'on t'offre le repas. On te laissera monter à l'œil dans n'importe quel taxi. Et même si tu es laid comme un pou, les plus belles femmes se battront pour t'avoir. Alors toi qui es joli garçon en plus, je te dis pas ! Ça les émoustille de savoir qu'on a risqué trois fois sa vie, et encore plus de savoir qu'on a tué trois fois. Elles sont comme ça, on n'y peut rien.

Milos se sentit rougir et pensa à Helen. Est-ce que l'idée qu'il soit un quadruple criminel la rendrait plus amoureuse ? Il en doutait fortement.

— Dans ce camp, poursuivit Fulgur, tu vas rencontrer des types qui préparent leur premier combat, comme toi, on les appelle les *novices* ; d'autres qui en ont déjà gagné un, c'est les *primus* ; et les *champions*, qui en ont gagné deux, comme Caïus. Tu les distingueras très vite les uns des autres. Un conseil : fais-toi respecter de tous… C'est pas une colonie de vacances. L'entraîneur s'appelle Myricus. Écoute-le, il sait ce qu'il dit. C'est un ancien vainqueur. Des questions ?

— Aucune, répondit Milos, au bord de la nausée.

Il y eut un silence. Fulgur ne bougeait pas.

— Tu me demandes pas si je suis un ancien vainqueur, moi ?

— Non.

Fulgur, qui mourait visiblement d'envie de parler de lui, encaissa la réponse avec un net agacement.

242

– Comme tu veux. Une dernière chose : tu dois porter un nom de combattant. Moi j'ai choisi Fulgur parce que j'étais rapide comme l'éclair. Il faut trouver un nom qui te ressemble. Je te ferai passer la liste et tu en choisiras un.

– Je n'en veux pas. Je garderai le mien.

– Comme tu veux, répéta Fulgur avec une indifférence forcée. Montre-moi ta jambe.

Milos écarta le drap et découvrit sa cuisse. La plaie s'était bien refermée, la blessure semblait belle et déjà presque sèche.

– Parfait, approuva Fulgur, j'ôterai les fils dans quelques jours.

Puis, sans que Milos ait le temps de se protéger d'aucune façon, il leva haut le bras droit et gifla la cuisse de toutes ses forces, sur la blessure. Milos poussa un cri et faillit s'évanouir.

– Et maintenant, reprit l'homme d'une voix doucereuse, demande-moi s'il te plaît si je suis un ancien vainqueur, tu veux bien me le demander ?

– Est-ce que vous êtes un ancien vainqueur ? gémit le garçon.

Les yeux bleus et minces de Fulgur, plongés dans les siens, étaient froids comme ceux d'un reptile.

– Oui, je suis un ancien vainqueur. J'ai tué mes trois adversaires. Tu vois, je pourrais me la couler douce dans la capitale, mais je préfère rester ici. Demande-moi, s'il te plaît, pourquoi je préfère rester ici.

– Pourquoi préférez-vous rester ici ?

– Eh bien, puisque tu me poses la question, je vais y répondre. Je préfère rester ici parce que j'aime ça. Le dur entraînement quotidien, l'épouvante de ceux qui montent dans les fourgons pour aller disputer leur premier combat, les exploits des vainqueurs, le récit de leurs exploits, la mort des vaincus et le récit de leur mort, le jaune du sable de l'arène, le rouge du sang qui coule dessus, tout ça… Je peux plus m'en passer. C'est comme une drogue. Tu peux pas comprendre. Moi, au début, j'étais comme les autres : je voulais juste sauver ma peau. Tuer mes trois types et m'en aller de ce foutu camp. Mais, après ma deuxième victoire, j'ai commencé à ressentir la grandeur de ce lieu et de ce qui s'y joue. Il s'y joue la vie et la mort. Et ça, tu le trouveras nulle part ailleurs, sauf à la guerre, mais comme il y a pas de guerre en ce moment… Une autre question ?

— Non, répondit faiblement Milos, en priant pour que l'autre ne le frappe pas une seconde fois. La douleur se propageait en ondes lancinantes jusqu'à son ventre.

— Bien. Alors je vais te laisser. Je te remercie pour le brin de conversation.

À la porte, il se retourna :

— Décidément, tu me plais bien, Milos Ferenzy. J'adore bavarder avec toi.

4. Le camp d'entraînement

Cinq jours après son arrivée, vers midi, Milos s'estima capable de sortir de sa chambre en s'appuyant sur une paire de béquilles. Il s'avança dans le couloir et découvrit que la pièce voisine était aménagée en une rudimentaire salle d'opération avec sa table recouverte d'un drap blanc et le globe de la lampe médicale au bout d'un bras mécanique articulé. Sur des étagères vétustes, des flacons et des bocaux reposaient en vrac. C'était donc le royaume du «docteur» Fulgur, le sinistre théâtre de ses travaux empiriques!

Milos frissonna à l'idée qu'il s'était trouvé là, inconscient, à la merci d'un sadique de cette espèce. Cependant, comme sa jambe ne le faisait pas trop souffrir, il s'aventura à l'extérieur. Fulgur lui avait rasé la tête la veille, et le froid lui glaça le crâne et les tempes.

Le camp était effectivement installé dans une clairière. On apercevait les branches nues des grands chênes de l'autre côté du grillage. Un mirador se dressait à l'entrée. L'homme en uniforme militaire qui le gardait, fusil à la main, adressa à

Milos un hochement de tête dont on ne savait pas s'il était menace ou signe de bienvenue. Le garçon le lui retourna avec la même ambiguïté, et poursuivit sa laborieuse progression.

Il longea les baraquements de bois qui devaient abriter les dortoirs, puis il contourna celui de la cantine d'où s'échappait une écœurante odeur de chou. De là, il constata que deux autres miradors surveillaient l'arrière du camp. Fulgur avait raison : il ne s'agissait pas d'une colonie de vacances.

Un bâtiment carré aux façades aveugles occupait à lui seul tout le centre de la clairière. Il était fait de troncs d'arbres assemblés, à la manière des maisons de trappeur. Milos dut en faire le tour avant de trouver l'accès : une porte basse entrouverte. Il la poussa de sa béquille gauche, entra, fit quelques pas dans une allée de terre battue et buta sur un portillon de planches. L'arène s'ouvrait au-delà, telle une piste de cirque. Elle pouvait mesurer vingt mètres de diamètre. Une palissade à hauteur d'homme la clôturait de toutes parts.

Quatre combattants, en pantalon de toile, pieds et torse nus malgré le froid, évoluaient sur le sable. Une poignée de spectateurs, assis sur la galerie, les observaient. Ils notèrent d'un regard la présence de Milos, puis l'ignorèrent. Dans l'arène, la lutte était inégale. Trois des hommes, armés de glaives, en harcelaient un quatrième dont la tête était rasée et qui n'avait que ses mains nues. Le malheureux devait surveiller tous les côtés à la fois, se jeter au sol, rouler sur lui-même pour éviter les coups, se relever, courir. Ses adversaires le poursuivaient alors sans répit, le cernaient à nouveau et le menaçaient de leur arme. Bien qu'il n'eût aucune chance contre eux, il leur faisait face avec une expression de défi irréductible, comme s'il pouvait encore espérer quelque chose.

Malgré la distance, Milos remarqua les traits brutaux de son visage encore jeune, le nez aplati, les sourcils broussailleux, l'épaisseur de ses membres. Il eut la sensation d'avoir déjà rencontré cette personne, mais où ? Le combat se déroulait dans un silence étonnant. Aucun cri, aucun appel, aucun encouragement. On n'entendait que le crissement des pas sur le sable et la respiration haletante de celui sur lequel on s'acharnait. Il réussit à échapper plusieurs fois encore à ses poursuivants, sans rien perdre de sa rage, et sans que son visage trahisse la moindre peur. Puis vint le moment où il trébucha dans sa fuite et s'écroula au sol. En une seconde, son adversaire le plus proche bondit et le frappa à l'épaule. Puis il l'immobilisa, un genou écrasé sur la poitrine, et la pointe de son glaive sur la gorge.

– C'est bon ! tonna une voix caverneuse. Laissez-le !

Les combattants obéirent et se retirèrent sans un regard pour le garçon hors d'haleine et dégoulinant de sueur qui jurait à voix basse en tenant son épaule ensanglantée.

Celui qui avait donné l'ordre se leva. Il dominait d'une demi-tête tous ceux qui l'entouraient. Une barbe noire et drue couvrait son visage taillé à la hache.

– Vous avez vu, tous ? lança-t-il à la ronde. Il a perdu parce qu'il est tombé. Si vous tombez, vous êtes morts. N'oubliez jamais cette règle. Ferox et Messor, emmenez-le à l'infirmerie, qu'on le recouse. Les autres, on va manger.

Ils descendirent par un petit escalier latéral qui débouchait dans l'allée, juste derrière Milos, et ils sortirent en silence. Le colosse, qui fermait la marche, s'arrêta. Sa masse était impressionnante.

– C'est toi qui as étranglé Pastor ?

Milos décela dans ses yeux la même étincelle admirative que dans ceux de Fulgur quelques jours plus tôt.

– Oui, répondit-il sobrement.

– Quel âge as-tu ?

– Dix-sept ans.

– C'est bien. Je m'appelle Myricus et je serai ton entraîneur. Bienvenue au camp, mon garçon.

Sur ces mots, il tourna le dos et s'éloigna. Ses épaules passaient tout juste dans la porte.

Milos, que son escapade du matin avait fatigué, somnola une partie de l'après-midi, mais vers cinq heures il fut réveillé par le grincement d'un lit qu'on faisait rouler dans la chambre. Le blessé reposait dessus, recouvert d'un drap à la propreté douteuse. La plaie à l'épaule, bien que peu profonde, avait été recousue. Fulgur n'avait pas résisté à son péché mignon : jouer de l'aiguille.

– Ça va ? demanda Milos.

– Ça va, grommela le blessé.

On ne voyait de lui que le crâne blanc grossiè-rement rasé. Une cicatrice dessinait une virgule rose au-dessus du front. Comme il pivotait un peu sur le côté pour soulager son épaule meurtrie, son visage apparut distinctement et Milos en resta bouche bée.

– Basile… murmura-t-il. Je rêve… C'est toi…

L'étonnement et la joie le suffoquaient. L'autre ouvrit les yeux et éclata d'un rire joyeux :

– Ça alors ! Ferenzy ! Ah ah ah ! J'y crois pas !

– Basile ! Je te croyais mort !

– Mort ? Et pourquoi ça ? T'es dingue !

– Mais je les ai vus te sortir du cachot ! T'em-porter sur la civière ! Basile, bon Dieu ! Tu avais du sang partout…

– Ah oui ! Tu t'es laissé prendre toi aussi ! Ah ah ah ! Tu sais, c'est facile de s'faire saigner. R'garde : j'ai l'ong' du pouce dur comme un bout d'ferraille. Je m'ai entaillé le cuir chev'lu avec, et le sang a coulé comme si on m'aurait fendu l'crâne. Je m'ai bien barbouillé partout, la figure, le cou tout ça. Après j'ai cogné à grands coups de poings cont' la porte, et quand y sont v'nus, je m'ai jeté tête première et j'ai fait l'mort. Y z'ont cru que je m'avais fracassé. C'était la seule façon de sortir de ce trou à rats. Je commençais à trou-ver l'temps long, tu vois ! L'ennui, c'est qu'au lieu de m'virer de l'internat et de m'envoyer dans un aut', comme d'habitude, y m'ont bouclé ici, et c'est pire…

– Mais tu n'as rien fait de grave, pourtant, l'in-terrompit Milos, je croyais qu'on ne mettait que des criminels dans ce camp.

– Oui, mais y m'ont expliqué que c'était pour…
ch'sais plus comment y z'ont dit… pour le total de
ce que j'ai fait quoi…

– Pour l'ensemble de ton œuvre ?

– Voilà, c'est comme ça qu'y z'ont dit. Toi, t'as
touché l'gros lot en une seule fois, hein ? C'est vrai
que t'as trucidé un maître-chien ?

– Il paraît, avoua Milos.

– Tu m'raconteras ? Ça m'amuse toujours d'entend' comment un type d'la Phalange s'est fait
déquiller.

– Je te raconterai. Mais dis-moi d'abord pourquoi ils étaient à trois contre toi, ce matin. Tu
n'avais aucune chance.

– C'est une épreuve inventée par Myricus, l'entraîneur. On y passe tous, les aut' après les z'uns.
Y veut qu'on soye blessé au moins une fois. Y dit
qu'après on est baptisé. Et surtout, c'est pour nous
montrer ce qui arrive si on refuserait l'combat
dans l'arène. Si on s'contenterait de courir pour
se sauver, au bout de dix minutes ils t'envoyent
un deuxième adversaire, et cinq minutes après un
troisième si tu continuerais à te défiler. Bref, plus
tu t'dégonfles, moins t'as de chances de survivre.
Tu comprends ?

– Je comprends. Et à part ça, comment il est,
ce Myricus ?

– Myricus ? Il est trois fois plus fort que toi et
moi ensemble. Mais il est pas bête non plus. Y
d'vine tout ce que tu penses. Par exemple, l'aut'
jour, y me dit : « Dis donc, Rusticus… »

– Tu t'appelles comme ça : Rusticus ?

– Ouais, y m'ont donné ce nom, ch'sais pas

pourquoi. Ch'sais même pas ce que ça veut dire. Tu le sais, toi?

— Non, mentit Milos en réprimant son envie de rire.

— Bref, y m'a pris à part comme ça : « Dis donc, Rusticus, tu sais pourquoi t'as pas peur? — Non », j'y ai répondu. Et c'est vrai que j'avais pas peur. « Eh ben t'as pas peur parce que tu croyes que tu combattras pas. Tu croyes que quelque chose arrivera, tu sais pas quoi, mais tu y croyes, et tu penses que tu s'ras pas obligé de combat', c'est bien ça, Rusticus? » J'ai pas su quoi dire parce que c'était pile ça, et j'avais pas envie de le reconnaît'. Il m'a espliqué que tous les arrivants y z'étaient pareils, qu'y se figuraient tous qu'y z'échapperaient au combat. Mais qu'y s'trompaient eux-mêmes, et que c'était la meilleure façon d'êt' vaincu. Au contraire, y faut être certain de combat'. Tu me suis?

Milos ne suivait que trop bien. Pendant les heures de solitude passées dans cette chambre, il avait élaboré cette conviction secrète qu'il ne se battrait pas. La découverte qu'il était en cela exactement comme les autres lui causa une vive contrariété.

— Y en a qui sont persuadés jusqu'au dernier moment qu'y z'entreront pas dans l'arène, continua Rusticus, et ceux-là y sont déjà morts. Voilà, Ferenzy, ce que j'ai appris depuis que ch'suis là : primo, y faut pas croire qu'on échappera au combat, secundo y faudra pas se dégonfler quand on y s'ra.

— Je vois, murmura Milos, mais il n'arriva pas à admettre que ce raisonnement valait pour lui.

251

Il se demanda si ce serait simplement une question de temps – après tout il venait seulement d'arriver – ou bien si sa nature profonde se rebellerait jusqu'au bout contre cette idée épouvantable : entrer dans l'arène pour tuer.

Basile avait fermé les yeux et semblait s'assoupir.

– Je peux te poser une dernière question ? souffla Milos.

– Vas-y.

– Avec Myricus, vous avez parlé de la meilleure façon de survivre, c'est ça ?

– Oui.

– Mais est-ce que vous avez aussi parlé de la vie après, je veux dire une fois qu'on a tué un homme, ou deux, ou trois…

– Oui, il en a parlé. Il a dit… ah je m'rappelle plus les mots… qu'y fallait pas se faire de mouron pour ça…

– C'est-à-dire ?

– Ben, que si ton adversaire y meurt, c'est parce que son tour était venu.

– C'était son destin ?

– Exact, son destin. Et si tu croyes que tu y es pour quelque chose, tu te fourres le doigt dans l'œil. T'es juste l'outil quoi… Et en plus t'es obligé, alors… Il a dit aussi que si tu t'poses trop de questions dans ce genre, t'es fichu.

Ils se turent un instant. Milos crut que Basile dormait tout à fait quand ce dernier grogna encore d'une voix pâteuse :

– Ch'suis bien content de t'avoir r'trouvé, Ferenzy, ouais, bien content.

Les deux garçons quittèrent ensemble l'infirmerie dès le lendemain. Ils conclurent sans avoir à le dire, et sans doute pour compenser leur jeune âge, une sorte de pacte : ils resteraient ensemble, solidaires dans les épreuves. Ils se soutiendraient jusqu'au bout.

Les autres combattants avaient tous entre vingt-cinq et quarante ans et aucun ne semblait disposé à se lier d'amitié avec quiconque. À l'occasion des entraînements dans l'arène, Milos ne retrouvait rien de la joyeuse animation qu'il avait connue dans les salles de lutte. On aurait pu croire que la cruauté du destin partagé aurait lié ces hommes, mais il n'en était rien. Ici, chacun semblait uniquement préoccupé de devenir suffisamment fort et impitoyable pour survivre.

Caïus, à peine rétabli de ses blessures, se montra le plus redoutable de tous. Le règlement interdisait que l'on blesse « gravement » un partenaire d'entraînement, mais la notion de gravité était bien vague, et Caïus cherchait à en éprouver sans cesse la limite. Il fallait toujours qu'il entaille, qu'il meurtrisse, qu'il fasse couler le sang, et Myricus ne le lui reprochait jamais. Milos, prévenu de son animosité à son égard, se gardait bien de l'approcher et se débrouillait surtout pour ne pas l'affronter sur l'arène. Il ignora la raison pour laquelle Caïus « détestait sa compagnie » jusqu'à cette nuit où Basile la lui révéla. Les deux jeunes garçons passaient souvent des heures à chuchoter, de lit à lit, dans le dortoir qu'ils partageaient avec une dizaine d'autres combattants.

– Y paraît que plus on gagne, et plus on devient susper… suterspi… commença-t-il.

– Superstitieux, l'aida Milos.

– C'est ça. Par exemple, si un combattant il aurait gagné deux fois, et les deux fois il aurait été conduit par l'même chauffeur d'fourgon, eh ben jamais il acceptera de partir avec un aut' pour aller à son troisième combat. Ou alors si un gars il aurait vu passer une souris dans la cellule de l'arène en attendant son combat, tu peux êt' sûr qu'y va la chercher la deuxième fois, la souris, et si elle passerait pas, la souris, y va entrer dans l'arène en tremblant comme une feuille, le gars, tu comprends ?

– Oui, répondit Milos. Et tu crois que Caïus me déteste à cause d'un truc dans ce genre ? Je ne lui ai rien fait, moi.

– Possible. Ch'sais seulement qu'il aime pas les chats. Et ch'sais pourquoi. C'est pasque quand il était bébé, y s'est enfermé dans une cage avec un chat, pour jouer tu vois… Et y z'y sont restés prisonniers un bon moment. L'chat, il est d'venu fou et y s'est déchaîné. Y avait personne pour l'arrêter, tu comprends ? Alors y a arraché la moitié d'la tête à coups de griffes, au Caïus. T'as vu les marques qu'il a ! C'est pour ça. Y peut plus les saquer, les chats. Mais t'es pas un chat, hein ?

– Non, sourit Milos qui commençait à comprendre. Je ne suis pas un chat, mais il paraît que j'en étais un dans une vie antérieure.

– Une vie quoi ?

– Une vie que j'aurais vécue avant, et dans laquelle j'aurais été chat.

– T'as été un chat, toi ? Où t'as pris cette ânerie ? Qui c'est qui t'a dit ça ?

Le cœur de Milos se serra. Où se trouvait Helen à cette heure ? Savait-elle seulement qu'il était encore vivant ? Il aurait tellement aimé la rassurer et la serrer dans ses bras. Est-ce qu'elle pensait souvent à lui ? L'idée qu'il lui faudrait peut-être tuer trois fois pour avoir le droit de la retrouver lui contracta l'estomac à faire mal.

– C'est… une amie. Elle m'a dit un jour que j'avais tout d'un chat, parce qu'elle m'a vu grimper sur un toit. Alors sans doute que Caïus le sent, qu'il a peur de moi, que ça le panique et qu'il me déteste à cause de ça.

– Une amie ? T'as une amie, toi ? demanda Basile, rêveur.

– Oui.

– T'as de la chance. Moi, je suis tout seul.

– On peut dormir, oui ? gronda une voix irritée depuis le fond du dortoir.

Ils se turent quelques minutes, mais Basile voulait encore savoir quelque chose :

– Dis-moi, Ferenzy, à ton avis, quel genre de bête j'étais, moi, dans ma vie d'avant ?

– Je ne sais pas, Basile.

– Moi je sais. J'étais un cheval de trait, un gros cheval qui tire fort et qui obéit à son maître. Un bourrin, quoi…

La nuit suivante, ils eurent avec deux autres *novices* une discussion passionnée sur leurs chances de survie.

– Une sur six, affirmait Flavius, un type taci-

255

turne et ombrageux qui, selon la rumeur, avait assassiné ses deux femmes successives. Trois combats à une chance sur deux, ça fait une chance sur six.

— Faux! répondait Delicatus, dont personne ne savait ce qu'il avait fait, mais qui s'adressait aux gens avec morgue et mépris. Nous avons trois fois de suite une chance sur deux, et ça n'a rien à voir avec une chance sur six. On appelle ça un calcul de probabilités en mathématiques. Mais ça vous passe bien au-dessus de la tête, à vous.

Milos ne savait pas qu'en penser, sinon qu'effectivement chaque nouveau combat était comme le premier et offrait donc une chance sur deux.

Basile avança une autre théorie, originale et surprenante :

— À mon avis, on a une chance sur… quat'.

Malgré l'éclat de rire humiliant de Delicatus, il n'en démordit pas :

— Ben, si ch'tue mes trois bonshommes, plus moi, ça fait quat' personnes en tout. Et si ch'suis le seul à survivre, c'est que j'avais une chance sur quat' ! J'ai raison ou pas ?

Et, comme Delicatus ne trouvait rien à redire, il ajouta, triomphant :

— Ça t'cloue le bec, ça, Destilacus, hein ?

Les nuits n'étaient jamais tranquilles. Certains faisaient des cauchemars et réveillaient tout le monde en hurlant de terreur, d'autres ronflaient, parlaient en dormant, d'autres encore, insomniaques, se levaient dix fois pour aller aux toilettes ou bien marcher dehors. Dans les moments de calme, on entendait le vent souffler dans les chênes de la forêt voisine et les craquements lugubres du bois de la charpente de l'arène.

Un soir, au moment de se coucher, Milos poussa son lit de quelques centimètres pour le rapprocher de celui de Basile, et le lendemain il constata que Basile avait fait la même chose de son côté. Ils n'en parlèrent pas, mais chacun se sentit rassuré d'entendre le souffle de l'autre plus près de lui, et de savoir qu'il pourrait, à tout instant, chuchoter ou entendre les mots simples de réconfort qui desserraient un peu les griffes de l'angoisse : « Ça va ? Tu dors ? T'as pas froid, toi ? Tu veux ma veste ? »

Un autre sujet animait également les conversations nocturnes : qui valait-il mieux affronter en combat ? Un *novice*, un *primus* ou un *champion* ? Myricus leur avait communiqué des résultats portant sur les dernières années, et ils les évoquaient à l'infini. Il existait six cas de figure.

• Deux *novices* s'affrontaient. En ce cas, les chances étaient égales.

• Deux *primus* s'affrontaient. Là aussi, il y avait égalité des chances, de même que si deux *champions* étaient opposés.

• Un *novice* se battait contre un *primus*. Là, dans 65 % des cas, c'est le *primus* qui était vainqueur.

• Un *champion* battait un *primus* dans 75 % de leurs confrontations.

• Enfin, un *novice* combattait contre un *champion*, et là, étonnamment, c'est le novice qui l'emportait dans plus de la moitié des cas.

En conclusion, le parcours idéal était celui-ci :

affronter pour commencer un *champion*, même si cela pouvait paraître effrayant, puis un *novice* pour son second combat, enfin un *primus* pour gagner la liberté.

Mais ces raisonnements étaient vains, puisque les organisateurs des combats établissaient les paires à leur convenance, même s'il arrivait que des vœux particuliers soient émis par l'un ou l'autre chef de la Phalange qui désirait voir tel combattant déjà connu de lui contre tel autre. Ainsi on aimait opposer deux *champions* aguerris en un combat terrible et définitif. Ou bien au contraire deux *novices* terrorisés, pour avoir le plaisir d'assister à ces véritables exécutions qu'étaient les « deux contre un » et les « trois contre un ».

Une semaine après sa sortie de l'infirmerie, Milos reçut son glaive des mains de Myricus. L'entraîneur le lui présenta en le tenant cérémonieusement devant lui, comme un prêtre son ciboire.

— Tiens. Cette arme est ta seule amie à présent. Ne compte sur rien ni personne d'autre, même pas sur moi, pour t'en sortir vivant. Ne t'en sépare jamais et respecte-la.

Milos fut impressionné par le poids du glaive et par sa beauté. La poignée épousait la paume de sa main comme si elle avait été conçue pour elle. La lame à double tranchant ne portait aucune trace de combat. Elle semblait neuve et lançait des reflets dorés au moindre mouvement. Un serpent enroulé décorait la garde.

— Merci, dit-il simplement, et il glissa l'arme dans son fourreau.

Lors des entraînements, Myricus insistait sur

l'harmonie qui doit exister entre le combattant et son glaive.

– Il doit être une partie de vous-même. Il doit être parcouru de vos nerfs, irrigué de votre sang. Il doit obéir à votre pensée aussi vite que votre bras, votre main, jusqu'à les précéder peut-être. Il est le prolongement de votre désir, vous comprenez ?

Quel que soit l'exercice : combattre, courir, esquiver… on conservait son glaive à la main. Milos, qui était gaucher, finit par apprécier dans sa paume la présence chaude et rassurante de son arme. Cependant, une question demeurait. « Le prolongement de votre désir », affirmait Myricus. Le désir de tuer voulait-il dire, sans doute ? Or, Milos ne ressentait rien de ce genre. Le souvenir épouvantable du craquement des os de Pastor et de son lent abandon dans ses bras, ce souvenir le hantait sans cesse. Envie de tuer ? Oh non. Il se sentait au contraire empli du désir de vivre. À en pleurer des larmes brûlantes, chaque nuit, à en suffoquer.

Son expérience de lutteur lui fut d'une grande utilité. Il constatait jour après jour, dans les simulacres de combat, combien ses réflexes et son coup d'œil étaient supérieurs à ceux de ses compagnons. Il savait lire la faille dans la position de leurs corps, dans leurs appuis. Il se sentait capable de bondir au moment le plus opportun pour les terrasser. Peu à peu, sa blessure guérissant, il eut la conviction qu'il pourrait vaincre presque tous ceux qu'on lui opposerait. Il ne lui manquait que l'essentiel : accepter l'idée barbare de se jeter sur un homme inconnu pour l'abattre.

Mais un événement allait lui apporter un enseignement précieux à ce sujet.

L'hiver approchait et Milos se trouvait depuis deux mois dans le camp lorsque Myricus le désigna pour être la victime dans l'épreuve du « trois contre un ». Il lui fallut laisser son glaive sur le banc et descendre le premier dans l'arène. Il emprunta l'allée depuis laquelle il avait assisté au combat de Basile quelques semaines plus tôt. On referma derrière lui le portillon de bois et il se retrouva seul sur le sable. Son premier adversaire apparut au portillon opposé, armé de son glaive. C'était Flavius et ses yeux sombres d'assassin.

Il est interdit de blesser gravement, se répéta Milos pour calmer les battements de son cœur. Flavius s'approcha à petits pas, puis accéléra, brandissant son arme. Milos se mit à trottiner afin de garder ses distances. Ils parcoururent ainsi trois ou quatre fois l'enceinte de l'arène. À plusieurs reprises, Flavius se précipita, obligeant Milos à se jeter au sol, mais cela ressemblait davantage à une danse qu'à un réel assaut. Flavius avait manifestement reçu la consigne de faire courir son adversaire, de le fatiguer sans l'atteindre.

Lorsque la barricade s'ouvrit à nouveau, Milos était essoufflé, mais il lui restait assez de forces pour échapper encore longtemps à son deuxième adversaire. Il ressentit cependant un choc en découvrant que le renfort était Caïus. À peine sur le sable, celui-ci, la poitrine encore pansée de sa récente blessure, fonça sur Milos en une diagonale parfaite. L'épreuve changea alors brusquement de nature. Myricus avait toujours recommandé de ne pas gaspiller son énergie en cris et grognements inutiles. « Laissez ça à vos adversaires, disait-il. Soyez silencieux, concentrés et implacables. » Mais Caïus ne pouvait s'empêcher d'émettre des râles sourds. La bouche tordue par la rage, il porta deux coups, les mêmes à chaque fois, vers le bas du corps, et Milos comprit la perversité de ce qu'il cherchait : atteindre la jambe déjà blessée. Il se jeta en arrière pour éviter la lame, roula au sol et, se relevant dans le même mouvement, il brandit ses dix doigts écartés comme des griffes. Puis, par défi, il vissa ses yeux dans ceux de Caïus et cracha entre ses dents à la manière des chats : « Kch-kch ! » L'autre poussa un hurlement de colère et se lança à la poursuite de Milos qui détalait à toutes jambes.

Dans la galerie, tout le monde s'était levé, sauf Myricus, impassible et déterminé à laisser l'épreuve aller à son terme. Dans son élan, Milos percuta la palissade et vit Caïus se jeter sur lui. Il n'eut pas le temps d'esquiver suffisamment le coup. Le sang rougit son avant-bras. Il attendit le « laissez-le ! » de Myricus, mais ce dernier se tut. La terreur l'envahit. Il eut envie d'appeler au secours, mais cela n'aurait servi à rien. Il bondit sur le côté, évitant un second coup, et s'enfuit dans une course effrénée. *Si seulement j'avais mon glaive*, pensa-t-il à cet instant, *je le frapperais à mort, oui, à mort, puisqu'il veut me tuer, lui…*

Il atteignait l'autre bout de l'arène, à peine gêné par Flavius réduit au rôle de spectateur. Le portillon s'ouvrit alors pour la troisième fois, et Basile surgit, l'air farouche. Il fut plus rapide que Caïus et, en quelques enjambées, il avait rejoint Milos, acculé à la palissade. Le coup partit, rapide et précis, et la hanche de Milos se couvrit de sang.

– Laissez-le ! résonna enfin la voix basse de Myricus.

– Excuse… bredouilla Basile agenouillé près de son camarade, j'avais pas le choix… y t'aurait achevé, ce porc ! Y te prenait pour un chat, ça se voyait !

– Merci, souffla Milos. Je crois que tu m'as sauvé la vie.

– Pas d'quoi… C'est normal… Qu'est-ce tu veux, j'ai toujours adoré les bêtes, moi…

Fulgur ne se donna même pas la peine de dissimuler son ravissement en découvrant la blessure de Milos :

– Oh, la belle boutonnière ! Qui te l'a faite, Ferenzy ?

– C'est Rusticus.

– Le bourrin ? Alors estime-toi heureux. D'habitude, il y va plus fort. On voit que vous êtes copains, tous les deux. Allez, viens, je vais te faire une petite reprise.

Il lui administra sans ménagement une piqûre dont il n'attendit même pas l'effet pour commencer son raccommodage. Milos tourna la tête de l'autre côté et serra les dents sous la brûlure de l'aiguille. Puis il sentit peu à peu la douleur devenir plus sourde. Enfin, il n'éprouva plus que les tiraillements désagréables du fil qui coulissait dans les lèvres de la plaie.

– Il t'a déjà parlé de ses frères, le bourrin ?

– Pardon ?

– Rusticus, il t'a jamais raconté ?

– Raconté quoi ?

Milos se rappela les conversations qu'il avait eues avec Basile à l'internat. Celui-ci s'était effectivement présenté comme un « bourrin », mais sans expliquer au juste ce que cela signifiait.

– Non, répondit-il, soucieux de ne plus jouer les carpes devant Fulgur. Il ne m'a rien raconté.

– Dommage. Tu aurais trouvé ça très drôle, surtout la fin. Parce que ça s'est mal terminé pour eux. Très mal. J'aurais pu être un bourrin, moi aussi, tu sais. J'avais toutes les qualités : je suis costaud et j'ai pas inventé l'eau chaude. Le problème, c'est que je préfère être du côté des plus forts. Le voilà le problème.

Fulgur achevait la couture. En entendant le petit claquement du fil qu'on casse, Milos comprit que cette brute venait de sectionner le fil restant avec ses dents, comme on fait quand on vient de coudre un bouton. Il préféra ne pas regarder. Fulgur acheva les soins en aspergeant la hanche de teinture d'iode.

– Voilà ! Tu peux rejoindre ta chambre. T'as l'habitude maintenant. Bientôt il y aura plus de place pour te coudre, toi ! Et n'oublie pas : à la prochaine occasion, si tu as envie de rire un peu, demande à ton ami Rusticus de te raconter tout ça. Demande-lui comment va Faber, par exemple. Tu verras, c'est pas triste.

La « prochaine occasion » ne se fit pas attendre. C'était la fin de l'après-midi et Milos somnolait dans la chambre de l'infirmerie quand la porte s'entrouvrit. La grosse tête de Basile apparut :

– Tu dors ?

– Non, entre.

Basile vint s'asseoir au bord du lit et souleva le drap :

– La vache ! Je t'ai pas raté !

– Ça va, c'est pas grave… le rassura Milos.

– Excuse, mais ch'savais pas où frapper. C'est pas commode de trouver le bon endroit. Je veux dire pas trop dangereux et qui saigne bien. J'ai pensé à la fesse, mais tu tournais pas l'dos, et puis après c'est pas pratique pour s'asseoir…

– Ne t'en fais pas. Tu as très bien visé.

– Caïus est fou de rage contre moi. Y m'a dit que si je me retrouverais face à lui, y m'trouerait la peau. Mais y m'fait pas peur, c'est pas parce qu'il a gagné deux fois… Tiens, regarde ! Un geai !

Le grand oiseau bigarré s'était posé sans bruit sur le rebord de la fenêtre. Il passait tout juste entre les barreaux. On aurait dit qu'il voulait entrer.

– On se connaît déjà, sourit Milos. C'est un visiteur de malade.

Les deux garçons se turent et l'observèrent. Leur pensée était la même : *Tu es libre, toi, oiseau, tu peux aller et venir, tu peux t'envoler par-dessus le grillage et te percher à ta guise sur les arbres de la forêt. Est-ce que tu connais seulement ta chance ?*

Comme s'il avait deviné, le geai se retourna lourdement, prit son envol et disparut.

– C'est qui, Faber ? demanda Milos dans le silence qui suivit.

La bouche de Basile s'ouvrit tout rond :

— Tu connais Faber, toi ?

— Non, c'est Fulgur qui vient de me dire son nom. Qui est-ce ?

Basile baissa la tête. Son front se plissa.

— Faber était le chef des hommes-chevals, murmura-t-il enfin. Not' chef, quoi.

— Et... il lui est arrivé malheur ?

— Oui.

— Ils l'ont tué ?

— Pire que ça...

Milos n'osait plus rien dire. Basile renifla bruyamment, puis il s'essuya le nez et les yeux d'un revers de manche rageur.

— Y z'ont fait pire que le tuer, Ferenzy : y se sont moqués de lui. Je te raconterai, mais une aut' fois. J'ai pas envie, là.

5. *Helen dans la capitale*

Si l'absence de Milos et l'inquiétude qu'elle ressentait ne l'avaient pas taraudée sans cesse, Helen aurait pu se dire qu'elle vivait dans la capitale les plus beaux jours de sa vie. Jamais elle n'avait connu auparavant ce sentiment délicieux de liberté. Être chez soi, avoir son nom sur une porte qu'on peut ouvrir et fermer avec sa propre clef, sortir à sa convenance, sauter dans le premier tramway qui passe et se perdre dans des rues inconnues : elle savourait ces menus plaisirs jour après jour, sans se lasser. Monsieur Jahn lui avait avancé la moitié de son premier mois afin qu'elle puisse se procurer «ce qui lui manquait». Elle acheta un réveille-matin, un bonnet bariolé, des gants de laine, une écharpe et une paire de bottes. Le manteau offert par la femme du docteur Josef, bien qu'un peu démodé, lui donnait chaleur et confort : elle choisit de le garder. Elle dénicha aussi dans une vieille librairie de quartier une dizaine de romans bon marché qu'elle aligna sur l'étagère de sa chambre. «Ma bibliothèque», dit-elle fièrement à Milena.

De ses promenades solitaires en ville, elle rentrait tout étourdie. Elle aimait se fondre dans la foule anonyme qui grouillait aux heures de pointe sur les trottoirs et dans les magasins. *Si tu voyais ce monde, Milos! Les gens foncent et te bousculent sans te voir. On a l'impression d'être une fourmi parmi les millions d'autres. Si tu étais avec moi, il faudrait qu'on se tienne par la main pour ne pas se perdre. J'entre dans les boutiques, les drogueries, les quincailleries, chez les marchands de couleurs… Je farfouille dans les articles. Je les repère pour quand j'aurai davantage d'argent. Comme ce serait bien si tu étais là, mon amour…*

Mais ce qu'elle préférait encore, c'était s'en aller au hasard, de plus en plus loin, et découvrir avec ravissement un nouveau pont, une jolie place, une petite église. Elle allait à pas rapides, serrée dans son manteau, jusqu'à sentir ses jambes fatiguées. Alors, elle s'asseyait dans un tramway ou dans un bus qui la ramenait vers le centre.

Dora avait raison : les gens n'étaient pas très aimables. Ou plutôt, on aurait dit qu'ils se méfiaient les uns des autres. Peu de rires partagés, peu de joyeuses conversations. Ils semblaient tristes, voilà la vérité. Parfois Helen croisait des regards amicaux, mais ils se détournaient aussitôt. Elle apprit vite à repérer les agents de sécurité de la Phalange ainsi que les vigiles, la nuit : des hommes au visage chafouin souvent dissimulés derrière un journal comme dans les mauvais romans policiers, mais dont on devinait facilement que les oreilles travaillaient davantage que les yeux.

Un après-midi, en descendant du tramway, elle trouva dans son manteau une invitation à se rendre à une réunion, et elle crut comprendre qu'il s'agissait d'opposants à la Phalange. Elle se rappela le jeune homme qui avait voyagé à côté d'elle et sans doute glissé le message dans sa poche. Il avait l'air plutôt avenant et sympathique. « Un piège ! s'écria Dora. N'y va surtout pas ! » Et elle lui recommanda de ne jamais parler librement avec des inconnus, même avenants et sympathiques. « Un nouvel ami, quel qu'il soit, doit être présenté par une personne sûre, sinon il faut s'en défier. »

Quelques jours plus tard, alors qu'elle rentrait à pied au restaurant, des cris éclatèrent : « Attention ! La milice ! » Elle n'eut pas le temps de s'écarter et fut renversée par trois hommes armés de matraques qui poursuivaient un grand type dégingandé. Ils le rattrapèrent, le frappèrent. Il tomba au sol et mit en boule ses longs membres maigres pour se protéger, mais ils le rouèrent de coups, à la tête, dans le dos.

— Arrêtez ! cria Helen, pétrifiée d'horreur, tandis que le malheureux se recroquevillait en vain et que les brutes s'acharnaient sur lui. Arrêtez ! Vous allez le tuer !

Elle remarqua que tout le monde fuyait autour d'elle, sauf un jeune homme qui avait relevé très haut sur son visage le col de son pull-over.

— Salauds ! Vous le paierez ! hurla-t-il à son tour et il déguerpit.

Il comptait sur ses jambes pour échapper aux miliciens et il avait raison. L'un d'entre eux le prit en chasse sur une centaine de mètres et renonça.

– J'ai vu ta tête ! nargua le jeune homme en se retournant une dernière fois. J'ai vu vos trois têtes et je saurai vous reconnaître, faites-moi confiance !

Le milicien lui adressa une bordée d'injures et revint vers ses camarades. Helen n'avait pas bougé.

– Un problème, mademoiselle ? cracha-t-il en passant devant elle. Non ? Alors je vous conseille de dégager.

Le lendemain, et sans doute à cause de cet événement, elle n'eut pas envie d'aller se promener seule, et elle proposa à Milena de l'accompagner.

– Tu peux bien abandonner ton Bartolomeo pour un après-midi…

– Ce n'est pas Bart qui m'occupe l'après-midi.

– Ah, et c'est qui alors ?

Milena hésita un peu.

– Si tu me promets de n'en parler à personne…

– Je te promets.

– Alors viens. C'est bien que tu saches, après tout.

Elles s'en allèrent dans les rues qui montaient vers la vieille ville. Le verglas faisait briller les trottoirs et elles s'accrochaient l'une à l'autre pour ne pas glisser. Milena riait toute seule, impatiente de partager son secret. Jamais Helen ne l'avait vue aussi rayonnante et joyeuse. Elle n'en ressentit qu'un peu plus sa propre solitude et sa propre

269

détresse. Une boule de chagrin lui monta à la gorge. Milena perçut le léger raidissement de son amie et comprit aussitôt. Elle s'arrêta et la prit dans ses bras :

— Pardonne-moi.

— Non. Je n'ai rien à te pardonner. Tu as le droit d'être heureuse. Je ne suis pas jalouse.

Une ombre triste passa dans les yeux de Milena.

— Ne crois pas que je sois heureuse, Helen. Je ne pourrai plus jamais l'être, maintenant que je sais ce qu'ils ont fait à ma mère. J'ai bien peur d'être inconsolable. Mais ça ne m'empêche pas d'être *contente* parfois. Voilà, je suis juste contente aujourd'hui. Contente d'avoir Bart, contente d'être avec toi, contente d'aller là où je vais tout de suite…

Comme Helen se contentait de hocher la tête, Milena se détacha un peu d'elle et lui prit les mains :

— Helen ?

— Oui.

— Milos est certainement vivant. Je n'en peux plus de ne pas te le dire.

Helen tressaillit.

— Comment le sais-tu ?

— Par Bart et par Monsieur Jahn. Ils en sont persuadés.

— Comment le savent-ils ?

— Ils te l'expliqueront. Et puis, d'après Bart, si Milos est vivant et qu'il a une chance sur cinquante de s'en tirer, alors il s'en tirera. Il le connaît bien. Garde confiance.

– Il aurait suffi que je revienne une heure plus tôt avec le docteur Josef ! ragea Helen en secouant la tête. Une heure, et je l'aurais sauvé ! Moi aussi, je crois que je resterai inconsolable…

– Tu as fait l'impossible. Allez viens, on va être en retard.

Elles se remirent en route. Un peu plus haut, comme deux femmes les croisaient, Milena prit soin de rabattre sur son visage la capuche de son manteau.

– Sinon elles vont encore penser que je suis un fantôme !

– Ah oui, c'est vrai. Tu ressembles tant que ça à ta mère ? Tu as vu des photos d'elle ?

– Oui.

– Et alors ?

– Alors, c'est moi avec des vêtements et une coiffure d'il y a vingt-cinq ans ! Dora m'en a même donné une où je suis un bébé dans ses bras. Je te la montrerai. Elle est très belle, tu verras.

Dans le quartier le plus excentré de la vieille ville, l'immeuble à la façade décrépie faisait l'angle de deux rues. Les jeunes filles s'engouffrèrent dans l'entrée vieillotte et montèrent un escalier étroit qui sentait la cire.

– Où est-ce que tu m'entraînes ? demanda Helen quand elles arrivèrent au cinquième et dernier étage.

Sans lui répondre, Milena frappa à la porte où ne figurait aucun nom, et Dora leur ouvrit, souriante.

– Tiens, tu nous as amené du public ?

– Il ne fallait pas ?

– Mais si, bien sûr. Tu as bien fait. Entre, Helen, tu es la bienvenue. Et posez vos manteaux là-bas sur le lit.

On avait l'impression d'être dans une maison de poupée dont on aurait retiré la poupée. L'espace était exigu, le mobilier modeste, et les murs entièrement nus sauf une partition de musique punaisée de travers sur le papier peint du salon.

– C'est un manuscrit de Schubert, dit Dora qui avait surpris le regard d'Helen.

– Une reproduction ?

– Non. Un original, écrit de sa main. Tu peux regarder.

Helen s'approcha, incrédule, et considéra la modeste feuille un peu jaunie, les notes jetées comme à la hâte sur la portée et les belles arabesques de l'écriture du compositeur.

– L'encre… On dirait que ça vient d'être écrit… Je n'arrive pas à y croire… C'est un document rare, non ?

– Rarissime, s'amusa Dora.

– Et tu… je veux dire, ça a beaucoup de valeur…

– En vendant cette partition, je pourrais acheter l'immeuble. Et celui d'à côté.

– Ah. Et… tu ne la vends pas ?

– Non. Je suis bête, hein ? Qu'est-ce que tu en penses ?

– Je ne sais pas… répondit Helen, impressionnée.

– Elle a toujours été là. Comme le piano d'ailleurs. Un Steinway ! On se demande comment il est arrivé ici. L'escalier est trop étroit et les fenêtres aussi. C'est un mystère. Un mystère qui me plaît. J'aime imaginer qu'on a soulevé le toit pour le déposer.

— Tu as toujours habité ici, Dora?

— Oh non! Ici, c'était chez mon professeur de piano, une vieille folle géniale et insupportable qui se faisait des inhalations de clous de girofle, et qui me jetait ses chaussures dans le dos quand je jouais des fausses notes. À sa mort, j'ai pu racheter l'appartement. C'était au temps où je gagnais de l'argent en jouant de la musique. Je trouvais ça tout naturel. Je ne savais pas que c'était le paradis. On découvre le paradis quand on le perd, et le nid quand on en tombe. Allez, je fais un thé et on se met au travail.

Helen se déchaussa, s'assit sur un fauteuil à bras, ramena ses genoux contre sa poitrine et ne bougea plus. Dora s'installa au piano, sur un tabouret. Elle retroussa ses manches et secoua ses boucles brunes. Milena, elle, resta debout, une main posée sur le bord du clavier, concentrée comme si elle allait donner un concert. Ses cheveux blonds hérissés augmentaient par contraste la beauté angélique de son visage.

— On y va, Milena. On reprend le 547.

— D'accord. Je suis prête.

Dora plaça les premiers accords avec délicatesse et, quand Milena ouvrit la bouche, ce fut autour d'elle comme à chaque fois : la nature de l'air et des choses s'en trouva modifiée. Helen frissonna de tout son corps.

Du holde Kunst, in wieviel grauen Stunden,
Wo mich des Lebens wilder Kreis umstrickt
Hast du mein Herz…

— Tu es en avance, interrompit Dora, tu es en avance sur le « *Hast du* ». Reprends, s'il te plaît…

Pour Helen, Milena n'était ni en avance ni en retard, mais parfaite. La jeune fille reprit tout de même, docilement, depuis le début. Elle franchit l'obstacle et Dora approuva de la tête : « Voilà, c'est comme ça… » Et son sourire signifiait : « Dis donc, il ne faut pas te répéter dix fois les choses, à toi ! » Helen ressentit cette fierté particulière qu'on éprouve quand un frère ou une sœur, dont on connaît depuis longtemps le don, le révèle enfin au monde. Elle se rappela la cour de l'internat où Milena chantait pour elle autrefois. Cela lui parut si loin. Elle se rappela aussi la question amusée de Paula, la grosse consoleuse : « Comment va ton amie Milena, tu l'admires toujours autant ? » À cet instant-là, elle l'admirait plus que jamais.

Helen était tout autant fascinée par la main droite mutilée de Dora qui courait sur les touches d'ivoire. Parfois, la pianiste devait prendre une minute pour la reposer un peu et masser son poignet douloureux.

— Au-delà de la quinte, j'ai du mal à ouvrir suffisamment les doigts, et pour les passages de pouce, bonjour !

C'était de l'hébreu pour Helen.

— Moi je ne remarque rien, dit-elle en guise de réconfort. Il me semble au contraire que tu joues formidablement bien.

– Ça confirme que tu n'y connais pas grand-chose! répondit Dora en éclatant de rire et en brandissant sa main abîmée. Moi, c'est simple, j'ai l'impression de jouer avec un pied!

Helen estima son éclat de rire un peu trop gai.

– Est-ce qu'il existe des enregistrements d'Eva-Maria Bach? demanda-t-elle soudain.

– Oui. J'en ai un ici, mais Milena ne souhaite pas l'écouter.

– C'est vrai, confirma Milena. Ça me fait peur. Mais puisque Helen est là aujourd'hui, je crois que je vais avoir le courage.

– Vraiment?

– Vraiment.

Dora disparut dans sa chambre et revint avec un disque en vinylite noire dans sa pochette. Elle le tendit à Milena:

– Voilà, je n'ai rien d'autre que ça, et les quelques photos que je t'ai montrées. Ce sont mes trésors. Je les avais cachés dans une valise que j'ai déposée chez une amie avant de quitter la capitale avec Eva. J'ai bien fait. Ils ont pillé l'appartement et tout emporté. Tout. Sauf le piano qui était trop gros! Et tu sais ce qu'ils ont laissé, Helen, ces idiots?

– Le manuscrit de Schubert?

– Exactement! Il était exactement là où tu le vois aujourd'hui: punaisé au mur, bien en vue. C'est la seule chose qu'ils auraient dû prendre s'ils avaient été un peu moins ignares! Je crois que j'en rirai toute ma vie!

Milena fit tourner dans ses doigts la pochette

du disque sur laquelle figurait seulement le dessin d'un bouquet de fleurs mauves. Elle lut à voix basse :

– *Enregistrement de haute qualité... Orchestre symphonique... Contralto : Mlle Eva-Maria Bach...* On l'appelait «mademoiselle»?

– Oui. Elle n'avait pas vingt-cinq ans à l'époque. Ne l'oublie pas. Et elle n'était pas mariée...

– Mais elle m'avait déjà?

– Oui. Tu avais deux ans, je crois. Tu avais de bonnes grosses joues et tu...

– Je ne sais pas si je vais avoir le courage, finalement... Les photos, ça va, mais la voix...

C'est Helen qui prit le disque et qui le déposa sur le phonographe dont Dora avait soulevé le lourd couvercle de bois verni. L'enregistrement «*de haute qualité*» grésillait et crachotait horriblement. Dora régla le volume très bas.

– Mes voisins sont sûrs, mais on ne sait jamais, ils peuvent avoir de la visite...

L'extrait débutait par quelques mesures de violon, et l'attente fut presque insupportable aux deux jeunes filles. C'était comme si Eva-Maria Bach allait soudain pousser la porte de la pièce et entrer. La voix s'éleva enfin, lointaine et paisible :

> *What is life to me without thee?*
> *What is left if you art dead?*

Milena, bouleversée, cacha son visage dans ses mains et ne le montra plus jusqu'à la fin de l'aria. Helen écouta, subjuguée par l'ampleur et l'équilibre du timbre grave de la contralto. Il lui apparut combien son amie était encore jeune en comparaison. Dora souriait, les yeux brillants d'émotion.

What is life, life without thee?
What is life without my love?

– Ça me suffit pour aujourd'hui, murmura Milena à la dernière note. J'écouterai la suite une autre fois…

Les trois essuyèrent leurs larmes en riant d'avoir sorti leurs mouchoirs en même temps.

– Qu'est-ce que tu en penses? demanda Dora, après avoir remis le disque dans sa pochette.

– Je pense que je dois encore travailler beaucoup…

– Tu as raison. On s'y remet, alors?

– On s'y remet.

Quand Helen et Milena quittèrent la vieille ville, on avait déjà allumé les réverbères. Elles coupèrent au plus court par les petites rues en pente et les escaliers de pierre. Comme elles arrivaient sur la place du restaurant Jahn, elles eurent la surprise d'y rencontrer Bartolomeo qui rentrait lui aussi, une immense écharpe noire autour du cou.

– Bart, l'interpella Milena, Helen voudrait que tu lui dises ce que tu sais pour Milos.

– Viens, Helen, dit le jeune homme, on va marcher un peu tous les deux et je t'expliquerai.

Ils laissèrent Milena et s'en allèrent vers le fleuve. Ils suivirent d'abord la berge et s'arrêtè-

277

rent sans le savoir juste devant le banc sur lequel Deux et demi s'était assis avant d'être assommé par le pot d'échappement de Mitaine. La tranquille rumeur des flots accompagnait leurs voix.

— Pardonne-moi de ne pas t'avoir parlé plus tôt, commença Bart, mais je n'arrivais pas à me décider.

— C'est si délicat ?

— Oui. D'abord tu dois savoir ceci : Monsieur Jahn a toujours été persuadé que Milos était en vie.

— Comment en est-il si sûr ?

— Il connaît les gens de la Phalange et leur façon de procéder. S'ils ont emporté Milos aussi vite sur leur traîneau, c'est qu'il n'était pas mort, sinon ils auraient creusé un trou cent mètres plus loin et ils l'auraient jeté dedans. Ils ne sont pas du genre à s'embarrasser du cadavre d'un ennemi.

Au fond d'elle-même, Helen avait toujours pensé la même chose. Et surtout, au-delà des raisonnements, elle avait, chevillée à l'âme, la conviction absolue que son ami était vivant. Elle le sentait de toutes ses fibres. Sinon, comment aurait-elle pu s'adresser à lui comme elle le faisait si souvent, la nuit, le jour, lui confier ses secrets, ses peines et ses bonheurs ?

— Depuis, continua Bartolomeo, Monsieur Jahn en a eu la confirmation par le réseau : Milos est bien vivant. Seulement, la suite est un peu plus inquiétante, et c'est pourquoi je n'arrivais pas à t'en parler.

— Je t'écoute, dit Helen et un frisson la parcourut tout entière.

– Eh bien, s'ils l'ont épargné et soigné, poursuivit Bartolomeo, c'est avec une idée derrière la tête.

– Laquelle ?

– Bon, je vais reprendre les mots de Monsieur Jahn, ce sera plus simple. Ceux de la Phalange méprisent les faibles et les perdants. Ils les éliminent sans scrupule, comme on se débarrasserait des animaux malades d'une portée. Mais ils respectent les forts. Or, pour eux, Milos est fort. Il l'a prouvé en tuant Pastor. Ils ont découvert en plus qu'il était lutteur. Alors ils l'ont soigné, et maintenant ils vont l'utiliser dans leurs combats.

– Dans leurs combats ? répéta Helen, et elle eut l'impression qu'elle se vidait de son sang.

Comment expliquer avec ménagement la barbarie de l'arène et de ses spectacles morbides ? Bartolomeo fit de son mieux, mais malgré tous ses efforts, il n'arrivait qu'à énoncer des choses insupportables : «Non, on ne peut pas échapper au combat.» «Oui, il faut que l'un des deux meure.» «Non, il n'y a pas de grâce, jamais.»

– Les combats d'hiver commencent la semaine prochaine, acheva-t-il pour aller au bout de la vérité. Et Milos en sera…

Un instant, il eut l'espoir qu'Helen le giflerait, pour le punir des horreurs qu'il débitait. Il aurait aimé qu'elle le fasse, tant il se détestait lui-même d'avoir à les dire.

– Qu'est-ce qu'on va faire ? finit-elle par articuler d'une voix faible.

– Je ne sais pas, répondit Bartolomeo. Nous avons bien sûr pensé à le sortir de là, mais il est impossible de seulement s'approcher. Les camps sont gardés par l'armée.

– Alors, il n'y a rien à faire ? pleura Helen.

– Si. Monsieur Jahn dit qu'il ne faut pas perdre courage. Il dit que « ça bouge ».

– Ça bouge ?

– Oui. Le réseau est en effervescence depuis quelques mois. Je suis tenu au secret, je ne devrais pas te le dire, mais tant pis.

– Qu'est-ce que ça veut dire ? Il va y avoir une révolte ? Quand ? Avant les combats d'hiver ? Bart ! Réponds-moi !

– Je ne sais presque rien, Helen. On me confie quelques petites choses parce que je m'appelle Casal et que je suis le fils de mon père, mais j'ai dix-sept ans, tu comprends, pas soixante comme Jahn ! Si j'apprends quoi que ce soit, je te le dirai. Promis !

« Promis ! » Il avait lancé ce mot à la manière de Milos, sans l'avoir voulu. Helen posa son front dans le creux de son épaule. Il était tellement grand. Il lui caressa doucement la tête.

– Il ne faut pas désespérer, Helen. Quand ça allait très mal, il paraît que mon père avait l'habitude de dire, pour réconforter tout le monde : « Ne vous en faites pas, le fleuve est avec nous… »

Ils se retournèrent et virent la quiétude des eaux sombres, dentelées çà et là de remous étincelants. Sur le pont Royal, au loin, les voitures glissaient dans le silence de la nuit tombante.

6. *Les hommes-chevaux*

Quand il entendit frapper trois petits coups à sa porte, Bartolomeo pensa tout d'abord qu'il s'agissait de Milena. Leurs rencontres nocturnes étaient fréquentes et n'avaient d'ailleurs de secret pour personne. Il tendit le bras vers sa montre, et constata, étonné, qu'il était cinq heures du matin. Qu'est-ce qui lui prenait de venir le rejoindre dans sa chambre à cette heure ? D'ordinaire, c'était plutôt le moment où elle regagnait la sienne ! Il se leva en bâillant et entrouvrit la porte. Monsieur Jahn, les mains dans les poches de son lourd pardessus, et coiffé d'un bonnet à fourrure, devina sa surprise. Il esquissa un sourire :

— Habille-toi chaudement et viens. N'allume pas le couloir. Je t'attends en bas.

Bartolomeo, sans songer à discuter, acquiesça et referma la porte sur lui. Il mit son manteau, ses bottes et jeta sa longue écharpe sur ses épaules.

Jahn se tenait dans la pénombre, au fond du restaurant.

— Viens, on va passer par les cuisines.

Afin de ne pas réveiller toute la maison avec

l'ascenseur, ils empruntèrent l'escalier de service et suivirent au sous-sol un couloir que Bartolomeo ne connaissait pas. Ils sortirent par une issue de secours qui donnait sur une ruelle à l'arrière du bâtiment et parcoururent une centaine de mètres dans la nuit. Jahn s'arrêta devant une porte de garage à deux battants. Il l'ouvrit avec une grosse clef.

— Où est-ce qu'on va ? demanda Bartolomeo en découvrant la voiture.

— On va faire un petit tour. Tu ne connais même pas la région, je parie. Aide-moi, s'il te plaît.

Ils poussèrent à deux la lourde berline hors du garage puis tout au long de la rue. À l'angle, ils sautèrent à bord et glissèrent en roue libre dans la pente jusqu'à l'avenue qui longeait le fleuve. Là seulement, Jahn fit tourner la clef de contact pour démarrer le moteur. Ils roulèrent un kilomètre environ avant d'obliquer sur le pont Royal. La lumière jaune des phares anima d'ombres vivantes les dix cavaliers de bronze, et le dernier, gigantesque, sembla vouloir abattre sur eux son épée menaçante. Comme ils traversaient les faubourgs endormis, Bartolomeo caressa des doigts le cuir souple des sièges et les chromes du tableau de bord.

— C'est la première fois que tu montes dans une Panhard ? demanda Jahn.

— C'est la première fois que je monte dans une voiture, répondit Bartolomeo.

Jahn lui jeta un coup d'œil étonné.

— Je suis arrivé à l'internat dans un car quand j'avais quatorze ans et j'en ai pris un autre, de nuit, à dix-sept, quand nous nous sommes enfuis avec Milena, expliqua le garçon, mais c'est tout. Peut-être que j'ai roulé en voiture quand j'étais petit, mais je ne m'en souviens pas.

– C'est vrai, pardonne-moi, s'excusa Jahn.

Le jour pointait quand ils atteignirent la campagne et les champs baignés de brume. Bientôt l'horizon s'agrandit devant eux. Jahn regarda plusieurs fois dans son rétroviseur et ralentit progressivement. Bartolomeo se retourna. Au loin, une voiture noire ralentissait aussi. Il lui sembla que deux hommes l'occupaient.

– Ils nous suivent, soupira Jahn.

– Ceux de la Phalange ?

– Oui.

– Ils vous suivent souvent ?

– Ils essaient. Mais je les repère. Alors je leur fais faire une centaine de kilomètres sur les chemins les plus boueux que je trouve, j'achète un poulet à un paysan et je rentre. Ils sont furieux. J'adore ça.

Bartolomeo ne s'attendait pas à ce genre de facétie de la part du gros homme qu'il ne connaissait que placide et réservé.

– Donc, on va acheter un poulet à un paysan ?

– Non. Je ne t'ai pas réveillé à cinq heures du matin pour ça. Je vais tâcher de les semer.

Ils continuèrent à rouler à faible allure pendant une bonne demi-heure. Derrière eux, la voiture noire calquait sa vitesse sur la leur et restait à distance. À la sortie d'un virage, ils débouchèrent sur un croisement. Alors Jahn accéléra brutalement, fonça tout droit et disparut au bout de la ligne droite avant que ses poursuivants n'aient le temps d'arriver.

– Avec un peu de chance, ils vont croire que j'ai bifurqué.

La manœuvre réussit parfaitement et ils ne virent plus la voiture.

– Nous allons chez les hommes-chevaux, reprit Jahn, un peu plus détendu, on les appelle aussi les bourrins, tu as déjà entendu ce mot-là ?

Bartolomeo revit aussitôt surgir devant lui la silhouette massive de Basile avec ses cheveux en épis et son long visage mal dégrossi. Qu'avait-on fait de lui ? On ne l'avait tout de même pas laissé mourir dans son cachot…

– J'en connais un. C'est lui qui m'a remis la lettre de mon père. Mais il ne m'a jamais expliqué ce qu'étaient les… bourrins, enfin les hommes-chevaux.

– Je vais te raconter ça, soupira Jahn, nous avons tout le temps, il reste une bonne heure de route.

Il alluma un cigare et entrouvrit la vitre de sa portière pour souffler la fumée. Bartolomeo trouva que l'odeur n'était pas si désagréable. Il se sentait bien, serré dans son manteau, à regarder défiler le paysage d'hiver derrière les vitres de la voiture.

– On ne sait pas précisément d'où ils viennent, commença Jahn. C'est un peu comme une grande famille qui aurait toujours été là. Ils sont peut-être cent mille en tout dans le pays. Ils ont en commun d'être courageux, durs au mal et costauds comme des buffles. Seulement, ils sont incapables d'apprendre à lire et à écrire. Ils se marient entre eux, si bien que ça se perpétue de génération en génération… On les employait autrefois aux travaux qui exigeaient de la robustesse, en particulier à transporter les charges dans les rues étroites où les charrettes et les chevaux ne passaient pas, d'où leur nom. Mais ne crois pas qu'ils étaient méprisés. Au contraire, on admirait leur force et leur loyauté. Beaucoup de gens trouvaient même une certaine noblesse dans leurs manières de rustres, tu peux comprendre ça ?

– Je le comprends, je l'ai éprouvé en observant Basile. Il avait l'air buté, mais il était tellement généreux. J'avais l'impression qu'il aurait pu mourir pour me livrer cette lettre.

– Ce n'est pas une impression. Je te jure qu'il l'aurait fait. Quand on confie une mission à un homme-cheval, il est prêt à y laisser sa vie. Et c'est justement pourquoi ceux de la Phalange ont voulu les avoir avec eux quand ils ont pris le pouvoir. Tu parles d'une aubaine : cent mille brutes prêtes à tout démolir dès qu'on leur en donnerait l'ordre. Ils avaient juste oublié une chose.

– Laquelle ?

– C'est que si les hommes-chevaux ont besoin d'un maître, ils aiment bien choisir ce maître. Et si naïfs qu'ils soient, ils ne choisissent pas n'importe lequel.

– Ils ont refusé de servir la Phalange ?

– Comme un seul homme ! On les dit balourds, mais ils savent où se trouvent le bien et le mal. Ton père a été chargé d'établir le lien avec eux. Je n'étais qu'à moitié d'accord. Je trouvais qu'il n'était pas la bonne personne, qu'il était trop impénétrable et ombrageux, alors qu'eux sont primaires et très affectifs. Mais il s'est passé cette chose étonnante : ils l'ont adoré et ils lui ont fait une confiance immédiate et totale. Bref, ils se sont alliés à la Résistance. Ça leur a coûté cher. On a beau être fort, on ne peut rien contre des hommes armés. Beaucoup ont été tués. Les autres arrêtés et traités comme des animaux dans les prisons. Quand tout a été fini, la police de la Phalange a passé un marché avec leur chef qui s'appelait Faber et sur qui ils n'avaient jamais pu mettre la main. On relâcherait tous les hommes-chevaux prisonniers contre sa capitulation publique. Ce Faber avait été choisi comme chef par ses frères-chevaux non parce qu'il était le plus intelligent ou le plus sage, mais tout simplement parce qu'il était le plus fort d'entre eux. Ceux de la Phalange n'imaginaient pas que le malheureux tomberait aussi facilement dans le piège, et dès le lendemain les gardes ont eu la surprise de voir se présenter au portail un immense bonhomme sans cou avec de grands yeux doux, des yeux de cheval, qui leur a dit : « Bonjour, ch'suis Faber, j'me rends… »

Le pauvre bougre avait cru bien faire. Il ne se doutait pas qu'ils allaient l'humilier. Ils l'ont attelé à une charrette sur laquelle se sont installés une dizaine de dirigeants de la Phalange. Il a dû les tirer tout seul, torse nu, dans les rues de la ville, sous les rires et les moqueries.

— Mais je croyais que les gens respectaient les hommes-chevaux.

— La plupart, oui. Mais on s'est rendu compte

qu'il y avait beaucoup de partisans de la Phalange. Ils s'étaient bien cachés jusque-là, et ils
sortaient de l'ombre maintenant que leur combat
était gagné. Ils se sont déchaînés sur Faber avec
la cruauté qu'ont les lâches quand ils n'ont plus
rien à craindre. Dans la rue qui monte vers l'immeuble de la Phalange, quelqu'un l'a même coiffé
d'un chapeau avec des oreilles de cheval. On lui a
craché dessus, on l'a injurié. On l'a traité de bourrin, et le nom est resté.

— Il a tout supporté sans se révolter?

— Tout. Il avait décidé de se sacrifier et il est
allé jusqu'au bout. N'importe quel homme-cheval
aurait fait la même chose. Il s'arc-boutait pour gra-
vir la côte. Il recevait sans broncher des poignées
d'avoine et des seaux d'eau. C'était un homme fier.
Ça lui a coûté beaucoup.

— Mais vous… vous y étiez? Vous avez assisté à
ça? demanda Bartolomeo, conscient du reproche
que comportait sa question.

Jahn marqua le coup.

— J'ai vu passer la parade depuis ma fenêtre,
comme des milliers d'autres, et j'ai eu honte de
ne rien faire. Mais tu dois savoir qu'on avait beaucoup lutté jusque-là, et perdu presque tous ceux
qui nous étaient chers : Eva-Maria Bach, ton père
et des centaines d'autres compagnons… C'était
fini. Ils pouvaient se permettre tout ce qu'ils voulaient, et ils ne s'en sont pas privés.

— Mais ils ont tenu parole? Ils ont libéré les
hommes-chevaux?

— Des mois plus tard. Une fois sûrs qu'il ne restait personne à qui ils pourraient obéir.

— Mais ils ont dû en vouloir à mon père ? C'est lui qui les a entraînés dans ce désastre, non ?

— Ils ne raisonnent pas comme ça. Ils continuent à penser qu'ils ont bien fait. Et puis ton père y a laissé sa vie. On n'en veut pas à un martyr.

— Et Faber ? Ils l'ont relâché, lui ?

— Oui, mais l'humiliation l'a marqué. Il ne parle presque plus, paraît-il. Il s'est retiré dans un village reculé, avec sa famille, enfin ceux qui restent…

— Et c'est là que nous allons ? dit Bartolomeo à voix basse.

— C'est là que nous allons, confirma Jahn.

Ils se turent pendant les kilomètres qui suivirent. Les paysages avaient changé, la voiture serpentait maintenant entre des collines boisées dont les cimes étaient coiffées de brume. Plus loin, ils se faufilèrent entre des rochers gris hérissés de lichen qui ressemblaient à des dos d'animaux inconnus. Bartolomeo entrouvrit sa vitre et respira l'air de la lande, chargé d'humidité. Il avait l'impression qu'ils laissaient derrière eux le monde des hommes et qu'ils entraient dans celui des légendes. Il n'aurait été qu'à moitié surpris de voir surgir un elfe ou un korrigan au détour d'un virage.

— Les hommes-chevaux avaient beaucoup d'estime pour ton père, reprit Jahn. Ils en auront autant pour toi. C'est pourquoi je t'emmène chez eux.

Bartolomeo eut au bout des lèvres la question qui le taraudait depuis un moment : « Qu'est-ce que vous attendez de moi, au juste ? » mais il se retint de la poser. Il allait s'assoupir, bercé par le ronronnement régulier du moteur, quand ils entrèrent enfin dans le village des hommes-chevaux.

Un garçon d'une quinzaine d'années marchait à leur rencontre.

— Basile ! s'écria malgré lui Bartolomeo.

La ressemblance avec son camarade d'internat était criante : même long visage, même nez aplati, mêmes épaules puissantes, mêmes cheveux impeignables.

Jahn s'arrêta à sa hauteur.

— Est-ce que tu sais où habite Faber, s'il te plaît ?

— Ch'sais pas, dit le garçon en fronçant les sourcils. Qu'est-ce que vous y voulez à Faber ?

— Lui parler. Ne crains rien. Nous sommes des amis.

— J'ai pas l'droit… laissa échapper le jeune homme-cheval sans se rendre compte qu'il se trahissait.

— C'est plus haut ? insista Jahn.

— Ben oui…

Ils roulèrent au pas et croisèrent deux enfants qui descendaient en courant, l'un portant l'autre sur son dos.

— C'est incroyable, s'exclama Bartolomeo. On dirait des Basile en miniature !

En haut du village, une jeune fille au même visage long et sans grâce montait à pas lents, un seau d'eau à la main.

— C'est par là, chez Faber ? demanda Jahn, le coude à la portière.

– Oui, euh non… s'embrouilla la fille. Vous êtes qui, vous ?

– Nous sommes des amis. C'est cette maison ?

– Ben oui…

Décidément, il n'était pas difficile de leur tirer les vers du nez.

Jahn gara la voiture un peu plus haut, et ils redescendirent à pied frapper à la porte. Une très grande et forte femme d'une cinquantaine d'années leur ouvrit. Une expression de tristesse émanait de toute sa personne. Elle les fit entrer. Les rideaux étaient tirés et il fallut du temps pour que leurs yeux s'habituent à l'obscurité de la pièce. Un gros chat roux dormait sur une chaise, près de la cheminée. La femme était vêtue d'un tablier de ménagère et coiffée d'un fichu d'où s'échappaient des mèches blanches. Faber était au lit, leur indiqua-t-elle, « mais si vous êtes des amis… »

Elle monta l'escalier de sa démarche pesante. On n'entendit plus rien pendant une bonne minute. Sans doute parlait-elle à voix basse à son mari. Puis elle réapparut en haut des marches, se pencha et demanda par-dessus la rampe :

– C'est comment vot' nom, s'il vous plaît ?

– Je m'appelle Jahn. Il me connaît.

Elle disparut à nouveau et ce fut la même attente silencieuse. Les deux hommes se regardaient sans comprendre. Qu'est-ce qu'ils pouvaient bien se dire, là-haut ? Elle finit par redescendre, lentement, et se planta devant Jahn, les bras écartés en signe d'impuissance :

– Y veut pas vous voir. Y veut voir personne depuis des mois. Y va mal…

– Dites-lui que c'est important, insista Jahn. Dites-lui que je suis avec… Casal.

Elle partit une troisième fois à l'assaut de l'escalier.

– Mais… souffla Bartolomeo, il va penser que…

– Que ton père revient ? Je ne sais pas. L'essentiel est qu'il se lève.

En redescendant l'escalier, la femme hochait la tête. Apparemment, il y avait du nouveau.

– Y vient, annonça-t-elle, et un semblant de sourire se dessina sur sa face débonnaire. Asseyez-vous, en attendant.

Ils prirent place sur les bancs, de part et d'autre de la table. Elle resta debout, à essuyer machinalement ses mains à son tablier. Elle était lourde, mais le plancher n'avait pas grincé tandis qu'elle était à l'étage. Maintenant, au contraire, il gémissait terriblement sous le poids de l'homme qui allait et venait pour s'habiller, et on aurait pu craindre qu'il s'effondre tout à fait.

– Y vient, répéta la femme.

Il y eut le choc sourd d'une chaussure échappée, quelques pas, et deux pieds gigantesques se posèrent sur les premières marches. Deux jambes interminables les suivirent, et quand Faber s'inscrivit tout entier dans l'ouverture de l'escalier, Bartolomeo en eut le souffle coupé. Jamais il n'avait vu un être humain aussi massif. Le torse en particulier était deux fois plus épais que celui d'un homme normal. Les épaules, les bras, les mains, tout paraissait « doublé ». Au-dessus de cette masse énorme, le long visage évoquait la tête d'un vieux cheval triste, avec ses joues tombantes et sa bouche molle.

Il ne regarda pas Jahn une seule seconde. Il marcha lentement vers Bartolomeo et s'arrêta devant lui.

– Tu es Casal ?

Sa voix était incertaine, comme celle de quelqu'un qui s'est tu longtemps.

– Je suis son fils, dit Bartolomeo, troublé.

Pour regarder Faber dans les yeux, il devait renverser un peu la tête en arrière, ce qui ne lui était pas habituel.

– Tu es son fils ? dit Faber, et l'émotion faisait trembler son menton.

– Oui, répéta Bartolomeo.

Alors le géant fit un pas de plus, ouvrit ses bras démesurés et enlaça le garçon. Il le prit contre sa poitrine et le garda ainsi un long moment. Bartolomeo eut l'impression d'être englouti. Blotti contre la poitrine de ce paisible colosse, on avait l'impression que rien ne pouvait vous arriver. Quand il desserra son étreinte, Faber avait les yeux mouillés de larmes. Ensuite seulement, il se tourna vers Jahn et lui tendit la main :

– Bonjour, m'sieur Jahn. Ch'suis content de vous r'voir.

Quelques instants plus tard, ils étaient assis à la table autour d'un pichet de vin. Faber reçut de sa femme un bol de lait. Pendant toute la conversation, il y trempa des morceaux de pain qu'il repêchait avec une cuillère à soupe. Dans sa main, elle semblait appartenir à une dînette d'enfant.

Jahn commença avec prudence :

– Voilà, Faber. Tu dois savoir que du temps a passé depuis qu'ils t'ont fait du mal.

– …

– Et que les choses ont changé aussi depuis quelque temps.

– Ah oui ? Ch'sais pas. J'sors plus. Qu'est-ce qu'a changé ?

– Les gens en ont marre de la Phalange, tu comprends ? S'il y a une révolte, ils seront avec nous.

– Et pourquoi qu'y seraient avec nous ? Y z'ont rien fait quand je tirais la charrette et qu'on me j'tait des saletés.

– Ils avaient peur, intervint Bartolomeo. Peur d'être arrêtés, battus, tués…

– Ça, c'est vrai, approuva Faber.

– Et puis, continua Bartolomeo, ils pensaient que la Phalange n'était peut-être pas si terrible, qu'elle allait mettre de l'ordre dans le pays, qu'il fallait voir. Et maintenant ils ont vu…

– Oui, y z'ont vu que c'était pas bien, compléta Faber qui avait besoin que tous les mots soient dits.

– Exactement, ils ont vu que ce n'était pas bien, et ils nous soutiendront. Est-ce que les hommes-chevaux seront prêts à se battre avec nous ?

Faber laissa tomber sa cuillère sur la table et s'essuya la bouche de sa manche, embarrassé.

– Les hommes-chevaux, y z'aiment pas tuer les gens.

– Personne n'aime tuer les gens ! dit Bartolomeo. Mais il faut bien se défendre. Vous avez vu ce qu'ils vous ont fait, à vous et à votre peuple ? Vous n'avez pas oublié !

Faber le regardait de ses grands yeux mouillés :

– Ch'sais bien, mais on a l'habitude de supporter, nous. On est forts, mais on aime pas s'battre.

– Ceux de votre âge peut-être, mais ça aussi a changé. J'ai rencontré un garçon-cheval à l'internat, et je vous jure qu'il ne fallait pas le chatouiller. Ils ont appris à ne pas se laisser humilier, je vous assure. Nous aurons besoin de votre force, monsieur Faber, de la force de tous les hommes-chevaux. Sans vous, nous serons vaincus une seconde fois.

– Ch'sais pas quoi dire, bredouilla piteusement Faber. Qui est-ce qui nous commandera ?

Jahn, qui se taisait depuis un moment déjà, leva les yeux vers Bartolomeo et lui fit de la tête un signe d'encouragement.

– C'est moi qui vous commanderai, dit alors le garçon d'une voix ferme. Comptez sur moi.

Au moment où il prononçait ces mots, il lui sembla que son père était là, tout près de lui, aussi présent que s'il avait été assis à la table, avec eux. Il eut la conviction qu'il l'entendait et l'approuvait. Sa gorge se serra.

– Je vous commanderai avec Monsieur Jahn. Je reviendrai chez vous le moment venu. D'ici là, retrouvez votre santé et parlez à votre peuple. Ils seront heureux de vous revoir debout, vous savez. Tous devront être prêts le jour venu, et c'est vous, leur chef, qui devez les convaincre, les rassembler. Préparez-les à se battre, monsieur Faber !

À dix-sept ans, Bartolomeo n'avait pas l'expérience nécessaire pour conduire les hommes-chevaux, et il le savait bien. Mais Jahn n'attendait pas cela de lui. Il l'avait amené ici parce qu'il s'appelait Casal, qu'il saurait trouver les paroles justes, celles qui décideraient le grand homme-cheval à sortir de son abattement. Et Bartolomeo les avait trouvées.

— Vous voulez manger un bout d'saucisson ? les interrompit la grosse femme.

— Bonne idée, Roberta, approuva Faber. Vous avez sûrement faim après toute cette route. Vous v'nez de la capitale ?

Ils n'eurent pas le temps de répondre. Un enfant-cheval de huit ans environ entra en trombe, vint s'accrocher au tablier de la femme et lui chuchota quelque chose à l'oreille. La morve lui coulait des deux narines.

— Y a une aut' voiture noire qui monte dans le village, rapporta-t-elle aux trois hommes.

— Il y a qui dans cette voiture, mon garçon ? demanda Jahn.

— Deux m'sieurs maigres, répondit l'enfant, fier d'être interrogé.

Jahn tressaillit.

— Ils t'ont demandé quelque chose ?

— Oui, y m'ont demandé si je vous avais vus.

— Et qu'est-ce que tu leur as répondu ?

— J'ai répondu que j'avais pas l'droit d'rien dire. Après y m'ont dit qu'y me donneraient une pièce si je leur dirais.

— Et tu leur as dit ?

— Non. J'ai dit que vot' voiture noire, elle était pas passée !

Jahn lâcha un juron.

— C'est la Phalange. Je croyais les avoir semés. Ces idiots ont roulé au hasard et ils sont arrivés ici. Il faut qu'on se cache !

— Allez dans la chambre, proposa la femme. Je leur dirai qu'y a personne.

Jahn, Bartolomeo et Faber se dépêchèrent de monter l'escalier, tandis que l'enfant-cheval, radieux, ouvrait sa main :

— Regarde, Roberta, y z'ont été gentils. J'ai rien dit et y m'ont donné la pièce quand même !

La chambre était occupée à moitié par le grand lit défait où Faber reposait encore une heure plus tôt. Le reste du mobilier se composait d'une armoire à laquelle manquait une porte, et d'une chaise à l'assise de paille, sans doute celle qu'utilisait Roberta pour veiller son mari pendant la journée.

Jahn alla à la fenêtre dont il écarta prudemment le rideau. La voiture passa à faible allure sans s'arrêter. Une minute plus tard, elle redescendit avec la même lenteur.

— Ils ont trouvé ma voiture. Maintenant ils cherchent, dit Jahn. Ils demandent la maison de Faber, et ils finiront par trouver. Nous aurions dû aller nous cacher ailleurs.

C'était trop tard. Il y eut des bruits de portières qu'on claque et les coups à la porte. Les trois hommes s'assirent sur le lit afin de ne pas faire grincer le plancher en se tenant debout. Jahn secouait la tête, furieux de mettre Faber dans cette situation, furieux aussi d'y avoir entraîné Bartolomeo. Faber avait pris machinalement son oreiller sur ses genoux, et il le triturait, plein d'inquiétude. Bartolomeo s'efforçait de calmer sa respiration. Ils entendirent, venue d'en bas, la voix craintive de Roberta qui ouvrait :

– Bonjour messieurs.

– Où est Faber ? aboya l'un des deux hommes sans prendre la peine de la saluer.

– Il est pas là, gémit la pauvre femme, terrorisée. Il est parti…

Au cri qu'elle poussa à cet instant, Faber serra les poings. L'idée qu'on maltraite sa Roberta ne lui plaisait pas du tout.

– Il est là-haut ! Va le chercher ! brailla l'homme.

– Là-haut ? Oh alors là, pas du tout ! s'écria Roberta sur un ton tellement faux qu'en d'autres circonstances on aurait pu en éclater de rire. Les femmes-chevaux ne savaient pas mieux mentir que leurs enfants.

– Va le chercher, je te dis !

– Il est malade… se contredit la malheureuse.

Elle ne savait plus que faire pour protéger son mari, et son impuissance la fit pleurer. Elle monta l'escalier en sanglotant.

– Y veulent que tu descendes, bredouilla-t-elle en s'agenouillant devant Faber et en pressant ses mains dans les siennes.

– Ils sont armés ? chuchota Jahn.

La grosse femme hocha la tête. Oui, ils étaient armés. Jahn se sentit désemparé. Se faire prendre en compagnie de Faber et du fils de Casal était une terrible maladresse. La Phalange ne manquerait pas d'en tirer des enseignements sur la reconstitution du réseau. En tout cas, ils seraient

arrêtés, et on saurait employer les moyens néces-
saires pour les faire parler.

C'est alors que Faber pencha son immense carcasse vers sa femme.

— Où y sont ? murmura-t-il.

Roberta ne comprit pas tout de suite ce que
son mari voulait dire, et elle ouvrit de grands yeux
interrogateurs.

— Y sont là ? reprit Faber. Là ? Là ?

Et il montrait du doigt différents endroits du
sol.

— Là, répondit Roberta. Vers la table. Tous les
deux. S'ils ont pas bougé…

Faber se leva lentement, et il fit une chose surprenante : il monta debout sur son lit. Sa tête
heurta le plafond et il dut se courber un peu.

— Y sont là ? demanda-t-il encore une fois en
pointant son index.

— Oui, confirma Roberta, et elle comprit soudain ce qu'il projetait.

— Ça vient ? cria d'en bas celui qui seul avait
parlé jusque-là, et il donna, sans doute avec le
manche d'un balai, deux coups violents au plafond. Il ne se doutait pas qu'il achevait ainsi de se
localiser et qu'il provoquait sa perte.

— Ça vient ! répondit Faber, et il sauta du lit en
levant les pieds aussi haut que possible devant
lui de façon à retomber de tout son poids, fesses
premières. La poutre trop mince céda, et le plancher explosa avec fracas, ouvrant un trou béant
dans lequel Faber disparut. Jahn, Roberta et Bartolomeo sentirent le sol se dérober sous eux, et ils
se collèrent aux cloisons pour ne pas être entraî-

nés à la suite du géant. Le lit hésita un instant, drôlement incliné dans le vide, puis il bascula à son tour dans le gouffre et rejoignit le rez-de-chaussée. Le faible gémissement qu'on entendait encore en bas cessa tout à fait, et il n'y eut plus que le silence.

— Faber ! appela Roberta, et elle se précipita dans l'escalier, Jahn et Bartolomeo à ses trousses. Quand ils arrivèrent, Faber s'était déjà relevé, et il frictionnait avec ardeur son front sur lequel poussait une bosse rosâtre.

— J'les ai écrabouillés… Mais j'ai r'çu le lit sur la tête… T'as rien, ma Roberta ? Y t'ont pas fait de mal au moins ?

Les deux s'embrassèrent maladroitement, et c'était touchant de voir le colosse donner de petits baisers sur le front de sa femme. Les deux miliciens, eux, avaient reçu le ciel sur la tête. Jahn s'approcha d'eux et constata leur piteux état. Le premier gisait sur le ventre, sa jambe gauche repliée sous lui dans un angle effrayant. L'autre, pris entre la table et l'armature du lit, avait la nuque brisée.

— Il faut les faire disparaître, dit Jahn, et il entreprit de fouiller leurs poches pour y trouver les clefs de leur voiture.

Ils allèrent la chercher et la garèrent juste devant la porte. Puis ils dégagèrent les deux corps du fatras de planches où ils étaient empêtrés et les chargèrent sur le siège arrière. En les manipulant, Bartolomeo s'efforçait de ne pas regarder leur visage, mais il ne pouvait s'empêcher de trembler. Faber aida aussi, murmurant sans cesse : « Mon

Dieu, oh mon Dieu, qu'est-ce que j'ai fait ? » Jahn dut le gronder pour qu'il cesse. Roberta, pendant ce temps, s'efforçait de chasser les enfants-chevaux qui venaient assister à cet étrange spectacle, bouche ouverte.

Il y avait à quelques kilomètres du village un étang profond à moitié envahi de roseaux, en contrebas de la route. Ils y conduisirent la voiture et la basculèrent avec ses deux occupants réinstallés à l'avant.

— Un accident, martela Jahn. Tu m'entends, Faber ? Ils ont eu un accident. Personne ne les a vus au village. S'il y a une enquête, il faudra que tout le monde dise ça : « C'est un accident. »

— Ça s'ra un mensonge… grommela le géant.

Jahn le frappa du poing sur la poitrine.

— Oui, mais un mensonge pour vous protéger ! Tu comprends ça ?

— Oui, y me semble que j'comprends.

Dans l'étang, le toit de la voiture achevait de disparaître dans un lugubre gargouillis et déjà les roseaux se relevaient tout autour.

Le voyage du retour se fit sous une pluie battante. L'essuie-glace luttait avec acharnement et on entendait le tapage des gouttes sur la carrosserie. Ils se turent longtemps, choqués par ce qui venait d'arriver. Ce fut finalement Bartolomeo qui rompit le silence.

— Comment était mon père, Monsieur Jahn ? Vous ne m'avez jamais parlé de lui.

Jahn hésita.

— Tu veux la vérité ?

– Oui.

– Ton père était un homme sombre et secret. Je l'ai rencontré souvent, à des réunions clandestines. Je garde le souvenir de ses yeux d'un noir intense. Quand il vous regardait, on avait l'impression qu'il vous fouillait à l'intérieur. C'était très intimidant, et ça lui donnait beaucoup de succès auprès des femmes…

– Il parlait peu ?

– Très peu. C'était un homme taciturne, mais dès qu'il ouvrait la bouche, tout le monde se taisait. Il avait gardé un accent étranger assez fort. Qu'est-ce que je pourrais te dire encore ? Il plaisantait rarement. Je crois qu'il y avait une grande mélancolie chez lui. Une tristesse. Je ne sais pas d'où elle lui venait.

– …

– Ça ne l'empêchait pas d'être dur, aussi.

– Dur ?

– Oui. Peut-être trop… Il n'avait aucune hésitation dès qu'on doutait de la fiabilité d'une personne. Il était partisan de l'éliminer, quitte à se tromper, et il demandait qu'on fasse la même chose avec lui si nécessaire. Il exigeait de participer à tous les coups de force : exécutions de phalangistes, sabotages, opérations-commandos pour libérer des camarades. Il prenait beaucoup de risques. Il était écrit qu'il y laisserait sa vie et il le savait. Souvent je me suis demandé s'il ne cherchait pas l'occasion rêvée de «finir en beauté». Ton père n'était pas un ange, Bartolomeo.

– Il était grand, comme moi ?

– Non. Mince, mais pas très grand. C'est ta

mère qui était grande sans doute. Mais je ne l'ai jamais vue. Je t'aurais déjà parlé d'elle sinon, tu t'en doutes. Je ne te connais pas de famille.

La voiture roulait sous la pluie incessante et projetait des gerbes d'eau des deux côtés de la route étroite. Jahn se taisait maintenant. Bartolomeo se serra dans son manteau. Il n'aurait pas su dire s'il était triste ou heureux, confiant ou désespéré. L'image des deux hommes morts, disloqués comme des pantins et sombrant avec leur voiture dans l'eau sale de l'étang, repassait toujours et toujours devant ses yeux.

7. Un concert

Vers la fin de l'hiver, le froid s'abattit d'un coup sur la ville qui se pétrifia sous un ciel gris sale. Les gens restèrent chez eux autant qu'ils le pouvaient et, dès la mi-journée, les places, les avenues, les boulevards et les parcs ne furent plus peuplés que de grands corbeaux frigorifiés qui venaient se percher par centaines sur les branches nues des arbres. Seul le fleuve puissant résista à cette rigidité. Il ne se laissa pas prendre par les glaces et continua, impassible, à couler ses eaux noires.

Helen renonça pour un temps à ses promenades et passa ses après-midi à lire dans sa chambre. Elle poussait le chauffage du radiateur, se glissait sous ses couvertures et se plongeait dans un roman aimé. Il lui sembla pendant cette période que rien d'important ne pouvait arriver, que le monde s'était figé. Mais elle sentait aussi qu'au creux de cet engourdissement se mouvaient des choses profondes et inconnues d'elle. Comme si la terre endormie couvait dans la chaleur de son ventre une vie secrète et palpitante. Il fallait attendre...

Parfois, le livre lui tombait sur les genoux et elle restait immobile longtemps, les yeux fixés sur une tache du mur ou du plafond, dans une rêverie douloureuse. *Où es-tu, Milos ? J'aimerais tant revoir tes boucles folles, serrer tes larges mains dans les miennes, te parler, t'embrasser. Est-ce qu'ils te traitent bien ? Tu ne m'oublies pas, tout de même ?*

Ces pensées l'accablaient de tristesse, mais elle avait besoin de ces moments passés en compagnie de son amour absent. Elle commença un journal dans lequel elle lui écrivit chaque jour. *Cher Milos, aujourd'hui je suis arrivée en retard à mon service. Je t'explique… Cher Milos, Dora est vraiment impossible. Figure-toi que ce matin…* Elle se contentait de raconter ainsi les menus événements de sa vie. Elle imaginait aussi ce qu'ils feraient plus tard, tous les deux, quand ils seraient ensemble, mais elle ne réussit jamais à l'écrire.

Elle attendit la visite de Bartolomeo qui lui avait promis de l'informer dès qu'il aurait du nouveau. Il ne vint pas. Elle se rassura en se rappelant ce qu'il avait dit au bord du fleuve : « Je sais des choses, mais je n'ai pas le droit de te les dire… » Un jour, Milena lui confia que Bart avait assisté à des *réunions*, mais elle non plus ne pouvait pas en parler.

Un après-midi, elle en eut soudain assez de cette morne somnolence, assez de rester cloîtrée. Elle mit son pull-over le plus épais, son bonnet coloré, s'emmitoufla dans son manteau et sortit. Le tramway ne circulait pas, sans doute le froid avait-il endommagé les machines. Seule sur les trottoirs déserts, elle eut l'impression de marcher dans une ville fantôme. Passant devant l'ancien théâtre, elle s'arrêta et monta prudemment les marches luisantes de verglas. Comment imaginer que quelques années plus tôt Dora avait sans doute gravi ces mêmes marches au bras d'Eva-Maria Bach, toutes deux insouciantes et heureuses ? Sur la porte cadenassée et couverte d'inscriptions obscènes, l'affiche lui apparut. Elle n'eut pas le temps de détourner son regard, et les mots lui sautèrent au visage : *Combats d'hiver… Arènes… Réservations…*

L'illustration, très réaliste, représentait deux glaives noirs sous le faisceau rougeoyant d'un projecteur, l'un triomphal et dégouttant de sang, l'autre brisé dans le sable, vaincu.

Elle vécut les jours qui suivirent dans l'angoisse et l'écœurement. Elle sentit qu'elle allait tomber malade et s'en ouvrit un soir à Dora. Toutes deux, malgré le froid qui brûlait leurs joues, s'en allèrent le long du fleuve, attentives à ne pas être entendues.

– Mais qui va voir ces horreurs, Dora, tu peux me le dire ?

– Pratiquement tous les dirigeants de la Phalange, Helen. Ceux qui désapprouvent sont considérés comme « délicats » et donc soupçonnés de pouvoir trahir tôt ou tard.

– Mais ça ne suffit pas à remplir les gradins ! Il paraît que c'est plein à craquer…

– C'est vrai. Beaucoup de gens y vont.

– Mais pourquoi ?

– Il faut croire qu'ils aiment ça, tout simplement. Ils y vont aussi pour se montrer, j'imagine, et être mieux vus des autorités, faire partie de la famille. Les jeunes garçons y vont entraînés par leur père. Ils doivent prouver qu'ils sont capables de supporter ça sans vomir. Ça tient de l'initiation, au fond, c'est comme un rite de passage dans les tribus primitives. Après ça, ils croient qu'ils sont des hommes.

– Des hommes ? Des barbares, oui… murmura Helen. Ça me décourage.

– Oui. Et pourtant, ils sont nos frères humains, en principe… Je me demande si je n'ai pas davantage d'affection pour les bêtes, parfois.

– Tu crois que quelque chose peut encore arriver ? Les combats sont dans deux semaines. Il me semble que c'est demain. J'ai tellement peur pour Milos. Ça m'empêche de dormir.

– Je ne sais pas, Helen. J'espère. Il faut continuer à espérer malgré tout ce noir autour de nous. Je me souviens que le pire est arrivé en quelques jours, voici quinze ans. Alors je me dis que le meilleur peut le faire aussi. Même si ça ne ressuscitera jamais nos morts.

– Tu crois en Dieu, Dora ?

– J'avais des doutes, avant. Depuis qu'ils m'ont écrasé la main, et qu'ils ont lâché les chiens sur Eva, je n'en ai plus. Mais je ne veux pas en dégoûter les autres… Tu me demandes, je te le dis.

– Mais alors, qu'est-ce qui te donne la force d'être… comme tu es ?

– Comme je suis ?

– Oui. Tu souris toujours, tu sais consoler, tu es drôle…

– On n'a pas besoin de force pour ça. En tout cas pas plus que pour être triste ou cruel, non ?

Je ne sais pas. Ça doit être ma façon de résister. Mais c'est la tienne aussi. On se ressemble, toutes les deux. Pas géniales, mais solides !

Elle éclata de rire et serra le bras d'Helen.

– Qu'est-ce que tu veux : on ne peut pas toutes être des Milena !

– Milena est aussi douée que sa mère, à ton avis ?

– Elle est douée autrement. Sa voix est sans doute moins robuste que celle d'Eva. Moins pleine, si on veut. Mais du coup, elle est plus à l'aise dans les aigus. Et elle a la capacité de trouver des nuances qui te donnent l'impression d'entendre pour la première fois une mélodie que tu connais depuis quarante ans. Tu comprends ?

– Je comprends. Avec elle, c'est toujours la première fois.

– Exactement. Et puis elle a la grâce, et ça je ne sais pas l'expliquer. C'est au-delà de la technique. Peut-être la qualité de son âme… C'est bien mystérieux. En tout cas, je peux te le dire : Milena sera une cantatrice exceptionnelle. Si les petits cochons ne la mangent pas…

Deux miliciens grassouillets, le col de fourrure relevé derrière leur crâne rasé, les croisèrent à pas lents, leur lancèrent un regard torve et disparurent dans la nuit.

– Si les « gros » cochons ne la mangent pas, rectifia Helen à voix basse.

Une dizaine de jours plus tard, elle eut la surprise, en arrivant au restaurant pour y prendre son service du soir, de ne pas trouver Dora.

– Où est-elle ? demanda-t-elle à plus de dix personnes, mais toutes l'ignoraient.

Contre le mur du fond, on avait installé une estrade, sur laquelle un meuble se dissimulait sous un tissu bleu.

– Qu'est-ce que c'est ?

– On ne sait pas.

Personne ne savait rien ce soir-là.

Elle se mit au travail, vaguement troublée par l'absence de son amie. Les clients arrivèrent comme d'habitude à partir de dix-neuf heures, emmitouflés dans leurs écharpes et leurs manteaux d'hiver. En quelques minutes, le brouhaha envahit les deux salles. Helen avait fini par aimer ce ballet quotidien des filles en tabliers bleus, la complicité entre elles, le défi chaque jour renouvelé de résister à la vague des ventres affamés, de servir, desservir, nettoyer et rendre enfin le restaurant à son calme premier.

Elle se disait qu'elle parviendrait sans doute à autre chose dans sa vie, mais qu'en attendant, elle devait à Monsieur Jahn d'être parfaite dans la tâche qu'il lui avait confiée. Que serait-elle devenue sans lui ? Sans le docteur Josef, sans Mitaine ? Tous ceux-là constituaient les maillons d'une chaîne secrète, elle le devinait. Combien parmi les ouvriers et les ouvrières assis à ces tables partageaient le même espoir ardent que la liberté revienne, qu'on puisse à nouveau se parler, chanter, rouvrir le théâtre ? En trois mois passés au restaurant, Helen n'avait jamais entendu une seule parole de révolte. Un silence assourdissant ! Mais peut-être suffisait-il que quelqu'un ose le premier pour qu'à sa suite tout le monde se lève et ouvre son cœur ?

Elle venait d'apporter le dessert sur une table, un plateau de petits bols remplis de fruits au sirop, quand elle entendit le tintement derrière elle. Elle se retourna. Monsieur Jahn se tenait debout sur une chaise, mal à l'aise. Son gros ventre poussait sans élégance sa veste boutonnée. Il s'efforçait d'obtenir le silence en tapant avec une cuillère sur le bord d'un verre.

– S'il vous plaît ! S'il vous plaît, mes amis !

Il était rare de voir Monsieur Jahn se mettre en avant. Il fallait que la raison soit grave, et la curiosité se lut sur les visages.

– Mes amis, écoutez-moi s'il vous plaît…

Avant qu'il ne parle, Helen eut encore le temps de noter qu'une dizaine d'hommes forts s'étaient campés à la porte d'entrée, bras croisés sur la poitrine. Leurs longues têtes, leur absence de cou et leur torse massif ne laissaient aucun doute : des hommes-chevaux. Elle n'en avait jamais vu, et elle fut impressionnée par leur terrible masse physique.

– Mes amis… commença Jahn.

Dans les cuisines, au même moment, on se détendait un peu après le coup de feu habituel. Maintenant qu'on avait envoyé les derniers desserts, les commandes s'étaient tues, et on commençait déjà à remettre de l'ordre et à nettoyer les fourneaux. C'était le moment pour Lando, le chef cuisinier, de donner son récital quotidien. Sans interrompre son travail, il entonna joyeusement un air d'opéra. La justesse n'y était pas toujours, mais la puissance, oui. Il termina, rouge pivoine, sur une note finale retentissante, et salua comme une diva sous les applaudissements et les rires.

Penchée sur l'un des immenses bacs en zinc de l'évier, Milena était à la plonge avec deux de ses camarades. Toutes les trois plaisantaient, mais Milena avait hâte d'en finir et d'aller manger à la cantine. Elle crevait de faim. Bartolomeo devait y être déjà, lui.

– Kathleen, on te demande en salle !

Au début, il fallait qu'on l'appelle deux ou trois fois avant qu'elle réagisse à son nouveau prénom. Maintenant, elle s'y était accoutumée, et elle se retourna aussitôt.

– En salle ? Qu'est-ce qu'on me veut ?

Le garçon écarta les bras en signe d'ignorance.

– On te demande.

– Qui me demande ?

– Monsieur Jahn.

Elle ôta ses gants de caoutchouc et suivit le garçon. Quelque chose lui échappait. Le gros homme lui avait toujours formellement interdit de se montrer là-haut, et voilà que lui-même l'y appelait. Et à une heure où il devait y avoir beaucoup de monde encore. Elle monta l'escalier, étonnée du calme inhabituel qui régnait à l'étage, et poussa un battant de la porte. Jahn l'attendait derrière. Sans attendre, il la saisit par le bras, comme s'il craignait qu'elle ne s'enfuie à toutes jambes :

– Viens.

Elle se laissa entraîner, ébahie, tournant la tête

310

à droite et à gauche. Son regard ne rencontra que des yeux intenses qui la dévisageaient. Les clients de la deuxième salle étaient venus s'ajouter à ceux de la première, si bien qu'on pouvait tout juste se frayer un passage entre les bancs. Milena ne ressentait aucune crainte, mais plutôt une immense stupeur. Elle flotta ainsi jusqu'au fond de la salle. Au pied de l'estrade, Dora l'accueillit, souriante.

— Viens avec moi.

Elles montèrent trois marches et se retrouvèrent sur la scène. Un garçon bondit derrière elles et tira sur le tissu bleu, découvrant un piano droit, bien insolite en ce lieu. Jusque-là, Milena n'avait eu ni le temps ni le réflexe de s'opposer.

— Qu'est-ce qui se passe ? bredouilla-t-elle, mais elle avait déjà peur de comprendre.

— C'est un concert, ma belle, répondit Dora. Je vais jouer du piano et toi tu chanteras. On sait faire, non ?

L'accompagnatrice avait mis une jolie robe crème. Une fleur rouge flamboyait dans le noir de ses cheveux bouclés. Sans attendre, elle s'assit sur le tabouret et plaqua un accord joyeux.

— Vous auriez pu me prévenir… se défendit encore Milena.

— Désolée, on a oublié…

Milena vit qu'il n'y avait pas d'autre issue pour elle que de chanter. Elle prit sa place habituelle, debout près de son amie, la main droite posée sur le côté du piano, et elle ne bougea plus, persuadée qu'aucun son articulé ne pourrait sortir de sa gorge. Elle osa cependant regarder la salle où on avait laissé un peu de lumière et elle réalisa qu'elle se trouvait pour la première fois de sa vie devant un vrai public.

Beaucoup de gens lui adressaient des sourires encourageants et leur bienveillance la toucha. Elle reconnut Bartolomeo, assis sur le dossier d'une chaise, près de la fenêtre, au milieu de ses camarades. Il agita deux doigts vers elle. *Dommage*, se dit-elle, *que je ne puisse pas leur faire plaisir, je n'y arriverai pas.* Le silence était total maintenant et l'attente à son comble.

— Schubert, le 764… annonça Dora à voix basse, mais, au moment où elle allait jouer le premier accord, elle s'interrompit et fit à Milena un geste discret de la main. La jeune fille ne comprit pas.

— Qu'est-ce qu'il y a ? murmura-t-elle.

— Ton tablier… souffla Dora. Enlève ton tablier de cuisine…

Se rendant compte de sa tenue un peu singulière pour une cantatrice, Milena ouvrit la bouche avec une expression tellement catastrophée que les spectateurs éclatèrent de rire. Dans sa hâte à dénouer son tablier blanc, elle ne fit que serrer davantage le nœud qui était dans son dos, et elle dut appeler Dora au secours. Seulement Dora n'y arriva pas mieux. Et plus elle s'escrimait en vain pour démêler le cordon, plus on riait. Cela dura une interminable minute, au bout de laquelle Milena ne put s'empêcher de rire à son tour, et elle offrit enfin aux gens son visage lumineux. À cet instant, tous ceux qui avaient connu Eva-Maria Bach furent bouleversés. Ils reconnurent les yeux clairs et rieurs de celle qu'ils avaient tant aimée autrefois, son sourire généreux, sa joie de vivre. Ne manquaient que les longs cheveux blonds.

– Schubert, le 764, répéta Dora, et cette fois, ce fut le bon départ.

Jamais sans doute Milena n'avait chanté aussi mal. Il lui sembla qu'elle accumulait sans en oublier une seule toutes les erreurs qu'elle avait patiemment corrigées les unes après les autres pendant les dizaines d'heures de travail. Elle était en avance, elle était en retard, elle inversait les paroles, sa voix bougeait sans cesse. À la dernière note, elle se retourna vers Dora, les larmes aux yeux, furieuse contre elle-même. Mais elle n'eut pas le temps de se désoler. Les applaudissements éclatèrent, et ils s'étaient à peine tus que son accompagnatrice enchaînait sur un autre *lied*. La suite se passa mieux. Elle éprouva peu à peu une assurance nouvelle. Une paix intérieure descendit en elle, et sa voix se déploya enfin, ample et sereine.

Helen, assise sur une fesse à l'extrémité d'un banc, retenait son souffle au fond de la salle. À ses côtés, un homme d'une cinquantaine d'années hochait doucement la tête et contenait mal son émotion.

– Elle chante presque aussi bien que sa mère, cette petite. Ah, si vous aviez entendu notre Eva, mademoiselle… Quand je pense à ce qu'ils lui ont fait, ça m'dégoûte.

Une bousculade et quelques jurons étouffés les firent se retourner. À la porte d'entrée, les hommes-chevaux maîtrisaient un homme qui cherchait visiblement à quitter la salle.

– On sort pas… affirma posément le plus grand en décollant le type du sol. C'est m'sieur Jahn qui l'a dit.

Puis il le redéposa à sa place et lui appuya sur les épaules pour l'y maintenir, comme on aurait fait avec un enfant turbulent.

Le calme revenu, Dora et Milena interprétèrent encore quatre *lieder*. Helen reconnut le dernier, que son amie avait travaillé devant elle en répétition.

Du holde Kunst, in wieviel grauen Stunden,
Wo mich des Lebens wilder Kreis umstrickt
Hast du mein Herz…

modula-t-elle, et les gens lui firent l'offrande de leur recueillement. On perçut les moindres inflexions de sa voix, jusqu'au bruit infime de son ongle sur le bois du piano, dans une pause. Et lorsque la dernière note eut résonné, il y eut un silence que personne n'osa rompre.

– *Dans mon panier…* chuchota Dora et elle joua deux mesures de la mélodie.

Les visages s'illuminèrent. *Dans mon panier!* Milena allait chanter *Dans mon panier!*

On avait depuis longtemps oublié l'auteur de cette chansonnette naïve et toute simple qui se chantait avec lenteur, à mi-voix, sans brusquerie. Elle avait traversé les siècles, légère et mélancolique, sans que personne ne cherche à comprendre ce qu'elle signifiait. Dieu sait pourquoi, la Phalange s'était mis en tête qu'elle possédait un sens caché, et qu'il convenait donc de l'interdire.

C'était bien entendu le meilleur moyen d'en faire le petit air porte-bonheur de la Résistance, de la même façon que le cochon géant Napoléon en était devenu la mascotte. Nul ne saurait jamais ce qu'il y avait dans ce fichu panier. On savait seulement ce qu'il n'y avait pas, et c'est sans doute ce qui excitait la rage des phalangistes.

Dans mon panier, commença Milena,
Dans mon panier, il n'y a pas de cerises,
Mon prince,
Pas de cerises vermeilles,
Ni d'amandes, non.
Il n'y a pas de mouchoirs,
Pas de mouchoirs brodés,
Ni de perles, non.
Non plus peine et chagrin, mon amour,
Non plus peine et chagrin...

Les premières à reprendre la mélodie furent quelques femmes, timidement. Puis il y eut la basse d'un homme au fond de la salle. Qui se leva d'abord ? Ce fut impossible à savoir, mais en quelques secondes, toute la salle fut debout. Seul resta assis celui qui avait voulu s'en aller quelques minutes plus tôt. Le même homme-cheval qui lui avait barré la route l'empoigna par le col de sa veste et le contraignit à faire comme ses voisins. Chacun se contenta de chanter mezza voce, ajoutant simplement sa voix aux autres, sans la forcer. Les paroles enfantines de la chanson montèrent comme une rumeur sourde venue de la terre.

Dans mon panier, il n'y a pas de poule,
Mon père,
Pas de poule qu'on plume,
Ni de cane, non.
Il n'y a pas de gants de velours,
Pas de gants bien cousus, non.
Non plus peine et chagrin, mon amour,
Non plus peine et chagrin.

Helen n'en revint pas : autour d'elle, des dizaines d'adultes tiraient leurs mouchoirs et les larmes coulaient sur les joues. Pour une chansonnette! Tandis qu'elle applaudissait de toutes ses forces, elle sentit aussi sa gorge se nouer. *Ne t'en fais pas, Milos! On arrive! Je ne sais pas comment, mais on va te sortir de là!*

Le concert était fini. Monsieur Jahn monta sur la scène, offrit un bouquet de fleurs à chacune des deux artistes et les embrassa. Elles descendirent, tandis que des hommes emportaient déjà le piano et commençaient à démonter l'estrade. Helen aurait bien voulu féliciter ses amies, mais elle ne réussit pas à les approcher tant la cohue autour d'elles était dense. Quand tout le monde eut quitté la salle, un peu plus tard, elle acheva le ménage et le rangement avec ses camarades. Il était minuit passé lorsqu'elle put enfin rejoindre sa chambre.

Au passage, elle frappa à la porte de Milena, mais celle-ci ne répondit pas. Elle redescendit deux étages et alla frapper à celle de Bartolomeo. Là non plus, il n'y avait personne. Elle alla se coucher et guetta en vain jusqu'au milieu de la nuit le bruit des clefs dans la serrure voisine. Vers quatre heures du matin, il lui sembla qu'un coup de feu avait claqué dehors. Elle se leva, se percha sur sa chaise et ouvrit la lucarne. Un froid glacial lui cingla le visage. Des voitures passèrent à vive allure sur le pont Royal. Il y eut encore des coups de feu, des éclats de voix, au loin, puis ce fut le silence. Helen se recoucha, pleine d'angoisses et d'espoirs mêlés.

Au petit matin, elle fut réveillée en sursaut par le fracas d'une porte qu'on enfonçait à coups de pied. Elle se redressa, terrifiée, pensant qu'on essayait d'entrer chez elle, mais les hommes se ruèrent dans la petite chambre de Milena, à côté. La mise à sac fut violente mais rapide, il n'y avait pas grand-chose à prendre ni à casser. Dès qu'ils furent repartis, elle se leva et retrouva dans le couloir cinq autres filles en chemise de nuit. Elles considérèrent, muettes d'horreur, les livres de Milena en vrac sur le sol, ses étagères brisées, ses bibelots piétinés, ses partitions déchirées.

– Ça fait peur… hoqueta la plus jeune des filles en serrant un coussin contre sa poitrine, comme pour se protéger.

– Il paraît que la révolte a commencé cette nuit, dit une autre.

– Comment tu le sais ?

– Vous n'avez pas entendu les coups de feu ? Et puis Monsieur Jahn a disparu.

– Quand ça ?

– Hier soir. Il est parti avec Kathleen, et avec le grand garçon qui sort avec elle.

– Bartolomeo ? Ils sont partis ? bredouilla Helen. On ne m'a rien dit à moi!

– À moi non plus, répondit la fille. Mais ma chambre donne sur la rue de derrière. C'était juste après le concert, j'ai regardé par la fenêtre et je les ai vus monter dans deux voitures.

– Deux voitures ? Une suffisait, non ?

– Non, il y avait d'autres personnes. J'ai reconnu Lando, le chef cuisinier, et aussi les hommes-chevaux qui gardaient l'entrée de la salle. Ils sont tous partis ensemble.

– Où ça ?

– Comment veux-tu que je le sache ?

– Bien sûr. Excuse-moi…

Helen resta seule dans la chambre de Milena pour remettre un peu d'ordre. Parmi les partitions déchirées, elle tomba sur celle du *Petit Panier* dans lequel il n'y avait rien. Elle l'emporta avec elle dans sa chambre et la glissa dans la poche intérieure de son manteau.

Puis elle se remit au lit pour attendre au chaud que le jour se lève.

8. Bartolomeo Casal

Les deux voitures franchirent ensemble le pont Royal et filèrent dans la nuit glacée en direction de l'est. Jahn ouvrait la marche au volant de sa lourde Panhard. À ses côtés, un jeune homme-cheval, embarrassé de ses longues jambes, triturait sa casquette sur ses genoux.

– Ch'suis vot' garde du corps, m'sieur Jahn, c'est bien ça ?

– C'est ça. Comment t'appelles-tu ?

– J'm'appelle Jocelin.

– Eh bien, Jocelin, tu dois me protéger en cas de coup dur, moi et ceux qui sont derrière.

– D'accord, m'sieur Jahn. J'vous protégerai.

Il n'eut pas besoin d'en dire davantage, ses poings lourds comme des enclumes, qu'il souleva légèrement pour les montrer, parlaient pour lui.

À l'arrière de la voiture, Milena, Bartolomeo et Dora se serraient frileusement les uns contre les autres. Avant de partir, Milena avait tout juste eu le temps de courir à sa chambre pour y prendre ses affaires.

– Dépêche-toi, avait dit Jahn. On s'en va d'ici pour quelque temps.

En jetant dans son sac ses vêtements et quelques objets auxquels elle tenait, elle avait pensé qu'on allait peut-être la promener de lieu en lieu, et la faire chanter devant d'autres publics. Cela ne lui aurait pas déplu. Le plaisir éprouvé dès son premier concert contenait la promesse de grands bonheurs futurs. Mais il ne s'agissait pas de cela. Au contraire. Dès qu'il fut sorti de la ville et certain que personne ne le suivait, Jahn expliqua aux deux jeunes femmes qu'elles devraient se cacher, encore se cacher. Éviter à tout prix de tomber entre les griffes des barbares. Il connaissait un endroit sûr, et elles resteraient là aussi longtemps qu'il le faudrait.

– À quoi bon avoir donné le concert, alors ? demanda Milena, sans pouvoir cacher sa déception.

– À quoi bon ? reprit Jahn en riant. Tu sais ce qui va arriver dès cette nuit ?

– Non.

– Il va arriver que les centaines de personnes qui vous ont entendues, Dora et toi, vont le répéter à des centaines d'autres qui vont elles-mêmes le répéter à des milliers. Elles vont dire que Milena Bach, fille d'Eva-Maria Bach, a chanté pendant une heure, accompagnée par Dora. Ils vont dire que tout le monde s'est levé pour reprendre *Le Petit Panier*. Demain, la nouvelle se répandra dans le pays entier, dans les villes, dans les villages, jusqu'aux maisons les plus isolées. En chantant, tu as soufflé sur la braise, tu comprends ? Les gens vont sortir de leurs cachettes, et ils vont jeter sur le feu des brindilles, des branches. Ils vont en faire un brasier qui va devenir un incendie. Voilà ce qui va arriver, Milena.

La jeune fille resta muette. Elle avait du mal à imaginer qu'elle ait pu à elle seule déchaîner pareille fureur.

— Pourquoi est-ce que vous ne m'avez pas prévenue que j'allais chanter ? demanda-t-elle.

— Cela faisait partie des secrets de la Résistance, et même si tu étais concernée de très près, tu n'avais pas à le savoir. Tu es vexée ?

— Je ne sais pas. Un peu. Ça veut dire qu'on a pensé que je ne saurais pas tenir ma langue, contrairement à Dora. Je ne suis pas une petite fille, quand même. Enfin qu'importe. De toute façon, j'aurais été morte de peur si je l'avais su à l'avance.

— Tu vois…

Ils roulèrent une heure environ dans la campagne, puis suivirent une route rectiligne qui traversait une forêt de sapins. Dora, morose, regardait les arbres sombres défiler dans la lumière des phares. À un croisement, la deuxième voiture, conduite par Lando, le chef cuisinier, donna un bref coup de klaxon et s'arrêta. Jahn fit de même vingt mètres plus loin. Milena se retourna et vit deux hommes-chevaux descendre du véhicule et pousser devant eux un homme coiffé d'une cagoule.

— C'est le phalangiste qui a tenté de sortir pendant le concert, expliqua Jahn.

— Ils vont lui faire du mal ? demanda Milena.

– Non. C'est ce qu'il croit, lui, sans doute, et il doit être mort de peur. Il pense qu'on va l'exécuter, mais c'est dans leurs manières à eux, pas dans les nôtres. On va juste l'abandonner ici. Un peu de marche à pied lui fera du bien, et il n'est pas près de pouvoir alerter ses petits copains, puisque le prochain téléphone est à plus de trente kilomètres.

Les deux voitures repartirent. Le phalangiste les suivit du regard, sa cagoule à la main, stupéfait d'être encore en vie.

Milena posa sa tête sur l'épaule de Bartolomeo. Ils roulèrent à travers la forêt, puis au milieu de champs couverts de brume. Elle allait s'endormir quand ils atteignirent un village qui alignait tristement ses façades de brique dans la pénombre. Tout au bout de la rue, Jahn rangea sa voiture devant une maisonnette semblable aux autres.

– Vous êtes arrivées, mesdames.

Ils descendirent tous, sauf Jocelin, le jeune homme-cheval, qui préféra rester à surveiller la rue, et ils furent saisis par le froid mordant. Une brique du mur était descellée, à droite au-dessus du chambranle. Jahn se haussa sur la pointe des pieds, la délogea, passa sa main dans le trou et en retira une grosse clef de cave. La porte s'ouvrit en grinçant sur une pièce exiguë au mobilier vieillot et bancal. Une ampoule unique pendait au bout de son fil. Dora passa son doigt sur la poussière d'une chaise et fit la grimace.

– Quel luxe ! Il ne fallait pas ! Tu as vu, Milena, comme c'est beau la vie d'artiste ! Quel hôtel somptueux! Quel confort! C'est combien d'étoiles ici?

— Vous ne resterez pas longtemps, dit Jahn, un peu gêné. Et surtout vous y serez en sécurité. Dans ce village, il n'y a que des partisans.

— Parfait. Et si on s'ennuie, on fera le ménage. À vous les fusils, à nous les balais, c'est ça?

Milena, qui la connaissait bien désormais, devina combien elle était furieuse.

— Dora, ne crois surtout pas que... commença Jahn, mais la jeune femme ne lui laissa pas le temps de continuer.

— Je ne crois rien du tout! répliqua-t-elle en le fixant droit dans les yeux. Je sais seulement une chose : il y a quinze ans, Eva et moi nous sommes cachées comme si nous avions honte d'être nous-mêmes. Nous avons voyagé sous des couvertures puantes, nous nous sommes lavées un soir sur trois, nous nous sommes terrées comme des insectes. Pour arriver à quoi au bout du compte? À être prises. Moi martyrisée et elle tuée. Désolée, Jahn, je n'ai pas l'intention de rejouer la même pièce. Le rôle ne me convient pas.

Jahn n'avait pas l'habitude qu'on s'oppose à lui, et il resta muet devant cette femme en colère qui marchait déjà vers la porte pour s'en aller.

— Je ne reste pas dans ce trou! reprit-elle. Et Milena non plus. Nous ne sommes pas des potiches qu'on sort pour faire beau et qu'on remet dans le placard une fois que les visiteurs sont partis.

— Je voulais seulement vous éviter les risques, argumenta Jahn d'une voix calme. Vous êtes précieuses pour la cause, tu le sais bien.

— Te fatigue pas, Jahn, trancha Dora, je t'aime bien mais il est inutile de continuer, la discussion est close. Viens, Milena.

Bartolomeo fut partagé entre la stupeur et l'admiration. Il n'avait jamais entendu quelqu'un s'adresser à Monsieur Jahn avec une telle virulence.

Après cet éclat, l'atmosphère dans la voiture fut bizarrement beaucoup plus joyeuse et détendue. Comme si la colère de Dora avait fait du bien à tout le monde. À elle-même d'abord, qui la gardait sur le cœur depuis longtemps. À Jahn aussi, qui en avait assez des secrets et du silence obligé. À Bartolomeo et Milena enfin, qui allaient pouvoir rester ensemble et se battre.

Les deux hommes répondirent librement aux questions, ils évoquèrent les centaines de réunions qui s'étaient tenues ces derniers mois dans les caves, les garages, le travail souterrain de milliers de partisans invisibles mais déterminés. Ils révélèrent qu'on n'attendait plus que le signal de la révolte, que c'était une question de jours maintenant.

Les deux voitures avaient fait demi-tour, puis obliqué vers le nord. Bartolomeo reconnut bientôt le paysage de lande et les dos moussus des rochers. Le temps leur parut court jusqu'au village des hommes-chevaux.

Faber et son épouse avaient veillé jusqu'à cette heure tardive pour accueillir leurs visiteurs. Désolés d'avoir si mal reçu la fois précédente, ils tenaient à se rattraper, et ce fut réussi. Roberta portait une ravissante robe à fleurs et s'était coloré les lèvres de rose. Son mari, méconnaissable, paradait dans un costume que deux hommes normaux auraient à peine rempli. Les dents du peigne avaient tracé des sillons luisants dans ses cheveux noirs.

En voyant apparaître l'immense homme-cheval, Milena eut la sensation qu'elle se trouvait soudain dans une de ces histoires qu'elle avait lues, petite, où des géants pacifiques tenaient des enfants assis dans leur main. Bartolomeo n'avait pas pu s'empêcher de lui raconter comment Faber avait écrabouillé les phalangistes dans sa cuisine. Elle avait douté, mais maintenant qu'elle voyait le colosse devant elle, ainsi que le plafond refait à neuf au-dessus de leur tête, il fallait bien qu'elle y croie. Jahn fit les présentations. Dès qu'il eut dit que Milena était la fille d'Eva-Maria Bach, Roberta joignit les mains en gémissant :

— Comme elle lui ressemble ! Oh, mon Dieu qu'elle lui ressemble ! Vous savez chanter aussi, mademoiselle ?

— J'apprends, répondit modestement Milena, ce qui amusa beaucoup ceux qui l'avaient entendue quelques heures plus tôt.

Ils s'assirent autour de la table, aussi neuve que le plafond, et Roberta apporta de la bière. Faber distribuait des sourires, ravi d'avoir tout ce monde chez lui. La lente résurrection du grand homme-cheval était accomplie, et sa métamorphose faisait plaisir à voir.

— Alors, Faber, l'interpella Jahn, est-ce que tu as réussi à rassembler tes hommes ?

— J'crois qu'oui, m'sieur Jahn. Y sont regroupés un peu partout dans le pays, prêts à se bagarrer. Y en a beaucoup ici dans le village. Combien, ch'sais pas, mais y en a beaucoup. Vous les verrez demain matin.

Lando, le chef cuisinier, souleva ensuite un problème particulier : comment acheminer tous ces combattants jusqu'à la capitale le moment venu ? Aucun d'entre eux ne savait conduire.

— Le mieux, c'est d'marcher, répondit Faber. Les jambes tombent pas en panne. Y faut trois jours, c'est rien.

— Trois jours, c'est beaucoup trop, grommela Lando.

— Non, Faber a raison, intervint Bartolomeo. S'ils marchent dispersés, ils seront plus insaisissables que dans des cars ou des voitures. Il y en aura sur tous les chemins, toutes les routes, venus du nord, du sud, de partout. Et la population se joindra à eux, j'en suis sûr. Ça sera comme une marée humaine qui convergera vers la capitale. La Phalange ne pourra pas intervenir partout. Elle sera débordée.

Il continua ainsi à décrire l'avancée irrésistible des hommes-chevaux et le ralliement de tous les autres combattants de la liberté. Ses yeux noirs brillaient d'une fièvre ardente. Milena regarda son amoureux avec admiration. Du haut de ses dix-sept ans, il osait contester les arguments des adultes, et ceux-ci le traitaient comme leur égal.

— Je leur parlerai, demain, continua-t-il, sans attendre qu'on lui donne raison. Je leur expliquerai et ils m'écouteront.

– Oui, confirma Faber. De toute façon, ils attendent que tu leur parles, Casal.

Jahn prit à son tour la parole, et peu à peu Milena s'aperçut qu'elle ne comprenait plus rien à ce qu'il disait. Les mots résonnaient épouvantablement dans sa tête, vides de sens. Elle eut un éblouissement et ne reprit connaissance que dans les bras puissants de Roberta qui l'allongeait sur le banc en poussant les hommes.

– Elle est toute blanche, cette petite ! Est-ce qu'elle a seulement mangé quelque chose ?

On se rendit compte qu'en effet Milena n'avait rien mangé la veille au soir, pas plus que Dora d'ailleurs. La journée de travail, les émotions du concert, la route, le froid et un verre de bière dans son estomac vide avaient eu raison de sa résistance.

– Bandes de brutes ! pesta la grande femme-cheval en coupant une tranche de gâteau, vous voulez faire la révolution, et vous voyez pas une jeune fille qui tourne de l'œil sous vot' nez ! Mlle Bach, en plus ! Ah, j'vous retiens !

L'incident marqua la fin de la soirée. On répartit les visiteurs dans les maisons alentour. Milena et Dora, enfin restaurées, eurent droit à l'immense lit conjugal des Faber qui allèrent dormir chez des parents à l'autre bout du village. Bartolomeo et Lando logèrent chez un des hommes-chevaux qui avaient fait la route avec eux. L'immense Jocelin refusa catégoriquement de quitter Jahn et insista pour l'héberger chez lui :

– J'vous protège, m'sieur Jahn, la nuit et l'jour.

Dès leur réveil, Dora et Milena entendirent grincer les marches de l'escalier. Elles émergèrent, encore ensommeillées, de sous leur édredon, et virent apparaître l'immense Roberta qui montait, un plateau sur les bras.

— On m'a dit que les artistes prenaient le petit déjeuner au lit, alors voilà… Café, tartines, beurre et confiture. Est-ce que ces dames veulent autre chose ?

— Ces dames sont comblées ! s'exclama Dora en riant. C'est le paradis !

— Oh, faut pas vous moquer, vous avez dû connaître les beaux hôtels…

— Je ne me moque pas, Roberta. C'est bien plus touchant que dans les «beaux hôtels». Vous êtes très gentille.

— Mitsi vous a pas trop dérangées ?

— Pas du tout, dit Milena, elle a sagement dormi à sa place. Regardez.

La grosse chatte fit pivoter une oreille paresseuse pour saluer sa maîtresse. Lovée sur la chaise, elle ressemblait à un énorme coussin roux.

Roberta déposa le plateau sur le lit et ouvrit les volets. Un froid piquant et une lumière blanche envahirent la pièce.

— Y a du brouillard et du givre ce matin, dit la femme-cheval. Y faudra bien vous habiller pour sortir. Allez, j'vous laisse manger tranquillement.

Effectivement, on ne voyait pas à plus de cinq mètres sur la place du village. Les deux femmes y rejoignirent un groupe formé d'une vingtaine d'hommes parmi lesquels Faber, qui dépassait tout le monde d'une demi-tête, Bartolomeo, emmi-touflé dans son écharpe noire, le chef cuisinier Lando, frigorifié, et Jahn, toujours flanqué de son fidèle Jocelin.

– Qu'est-ce qui se passe, Bart ? demanda Milena.

– Faber veut me présenter à ses combattants pour que je leur parle et que je les salue. Ils sont réunis à la sortie du village.

La petite troupe se mit en marche dans le brouillard et dépassa bientôt les dernières mai-sons. Bartolomeo se demandait ce qui l'attendait. Faber avait dit que les hommes-chevaux rassem-blés ici étaient nombreux, mais qu'est-ce que cela voulait dire ? Cent ? Deux cents peut-être ? Il avança aux côtés de Jahn, sans savoir qu'il allait vivre une des plus grandes émotions de sa jeune existence.

Il ne vit d'abord qu'une dizaine de rangées d'hommes-chevaux immobiles dans la brume. La vapeur de leur respiration voilait à demi leurs visages massifs. Ils étaient habillés chaudement, portaient des bottes. La plupart avaient un sac sur le dos ou en bandoulière. Quelquefois un gourdin en dépassait. Certains le tenaient à deux mains. Bartolomeo fut impressionné par la puissance que dégageaient ces colosses sombres et silencieux.

– Combien sont-ils ? glissa-t-il à Faber. Je ne les vois pas tous.

– Y sont nombreux, j't'ai dit. Y z'attendent que tu leur parles. Tiens, monte là-d'ssus et vas-y…

– Mais ils ne m'entendront pas. Ma voix n'est pas assez forte.

— T'as pas à parler fort. Parle juste pour ceux qui sont d'vant. Y f'ront passer. Y répéteront exactement ce que tu dis, jusqu'au dernier rang. Y faut juste que tu t'arrêtes après chaque phrase pour laisser le temps. On fait toujours comme ça, ici, ça sert à rien d'gueuler.

Bartolomeo jeta un regard inquiet à Jahn qui haussa les épaules. Il ne pouvait pas l'aider, pas plus que Lando ni que Milena, qui lui adressa un petit signe d'encouragement. Il fit un pas en avant, un peu désemparé, et monta sur la caisse de vin retournée. Que dire? Si seulement il avait eu la présence d'esprit de préparer son discours! C'était trop tard maintenant.

— Bonjour mes amis, commença-t-il, je m'appelle Bartolomeo Casal.

Il voulait déjà poursuivre, mais Faber l'arrêta d'un geste de la main. Il fallait laisser le temps que la phrase soit répétée. Les hommes-chevaux de la première rangée se retournèrent et la soufflèrent à ceux de la deuxième :

— *Bonjour mes amis, je m'appelle Bartolomeo Casal…*

qui la soufflèrent à ceux de la troisième :

— *Bonjour mes amis, je m'appelle Bartolomeo Casal…*

et ainsi de suite.

Bientôt le message se perdit dans la brume, mais on savait qu'il continuait à passer de bouche à oreille. Cela dura très longtemps. Parfois Bartolomeo interrogeait Faber du regard : «Je peux continuer? — Non, répondait Faber de la tête, pas encore.» Après de longues minutes silencieuses, le son grave d'une trompe retentit au loin. Faber hocha la tête : le message était arrivé au bout de son voyage.

Bartolomeo comprit combien les mots étaient précieux dans ces conditions. Il ne s'agissait pas de les gaspiller. Il lui fallait trouver le chemin le plus court vers l'essentiel.

Il dit :

— Mon père vous a conduits, autrefois…

— *Mon père vous a conduits, autrefois…* reprirent les hommes-chevaux du premier rang.

— *Mon père vous a conduits, autrefois…* firent passer ceux du deuxième.

— Et il y a laissé sa vie, comme beaucoup d'autres…

— *Et il y a laissé sa vie, comme beaucoup d'autres…*

— *Et il y a laissé sa vie, comme beaucoup d'autres…*

— Je viens reprendre le combat avec vous !

— *Je viens reprendre le combat avec vous !*

— *Je viens reprendre le combat avec vous !*

— Ayez confiance !

— *Ayez confiance !*

— Cette fois, nous aurons la population avec nous…

— *Cette fois, nous aurons la population avec nous…*

— Et nous vaincrons les barbares !

— *Et nous vaincrons les barbares !*

Ponctuées par les coups de trompe dans la brume, les phrases simples qu'ils prononçaient prenaient dans le silence et dans la lenteur un poids inattendu. On avait le temps de peser chaque mot, et chaque mot pesait lourd : révolte… *révolte*… combat… *combat*… liberté… *liberté*…

Il leur demanda de se mettre en route pour la capitale, dès ce matin. Quand il eut fini, le dernier coup de trompe déclencha une clameur à donner le frisson.

— Va les saluer, demanda Faber. Va t'promener au milieu, ça leur fera plaisir.

— Non, protesta Bartolomeo en descendant de sa caisse, ça ne me plaît pas, je n'aime pas le culte de la personnalité, je vais me sentir ridicule.

Jahn le saisit par le bras :

— Vas-y, Bart. Il ne faut pas les décevoir. Et ceux qui ont connu ton père seront heureux de le revoir à travers toi.

Bartolomeo hésita quelques secondes, puis il se décida :

— D'accord, viens avec moi, Milena.

Il prit la jeune fille par la main et l'entraîna. Les premières rangées s'ouvrirent devant eux et ils se laissèrent avaler par la foule paisible des hommes-chevaux sur lesquels flottait un nuage de vapeur presque immobile. Ce fut un instant irréel. Les combattants n'étaient pas des centaines, mais des milliers. Dans leurs lourds vêtements d'hiver, coiffés de leurs bonnets ou de leurs passe-montagne, ils semblaient surgis d'une autre époque. Beaucoup de femmes se trouvaient là, ainsi que des jeunes garçons dont certains n'avaient pas plus de douze ans. Ces derniers brandissaient fièrement leur pique ou leur bâton.

Dans la lumière fantomatique du petit matin, tous s'écartaient au passage des deux jeunes gens, leur adressant sourires et paroles d'amitié.

– Nous sommes dans un conte ? chuchota Milena.

– J'ai bien l'impression, dit Bartolomeo. Où alors nous rêvons le même rêve en même temps !

Bientôt, ils ne surent plus dans quelle direction ils devaient marcher. Ils s'étaient perdus. Où qu'ils aillent, c'était la même multitude de dos, d'épaules, de visages bienveillants, les mêmes grosses mains épaisses à serrer. Plongés dans la chaleur de cette pâte humaine, ils ne ressentaient plus ni l'inquiétude du lendemain, ni le froid mordant de l'hiver.

– Où est le village ? demanda Milena, finalement tout étourdie.

Une jeune femme-cheval l'entendit et la prit par le bras :

– Vous voulez que je vous ramène ? Suivez-moi.

Elle partit devant, très fière de conduire le couple. Elle était tête nue et ses cheveux raides mal implantés se dressaient en épis sur son crâne puissant. Son cou était strié de plis profonds. Sa veste d'homme lui battait les jambes. De temps en temps, elle se retournait pour voir si ses protégés la suivaient et, voyant qu'ils étaient toujours là, elle leur souriait, ravie. Une fois, elle en profita pour glisser à Milena :

– Vous êtes belle comme une princesse…

Et elle se retourna très vite, tout émue d'avoir osé.

– C'est toi qui es belle, murmura Milena pour elle-même. Bien plus belle que moi...

Quand ils furent revenus au village, tous se réunirent à nouveau chez Faber. Jahn s'absenta un moment, suivi de l'inévitable Jocelin, pour aller au bureau de poste où se trouvait le seul téléphone. Il revint, très pâle, annoncer la nouvelle : dans la capitale, la révolte avait éclaté dans la nuit et l'armée avait ouvert le feu, terrorisant la population. Il y avait des morts par dizaines et ce matin l'ordre régnait. Dans plusieurs villes du Nord en revanche, des jeunes gens avaient dressé des barricades qu'ils s'acharnaient à défendre et qui tenaient encore.

– Bon Dieu ! jura Lando, c'est allé trop vite ! C'est beaucoup trop tôt !

– C'est trop tôt, reprit Jahn, mais c'est comme ça. L'incendie est allumé. Personne ne pourra plus l'éteindre.

9. *Retour au village*

Dès son réveil, Helen comprit que ce matin-là ne ressemblait pas aux autres. Après la grande frayeur causée par l'irruption des miliciens dans la chambre de Milena, elle s'était rendormie d'un sommeil lourd et sans rêves, et à présent elle se tenait assise au bord de son lit, hébétée. Son réveil indiquait presque dix heures du matin. Jamais, depuis qu'elle était arrivée chez Monsieur Jahn, elle ne s'était levée aussi tard. Elle fit sa toilette, s'habilla à la hâte et sortit dans le couloir silencieux. La porte éventrée de Milena la replongea d'un coup dans la violence de la nuit. Elle passa devant sans s'arrêter et descendit l'escalier avec le vague sentiment que le monde s'était déréglé.

Au premier étage, elle s'avança jusqu'à la porte de Bartolomeo et vit qu'elle était enfoncée aussi. Elle jeta un coup d'œil à l'intérieur de la chambre où régnait le même chaos que dans celle de Milena après le passage des barbares. Les objets gisaient au sol, brisés, piétinés. L'angoisse lui serra l'estomac : qu'arriverait-il si jamais ses deux amis venaient à tomber entre les mains de ces hommes ?

Les salles du restaurant étaient désertes. Pour se rendre au sous-sol, Helen prit l'ascenseur qui, dans le silence, sembla déchaîner davantage encore sa bruyante machinerie de fer. En traversant les cuisines, elle perçut peu à peu la rumeur venue de la cantine du personnel, puis des éclats de voix. Elle poussa la porte et découvrit, entassés dans l'espace trop exigu, une trentaine de ses camarades de travail réunis en assemblée. Ils remarquèrent à peine son arrivée, tant la discussion était vive.

— Je pense qu'on peut très bien assurer les repas sans Lando, disait un garçon assis sur un coin de la table. On n'est pas complètement idiots quand même !

— Il ne s'agit pas d'être idiots ou non, répliquait un autre dans son tablier gris de manutentionnaire, il s'agit de pouvoir servir quelque chose. Les fournisseurs savent que Monsieur Jahn est parti et on n'a pas reçu la moitié des livraisons ce matin : pas de légumes, pas de pain… On va leur donner quoi aux gens ?

Une jeune femme adossée à l'armoire intervint d'une voix tranquille :

— Moi je veux bien servir ce qu'il y aura, mais je pense que personne ne viendra. On dit que la manufacture est en grève.

— Exact ! confirma un homme tout près d'elle, une cigarette aux lèvres. Il y a même eu de la bagarre à l'entrée.

— On fait quoi alors finalement ? demanda une jeune fille.

Le débat tourna ainsi en rond pendant plusieurs minutes, jusqu'à ce qu'un garçon d'une vingtaine d'années se dresse soudain sur sa chaise, furibond.

— Excusez-moi, mais vous commencez à m'énerver avec vos histoires de livraison de légumes ! s'écria-t-il. Vous me parlez de carottes et de pommes de terre, alors que des gars ont dressé des barricades cette nuit. Vous l'avez entendu comme moi, non ? Qu'est-ce qu'on attend pour bouger ?

— Tu as raison ! approuva un autre. Moi en tout cas, j'ai pas l'intention de me tourner les pouces. Je vais en ville voir ce qui se passe. Tu viens ?

Les deux garçons enfilèrent leur veste et sortirent d'un pas décidé.

— Soyez prudents ! leur cria le type à la cigarette. On dit qu'il y a eu des morts cette nuit !

Suivit un long silence pesant.

— Je me demande ce qu'en dirait Monsieur Jahn, soupira une cuisinière en tablier blanc.

— Ce que dirait Monsieur Jahn ? répondit une autre en se levant. Il dirait qu'il n'est pas notre papa et qu'il faut peut-être qu'on apprenne à se débrouiller sans lui. Et à ne plus avoir peur ! Les deux gars ont raison. Je les suis. Qui vient avec moi ?

C'était Rachel, une amie de Dora. Helen la connaissait bien.

— Je viens avec toi, dit-elle, et elle s'étonna de sa propre audace.

En suivant le couloir qui menait à sa chambre, elle sentit l'exaltation gonfler sa poitrine. Il restait trois jours avant les combats d'hiver. Trois jours seulement. Oui, mais si la révolte se déchaînait d'ici là ? Si c'était soudain le chaos dans la capitale ? Est-ce que ceux de la Phalange n'auraient pas alors plus urgent à faire que d'aller voir mourir des gladiateurs ? Bien sûr que si ! Ils renonceraient ! Ils renonceraient et les combats seraient annulés ! Pour la première fois depuis des mois, elle vit se dessiner un espoir. Il était ténu mais réel !

Elle regarda autour d'elle dans sa petite chambre, les quelques bibelots, les deux étagères de livres, les vêtements sur la corde de la penderie, et se posa cette drôle de question : que prend-on avec soi quand on est une jeune fille de dix-sept ans et qu'on veut aller construire des barricades dans la rue pour sauver son amour ? Comme elle ne trouvait pas de réponse satisfaisante, elle mit son bonnet bariolé, son écharpe, son manteau, et elle s'en alla.

Ses trois camarades l'attendaient devant le restaurant. Ils se concertèrent rapidement et décidèrent de descendre jusqu'à la manufacture. À distance, ils virent que les hautes grilles étaient gardées par une dizaine de miliciens en armes. Ils rebroussèrent chemin et descendirent les petites rues en veillant à ne pas glisser sur le verglas. Le garçon qui avait mis le feu aux poudres à la cantine continuait de s'enflammer :

— Ils veulent empêcher les rassemblements, mais ils n'y arriveront pas ! Il faut seulement que les gens oublient leur trouille et descendent dans les rues, voilà ce qu'il faut !

— Parle moins fort… lui recommanda l'autre garçon.

– Je parlerai comme j'ai envie de parler, riposta le premier. J'en ai marre de me taire depuis des années! J'en ai marre, vous m'entendez? Marre!

Il le hurla à gorge déployée, puis éclata de rire :

– Ah, ça fait du bien! Vous devriez essayer.

Une rame de tramway circulait normalement. Ils sautèrent dans un wagon et remarquèrent aussitôt la présence de trois miliciens assis au fond, la matraque à la main et le pistolet à la ceinture. Le garçon se calma un peu, mais il s'obstina à les braver du regard.

– Tu as un problème? demanda un des hommes.

– Non, j'admire votre uniforme, répondit le garçon.

Il avait du cran, pas seulement du bagout. Les quelques passagers sourirent et on vit le milicien contracter ses mâchoires.

En se rapprochant du centre-ville par la longue avenue qui précédait la place de l'Opéra, le tramway se remplissait davantage à chaque station. Il sembla à Helen que les gens portaient sur leur visage une fébrilité particulière, une sorte d'attente. Est-ce qu'elle se l'imaginait seulement? Elle posa son front contre la vitre glacée. Le tramway s'arrêta.

– On descend? demanda Rachel.

– À la suivante! répondit l'un des deux garçons.

Les portes automatiques se refermaient quand Helen se figea de stupeur. Là! Sur le trottoir! De l'autre côté de la rue! Elle ne rêvait pas…

— Attendez ! cria-t-elle en bondissant sur ses pieds. Ouvrez la porte ! Laissez-moi descendre ! S'il vous plaît !

Elle tira le cordon d'appel avec rage. Rachel la prit par le bras :

— Qu'est-ce qui te prend ?

— Là, j'ai vu… bredouilla Helen.

Comme le tramway s'ébranlait à nouveau, elle bouscula les gens et alla se coller à la vitre arrière sans s'occuper des miliciens qui s'écartèrent devant sa fougue. Les deux silhouettes s'éloignaient dans une petite rue transversale. L'une, celle d'une vieille femme à la démarche bancale, vêtue de noir et tenant un sac de provisions à la main, lui était inconnue, mais l'autre… elle l'aurait juré… Comment confondre ce visage-là ? Entre cent mille elle l'aurait reconnu ! Elle eut juste le temps de les voir pousser la porte d'entrée d'un immeuble, le deuxième de la rue, lui sembla-t-il, et ils disparurent.

— Qu'est-ce que tu as vu ? demanda encore Rachel.

— Quelqu'un que je connais ! Mais j'ai du mal à y croire.

Le wagon était bondé maintenant. Le trajet entre les deux stations lui parut durer des heures. Elle se fraya un chemin jusqu'à la porte et bondit à l'extérieur dès qu'on l'eut ouverte.

— Je vous laisse ! lança-t-elle aux trois autres, et elle courut sur le trottoir, le cœur battant.

Et si elle s'était trompée ? Non, on ne peut pas se ressembler à ce point… Revenue à la station précédente, elle s'engagea, hors d'haleine, dans la rue qui montait légèrement. La façade de l'immeuble était grise. Elle eut la certitude, en poussant la deuxième porte d'entrée, que les deux personnes s'étaient bien engouffrées ici. Un couloir sombre s'ouvrait devant elle. Elle actionna en vain l'interrupteur, et avança à tâtons jusqu'à une petite cour aux pavés brisés. Une herbe grise poussait dans les fentes. Des poubelles gisaient en vrac. L'endroit, si proche pourtant de l'avenue, semblait à l'abandon. Deux escaliers montaient dans les étages. Elle prit au hasard celui de gauche, dont les marches noircies s'enroulaient en une spirale serrée. Cela sentait le moisi. Elle s'arrêta sur le premier palier et tendit l'oreille. Elle fit de même au second, sans plus de succès. Puis au troisième. C'était comme si l'immeuble avait été vide d'habitants. Peut-être était-il insalubre? Elle redescendit dans la cour et emprunta le deuxième escalier, plus clair et mieux entretenu. Ici, l'électricité fonctionnait. Au premier étage, deux portes closes et silencieuses, ainsi qu'au second et au troisième, mais tout en haut, sous les toits… La voix claire et enfantine venue de l'intérieur la fit fondre d'émotion.

– Ça pique! criait la voix. Ça pique les yeux! Le savon!

Cette fois, elle n'eut plus le moindre doute et frappa énergiquement. La porte s'ouvrit sur la vieille femme aperçue dans la rue. Ses manches étaient retroussées bien haut sur ses bras blancs et ridés, sa main droite disparaissait dans un gant de toilette rose. Helen l'ignora et marcha droit vers le grand baquet d'eau fumante qui trônait au milieu de la pièce. Octavo se dressa, tout nu, dégoulinant, et lui tomba dans les bras.

— HELEN !

— Octavo ! Oh, que je suis contente de te revoir ! Bon Dieu que je suis contente !

Elle le garda longtemps serré contre elle, puis l'embrassa vigoureusement sur les joues, sur les mains.

— Octavo ! Que fais-tu ici ?

— Ben, je suis chez tata Marguerite. Tu pleures ?

— Non. Enfin oui… Tata Marguerite ?

Elle lâcha l'enfant et se releva, consciente soudain de son impolitesse.

— Pardonnez-moi, madame. Je suis entrée comme une…

— Ce n'est pas grave. Si je comprends bien, vous êtes la fameuse Helen ?

— Fameuse, je ne sais pas, mais je suis Helen. Et vous, vous êtes…

— … Marguerite, la sœur aînée de Paula.

Ça se voyait. Elle avait les mêmes yeux marron très doux et le même dessin du nez que la grosse consoleuse. Seuls la corpulence et l'âge différaient. Marguerite était plus vieille de dix ans et devait peser quatre fois moins que sa «petite» sœur. Helen se rappela soudain le souvenir d'enfance raconté par Paula : «Figure-toi qu'on avait attrapé un hérisson, ma sœur Marguerite et moi…» C'était amusant de voir surgir ainsi le second personnage de l'histoire, plus âgé d'un demi-siècle au moins. Elle était loin de pouvoir courir après les hérissons à présent, cette vieille dame bancale.

— Paula m'a envoyé Octavo par le car au milieu de l'hiver, dit-elle pour expliquer la présence du garçon.

— Oui, confirma l'enfant. Mais elle va bientôt venir me chercher. Je lui ai écrit une lettre, sans fautes d'orthographe, et avec un dessin.

— C'est bien, Octavo. Et comment va-t-elle, ta maman Paula ?

— Elle va bien.

Marguerite approuva de la tête, mais son sourire douloureux cachait manifestement une autre vérité. Dès qu'elle le put, elle entraîna vivement Helen dans la cuisine dont elle poussa la porte.

— Comment va Paula ? demanda la jeune fille pour la deuxième fois, et elle se raidit pour entendre la réponse.

— Je n'ai plus de nouvelles de ma sœur depuis plus d'un mois, gémit Marguerite, et elle éclata en sanglots. La pauvre femme devait avoir envie de s'épancher depuis longtemps pour le faire ainsi devant une inconnue.

— Vous avez peur qu'il lui soit arrivé quelque chose ?

— Oh oui, j'ai peur. Octavo avait une lettre pour moi dans la poche de son pantalon. Vous pouvez la lire, regardez, elle est sur le buffet.

L'écriture serrée et appliquée de Paula remplissait une demi-page. Helen imagina avec attendrissement la grosse patte de sa consoleuse glissant sur le papier. Elle lut jusqu'au bout sans lever la tête.

Ma chère, bien chère Marguerite,

Demain matin je te mets Octavo au car. Je le confierai à quelqu'un qui l'amènera chez toi. Ça devient trop dangereux ici. Cet hiver, il y a eu plusieurs évasions à l'internat. Ces pauvres enfants partent dans la montagne ou sur le fleuve. Dieu sait ce qu'ils deviennent. Ceux de la Phalange nous accusent d'être complices (ils n'ont pas tort pour une fois) et ils menacent de nous donner une bonne leçon si ça continue. Mais ça continue... Ils disent qu'ils savent comment nous punir, qu'on a toutes notre point faible. Alors voilà, je te le mets au car, mon point faible. Soigne-le bien. Comme s'il était à toi. C'est un bon petit. Ça me fait beaucoup de peine de m'en séparer, mais je te le reprendrai dès que possible, je sais que ta santé n'est pas très bonne, mais il n'est pas dur à garder. Je te dédommagerai des dépenses. Mets-le à l'école si tu peux parce qu'il aime bien apprendre. Je t'embrasse affectueusement.

Ta sœur Paula

— Voilà, soupira Marguerite dès qu'Helen eut fini de lire. Plus rien depuis cette lettre. Les miennes sont restées sans réponse. Je serais bien allée voir, mais le voyage est trop dur pour moi. J'ai le cœur fatigué, ma hanche me fait mal, et puis je ne peux pas abandonner Octavo.

Helen resta pensive un long moment. Plusieurs évasions ? Est-ce que Paula évoquait seulement la sienne, celles de Milena et des deux garçons, ou bien y en avait-il eu d'autres encore ? Est-ce que leur fuite aurait fait souffler dans les murs tristes de l'internat un vent de liberté que plus rien ne pouvait contenir ? Que devenaient Catharina Pancek, Vera Plasil et les autres ? Et surtout que devenait Paula ? Son silence était inquiétant. L'idée que sa consoleuse puisse souffrir lui était insupportable.

— Est-ce que vous savez à quelle heure part le car qui s'en va là-haut ? demanda-t-elle.

— Il y en a un qui part à midi et demi de la gare routière, mais vous n'allez pas… Vous n'avez même pas mangé…

Helen était déjà debout.

— En courant, je peux l'attraper.

Elle enfila son manteau, vérifia qu'elle avait suffisamment d'argent dans son porte-monnaie pour acheter le billet et se précipita vers Octavo qui barbotait toujours dans son baquet.

— Je m'en vais déjà, mon Octavo… Pardonne-moi.

— Ah oui, tu dois partir parce qu'on mettra quelqu'un dans le trou noir si tu ne rentres pas…

Helen mit quelques secondes avant de comprendre ce qu'il voulait dire.

— Oh non, ça c'était à l'internat ! Je n'y suis plus, maintenant. Je suis libre. Je peux aller et venir à ma guise.

— À Maguise ? C'est où, Maguise ? Tu m'y emmèneras ?

Elle éclata de rire :

— Ma guise, c'est partout. C'est où on veut. Je t'y emmènerai.

– Tu me le promets ? demanda l'enfant en traçant un dessin de mousse sur la joue d'Helen.

– Je te le jure. Dès que tout ira mieux.

Elle embrassa Marguerite comme si elle la connaissait depuis toujours, et dégringola l'escalier.

– Vous voulez que je dise quelque chose à votre sœur ? cria-t-elle encore depuis la cour.

– Oui, dites-lui bien qu'Octavo est inscrit à l'école !

Elle courut le long des quais, le devant de son manteau encore tout mouillé de l'eau du bain d'Octavo, et suivit à l'envers le même chemin qu'elle avait parcouru quelques mois plus tôt, en pleine nuit, à la recherche du pont aux Fagots. Elle ignorait alors qu'elle allait retrouver Milena. Et aujourd'hui, elle l'avait perdue de nouveau…

La gare routière était calme, mais Helen remarqua de nombreux soldats qui arpentaient les quais, armes à la main, dans leurs uniformes kaki. Décidément, ils étaient sur le pied de guerre. Elle attrapa au vol le car presque vide qui s'en allait vers le nord. Une fois assise, elle prit le temps de réfléchir à ce qu'elle venait de faire. Bien sûr, elle quittait la capitale au moment où sans doute on allait se battre ; bien sûr, il faudrait qu'elle soit revenue dans quelques jours pour les combats d'hiver, au cas où ceux-ci auraient lieu. Mais une force dix fois supérieure la poussait à sauter dans ce car poussiéreux pour rejoindre Paula : elle n'abandonnerait pas à son sort cette femme qui l'avait si souvent recueillie, consolée alors que la tristesse et le désespoir envahissaient son âme.

Non, elle ne la laisserait pas. Elle ne se pardonnerait jamais de le faire.

Le voyage fut long, sans lecture. À chaque village rencontré, des gens descendaient ou montaient, indifférents les uns aux autres. Le chauffeur rougeaud malmenait son car dans les virages et les côtes, klaxonnant avec colère tous les autres véhicules, comme s'ils n'avaient rien à faire sur la même route que lui. Vers la fin de l'après-midi, il se gara devant une auberge, y entra et n'en ressortit plus. Peu à peu, les passagers firent de même et bientôt tous se retrouvèrent à l'intérieur. La pièce était sombre et enfumée. Helen s'assit à un bout de table. Au-dessus de sa tête passaient des soupes fumantes, des assiettes de jambon et des omelettes parfumées. La faim lui tordait l'estomac. Elle fouilla son porte-monnaie, mais il contenait tout juste de quoi acheter le billet du retour.

— Vous ne mangez rien, mademoiselle ? lui demanda l'homme installé à sa gauche, et elle reconnut un de ses voisins de car.

— Non, je n'ai pas faim.

— Pas faim ou pas d'argent ? Allez, je vous ai vue compter vos sous. Y a pas de honte. Tout le monde a le droit de manger, non ?

Il avait une cinquantaine d'années. Elle n'eut pas le temps de se défendre, déjà il levait le bras pour intercepter la serveuse.

— Une omelette pour la jeune fille, s'il vous plaît !

Pendant qu'elle vidait son assiette, il se détourna d'elle et bavarda avec d'autres personnes, peut-être pour ne pas la gêner.

– Où est-ce que vous allez? demanda-t-il dès qu'elle eut avalé la dernière bouchée.

Elle nomma sa destination et il eut un mouvement de surprise.

– Vous pensez arriver jusque-là?

– Et pourquoi pas?

– On dit qu'il y a du grabuge là-bas. Des barricades. Ils empêchent l'accès à la ville… Vous voulez un café?

La nuit était tombée quand ils reprirent la route. Le repas partagé avait sans doute délié les langues, et les conversations firent pendant quelques kilomètres une musique joyeuse mêlée au ronronnement du moteur. Puis, peu à peu, elles s'estompèrent et la plupart des passagers s'assoupirent. Helen, qui n'avait pas de voisin, ôta ses chaussures, posa ses pieds sur le siège et prit son manteau en guise de couverture pour réchauffer ses épaules et ses genoux.

En s'endormant, elle pensa à Octavo et à son « Maguise ». Puis elle se demanda une fois de plus comment Paula l'avait eu, ce petit garçon, avec qui… La consoleuse lui avait confié beaucoup de ses secrets, mais jamais celui-là! Elle se contentait d'en rire et de traiter Helen de curieuse si elle insistait.

Elle fut réveillée par le froid. Le car était arrêté. La portière en accordéon, ouverte, laissait entrer un courant d'air glacial. Le chauffeur, debout dans l'allée, la fixait sans aucune sympathie :

– Vous êtes arrivée, mademoiselle. Il faut descendre.

Elle se redressa, regarda autour d'elle et

constata qu'elle était la dernière passagère. Le car était vide. La nuit les enveloppait.

– Mais, nous ne sommes pas à la gare routière…

– J'y vais pas. Il y a de la bagarre. Ça barde. J'ai pas envie.

Helen descendit sur le marchepied et s'arrêta, apeurée.

– Vous n'allez pas me laisser ici quand même!

Il ne se donna même pas la peine de répondre.

– Dites-moi au moins où est la ville…

– La ville est par là-bas. Vous y arriverez en suivant cette route. Sinon vous pouvez couper par la colline, ici. Vous avez une lampe de poche?

Helen tressaillit.

– La colline… des consoleuses?

– Comme vous dites. Allez, bonne nuit!

Il la toucha à l'épaule, du bout des doigts, sans dissimuler son impatience : «Tu te décides, ou quoi? Tu veux que je te pousse?» Elle renonça à discuter plus longtemps et descendit. Est-ce que cet homme-là avait une fille de son âge? Est-ce qu'il aurait pu supporter l'idée de l'abandonner seule en cet endroit désert au milieu de la nuit?

Non, elle n'avait pas de lampe de poche. Elle estima qu'il valait mieux emprunter la route, atteindre la ville et prendre ensuite le chemin qu'elle connaissait bien, au-delà du pont. Elle attendit, immobile, que la plainte du moteur se taise tout à fait et elle se mit en marche. Après une centaine de pas, elle s'arrêta net : des chiens aboyaient du côté de la ville. Leurs jappements excités sonnaient clair dans le silence et semblaient se rapprocher. Elle frémit et tourna les talons vers la colline.

La lune éclairait faiblement le sentier qui montait. Elle trébucha plusieurs fois sur des cailloux, mais parvint à atteindre le sommet sans se blesser. Là-haut le vent soufflait en rafales et elle claqua presque des dents. Les toits des premières maisons des consoleuses apparurent en contrebas. Elle s'efforça d'apercevoir la ville ou le fleuve, plus loin, mais la nuit les cachait.

En suivant la première rue, elle éprouva un sentiment de malaise. Quelque chose n'allait pas. Le village dormait, certes, mais d'un sommeil inquiétant. Une porte était grande ouverte. Un volet battait. Elle accéléra le pas. À la fontaine, elle prit à droite la petite rue familière. Les mots de Marguerite lui revinrent à l'esprit : « Ma sœur n'a plus donné de nouvelles depuis plus d'un mois… » Que faire si Paula n'était pas chez elle ? Où dormir ?

Plus elle avançait, plus elle eut la certitude qu'on avait déserté ces maisons, à droite et à gauche de la rue. Elle en ressentait le vide. Comme si les énormes corps des consoleuses ne les avaient plus habitées et réchauffées de leur masse. Au 47, elle s'arrêta, le cœur battant. La lueur d'une bougie tremblotait de l'autre côté de la vitre. Elle s'approcha et vit Paula.

Elle était assise sur le fauteuil, la tête légèrement inclinée sur l'épaule, endormie. Helen poussa la porte, la referma sans bruit, s'agenouilla aux pieds de la consoleuse, prit ses mains dans les siennes et la regarda longtemps. Elle ne l'avait jamais vue dormir, et c'était étrange de la sentir si lointaine. Elle finit par en être presque gênée. Elle l'appela doucement :

— Paula… Paula…

La grosse femme ouvrit les yeux et ne marqua aucune surprise. C'était comme si elle s'était endormie ainsi, avec Helen à ses genoux, et que maintenant elle se réveillait dans la même position.

— Oh, ma toute belle, gémit-elle, regarde, regarde ce qu'ils ont fait…

Alors seulement Helen prit conscience de l'état dans lequel se trouvait la pièce. Les chaises étaient fracassées, la table renversée, les étagères brisées, le buffet au sol, éventré. On devinait les coups de hache furieux, l'acharnement à détruire.

— Je suis rentrée cet après-midi seulement. Après un mois. J'ai remis un peu d'ordre dans la cuisine, mais je n'ai pas encore touché ici… je suis fatiguée… j'aurais dû monter à la chambre…

Sa voix vacillait sur le fil étroit qui sépare des larmes.

— Où étais-tu, Paula, pendant tout ce mois ?

— Mais j'étais dans leur prison, ma belle.

— En prison ? Toi ?

— Oui, ils sont venus à quatre et ils m'ont emmenée. Ils ont été brutaux, tu sais. Ils m'ont fait mal au bras et à la tête. C'est à cause des évasions.

Helen sentit la rage monter en elle.

— Il y en a eu plus de vingt, continua Paula. Tu as été dans les premières, ma belle, et tu peux dire que les autres ont suivi ! Nous, on leur a donné des vêtements et des provisions, à ces pauvres enfants, et on les a cachés, quand c'était nécessaire. Alors ils nous ont arrêtées, Martha, Mélie et moi. Les autres ont été expulsées du village. Et puis ils sont revenus et ils ont tout cassé. Tu as vu ? Il n'y a pas une maison d'épargnée. Et mon Octavo qui n'est plus là…

Elle laissa échapper une longue plainte douloureuse et ferma les yeux.

— Ma Paula… murmura Helen.

— Qu'est-ce que je vais devenir maintenant ? gémit la consoleuse. La révolte a éclaté, tu sais. Il y a des barricades dans la ville et les phalangistes vont être balayés en quelques jours, c'est sûr. Ils sont tellement haïs. Je devrais en être heureuse, mais je n'y arrive pas vraiment. J'aimais tellement consoler, tu sais… Oh oui, j'aimais ça par-dessus tout ! Je crois que je ne sais rien faire d'autre, à part la cuisine. Maintenant, les portes des internats vont s'ouvrir, et ces enfants que j'ai aimés vont tous s'en aller. Oh, ma toute belle, qu'est-ce que je vais devenir ? Je ne serai plus qu'une grosse femme inutile. Et mon Octavo qui n'est plus là…

Cette fois, les larmes coulèrent, abondantes, sur ses joues rebondies.

— Ma Paula, répéta Helen, bouleversée.

Elle se leva, fit le tour de la chaise et prit dans ses bras la lourde tête chaude. Elle l'embrassa, caressa à deux mains les cheveux, le visage mouillé.

— Ne t'en fais pas, Paula… Octavo va bien. Je l'ai vu chez Marguerite. Elle l'a inscrit à l'école. Il travaille très bien. As-tu reçu sa lettre ?

Paula hocha la tête pour dire que oui.

— Tu sais ce qu'on va faire, Paula. Nous allons

monter à la chambre. Tu dormiras dans ton lit et moi dans celui d'Octavo. Et demain matin, nous prendrons toutes deux le car et nous les rejoindrons à la capitale. Je prendrai soin de toi. Ne crains rien. Je t'aime comme si tu étais ma mère, tu sais. Je n'en ai pas d'autre que toi…

La consoleuse hocha de nouveau la tête et blottit son visage contre la poitrine de celle qui avait frappé à sa porte quatre ans plus tôt et qu'elle avait appelée «petit chat perdu».

10. Le combat d'hiver

Milos guetta le geai pendant toute la semaine qui précéda son départ du camp. Il avait beau se défendre d'être superstitieux, il ne pouvait s'empêcher de penser que le grand oiseau bariolé allait lui apparaître encore une fois et qu'il lui porterait chance. Il se rendit chaque matin et chaque fin d'après-midi derrière l'infirmerie, là où il l'avait vu à l'automne, mais le geai ne se montra pas, ni sur le rebord de la fenêtre, ni de l'autre côté du grillage, ni ailleurs. Milos y vit un mauvais présage.

Il n'était pas le seul à prendre garde aux signes. Un *primus* piqua une colère noire parce que quelqu'un occupait sa place habituelle au réfectoire. Il souleva le banc pour renverser le type et le roua de coups en hurlant : «Tu veux me faire tuer, hein? Tu veux me faire tuer, salaud!» Il fallut deux hommes pour les séparer.

Les entraînements avaient pris depuis quelque temps un tour plus violent. À l'approche des combats, les gladiateurs semblaient vouloir s'endurcir encore, se débarrasser de toute faiblesse. Le dernier soir, Myricus les convoqua tous sur l'arène, après le repas. Les lampes étaient éteintes, mais des flambeaux, fixés aux rondins de bois, jetaient des lueurs rougeâtres sur les visages sombres. Les hommes se dispersèrent et se tinrent immobiles, leur glaive à la main. Myricus circula à pas lents au milieu d'eux, puis il monta à la galerie et leur parla de sa voix basse.

– Messieurs, regardez-vous. Regardez-vous les uns les autres, tous : Caïus, Ferox, Delicatus, Messor…

Il cita les trente noms, sans en oublier un seul, en prenant tout son temps, et cette grave litanie donnait à l'instant une solennité troublante.

– Regardez-vous bien, car dans quelques jours, quand je vous rassemblerai de nouveau ici même, beaucoup d'entre vous seront morts. Regardez-vous…

Un silence oppressant suivit. Les gladiateurs gardèrent tous les yeux sur le sable. Aucun ne leva la tête comme le demandait Myricus.

– À l'instant où je m'adresse à vous, continua l'entraîneur, on parle de la même façon aux combattants des cinq autres camps. Ils sont debout, comme vous, au milieu des flambeaux, et chacun se demande : « Serai-je de ceux qui meurent ou de ceux qui vivent ? » Aux *novices* je le dis, aux autres je le répète : votre seule arme est votre haine. Haïssez votre adversaire dès que vous le verrez apparaître de l'autre côté de l'arène. Haïssez-le par avance pour la vie qu'il veut vous prendre. Et soyez convaincu que la sienne ne vaut pas la vôtre.

Il fit une pause. Les gladiateurs restaient silencieux, plongés dans la tourmente de leurs pensées. Milos vit à quelques mètres devant lui la nuque rasée de Basile et ses épaules massives qui se soulevaient et s'abaissaient au rythme régulier de sa respiration. Il y trouva du réconfort, puis il se demanda lequel d'entre eux deux combattrait le premier. Il pria pour que ce soit lui.

Myricus parla encore longtemps. Il évoqua les grands gladiateurs de l'Antiquité, Flamma, qui avait remporté trente fois la victoire, Urbicus, vainqueur treize fois puis vaincu pour avoir retenu le coup mortel et laissé une chance à son adversaire malheureux.

— Nous partirons demain, annonça-t-il pour finir. Laissez vos glaives à vos pieds. Vous n'en avez pas besoin pendant le voyage. Nous les rassemblerons et vous les rendrons au moment de vous battre.

Cette nuit-là ne fut troublée par aucun cauchemar. Le calme était irréel dans les dortoirs. Sans doute personne ne dormit-il vraiment. Chaque fois qu'il allait sombrer, Milos sursautait et se retrouvait tout à fait réveillé, comme s'il refusait de perdre en dormant ces heures qui étaient peut-être les dernières. Basile ne parvenait pas davantage à trouver le sommeil.

— Comment qu'elle s'appelle, ta fiancée? demanda-t-il au milieu de la nuit.

— Helen… chuchota Milos.

— Comment?

— Helen, dut-il répéter plus fort, et c'était comme s'il avait appelé son amie dans le silence.

— Et comment qu'elle est?

– Elle est… normale.

– Allez, insista Basile, tu peux m'dire. J'y répéterai pas.

– Bon, fit Milos, un peu embarrassé, elle n'est pas très grande, elle a les cheveux courts, le visage assez rond…

Basile ne se contenta pas de ces généralités :

– Dis-moi qué'que chose de particulier, ch'sais pas moi… un truc qu'elle sait bien faire…

– Elle… elle grimpe bien à la corde.

– Eh ben voilà ! fit le jeune homme-cheval, et il se retourna, satisfait.

Dans la matinée, les grilles du camp s'ouvrirent, et trois fourgons militaires suivis de deux camions bâchés et remplis de soldats en armes vinrent se garer devant la cantine. Les combattants furent rassemblés dans le vent et le crachin. Il revint à Fulgur de les répartir et de les enchaîner par des menottes à une chaîne qui les reliait. Il s'acquitta de sa tâche avec une délectation perverse, guettant sur les visages les traces de la peur. Milos fit tout pour dissimuler son angoisse, mais sa pâleur le trahissait et, quand Fulgur lui adressa un clin d'œil narquois qui signifiait : « Tu vois que tu les as, les chocottes, hein ? » Il se retint de se précipiter sur lui et de lui ouvrir le front d'un coup de tête.

Il chercha désespérément le geai, jusqu'au dernier moment. *Reviens s'il te plaît ! Montre-toi ! Juste une seconde, que je te voie une dernière fois et que j'emporte avec moi ton image colorée, l'image de la vie !*

Il fallut le pousser pour qu'il monte.

Fulgur avait pris soin de le séparer de Basile. Il fut placé dans le deuxième fourgon, au milieu des autres combattants, et s'assit sur une des banquettes de bois qui couraient sur les côtés. Le convoi se mit en marche et sortit du camp, encadré par les camions de soldats. Toute tentative de fuite aurait été pur suicide. Une petite fenêtre grillagée était découpée dans la tôle du fourgon. Ils y virent longtemps défiler le dessin compliqué et sautillant des branches nues des grands chênes. Vers midi, ils quittèrent enfin la forêt, rejoignirent la route principale et piquèrent vers le sud en direction de la capitale.

Un peu plus tard, un car rugissant en provenance du nord doubla le convoi qui progressait à faible allure. Quand il arriva à hauteur du deuxième fourgon, les deux véhicules se côtoyèrent pendant quelques dizaines de mètres. Au fond du car somnolait Paula, les mains abandonnées sur les genoux. Son large postérieur occupait deux places entières. Derrière elle, assise côté fenêtre, Helen essayait de lire un roman. Elle leva les yeux et regarda distraitement le fourgon dans lequel Milos était enfermé, les menottes aux poignets et le cœur lourd.

Pendant quelques secondes, il n'y eut pas plus de trois mètres entre les deux amoureux, puis le car accéléra et les éloigna l'un de l'autre.

Le convoi atteignit sa destination au milieu de la nuit. Ceux des gladiateurs qui n'étaient jamais venus dans la capitale se pressèrent tour à tour à la petite fenêtre grillagée, mais il n'aperçurent de la grande ville que de tristes façades grises. Lorsqu'ils descendirent des fourgons, tous furent saisis par le froid humide de la nuit. Les phares des véhicules qui manœuvraient pour repartir balayèrent la base d'une énorme masse sombre : l'arène. C'était donc là le terme de leur voyage. De leur dernier voyage ?

Milos, menotté et sous bonne garde, fut poussé vers le bâtiment avec la trentaine de ses compagnons d'infortune. Ils passèrent un lourd portail de bois à deux battants qu'on referma derrière eux et qu'on barra d'une poutre aussi épaisse qu'un tronc d'arbre. Le sol était de terre battue. Ils passèrent sous les gradins, suivirent un couloir et entrèrent dans leur cellule, une vaste salle dont les murs de pisé exhalaient une forte odeur de moisi. Des paillasses jetées au sol constituaient le seul aménagement. Dès qu'on leur eut ôté les menottes, les gladiateurs se laissèrent tomber sur leurs couches. La plupart, épuisés par le voyage effectué sur les dures banquettes des fourgons, s'enfouirent aussitôt sous les couvertures, en quête du sommeil ; les autres restèrent assis, les yeux fiévreux, cherchant à lire sur le dessin des murs quelque signe secret de ce qui allait leur advenir. Quatre soldats en armes veillaient à la porte.

– Y nous donnent rien à manger ? demanda Basile. J'ai les crocs.

Ils durent patienter une heure avant qu'on leur apporte un bol de soupe épaisse et une grosse boule de pain à chacun.

– C'est meilleur qu'au camp ! se réjouit Basile.

Tu trouves pas ? Y veulent qu'on soye en forme demain, c'est ça !

Milos lui sourit amèrement. Pour une fois, il avait du mal à avaler, et il n'était pas le seul. Basile récupéra ainsi trois soupes et autant de morceaux de pain qu'il engloutit avidement.

Des gardes vinrent reprendre les bols et les cuillères, les soldats s'en allèrent et on entendit les clefs tourner dans la serrure. Les lampes s'éteignirent toutes à la fois, sauf une veilleuse grillagée qui bavait une lumière blafarde au-dessus de la porte. D'heure en heure, ils entendirent le raffut des nouveaux arrivants qui prenaient place dans les salles voisines, les éclats de leurs voix inconnues. *Nos adversaires*, se dirent-ils, *ceux qui vont nous tuer, ou que nous allons tuer…*

Au matin, Milos se réveilla comme absent à lui-même. Il se demanda s'il avait dormi, s'il était encore dans un rêve, ou bien si c'était la réalité. Cela puait l'urine. Sans doute un gladiateur s'était-il soulagé dans un coin de la pièce. Il se tourna vers Basile et le trouva les yeux grands ouverts, pâle comme un linge.

– Ça va, Basile ?

– Ça va pas. Ch'suis malade.

– Qu'est-ce que tu as ?

– C'est la soupe… Elle est pas passée…

La porte s'ouvrit sur Myricus, une feuille de papier à la main, flanqué de deux soldats.

– Messieurs, je vais vous donner l'ordre de passage pour cette journée. Il est huit heures. Le premier combat aura lieu à dix heures. Ce sera toi, Flavius. Prépare-toi !

Tous les regards se tournèrent vers l'ombrageux gladiateur qui ne s'adressait plus à personne depuis des jours. Assis sur sa paillasse, les genoux repliés contre sa poitrine, il fit comme si cela ne le concernait pas.

— Tu as été désigné contre un autre *novice*. Bonne chance ! Ta victoire serait un encouragement pour tous les autres. As-tu quelque chose à nous dire ?

Flavius ne broncha pas.

— Bien, continua Myricus, j'ai obtenu pour les plus jeunes d'entre vous le privilège de se battre ce matin, car je sais que l'attente est difficile à supporter. Rusticus, tu combattras en second, et Milos en troisième. Rusticus, tu affronteras un *champion*. C'est le meilleur cas de figure, tu le sais…

— Le meilleur… quoi ? bredouilla le jeune homme-cheval, la mâchoire tremblante, et Milos crut qu'il allait vomir.

— La meilleure chance de gagner, rectifia Myricus, se rappelant soudain à qui il parlait. Quand un *novice* se bat contre un *champion*, il gagne très souvent. Tu te rappelles ?

— J'me rappelle. Je vais gagner, alors ?

— J'en suis sûr, Rusticus ! Évite seulement de le regarder. Il a des yeux plus forts que les tiens.

— J'le regarde pas alors ?

L'entraîneur négligea de lui répondre et enchaîna :

— Milos, tu te battras contre un *primus*. J'ai pu le voir ce matin. Il a une grande taille. Tu feras très attention à son allonge. Et rappelle-toi : tu lui fais croire que tu es droitier jusqu'au dernier moment, et tu changes ton glaive de main en l'attaquant. Penses-y! Un dernier conseil : ne te laisse pas attendrir en le voyant. Est-ce que tu as quelque chose à dire?

Milos secoua la tête et n'entendit plus rien du discours de Myricus. Se laisser attendrir? Quelle raison pouvait-il y avoir pour cela? Les noms des autres combattants se perdirent. Il frotta les paumes de ses mains, sentit qu'elles étaient moites, et en une seconde, il fut percuté par cette évidence foudroyante : il allait se battre à mort. Il croyait le savoir depuis des mois, mais il se rendit compte qu'il venait seulement de le comprendre. Il se rappela les paroles de Myricus : «Jusqu'au bout, on croit que quelque chose empêchera le combat, qu'on n'aura pas à entrer *vraiment* dans l'arène.» C'était juste. Il avait vécu malgré lui dans ce rêve impossible, et maintenant la vérité le giflait. Il se sentit accablé de fatigue, incapable de repousser un chaton. Est-ce qu'il aurait seulement la force de soulever son glaive?

Vers neuf heures, on leur apporta des pots de café et du pain. Basile n'y toucha pas. Son visage, de pâle, était devenu verdâtre. Milos se força à mâcher longuement et à avaler sa portion entière. *Il faut que je mange*, se répétait-il sans y croire, *il faut manger pour avoir des forces.*

Myricus était reparti. L'attente commença, douloureuse. Flavius, plongé dans ses sombres pensées, restait aussi immobile qu'une statue. Près de lui, Delicatus s'acharnait à garder à la bouche un sourire sardonique et dérisoire. À l'autre bout de la pièce, Caïus, émacié comme jamais, lançait les éclairs de ses yeux noirs. Une seconde, son regard de fou croisa celui de Milos, et les deux se défièrent en silence.

Tous furent soulagés lorsque vers neuf heures on apporta les glaives. Milos, en prenant le sien dans ses mains, éprouva un apaisement. Il caressa la poignée, puis la garde, passa ses doigts sur la lame étincelante. Plusieurs hommes se levèrent, ôtèrent leur chemise, leurs sandales et entreprirent leurs exercices routiniers : trottiner l'arme à la main, sauter, rouler au sol, esquiver, bondir. Certains esquissèrent à deux des simulacres de combat.

– Tu viens, Basile ? demanda Milos. Il faut que tu t'échauffes.

– Ch'peux pas, gémit le garçon, recroquevillé sous sa couverture. J'ai mal au ventre. Tout à l'heure…

– Non, Basile ! Te laisse pas aller ! C'est pas le moment ! Montre-toi !

La longue tête du jeune homme-cheval émergea lentement, et Milos vit que la soupe n'était sans doute pas la seule cause du triste état de son camarade. Ses yeux étaient emplis de terreur, il tremblait de tous ses membres.

– D'accord, Basile, je te laisse tranquille encore un peu, mais dès que Flavius sera parti, tu vas sortir de là, hein ?

– Ouais, si ch'peux…

Milos se mêla aux autres combattants et s'absorba dans les mouvements d'automate exécutés mille fois à l'entraînement. Tous s'immobilisèrent d'un coup quand la porte s'ouvrit sur deux soldats. La rumeur de l'arène leur parvint, à la fois lointaine et menaçante : le grognement sourd d'un monstre tapi quelque part là-bas, et à qui on allait les livrer. Myricus entra à son tour et sa voix résonna fort :

– Flavius !

Le gladiateur, torse nu et luisant de sueur, marcha lentement vers la sortie, le regard fixe. Ses mâchoires serrées, ses traits durs n'exprimaient que pure haine. Ses compagnons le sentirent et s'écartèrent sur son passage.

Dès la porte refermée, Milos se jeta sur Basile et le secoua par les épaules :

– Basile ! Viens !

Comme celui-ci ne bougeait pas, il le souleva littéralement du sol, le planta sur ses jambes et lui fourra son glaive dans la main droite.

– Allez, Basile ! Bats-toi !

Le malheureux se tenait piteusement devant lui, les bras ballants, le cœur à l'envers.

– Bats-toi ! l'exhorta Milos, et il le frappa du plat de sa lame sur les bras, sur les cuisses, pour le provoquer.

Le jeune homme-cheval ne réagissait pas. Il finit pourtant par soulever son glaive, laissant croire qu'il allait entrer en action, mais aussitôt il le jeta par terre et courut à toutes jambes dans un coin de la pièce où il se vida l'estomac, plié en deux par les spasmes.

Le rire méprisant et obscène de Delicatus ne fut repris par personne. Basile l'ignora lui aussi. Il revint vers Milos en s'essuyant la bouche de l'avant-bras, ramassa son glaive tombé au sol et sourit faiblement à son camarade :

— Ah, ça va mieux…

Ses joues avaient retrouvé un peu de couleur. Il enleva sa chemise, et ils échangèrent une dizaine de coups que Milos trouva bien inconsistants.

— Mais réveille-toi, bon Dieu ! hurla-t-il. Tu te bats dans quelques minutes, tu le sais ?

Il eut envie de se jeter sur lui et de lui faire mal, de le blesser même, s'il le fallait, pour l'obliger à réagir, à se défendre. Il allait s'y résoudre quand la porte s'ouvrit encore. Myricus entra, suivi des deux soldats.

— Rusticus !

Le jeune homme-cheval le dévisagea, haletant :

— C'est à moi ?

— Oui. Viens !

— Et Flavius ? demanda quelqu'un.

— Flavius est mort, répondit l'entraîneur sans ménagement.

Comme Rusticus n'avançait toujours pas, les deux soldats firent un pas en avant et lui indiquèrent la sortie du bout de leur fusil. Il se mit en marche, à pas lents. Son menton tremblait comme celui d'un enfant qui va éclater en sanglots.

— J'le regarde pas, alors ? demanda-t-il à Myricus.

— Non, ne croise pas son regard.

Milos s'approcha et voulut l'embrasser, mais Basile le repoussa doucement de la main :

— T'en fais pas… j'm'en fous du *champion*…

365

si y croivent qu'y m'fait peur… j'vais r'venir, va… ch'suis pas Flavius, moi…

L'attente fut insupportable. Le pire était de ne rien entendre, de ne rien pouvoir imaginer. Milos, incapable de continuer à s'échauffer, s'accroupit contre un mur et cacha son visage dans ses mains. *Basile, oh Basile, mon frère de malheur, ne me laisse pas seul! Ne meurs pas! Reviens, s'il te plaît!*

Cela dura longtemps. Autour de lui, des gladiateurs échangeaient des coups furieux et l'air vibrait du choc de leurs lames. Il y eut un bref répit pendant lequel il lui sembla percevoir au loin une clameur sourde venue de l'arène. Que se passait-il là-bas? Son cœur s'emballait dans sa poitrine. Ce combat durait l'éternité, beaucoup plus longtemps en tout cas que celui de Flavius. Qu'est-ce que cela signifiait?

Lorsque la porte grinça à nouveau sur ses gonds, il n'osa pas lever la tête. Il entendit seulement un bruit de pas sur le béton, puis la voix éteinte de Basile :

— J'l'ai eu…

Le jeune homme-cheval s'avançait, flanqué de Myricus et de Fulgur. Sa démarche était celle d'une personne choquée.

— J'l'ai eu, répéta-t-il, comme pour se persuader lui-même, mais son triomphe était sans joie.

De son flanc ouvert coulait un épais filet de sang. Il laissa tomber le glaive qui pendait, rougi, à son bras, et bredouilla :

— Y voulait m'tuer… y fallait bien que j'me défende…

– Il s'est battu vaillamment et il a vaincu, tonna Myricus. Prenez exemple sur lui !

Fulgur, ravi d'avoir à la fois un vainqueur et un blessé, l'entraînait déjà :

– Suis-moi à l'infirmerie. Je vais te raccommoder ça.

Basile se mit en marche, la main droite compressant sa blessure. À la porte, il se retourna et chercha Milos du regard. Dans ses yeux, il n'y avait aucune joie, juste une expression de profonde tristesse et de dégoût pour ce qu'il venait de faire.

– Bonne chance, mon copain ! dit-il. À tout à l'heure… Laisse-toi pas faire, hein ?

– À tout à l'heure, réussit à répondre Milos, et les mots se nouaient dans sa gorge.

Myricus s'en alla à son tour en lui recommandant de ne pas rester immobile. Il y aurait avant le sien deux combats opposant entre eux des gladiateurs venus d'autres camps. Il se mit aussitôt à ses exercices, mais constata dans un sentiment de panique que la peur modifiait toutes ses perceptions : le poids de son glaive, la longueur de son bras, la vitesse de ses jambes. C'était comme s'il avait perdu soudain le contrôle de son corps. Ses courses lui paraissaient lentes, ses appuis incertains.

– Je ne sens plus rien, gémit-il, près de l'affolement.

– C'est normal, fit une voix toute proche. Ça fait toujours ça avant d'y aller. Viens te battre avec moi.

Il reconnut Messor qui se campait devant lui

pour lui servir de partenaire. Tous deux ne s'étaient pas adressé une seule fois la parole jusqu'à ce jour.

– Merci, murmura Milos, plein de reconnaissance.

Les quelques assauts qu'ils échangèrent le sortirent de sa torpeur, et quand Myricus apparut de nouveau à la porte avec les deux soldats, il avait retrouvé un peu de confiance.

– Milos ! appela l'entraîneur sans émotion apparente.

Au moment de sortir, Milos éprouva le besoin de saluer un de ses compagnons. Comme Basile n'était plus là, il choisit Messor avec qui il venait de partager les derniers instants. Il marcha vers lui et lui serra la main.

– Au revoir, mon garçon, et bonne chance… grommela le gladiateur.

Dans le couloir, Myricus répéta plusieurs fois de suite les mêmes recommandations :

– Attention à son allonge, il est grand. Il faut qu'il te croie droitier jusqu'au bout, tu m'entends ?

Milos entendait, mais les mots de son entraîneur étaient lointains et irréels. À deux reprises, il fut sur le point de s'évanouir, mais ses jambes continuèrent à le porter sans faillir.

Les quatre hommes suivirent le couloir et s'engagèrent sous les gradins. Au-dessus de leur tête se mêlaient les voix et le piétinement des spectateurs. Les planches gémissaient sous leur poids. Une trompe retentit : trois notes graves et longues. Milos comprit qu'elles annonçaient son arrivée.

Les deux soldats s'arrêtèrent à un portillon qu'un garde ouvrit, cédant le passage. Myricus poussa doucement Milos dans le dos, et le jeune homme déboucha dans l'arène.

La violence du choc le fit chanceler. Il reçut tout à la fois les milliers de regards braqués sur lui et la lumière éclatante des projecteurs sur le sable jaune. *C'est comme naître*, se dit-il. *Les bébés doivent éprouver cette violence quand ils sont projetés dans la vie en sortant du ventre de leur mère.*

On ne lui avait pas menti. L'aire de combat était la même que dans le camp d'entraînement, et sous ses pieds le sable possédait la même consistance. Cependant, rien n'était plus pareil. Ici, l'espace s'ouvrait vers le haut : au-delà des palissades les rangées de gradins montaient vers le toit en un gigantesque coquillage, et la foule s'y entassait. Myricus le conduisit devant la tribune d'honneur où trônaient une dizaine de phalangistes en pardessus. Parmi ces hommes assis aux meilleures places, il reconnut immédiatement le géant roux et barbu qu'il avait aperçu à l'internat quelques mois plus tôt : Van Vlyck !

Il se revit allongé dans les combles, Helen contre lui, complices tous les deux… Il se rappela le rire de la jeune fille, le contact de son épaule contre la sienne, son souffle si proche dans le silence du grenier et le trouble qu'il avait ressenti à cet instant. Est-ce qu'une telle douceur avait vraiment pu exister ? Était-ce bien lui qui avait vécu cela ? Il se croyait invincible alors. Comme ce temps était loin ! À présent, les barbares le tenaient et il allait devoir se battre à mort pour eux, pour leur plaisir et pour sa survie. Pour revoir Helen aussi… Elle l'attendait quelque part, il en était sûr. Pour elle, il lui fallait oublier tout ce en quoi il avait cru sa vie durant : les règles, le respect de l'adversaire. Il ne fallait plus être que rage et désir de meurtre, voilà !

Une sueur brûlante coula dans ses yeux et l'aveugla. Il passa la main sur son visage.

– Milos ! annonça Myricus à l'intention des représentants du régime. *Novice* ! Et il nomma le camp d'où ils venaient.

Un petit homme sec, voisin de Van Vlyck, plissa les yeux :

– Milos… Ferenzy ?

Milos approuva de la tête.

– Alors tu vas nous montrer comment tu fais pour tuer les gens, s'amusa l'homme.

Milos ne broncha pas. Myricus le prit par le bras et l'entraîna de l'autre côté de l'arène.

– L'allonge… la main droite d'abord… répéta-t-il une dernière fois avant de disparaître.

Le portillon opposé s'ouvrit et Milos vit apparaître son adversaire. C'était un long type maigre au crâne rasé, suivi de son entraîneur qu'il dominait d'une tête. Les deux se dirigèrent à leur tour vers la tribune d'honneur. À la distance où il se trouvait maintenant, Milos n'entendit ni le nom ni l'origine de celui contre lequel il allait se battre.

Le silence tomba d'un coup quand il n'y eut plus sur l'arène que les deux gladiateurs face à face. Une vingtaine de mètres les séparaient. Milos fit quelques pas en direction de l'autre, et celui-ci l'imita. Il avait le dos voûté des hommes trop grands, la poitrine plissée, flasque, et couverte de poils blancs. Son glaive pendait au bout d'un bras qui n'en finissait pas, ses joues creuses étaient grises de barbe. Milos lui donna plus de soixante ans. Aucun combattant n'atteignait cet âge dans le camp d'où il venait. *C'est un grand-père*, se dit-il, *je ne peux pas me battre contre lui!* Les paroles de Myricus lui revinrent et prirent tout leur sens : «Ne te laisse pas attendrir.»

Lorsqu'il n'y eut plus que cinq mètres entre eux, ils firent le même mouvement : ils plièrent leurs genoux et tendirent vers l'avant leur bras armé du glaive. Milos résista à la tentation impérieuse de passer son arme dans sa bonne main. Ils restèrent ainsi à s'observer, presque immobiles.

Quelques sifflets éclatèrent dans les gradins, puis des cris : «Allez! Attaque!» suivis d'encouragements grotesques : «Ks! ks!» comme lorsqu'on veut exciter deux animaux pour qu'ils s'agressent.

Ils sont impatients de voir couler notre sang, pensa Milos avec dégoût. *Ils sont bien à l'abri dans les gradins, et sûrs de leur impunité. Est-ce qu'un seul parmi eux aurait le courage de franchir la palissade et de venir se battre sur ce sable? Non, ils sont trop lâches! Ils ne méritent pas que je leur fasse le cadeau de ma vie.*

Il était à présent à moins de trois mètres de son adversaire, dont le front était barré de rides profondes, et il lut dans les yeux de celui-ci la même peur qui l'étreignait lui-même. Il se força à l'ignorer. Il fallait haïr cet homme et non avoir pitié de lui. Il souffla bruyamment par le nez, durcit son regard, serra son glaive à s'en faire mal et fit un pas de plus. C'est l'instant que choisit l'autre pour se casser soudain en avant, à la manière des épéistes. Il piqua de sa lame la cheville nue du garçon et rompit aussitôt. Milos poussa un cri de douleur et vit son pied se couvrir de sang, tandis que des applaudissements et des rires saluaient cette attaque insolite. La vague compassion que Milos avait éprouvée l'instant d'avant s'évanouit d'un coup. Cet homme maigre et trop âgé était là pour le tuer, et il le ferait sans scrupule à la première occasion. Il décida de se tenir davantage sur ses gardes.

Comme l'autre avançait à nouveau vers lui, il passa soudain son glaive dans sa main gauche et commença à se déplacer à rapides petits pas latéraux, obligeant son adversaire à tourner sur son mauvais côté. Celui-ci parut dérouté quelques instants, puis il plongea à nouveau vers l'avant, une fois, deux fois, encore et encore, toujours vers les jambes de Milos ou vers ses pieds. *Tu crois m'avoir comme ça ?* s'amusa le garçon, retrouvant ses réflexes de lutteur en compétition : *Tu vas m'attaquer dix fois par le bas, me faire pencher dix fois vers l'avant pour protéger mes jambes, et la onzième tu m'attaqueras en haut et tu m'ouvriras la poitrine, c'est ça ? Eh bien vas-y, je t'attends…*

Ils continuèrent ainsi leur danse mortelle, chacun fidèle à sa stratégie. Le vieux provoquait sans cesse vers le bas. Milos sautillait autour de lui. Le combat durait depuis peu, mais la tension était si forte que l'un et l'autre étaient déjà hors d'haleine et dégoulinants de sueur.

Attaque-moi en haut! suppliait Milos pour lui-même. Son pied le brûlait et laissait à chaque pas une traînée rouge sur le sable. *S'il te plaît, attaque-moi en haut… Une seule fois… Regarde, je me penche… Je t'offre ma poitrine… Allez… N'hésite plus…*

Cela ne manqua pas. Le vieux combattant se rua soudain vers l'avant, tendant son glaive à l'horizontale au bout de son bras immense. Il poussa un cri déchirant dans lequel il y avait plus de désespoir que de rage. Milos l'attendait là. Il esquiva de justesse et trébucha sur le côté. L'autre aussi fut déséquilibré par son assaut manqué. Il gisait maintenant au sol, le visage dans le sable. Milos, plus jeune, fut le plus prompt : il se redressa en une fraction de seconde et bondit. Il écrasa de son genou le dos blanc et trempé de sueur de son adversaire trop lent et, le coude haut, il piqua la pointe de son glaive sur la nuque ridée.

De sa main libre, il immobilisa la tête, et de sa jambe le bas du corps. Mais tout cela était désormais inutile. Le vieux semblait bien pitoyable avec sa respiration haletante, la salive qui coulait de sa bouche tordue, se mélangeant au sable, et la plainte faible qui sourdait de ses lèvres. La foule avait grondé et elle attendait maintenant le sacrifice pour lequel elle était venue. Milos éprouva pendant quelques brèves secondes une sensation violente : *J'ai vaincu!* Mais elle fut aussitôt chassée par une autre, épouvantable : celle de revivre un cauchemar. Voilà qu'il se trouvait à nouveau, sans l'avoir voulu, maître de la vie d'un être humain livré à sa merci.

Quelques mois plus tôt, dans la montagne, la solitude et le froid, il s'était résolu au geste terrible afin de sauver Helen qui tremblait de froid et de peur derrière le rocher, et afin de protéger les deux autres évadés. À présent, il lui fallait tuer pour se sauver lui-même, et cela se déroulait sous la lumière aveuglante des projecteurs, sous le regard trouble des spectateurs que l'excitation faisait se lever pour mieux voir, rangée après rangée. À quoi voulaient-ils assister ? À son humiliation ? Ils voulaient le voir achever ce vieil homme qui pourrait être son grand-père ? Il comprit qu'il serait incapable de donner cette mort qu'on exigeait de lui. Comment entrer davantage cette lame dans le corps d'un vaincu ? Comment vivre après cela ? Il avait imaginé pouvoir le faire dans un mouvement de défense, pour se sauver. Là, il s'agissait d'un meurtre, ni plus ni moins. Non, il ne leur ferait pas ce plaisir. Il allait relâcher son étreinte, se relever, et il arriverait ce qui devait arriver. Le vieil homme serait déclaré vainqueur. Quant à lui, on le livrerait sans arme à un gladiateur, puis à deux, puis à trois s'il le fallait, et il mourrait sous leurs coups. *On verra…* se dit-il. *On verra…*

La foule vociférait, maintenant, et hurlait des mots qu'il ne comprenait pas. Il se pencha sur son adversaire, se coucha presque sur lui.

– Qu'est-ce que tu fais ? fit le vieux dans un râle. Tue-moi. Et sauve-toi… Tu es jeune…

– Je ne peux pas… répondit Milos.

Il releva son glaive dont la pointe avait tracé

une virgule de sang sur le cou ridé, il le jeta à deux mètres de lui et attendit à genoux. *Faites de moi ce que vous voulez, maintenant.*

À cet instant, au lieu des protestations attendues, il y eut un silence étrange, comme ceux qui précèdent un événement terrible, un tremblement de terre peut-être. Un premier choc sourd ébranla l'arène. Les bouches s'ouvrirent, les oreilles se dressèrent et on entendit le deuxième choc, aussi lourd, aussi profond. Les hommes de la Phalange se levèrent et quittèrent précipitamment la tribune. D'autres spectateurs les imitèrent, et l'agitation se répandit dans tous les gradins.

Le vieil homme, le visage livide, s'était agenouillé près de Milos.

— Qu'est-ce qui se passe?

Mais plus personne ne se souciait d'eux.

— Ils enfoncent la porte! hurla une voix.

Ce fut le signal de la panique. On se mit à courir en tous sens dans les travées, à se bousculer à la recherche d'une sortie dérobée.

Qui était ce « ils » ? Qui enfonçait la porte? Milos, tenu dans l'ignorance de tout depuis des mois, hésita à y croire. Et pourtant il fallait bien se rendre à l'évidence : ceux de la Phalange avaient maintenant disparu, quelques soldats désemparés attendaient des ordres qui ne venaient plus et le public tentait de fuir en un sauve-qui-peut affolé. Qui d'autre que des résistants auraient pu provoquer pareille débandade?

Au moment où Milos et le vieil homme se remettaient sur leurs jambes, le cœur battant la chamade, les portillons s'ouvrirent de part et d'autre et les gladiateurs, libérés de leurs cellules, surgirent en poussant une clameur effrayante, leur glaive brandi au-dessus de la tête. Ils envahirent l'arène et se lancèrent à l'assaut des palissades. Leurs visages farouches, leurs cris sauvages semèrent la terreur parmi les spectateurs épouvantés.

— Basile ! appela Milos, et il chercha son ami dans la foule des combattants.

Le jeune homme-cheval ne connaissait sans doute pas l'issue de son combat et il fallait le rassurer. Puis il se rappela la blessure, le sang sur son côté. Peut-être Basile était-il atteint gravement ? Où pouvait bien se trouver cette « infirmerie » évoquée par Fulgur ? Sans doute dans une pièce voisine des cellules. Il se fraya un chemin à contre-courant, franchit le portillon, passa sous les tribunes secouées par le fracas des spectateurs en fuite, remonta le couloir et atteignit bientôt la vaste cellule où il avait passé la nuit avec ses compagnons. Elle était vide. Il n'y gisait, entre les paillasses, que la chemise et les sandales de Flavius, mort dans l'arène, et les siennes, à lui, qui avait survécu. Il les enfila et sortit.

— Basile !

Il s'en alla cette fois sur la droite, ouvrant à la volée toutes les portes qu'il rencontrait. Tout au bout, un escalier de bois, raide et vermoulu, montait à un étage par une trappe ouverte. Il lâcha son glaive et monta les échelons :

— Basile ! Tu es là ?

Il passa juste la tête pour inspecter la pièce. Elle était vide, éclairée très faiblement par une minuscule ouverture creusée dans le mur de terre. Il redescendit et, quand il se retourna, il vit Caïus qui lui barrait le passage, son glaive à la main. Le sien avait été jeté plus loin, hors d'atteinte.

– Alors, le chat, tu craches plus ?

Milos se figea.

– Caïus, arrête… On est libres…

L'autre n'entendait pas. Il s'avança, l'œil halluciné, ramassé sur ses jambes, bras écartés, prêt à bondir. Il serrait son arme à s'en blanchir les jointures.

– Je vais t'apprendre à griffer, saleté ! jura-t-il entre ses dents.

Sur son visage haineux, les cicatrices semblaient plus hideuses encore. Elles dessinaient un entrelacs de reliefs violacés.

– Caïus, supplia Milos, arrête ! On va se parler, hein… Qu'est-ce qu'ils t'ont fait, les chats ? Dis-moi, Caïus… On va se parler… d'accord ?

Le fou fit un pas de plus, haletant, ivre de colère.

– Je vais t'apprendre à griffer, répéta-t-il, et ses yeux lançaient des lueurs assassines.

– Donne-moi au moins mon glaive ! demanda Milos en s'efforçant de ne pas faire de geste brusque. Je suis un gladiateur comme toi ! J'ai le droit de me défendre ! Donne-moi mon glaive ! Tu m'entends, Caïus ?

L'autre ne répondit pas.

– Caïus, supplia Milos dans un souffle, je t'en prie… c'est trop bête… on est libres… tu sais qu'on est libres ? Et je suis pas un chat, tu sais… je suis pas un chat…

Caïus n'entendait pas. Aucune parole ne pouvait l'atteindre dans son délire. Alors Milos comprit qu'il était en danger de mort. Il hurla de toutes ses forces :

– Au secours ! Aidez-moi !

Il n'y eut aucune réponse. Le couloir était trop étroit pour qu'il puisse s'échapper sans buter sur Caïus, et celui-ci allait l'attaquer d'une seconde à l'autre, il le voyait bien. Sans réfléchir davantage, il bondit dans l'escalier, derrière lui, et le gravit, s'aidant autant de ses mains que de ses jambes. Deux marches s'effondrèrent sous son poids. Une fois en haut, il se colla au mur du fond. Caïus l'avait déjà rejoint.

Le terrible face-à-face reprit, mais cette fois dans la pénombre. Milos chercha en vain les mots qui pourraient arrêter la folie de cet homme dont il ne distinguait plus que la forme sombre à deux mètres de lui. Ils se tinrent ainsi quelques secondes, brassant l'air de leur souffle haletant.

Et soudain, à un mouvement furtif, à un changement de respiration de son adversaire, Milos eut l'intuition que celui-ci allait se précipiter sur lui et l'abattre. Alors il prit les devants et se jeta le premier.

Tout alla très vite.

Le fer entra dans son ventre en une longue et froide fulgurance. Ce fut le seul coup donné.

Il s'effondra sur les genoux, stupéfait.

Quand il reprit conscience, il était seul. Au loin, les chocs sourds résonnaient toujours contre le portail d'entrée de l'arène. Il gisait sur le côté, recroquevillé sur lui-même. Sa tête reposait sur la terre humide et fraîche. À quelques centimètres de son visage, une souris grise l'observait gentiment. On avait envie de caresser son doux pelage. Derrière ses moustaches frémissantes luisaient les deux belles agates de ses yeux noirs. Elle n'avait pas peur. *Elle voit bien que je ne suis pas un chat, elle...* Il essaya de bouger : son corps n'obéit pas. Il voulut appeler, mais il eut peur que son propre cri le déchire et le tue. Il se sentait aussi fragile qu'une flamme au vent. Le moindre souffle l'éteindrait.

Son ventre était poisseux de sang. *C'est par là que ma vie s'en va...* se dit-il, et il pressa ses deux mains contre la blessure. «Au secours... gémit-il, je ne veux pas mourir...» Ses larmes coulèrent dans la terre et y tracèrent un petit sillon de boue. La souris s'approcha à pas menus, hésita un instant et s'allongea contre sa joue. «Tu n'es pas tout à fait seul, semblait-elle lui dire. Je suis peu de chose, mais je suis là.»

Alors commencèrent les images.

Il y eut d'abord Bartolomeo, sur le pont, qui l'enlaçait de ses longs bras, et s'en allait à grandes enjambées : «On se reverra, Milos! On se reverra ailleurs! On se retrouvera tous, les vivants et les morts!»

— Pourquoi m'as-tu laissé tomber, Bart? demanda-t-il.

Le grand garçon ne répondit pas. Il s'accroupit simplement près de Milos et lui sourit avec amitié.

Basile lui rendit visite aussi. Sa trogne fidèle et brutale était bonne à regarder. Il balbutia quelques mots rassurants et maladroits : «T'fais pas de soucis, mon copain… J'ai rien, r'garde!» et il montrait sa blessure guérie.

Ensuite se succédèrent d'autres visages. Celui d'un professeur de lutte d'autrefois : «On n'étrangle pas, les garçons, je le répète!» Milos se revit, tout jeune combattant, faire des roulades en cascade sur un tapis de gymnastique. D'autres visages, oubliés, remontèrent du passé : des petits camarades d'orphelinat qui lui proposaient d'échanger des billes, des compagnons d'internat qui lui tapaient dans le dos. «Ça va, Milos? demandaient-ils gaiement. Contents de te revoir!» Sa consoleuse les faisait entrer, s'asseoir, grondait ceux qui faisaient trop de bruit. Elle s'inquiéta de savoir si certains avaient faim et entreprit de préparer quelque chose à manger. Milos se demanda comment elle allait bien pouvoir cuisiner, comment tout ce monde parvenait à tenir dans cette pièce exiguë, et cela le fit rire.

Il y eut enfin Helen. Elle lui apparut frigorifiée sous la capuche de son manteau d'interne. La neige tombait, blanche et légère, sur ses épaules. Elle aussi s'agenouilla près de lui, et elle prit son visage dans l'ovale de ses mains glacées. «Ne t'en va pas, Milos, pleura-t-elle, ne t'en va pas, mon amour…» Il regarda les yeux profonds de cette jeune femme penchée sur lui, ses joues rondes, et il la trouva belle d'une beauté sans égale. «Je ne m'en vais pas», voulut-il répondre, mais ses lèvres étaient de pierre. Alors il le lui dit avec le cœur : *Je ne m'en vais pas, mon amour. Je reste avec toi. Promis.*

Puis eux tous qui étaient penchés sur lui, Bartolomeo, Basile, les camarades qui avaient accompagné sa vie, Helen qui l'avait éclairée, cette vie brève, d'une lumière éblouissante, tous s'écartèrent très doucement et se tournèrent vers l'entrée où se tenaient un homme et une femme, jeunes et bien mis. La femme, jolie, portait une robe printanière et un chapeau fleuri. L'homme, de bonne taille et vigoureux, avait les mêmes yeux rieurs que Milos. Celui-ci, dont les paupières se fermaient déjà, leur sourit et ils furent aussitôt là, agenouillés à ses côtés. La femme passa ses deux mains sur son crâne rasé et le caressa. «Où sont passés tes cheveux, mon garçon?» demande-t-elle. L'homme, un peu en retrait, hochait la tête, et le considérait avec une expression d'intense fierté. Il n'y avait sur leur visage aucune inquiétude. Au contraire, ils semblaient confiants comme lorsqu'on revoit un être aimé après une longue absence, et qu'on va pouvoir vivre heureux ensemble, et pour toujours.

— Mon père… murmura Milos. Ma mère… Vous m'avez retrouvé?

— Chut… fit la femme en portant son index à sa bouche.

Et l'homme fit de même :

— Chut…

Alors Milos redevint petit enfant obéissant. Il s'enroula sur lui-même, pour emprisonner dans l'arrondi de son corps la chaleur et la tendresse reçues, pour les emporter avec lui là où il s'en allait.

Puis il ferma les yeux et s'abandonna.

La souris grise trottina encore un peu le long de la jambe, sur le dos, sur l'épaule. Elle revint se frotter contre le visage inerte, y resta quelques minutes, doux museau frémissant. Elle attendit un signe de vie qui ne vint pas. Il y eut soudain, au lointain, un choc plus violent que les autres, suivi d'un craquement sinistre. La poutre qui barrait la porte venait de céder. La souris effrayée s'enfuit droit vers le mur et disparut dans un trou.

11. Le pont Royal

Comme à chaque pause, Milena s'assit sur une pierre et ôta ses bottes pour masser ses pieds endoloris. Guerlinde, la jeune fille-cheval qui l'avait appelée «princesse» et ne la quittait plus, s'affairait déjà autour d'un petit feu pour faire bouillir de l'eau.

— Tu m'chanteras quelque chose si je te donnerais du thé? demanda-t-elle.

Milena sourit. Tous les prétextes étaient bons pour la faire chanter. Il suffisait qu'elle commence, même sans pousser la voix, pour qu'on s'assemble autour d'elle. Et si les gens connaissaient la mélodie, ils chantaient avec elle.

La longue marche entreprise depuis deux jours pour rejoindre la capitale lui rappelait celle faite avec Bart lors de leur évasion, à l'automne. Elle se souvenait de l'exaltation éprouvée alors, dans l'immensité de la montagne nue. Mais elle se rappelait aussi leur terrible incertitude et la crainte du lendemain. À présent, au contraire, il lui semblait que rien ne pourrait plus leur arriver tant qu'ils seraient à l'abri au milieu du peuple des hommes-chevaux, dans l'odeur entêtante de leurs vêtements de velours et de laine. La force naturelle de ces gens-là, leur bonté et leur innocence paisibles étaient contagieuses. Elles vous rassuraient, vous armaient d'une confiance irraisonnée. Milena avait éprouvé cela auprès de Martha, sa consoleuse, au temps de l'internat, mais il s'agissait alors d'une seule personne. Ici, elle avait l'impression d'un immense corps multiple et changeant, d'une force irrésistible.

Au fur et à mesure qu'on progressait vers la capitale, le nombre des marcheurs croissait. Aux petits groupes qui avançaient dans la campagne, comme des ruisseaux innombrables, s'étaient ralliés des centaines puis des milliers d'hommes, de femmes et de jeunes gens. Ils s'étaient rejoints, au détour des collines, des bois et des champs, et ils avaient formé des rivières, qui elles-mêmes devenaient fleuves. Les portes des maisons s'ouvraient à leur passage. On leur offrait de la nourriture, on en remplissait leurs sacs, on les faisait dormir dans les granges.

Guerlinde s'approcha et tendit un gobelet de thé fumant à Milena.

— Alors, ma chanson ?

— Bon, mais rien que pour toi alors. Je n'ai pas envie de chanter pour cinquante personnes. Approche…

Un sourire illumina le visage épais de la jeune fille-cheval, et elle colla son oreille à la bouche de Milena. Celle-ci commença doucement :

Blow the wind, southerly, southerly

384

mais comme d'autres s'approchaient pour écouter, elle se leva brusquement, son gobelet à la main :

— Non ! Non ! C'est fini ! Une autre fois… Ce soir…

Elle remit ses bottes et fit quelques pas pour rejoindre Bartolomeo et Dora, assis plus loin sur un muret de pierres. Ils se tenaient tous les deux serrés dans leur manteau d'hiver. La vapeur s'échappait de leur bouche en petits nuages bleus. *Les deux personnes que j'aime le plus au monde…* se dit-elle en approchant, *il faudrait juste ajouter Helen et Martha pour avoir le carré magique.*

— Jahn et Faber sont sans doute déjà au pont, disait le garçon d'un air contrarié. J'aurais dû rester avec eux…

— Ils t'appelleront s'ils ont besoin de toi, ils te l'ont promis, répondit Dora.

— Oui, j'espère seulement qu'il ne sera pas trop tard. Les combats d'hiver commencent demain matin dans l'arène. Milos ne sera peut-être pas désigné dès le premier jour, mais on ne sait jamais… Il faut entrer dans cette ville, et vite !

Milena se blottit contre lui :

— Il faut avoir confiance. On y sera demain, va.

— Oui. Ils n'oseront jamais tirer sur nous. Nous sommes désarmés, il y a des femmes, des enfants… Ils ne pourront pas.

— Non, le conforta Milena, ils ne pourront pas. Et pour Milos, tu le reverras bientôt. Tu m'as toujours dit qu'il était doué pour la vie.

– Oui, j'ai dit ça. Il est doué pour le bonheur aussi. Plus que moi.

– Le bonheur… plaisanta Dora. Ça existe, ce truc-là ? Comme ça doit être ennuyeux !

Ils marchèrent sans se quitter pendant les heures qui suivirent, sur des chemins étroits, sur de mauvaises routes. Guerlinde ne lâchait pas Milena « de peur que si elle se perdrait » ! Qui guidait leur avancée ? C'était impossible à dire. Ils se laissaient emporter par le flot. Au soir descendant, ils arrivèrent sur les collines qui dominaient la ville, et furent stupéfaits de voir qu'elles étaient noires de monde, à perte de vue.

Ils savaient bien que la population s'était ralliée, mais le spectacle de la foule innombrable dépassait tous leurs espoirs. Comment imaginer une seconde que la Phalange pourrait résister à cette force ? La rumeur circula bientôt qu'on entrerait dans la capitale dès le petit matin, qu'il fallait patienter jusque-là et se tenir au chaud. Les cris de joie éclatèrent, comme si la bataille était déjà gagnée. Guerlinde sautilla sur place et embrassa Milena.

– C'est la perspective de te geler une nuit entière qui te réjouit ? s'étonna la jeune fille. On sera tous congelés avant le lever du jour !

Guerlinde la regarda sans comprendre, puis elle dit simplement :

– Oh mais non ! On va s'aider.

Elle avait raison, et cette nuit qui s'annonçait terrible fut miraculeuse. En peu de temps, on trouva du bois, et des feux s'élevèrent, crépitant, lançant leurs flammes rouges dans le ciel sombre.

Milena avait craint le froid ? Elle dut souvent insister pour laisser sa place au plus près du foyer, où les gens se succédaient sans querelle. Elle croyait manquer de nourriture ? Il y en avait trop ! De tous les sacs sortirent des miches de pain, du jambon, des pâtés, des pommes, du vin, du chocolat ! Dès qu'elle s'asseyait, quelqu'un venait s'agenouiller dans son dos et l'enlacer de ses bras pour la réchauffer. La première fois, elle crut que c'était Bartolomeo ou Dora, ou Guerlinde. Qui d'autre aurait pu se permettre autant de familiarité ? Mais c'était une femme-cheval inconnue d'elle. À son tour, Milena dispensa sa chaleur à des personnes qu'elle ne connaissait pas, et elle vit qu'il était aussi doux de donner que de recevoir.

Au petit jour, tous se retrouvèrent engourdis, abrutis de sommeil, battant le sol de leurs pieds pour tenter de les réchauffer, mais avec le sentiment d'avoir survécu ensemble, d'y être arrivés, et que quelque chose d'immense les attendait. De maigres fumées montaient encore des feux mal éteints. Le ciel nuageux de la veille s'était dégagé, et dans le froid vif, ils découvrirent les autres collines peuplées elles aussi de milliers de silhouettes, la plaine où se mouvaient déjà les marcheurs, et au loin le ruban scintillant du fleuve.

La foule se mit en mouvement, avec lenteur, et ce fut bon d'avancer ensemble à nouveau. Quelqu'un commença à fredonner :

Dans mon panier,
Dans mon panier, il n'y a pas de cerises,
Mon prince,

Pas de cerises vermeilles,
Ni d'amandes, non…

et tous reprirent, les grands hommes-chevaux et les autres, ceux qui chantaient juste et ceux qui chantaient faux.

Il n'y a pas de mouchoirs,
Pas de mouchoirs brodés,
Ni de perles, non.
Non plus peine et chagrin, mon amour,
Non plus peine et chagrin…

Tous reprirent, sauf Milena. Les voix s'élevaient autour d'elle, modestes, maladroites, hésitantes, mais toutes vibrantes de ferveur et de certitude.

— Tu chantes pas ? demanda Guerlinde.

— Non, répondit la jeune fille, la gorge serrée. J'écoute, pour une fois. J'ai bien le droit moi aussi…

Un enfant-cheval d'une douzaine d'années, court sur pattes, trogne rouge et hors d'haleine d'avoir couru longtemps, vint soudain tirer la manche de Bartolomeo :

— Y a m'sieur Jahn qui te veut. Avec ta dame.

— Avec ma dame ?

— Oui, avec ta dame Milena.

— Où est-il, Monsieur Jahn ?

— Au pont. J'vous guide.

— Je vous accompagne ! dit Dora, et sans attendre de réponse, elle leur emboîta le pas.

388

– Moi aussi! fit Guerlinde et elle s'élança à son tour.

Ils durent tout d'abord se ménager un passage en jouant des coudes et des épaules parmi la foule, puis l'enfant obliqua soudain sur la gauche et, après quelques dizaines de mètres, ils se retrouvèrent miraculeusement seuls, à dévaler un sentier pentu.

– Tu connais les raccourcis! cria Bartolomeo.

– Oui! répondit l'enfant qui les précédait, faisant rouler les pierres sous ses croquenots. J'habite ici!

– Où ça? demanda Milena qui ne voyait de maison nulle part aux alentours.

L'enfant ignora la question et accéléra encore l'allure. Ils étaient maintenant en bas de la colline et ils contournaient des taillis que le givre faisait étinceler. Sous leurs pieds crissait l'herbe gelée.

– Attendez-moi! appela Dora, déjà distancée avec Guerlinde. Il a mis ses bottes de sept lieues, ce gamin!

Le petit messager ne se retourna pas et continua sa course folle. De dos, il semblait à présent léger et gracieux, comme s'il avait grandi. Bientôt, Milena elle-même fut à bout de souffle.

– Je n'en peux plus! lança-t-elle à Bartolomeo. Je te rejoins là-bas! File!

Le jeune homme se lança à la poursuite de l'enfant qui détalait, souple et aérien. En quelques enjambées, il fut presque à sa hauteur:

– Pas si vite! Nous n'arrivons pas à te suivre...

Tandis qu'à l'est le ciel se colorait de rose et

de bleu, des claquements secs retentirent au loin comme un feu qui crépite. Les deux silhouettes, la grande et la petite, allèrent leur chemin, bondissant par-dessus les talus et les fossés. Jamais de sa vie, Bartolomeo n'avait avalé tant d'espace en si peu de temps. L'air vif du petit matin sifflait à ses oreilles. Il était étourdi par le tintamarre de sa propre respiration.

— C'est encore loin ? cria-t-il au bout d'un moment, grisé d'émotion.

— Non, dit l'enfant, et il stoppa net sa course. On est arrivés !

Il se tenait immobile, les poings sur les hanches, et il y avait quelque chose d'un ange sur son visage ingénu. Bartolomeo fut stupéfait de le voir à peine essoufflé et surtout si différent de l'enfant de tout à l'heure. À croire que ce n'était plus le même.

— Ça alors ! lança-t-il, déconcerté, tu es un magicien, toi !

— Oui, répondit l'enfant, et il désigna un tertre, sur leur gauche. Monte ici ! Moi, j'ai pas le droit d'aller plus loin.

Bartolomeo, troublé, commença l'escalade à quatre pattes. À mi-pente, il se retourna et constata qu'au pied du tertre il n'y avait plus personne. Il chercha en vain l'étrange petit guide, puis, convaincu que celui-ci s'était évaporé, il continua à grimper. Parvenu tout en haut, il vit qu'il se trouvait à moins de cent mètres de l'entrée du pont Royal. Et ce qu'il y découvrit le glaça d'horreur.

De ce côté-ci, la troupe farouche du peuple-cheval, munie de piques et de bâtons, tentait de franchir le fleuve. Un épais nuage de vapeur montait au-dessus de sa masse. De l'autre côté, invisibles dans leurs cent camions bâchés et rangés en épis, les soldats armés de fusils les en empêchaient en leur tirant dessus. Le pont était jonché d'une centaine de gros corps effondrés. Mais le pire était que les hommes-chevaux qui se tenaient en première ligne s'évertuaient à monter à l'assaut, indifférents aux projectiles qui les décimaient. Bartolomeo vit deux jeunes garçons s'élancer ensemble, brandissant leur bâton. Ils n'avaient pas atteint le milieu du pont que les coups de feu claquèrent. Le premier reçut une balle dans la poitrine, exécuta un grotesque pas de danse, battit l'air de ses bras et s'écroula, tête en avant. L'autre, touché à la jambe, poursuivit sa course claudicante dix mètres encore avant d'être abattu à son tour. En tombant, il jeta rageusement son bâton vers ceux qui venaient de le tuer.

– Arrêtez! hurla Bartolomeo, épouvanté.

Mais déjà dix autres hommes-chevaux se ruaient à l'attaque en un bloc compact. Ils tenaient devant eux en guise de boucliers des objets disparates : planches de bois, morceaux de tôles rouillées. Malgré leur force et leur énergie, ils n'allèrent guère plus loin que leurs camarades. Une rafale meurtrière les faucha d'un coup. Seuls deux d'entre eux, véritables colosses, restèrent sur leurs jambes. Ils titubèrent jusqu'au premier camion qu'ils empoignèrent sous le châssis pour le renverser. Sans doute les soldats les avaient-ils laissés arriver jusque-là par jeu, car il leur suffit de deux balles qu'on entendit claquer pour en finir avec les malheureux.

— Arrêtez! gémit Bartolomeo, et il se précipita vers l'entrée du pont.

Il fut aussitôt noyé dans une mer de bras, de dos et de torses puissants, mais il était bien loin de la sensation apaisante éprouvée quelques jours plus tôt avec Milena lorsqu'ils avaient marché, conduits par Guerlinde, au milieu des hommes-chevaux. Cette fois, la colère déformait les lourds visages d'ordinaire si paisibles. Les larmes de rage coulaient sur les joues.

— Monsieur Jahn! cria Bartolomeo. Est-ce que quelqu'un sait où est Monsieur Jahn?

— Il est là! rugit une voix, et l'immense Jocelin apparut soudain devant lui, les traits bouleversés. Vite! Y veut te voir!

Malgré le froid, Jahn dégoulinait de sueur. Il saisit Bartolomeo au col de son manteau et le secoua :

— Empêche-les, Casal, bon Dieu! Ils ne m'écoutent plus! Ils n'écoutent plus personne!

— Et Faber?

— Faber a voulu aller parlementer. Il a été abattu. Ça les a rendus fous! Ils vont tous se faire massacrer!

Bartolomeo abandonna le gros homme et se fraya un chemin vers le pont à coups d'épaules. Plus il s'en approchait et plus la masse des corps était dense. Il réussit à se faufiler à grand-peine et, quand il parvint enfin à se dégager, il comprit que les hommes-chevaux se préparaient à une attaque massive. Un jeune homme en chemise, hirsute, et dont les épaules herculéennes rappelaient celles de Faber, s'était improvisé chef de guerre, et il haranguait ses hommes.

– Tous ensemble, cet' fois! exhorta-t-il. On va leur montrer d'quel bois on a dans l'ventre!

Bartolomeo se planta devant lui et l'apostropha durement :

– Tais-toi! Tu ne sais pas ce que tu dis!

Bien que beaucoup plus mince, il avait presque la taille de l'autre, et sa voix retentit avec force.

– Ne faites pas ça! continua-t-il en se retournant vers les hommes-chevaux prêts à charger. N'y allez pas! Ils vous abattront les uns après les autres! Ils n'attendent que ça!

Quiconque à la place de Bartolomeo aurait été balayé par ces colosses en rage, mais il s'appelait Casal, et on l'écouta.

– Y z'ont tué Faber! cria une voix aiguë.

– Et ils vont te tuer aussi si tu y vas! riposta Bartolomeo. Tu n'es pas du bétail qu'on envoie à l'abattoir!

– J'm'en fiche qu'y m'tuyent! lança le gamin qui avait seize ans à peine.

– Je t'interdis d'avancer! tonna Bartolomeo dont les yeux noirs lançaient des flammes, et il lui montra le poing.

– Si ton père était là… commença un autre.

– Mon père vous dirait la même chose! le coupa Bartolomeo. Je parle comme lui!

Face à sa détermination, le doute s'insinua dans les lignes des combattants.

– Je sais que vous êtes courageux et prêts à mourir, reprit Bartolomeo, mais à quoi bon si

393

c'est seulement pour leur faire plaisir ? À quoi bon ?

— Qu'est-ce qu'on fait, alors ? demanda un des hommes. On va pas r'culer !

— Et nos camarades qui sont morts su' le pont, on va pas les laisser ! renchérit un autre.

Ils avaient raison. Bartolomeo regarda par-delà leurs visages furieux la foule immense de ceux qui attendaient au loin, ignorants du drame qui se jouait ici, sur le pont. La lumière rasante du matin les éclairait maintenant jusqu'à l'horizon des collines. Il regarda aussi de l'autre côté du fleuve. Derrière l'enfilade des camions vert-de-gris, où l'ennemi attendait, caché, implacable et silencieux, la ville semblait retenir son souffle. Il dut s'avouer qu'il s'était trompé, comme s'étaient trompés Jahn, Lando, Faber et tous les autres : les soldats avaient ouvert le feu. Ils avaient obéi aux ordres et tiré sans état d'âme sur ces pauvres bougres armés de bâtons.

Que dire maintenant à ces hommes qui venaient de voir tomber sous leurs yeux un ami, un père, un frère, et Faber, leur chef bien-aimé ? Il avait réussi pour un temps à stopper l'hécatombe, à sauver quelques-unes de leurs vies, mais il ne pourrait pas contenir davantage leur fureur désespérée.

— On y va ! commanda celui qui voulait conduire l'attaque. On fonce !

— On ne bouge pas ! hurla Bartolomeo. Je vous ordonne de ne pas bouger ! Laissez-moi faire !

Et sans savoir au juste ce qu'il espérait, il s'engagea sur la chaussée, en plein centre, fit une dizaine de pas…

– Qu'est-ce que tu fais, Bart ? Reviens ! appela quelqu'un derrière lui.

Il reconnut la voix de Jahn et ne se retourna pas.

En face, on ne donnait aucun signe de vie. Sans doute attendait-on pour tirer qu'il atteigne le milieu du pont. Il y serait une meilleure cible, plus proche, bien dégagée. Il avança encore de quelques mètres. Que cherchait-il au fond ? Il ne le savait pas.

Puis il se rappela les mots de Jahn, et ceux-ci se mirent à danser dans sa tête : *Ton père… l'occasion rêvée de finir en beauté… une grande mélancolie… je ne sais pas d'où elle lui venait…*

Il tressaillit, craignant de comprendre la sinistre tentation qui l'animait. Est-ce qu'il y avait au fond de son âme à lui, Bartolomeo, la même mélancolie ? Cette même tristesse profonde, à laquelle il était presque tentant de mettre fin ? Il reprit sa marche vers l'avant, buta sur un pavé disjoint, contourna le corps supplicié de l'enfant-cheval qui était monté à l'assaut avec son camarade, fit cinq mètres de plus. Son écharpe noire flottait dans le vent froid du matin. De là où il était maintenant, il n'entendait plus les cris des hommes-chevaux ni la rumeur de la foule derrière eux. Seul montait jusqu'à lui le paisible murmure du fleuve. *Je vais aller jusqu'au bout*, se dit-il. *Je n'ai rien d'autre à faire que cela : aller jusqu'au bout.*

Et soudain Milena fut à ses côtés.

– Milena ! s'exclama-t-il, stupéfait, et il la saisit aux épaules. Va-t'en d'ici !

Elle secoua sa tête nue, nimbée d'or par ses courts cheveux blonds :

— Sûrement pas ! Nous allons traverser ensemble. Viens.

Elle le prit par le bras et l'entraîna à pas lents, droite et sereine.

— Ils vont nous tirer dessus, Milena, tu le sais.

— Sur toi peut-être, mais pas sur moi !

— Ils en sont capables ! Regarde, ils ont tiré sur des garçons de treize ans ! Nous enjambons leurs corps !

— Ils ne tireront pas sur moi, Bart. Ils ne tireront pas sur Milena Bach. Je ne me cache plus maintenant ! Qu'ils voient qui je suis ! Qu'ils me voient bien !

Bartolomeo se demanda un instant si elle avait perdu la raison. Il l'arrêta de force.

— Milena, écoute-moi ! Qu'est-ce que tu espères ? Devenir une martyre ? Les martyres ne chantent pas, tu le sais ?

Il lui caressa la joue. Elle était douce et glacée.

— Personne n'osera donner l'ordre de tirer sur moi, Bart ! Personne !

— Milena, ils ont lâché les hommes-chiens sur ta mère, il y a quinze ans ! Tu l'as oublié ?

Elle plongea dans les siens ses yeux bleus pleins de fièvre :

— Ils l'ont fait parce que c'était dans la montagne, et qu'il n'y avait personne pour les voir ! Ma mère est morte toute seule, dans la nuit noire, tu comprends ? Elle n'a même pas dû voir les dents qui la déchiraient. Ici, c'est le plein jour, Bart !

Regarde autour de toi! Regarde ces milliers de gens! Ils sont témoins. Ils nous protègent de leurs yeux!

Bartolomeo se retourna et vit que derrière eux les combattants-chevaux s'étaient engagés sur le pont, à leur suite. Ils avaient renoncé pour un temps à leur furie et avançaient avec lenteur, dans le silence, épaule contre épaule. Leurs faces graves, les plis sombres de leurs vêtements évoquaient des statues de pierre sur lesquelles on aurait soufflé la vie, et qui se seraient mises en marche pour former une armée invincible. Bartolomeo leva la paume de sa main droite vers eux, et ils s'arrêtèrent. Cette obéissance exprimait une force supérieure, bien plus redoutable que les assauts désordonnés d'avant. Au-delà de leurs silhouettes hérissées de piques et de gourdins, le jeune homme considéra la foule innombrable qui descendait les collines : des hommes, des femmes, des enfants, dont on devinait, au loin, les poussières minuscules et tremblotantes.

De l'autre côté du pont, les fusils se taisaient. *Milena a raison*, pensa-t-il. *S'ils tirent sur nous, à cet instant, ils déchaîneront contre eux une colère qui les emportera, ils se perdront pour toujours, et ils le savent.*

Malgré cette conviction, le sentiment de jouer un jeu mortel ne le lâchait pas. Une balle, une seule, suffisait. Et une autre pour Milena... Il n'éprouvait cependant aucune peur, juste la conscience de vivre les minutes essentielles de sa vie, et d'être en accord avec lui-même.

Il prit la main de la jeune fille et tous deux

firent quelques pas de plus. Au milieu du pont, ils s'arrêtèrent et virent que les hommes-chevaux les avaient imités, vingt mètres en arrière. Ils jetèrent un coup d'œil, en dessous d'eux, vers le grand fleuve qui coulait ses eaux sombres. Il les avait amenés jusqu'ici, au début de l'hiver, pourquoi les trahirait-il maintenant ? Autour d'eux, le vent était tombé. Le monde entier semblait en attente.

— Allez, dit Milena, on ne s'arrête plus. Viens…

Ils avancèrent, comme suspendus, franchissant des corps disloqués, figés dans la position où ils étaient tombés. Parmi eux, ils reconnurent celui de Faber, couché sur le ventre et dont les immenses bras, ouverts comme des ailes, semblaient vouloir empoigner le pont tout entier et le soulever. De sa tête s'échappait un fil de sang rouge qui cherchait son chemin entre les pavés gris.

Sur le quai opposé, la fixité des camions était inquiétante. Ils firent vingt pas de plus, sans changer leur allure. Dans la main de Bartolomeo, celle de Milena était douce et sûre. Il tourna la tête vers sa compagne. Tout en elle était jeunesse et lumière. *Non*, se dit-il encore, *ils ne peuvent pas tirer sur elle sans se damner…*

Et soudain, il sut qu'ils venaient d'arriver à cet endroit précis où on ne les laisserait pas aller plus loin. Il fallait que quelque chose advienne. Il sentit dans sa paume le frémissement de celle de Milena. Avait-elle eu la même intuition ? Ils ne s'arrêtèrent pas. Chaque mètre parcouru avait le goût d'une victoire, chaque mètre à parcourir celui d'une terrible menace.

C'est alors qu'on entendit ronfler le moteur du premier véhicule, là-bas, sur le quai. Il manœuvra pour se dégager et s'éloigna lentement sur l'avenue. Un deuxième le suivit, puis un autre, et un autre encore. Bientôt, le convoi tout entier se mit en route vers le sud, en direction des casernes. Il y eut d'abord l'incrédulité. Puis un cri éclata parmi les hommes-chevaux :

— Y s'en vont ! Y foutent le camp !

Ce fut le signal d'une clameur immense. Elle monta vers les collines qui la renvoyèrent en écho. Bartolomeo et Milena, comme émergeant d'un rêve, se rendirent compte qu'ils avaient traversé le pont tout entier. Les derniers camions, ceux qui en obstruaient la sortie, démarrèrent à leur tour et s'en furent. Ils virent de près les visages inquiets des conducteurs dont certains n'avaient guère plus que leur âge. Ils eurent à peine le temps de se ranger sur le côté : déjà déferlait sur eux une vague humaine que rien ne pouvait plus contenir. Sur les deux ponts voisins se déversa le même flot d'hommes et de femmes hurlant leur joie : la ville était ouverte.

En quelques minutes, les quais furent envahis, et la grande armée pacifique, emmenée par les hommes-chevaux, se déversa dans les avenues glacées de la capitale. Les fenêtres s'ouvrirent à leur passage et les acclamations jaillirent. Les cris de haine contre le régime fusèrent aussi, comme si personne, jamais, n'avait souhaité autre chose que le voir tomber. Puis, la population libérée descendit dans la rue, se joignit à cette foule et ce cortège immense marcha vers le siège de la Phalange, dans la ville nouvelle.

– À l'arène ! s'écria Bartolomeo. Il faut aller à l'arène !

– Oui, approuva Milena que Guerlinde, en pleurs, avait retrouvée par miracle dans cette effervescence.

– Tu m'as faite peur, sanglotait-elle, oh que tu m'as faite peur !

Aucun tramway ne circulait plus dans la ville, pas plus que les voitures. Ils se précipitèrent dans les petites rues transversales, Bartolomeo en tête, les deux jeunes femmes derrière lui. Ils longèrent les quartiers de la vieille ville et débouchèrent, après un quart d'heure de course, hors d'haleine, sur la place de l'arène. À leur étonnement, l'effervescence y régnait déjà. Dans la cohue se mêlaient des hommes-chevaux en grand nombre, la population et, surgis d'un autre âge, des gladiateurs torse nu ou en chemise malgré le froid mordant. Les deux battants du portail d'entrée étaient clos, mais une dizaine d'hommes-chevaux s'avançaient déjà en file indienne, tenant sous leurs bras une énorme poutre trouvée dans un chantier voisin.

– Poussez-vous ! hurlèrent-ils. On enfonce la porte !

L'espace s'ouvrit devant eux et ils chargèrent au pas de course. La porte de chêne gémit sous le choc. Ils reculèrent de dix mètres et repartirent à l'assaut.

– Ils n'y arriveront jamais, dit Bartolomeo.

Près de lui se tenait un gladiateur au visage brutal, tête rasée. Il avait encore son glaive à la main et regardait, hébété, autour de lui, comme s'il ne parvenait pas à comprendre où il se trouvait.

— Il y a déjà eu des combats ? l'interpella Bartolomeo.

— Ouais ! dit l'homme.

— Un garçon qui s'appelle Milos, vous l'avez vu ?

— Connais pas…

— Comment êtes-vous sortis ?

— Une petite porte, sur l'arrière… Vous auriez pas du tabac ?

— N… non, bredouilla Bartolomeo, interloqué par cette question inattendue, et il s'élança pour contourner l'édifice, Milena et Guerlinde sur ses talons.

Il y avait effectivement une sortie sur l'arrière, une porte étroite qu'un groupe d'hommes-chevaux et d'insurgés contrôlait déjà, arme au poing. Ils laissaient passer les gladiateurs ainsi que les simples amateurs de combats, mais s'emparaient des membres de la Phalange qui tentaient de fuir en se mêlant à la foule.

En arrivant là, Milena ne s'attendait pas à vivre un instant aussi émouvant que celui qu'elle venait de partager avec Bart sur le pont Royal. Et pourtant il advint cette chose extraordinaire : un homme à la barbe rousse, puissant, vêtu d'un lourd pardessus se présenta à la porte, tête basse, dans l'espoir ridicule de passer inaperçu. Aussitôt les doigts se pointèrent sur lui :

— Van Vlyck ! C'est Van Vlyck !

Deux hommes-chevaux le saisirent fermement, un troisième le menotta. Il semblait abattu et n'opposa aucune résistance. Comme on allait l'emmener, un cri de femme s'éleva dans la foule :

– Attendez !

Et Milena fut devant lui. Ils ne se dirent pas un mot. Ils se firent face, simplement.

Van Vlyck, bouche entrouverte, le regard halluciné, fixait la jeune fille, et on devinait que pour lui, le temps venait de s'abolir. Il avait sous les yeux la seule personne qu'il ait jamais aimée, celle pour qui il avait, sans hésitation, sacrifié le meilleur de sa vie, celle qu'il avait, pour finir, livrée aux Diables meurtriers. Elle se tenait devant lui, plus jeune et plus blonde que jamais, fascinante, immortelle. Il contempla dans les yeux bleus de cette fille son passé ravagé et son avenir obscur.

Milena fut incapable de le haïr. Elle vit dans le regard de cet homme, comme dans un miroir fabuleux, l'image de sa mère vivante. *Je suis devant l'homme qui l'a tuée*, se dit-elle, mais ces mots n'atteignaient pas sa raison. *Je suis devant l'homme qui l'a… aimée*, pensait-elle plutôt, *l'homme qui a pleuré en l'écoutant un soir, voici quinze ans, dans une petite église de cette ville, et qui ne s'en est jamais remis. Je suis devant un homme qui l'a aimée follement, qui la regardait comme il me regarde…*

Et quand Van Vlyck s'éloigna, conduit sans ménagement par ses gardiens-chevaux, absent à ce qui lui arrivait, ce fut comme s'il emportait de cette femme disparue un souvenir palpitant, charnel, qu'aucune photographie, aucun enregistrement n'égaleraient jamais.

Milena, bouleversée, mit un temps avant de revenir au réel. Un craquement terrible, accompagné d'une clameur triomphante, la tira de son état second. Bartolomeo la prit par le bras :

— Milena, la barre de fermeture vient de céder ! Nous allons entrer par le portail !

Ils y coururent, toujours suivis de Guerlinde, aussi têtue que fidèle. Le bélier avait en effet fracturé la porte, mais ceux qui voulaient entrer se heurtaient à la ruée de ceux qui voulaient sortir : gladiateurs ou spectateurs honteux, provoquant la cohue. Les trois jeunes gens réussirent à passer à force d'obstination. Bartolomeo cria plus de vingt fois :

— Un garçon de dix-sept ans ! Il s'appelle Milos ! Vous l'avez vu ?

Personne ne lui répondit. Milena interrogea même un gladiateur au visage horriblement strié de cicatrices protubérantes, comme s'il avait été griffé par un fauve :

— Milos Ferenzy ! Un gladiateur de dix-sept ans ! Il était dans votre camp ? Vous le connaissez ?

L'homme secoua la tête, hagard, et continua son chemin. Bientôt ils renoncèrent à demander à quiconque et montèrent en haut des gradins pour appeler à pleine voix :

— Milos ! Milos !

Peu à peu, et tandis que l'arène se vidait, ils eurent la conviction que leur ami n'était pas là.

— Il est peut-être ailleurs dans le bâtiment, suggéra Milena.

Mais c'était bien improbable. Pourquoi se serait-il caché ? Sans doute était-il sorti sans qu'ils le voient. Ils s'étaient croisés.

Ils allèrent au hasard des couloirs, poussant à gauche et à droite les portes des cellules désertées. Ils effectuèrent ainsi une boucle complète dans l'édifice et se retrouvèrent à leur point de départ.

– Milos ! cria Bartolomeo une dernière fois.

Sa voix retentit sous la voûte du plafond et s'éteignit, laissant la place à un silence de cave. Comme ils allaient partir, Guerlinde pointa son bras vers le fond du couloir :

– Y a un escalier, là-bas.

Ils y allèrent. Deux marches vermoulues manquaient. Bartolomeo monta en prenant garde de ne pas faire céder les autres sous son poids. Parvenu à mi-hauteur, il marqua un arrêt.

– Tu as vu quelque chose ? demanda Milena.

Le jeune homme ne répondit pas et disparut. Elle patienta quelques secondes et, comme elle n'entendait plus rien, demanda pour la deuxième fois :

– Bart, tu as vu quelque chose ?

Elle n'obtint pas davantage de réponse. L'angoisse lui brûla le ventre. Elle monta à son tour. Une faible lumière s'insinuait par une petite ouverture pratiquée dans le mur de terre. Bartolomeo était agenouillé près d'un corps enroulé sur lui-même et qui dessinait une courbe parfaite, ainsi que le font les chats endormis. Elle s'avança à quatre pattes, et vint se blottir contre l'épaule de son ami.

Milos portait une chemise blanche et sale dont

le devant était imbibé de sang rouge. Un de ses pieds noirs de crasse avait saigné aussi. Ils observèrent sans pouvoir dire un mot son visage clair qui semblait celui d'un enfant de douze ans.

– Milos… murmura Bartolomeo.

– Helen… pleura Milena.

Et ils mêlèrent, tête contre tête, leurs larmes silencieuses.

D'en bas leur parvint la voix craintive de Guerlinde, restée toute seule dans le couloir sombre :

– Y a quelque chose en haut ? Hé ! Y a quelque chose ?

12. Le printemps

Cette année-là, l'hiver n'arrivait pas à prendre fin. Mi-mars, il y eut quelques journées qui ressemblèrent à une ébauche de printemps, mais le froid revint. Il neigea de nouveau en abondance. C'était comme si la nature ne parvenait pas à se dégager de sa gangue de glace et de gel. Elle avait beau s'étirer, se mouvoir : elle y retombait toujours, épuisée, frigorifiée et vaincue.

Helen resta longtemps cloîtrée dans sa petite chambre, chez Jahn. Elle en sortait seulement aux heures de son service, qu'elle accomplissait en automate. Milena et Dora, les seules personnes qu'elle acceptait de voir, s'évertuèrent à la faire manger un peu, l'obligèrent à parler, à mieux se coiffer. Elles réussirent par deux fois à l'emmener marcher au bord du fleuve.

Un après-midi enfin, elle voulut accompagner Bartolomeo à l'hôpital où se trouvait Basile. La blessure du jeune homme-cheval s'était révélée bien plus grave qu'il n'y avait paru, et son estomac perforé le faisait cruellement souffrir. L'établissement était situé sur les hauteurs, au milieu d'un parc planté de mélèzes. Basile reposait, triste et amaigri, dans une chambre toute blanche qui ne lui ressemblait pas. Lors de cette première visite, Helen se contenta d'écouter le bavardage des deux garçons.

– Tu as besoin de quelque chose? demandait Bartolomeo.

– Ouais, répondait Basile, dépité, j'aimerais bien manger d'la vraie nourriture… Par la bouche…

En partant, elle l'embrassa et lui dit qu'elle reviendrait. Elle tint parole et revint tous les jours, d'abord en compagnie de Bartolomeo, puis seule dès que Basile fut tiré d'affaire.

Pour accéder à l'hôpital, il fallait traverser la ville. Elle prenait le tramway jusqu'à son terminus, étrangère à la gaieté des autres voyageurs. La chute définitive de la Phalange et la liberté revenue avaient mis sur les visages une lumière nouvelle. Helen ne le comprenait pas. *Qu'est-ce qu'ils ont à sourire, tous ces gens?* se demandait-elle, *ils ne savent pas que mon amour est mort?* Puis elle traversait le parc, tête baissée, jusqu'à l'hôpital où tout le monde finit par la connaître et la saluer.

Elle interrogea d'abord Basile sur l'internat. Il dut raconter sa première rencontre avec Milos, ce fameux jour où il avait remis la lettre à Bart, ce jour où tout avait commencé. Est-ce qu'il faisait beau ce soir-là, est-ce qu'il pleuvait? Comment Milos était-il habillé? Ensuite, elle se fit expliquer le camp d'entraînement. Qu'est-ce qu'ils mangeaient exactement, là-bas? Qui leur rasait la tête? Celui qu'il appelait Fulgur? Est-ce qu'ils s'entraînaient pieds nus ou avec leurs sandales ? Le pauvre Basile ne devait omettre aucun détail, et l'attention de la jeune fille l'impressionnait beaucoup. Jamais on ne l'avait écouté aussi intensément. L'effort pour se souvenir lui plissait le front.

— Est-ce que Milos… te parlait de moi ? osa-t-elle un jour.

Basile n'était pas très intelligent, mais son cœur lui dicta la juste réponse :

— Ah çà tu peux le dire ! Y m'a saoulé, oui !

— Ah ? Et qu'est-ce qu'il disait ?

— Ben… tout. Y disait que t'étais bien jolie.

— Et quoi encore ?

— Ben tout, ch'te dis. Y disait par exemp'… ch'sais pas moi… qu'tu sais bien grimper à la corde…

Ils arrivèrent ainsi, au fil des jours et des conversations, à ce dernier matin, au matin des combats. Basile raconta d'abord le sien. Il le fit sans trop d'émotion, jusqu'au moment où il dut évoquer le coup mortel qu'il avait porté à son adversaire. Lui, si dur, éclata de façon inattendue en gros sanglots bouillonnants.

— Y voulait m'tuer… tu comprends… hoquetait-il. J'voulais pas mourir, moi… J'avais envie d'viv', moi…

Helen s'approcha et lui caressa le front.

— Allons, ne pleure pas, Basile. Tu n'as fait que te défendre, hein ? Ce n'est pas de ta faute…

— Je sais, mais nous aut', les hommes-chevals, on n'aime pas tuer les gens.

Elle le laissa pour cet après-midi-là, mais le lendemain, aussitôt à son chevet, elle reprit :

– Basile, raconte-moi Milos, s'il te plaît… Je veux dire son dernier jour à l'arène… Tout ce que tu sais, dis-le-moi. J'en ai besoin.

Le jeune homme-cheval, pour une fois, commença par la fin.

– C'est Caïus qui l'a tué, dit-il gravement, ch'suis sûr. Y l'prenait pour un chat.

– Pour un chat?

Basile raconta Caïus, sa folie meurtrière, et il continua par le combat de Milos contre le vieux gladiateur. Helen l'écouta, fascinée. Chaque mot qu'elle entendait se transformait en images de Milos vivant. Elle s'y accrochait de toute son âme.

– Tu l'as vu de tes yeux? murmura-t-elle quand Basile eut terminé. Il a vraiment épargné son adversaire?

– Oui, je l'ai vu de derrière le portillon. Je rev'nais de l'infirmerie où Fulgur m'avait r'cousu. Y s'est presque couché sur le type, y se sont parlé, et pis Milos a relevé son glaive. Y fallait qu'y soye courageux pour faire ça! Et pis y a eu les coups d'bélier à la porte. Après, c'était la pagaille, j'l'ai plus r'vu, et pis j'avais trop mal au ventre… Je m'demande juste ce qu'il a été faire dans ce coin, au bout du couloir, Milos. Tout le monde se sauvait, et lui il est r'tourné là-bas… Pt'êt qu'y m'cherchait…

Helen hocha la tête.

– Oui, je suis certaine qu'il te cherchait, Basile. Tu le méritais bien.

À l'approche du mois de mai, l'hiver recula enfin. Le ciel s'anima d'oiseaux migrateurs revenus, et un franc soleil réchauffa les peaux. Helen sentit que les griffes du chagrin se desserraient un peu autour de son cœur. Elle sortit davantage, se surprit à rire aux facéties de Dora, aux plaisanteries de ses camarades de travail. Lentement, le goût de la vie lui revint, par touches légères, fragiles. Elle éprouvait le sentiment de briser la prison de son deuil comme la ville brisait celle de ses glaces. Mais parfois, au milieu d'un instant d'insouciance, il lui semblait soudain que c'était trahison, et cela la replongeait dans une peine plus douloureuse encore.

Un dimanche, on célébra l'avènement de la liberté. La capitale en liesse fêta ses héros : hommes-chevaux et résistants. Pendant la journée entière, on dansa sur les places, dans les rues. Tous les quartiers résonnèrent de musique et de chants. Le soir, on amena place de l'Opéra une remorque tirée par des chevaux et, quand on ôta la bâche qui la couvrait, Napoléon, le verrat géant, apparut dans toute sa gloire, monumental et étonnamment propre. Bien qu'acclamé en héros, il ne fit aucun cas de son triomphe, se contentant de balancer ses oreilles gigantesques, de grogner et de chercher de la nourriture autour de lui. Grâce à un système de palans et de courroies, on le hissa sur une estrade, au centre de la place.

Partout, les gens brandissaient des chopes et fraternisaient. Helen, étourdie par la bière et le tumulte, s'accrochait à la robe de Dora. Au milieu du peuple en fête, elle aperçut Mitaine, claudiquant, édenté, mais hilare, qui dansait sa joie. Il la reconnut, se frotta le ventre à deux mains et lui cria en désignant le cochon :

– Je te l'avais dit ! On va l'bouffer !

Un peu plus tard, elle tomba dans les bras du docteur Josef, venu accompagner Napoléon. Sans doute savait-il pour Milos, car il la serra contre lui, les yeux brillants, et ne parla de rien.

À la tombée du jour, on installa des microphones sur le parvis du théâtre, et des musiciens s'y succédèrent. Vers minuit, Milena s'avança, seule, dans une robe bleue qu'Helen ne lui avait jamais vue, et elle entonna :

> *Dans mon panier,*
> *Dans mon panier, il n'y a pas de cerises,*
> *Mon prince…*

Les gens s'immobilisèrent. Ceux qui en portaient ôtèrent leur béret, leur casquette et, à la reprise, les milliers de voix s'unirent pour faire monter dans le ciel la petite mélodie. Tout d'abord, Helen eut la gorge tellement nouée qu'elle ne réussit pas à émettre un son, puis elle y parvint :

> *Il n'y a pas de mouchoirs,*
> *Pas de mouchoirs brodés,*
> *Ni de perles, non.*
> *Non plus peine et chagrin, mon amour,*
> *Non plus peine et chagrin…*

… elle chanta, mêlant sa voix à celle de Dora qui la tenait par l'épaule :

Dans mon panier, il n'y a pas de poule,
Mon père,
Pas de poule qu'on plume,
Ni de cane, non.
Il n'y a pas de gants de velours,
Pas de gants bien cousus, non.
Non plus peine et chagrin, mon amour,
Non plus peine et chagrin.

… elle chanta avec tous les autres, et ce fut sa façon à elle de revenir une fois pour toutes parmi les vivants.

Helen travailla encore quelques mois au restaurant de Monsieur Jahn, puis elle trouva un emploi qui lui convenait mieux, dans une librairie de la ville nouvelle. Dans les années qui suivirent, elle eut le bonheur d'y voir entrer plusieurs camarades d'internat qui avaient retrouvé sa trace : Vera Plasil, étonnamment épanouie et accompagnée de son mari, puis, quelques semaines plus tard, au moment où elle allait fermer la boutique, Catharina Pancek, émue aux larmes de la revoir et qui avait si peu changé.

Milena Bach et Bartolomeo Casal ne se quittèrent jamais. Jusqu'au soir de leur vie, ils donnèrent l'image d'un couple inséparable et lumineux. Bartolomeo fit de brillantes études et devint un avocat de renom. Quant à Milena, elle ne se brûla pas les ailes. Dora lui imposa un professeur de chant et l'obligea à travailler dur. Au fil des ans, sa voix naturelle gagna encore en épaisseur et en équilibre, et elle devint la cantatrice incomparable qu'on attendait. Elle se produisit sur les scènes les plus prestigieuses du monde, mais n'oublia pas d'où elle venait. Elle donna chaque saison un concert dans le théâtre de la capitale, là même où sa mère avait chanté autrefois. À cette occasion, Helen réservait sa place des mois à l'avance et se tenait, fidèle, au premier rang.

Milena, même avec un orchestre symphonique dans son dos, ne manquait jamais de lui adresser de loin un discret signe de tendresse : « Tu te rappelles la cour de l'internat ? Tu te rappelles le dortoir glacé et les longs hivers ? » Puis son chant s'élevait, vibrant d'humanité. Helen se laissait emporter par cette voix familière et pourtant mystérieuse comme on se laisse emporter par un bateau. Elle regardait alors, au hasard du voyage, défiler les images secrètes de son âme : le grand fleuve tranquille qui coulait sous les ponts, l'infini poids d'amour des consoleuses, le souvenir tremblotant de ses parents engloutis et, pour toujours, le visage souriant d'un garçon aux boucles brunes.

Épilogue

Le soir descendait sur le jardin. Helen respira avec délices la senteur miellée de la clématite. Elle acheva sans hâte de décrocher le linge suspendu au fil. La nuit serait douce, et la jeune femme n'avait nulle hâte de rentrer.

— Maman, c'est pour toi! appela soudain une fillette depuis la baie ouverte du salon. Le téléphone!

Helen abandonna la corbeille sous le fil et accourut. La petite lui tendit l'écouteur et articula silencieusement :

— Un mon-sieur.

— Merci, va mettre ta chemise de nuit, j'arrive.

La voix, basse et masculine, lui était inconnue :

— Helen Dormann?

— Oui, c'est moi, répondit Helen bien qu'elle portât un autre nom depuis des années déjà.

— Ah, bonjour Helen! C'est Octavo, ici. Je suis content de te retrouver. J'ai eu du mal.

— Octavo?

— Oui, Octavo… Octavo de Paula. Tu te souviens ?

Elle s'assit lentement sur la chaise. Elle n'avait pas revu Paula depuis longtemps. Cent fois, elle s'était promis d'aller lui rendre visite, et cent fois elle avait remis à plus tard. La librairie, les enfants, la distance… Quant à lui, Octavo, elle l'avait tout à fait perdu de vue.

— Mon Dieu, bredouilla-t-elle, Octavo… Comment vas-tu ? Ça me fait une drôle d'impression de t'entendre avec une voix d'homme…

— Je t'appelle du village, dit-il, Paula vient de mourir. J'ai pensé que tu aurais voulu le savoir.

Elle prit le car dès le lendemain matin. Tout au long du trajet, les souvenirs la submergèrent, et elle ne réussit pas à lire le roman emporté. Octavo l'accueillit dans la petite maison de brique du village des consoleuses, au numéro 47. Elle eut du mal à le reconnaître. Il était grand et fort. Son menton et ses joues piquaient.

— Viens. Elle est sur son lit, au premier étage. Tu verras, elle est paisible.

Paula reposait, les mains croisées sur la poitrine. La parfaite quiétude de son visage continuait à rassurer et semblait vouloir dire à ceux qui venaient lui rendre une dernière visite : « Vous voyez, ce n'est que ça, il n'y a pas de quoi en faire une montagne ! » Helen, qui s'était vidée de ses larmes pendant le voyage, était maintenant au-delà de la peine. Elle embrassa sur le front celle qui lui avait servi de mère, et resta longtemps assise à son chevet.

Elle aida Octavo le temps des funérailles. Il possédait une voiture, elle redescendrait à la capitale avec lui quand tout serait achevé.

Le matin de leur départ, elle lui demanda de patienter une heure encore. Elle descendit la colline, retrouva sans peine l'endroit exact où elle avait rencontré Milos et Bartolomeo, en compagnie de Milena, quinze ans plus tôt, et il lui sembla que c'était tout à l'heure. Elle suivit la rue aux Ânesses, traversa le pont, admira la patience infinie des quatre cavaliers de pierre. Le soleil tapait fort. Elle jeta son pull-over sur ses épaules, et continua, bras nus. L'eau du fleuve miroitait.

Elle entra par la grille ouverte de l'internat. La loge vétuste de la Squelette n'avait pas bougé. En passant devant, Helen eut la chair de poule et s'attendit à entendre soudain la voix acidulée de la gardienne : «Où allez-vous comme ça, mademoiselle?» Mais il n'y eut que le gazouillis des moineaux dans les arbres de la cour.

Elle suivit le bâtiment, trouva la porte du réfectoire entrouverte et la poussa.

– C'est fermé, madame. Vous cherchez quelque chose?

L'endroit, vide de tables et de chaises, était méconnaissable. Des rouleaux de fils électriques jonchaient le sol.

– Je peux vous renseigner? demanda l'ouvrier, occupé à visser un interrupteur.

– Oui, non… C'est-à-dire, j'ai été pensionnaire ici… il y a longtemps… à l'internat… je voulais jeter un coup d'œil…

– Ah, je comprends. Mais c'est fermé. Les vacances…

– Bien sûr. Excusez-moi… Je ne veux pas déranger. Est-ce que vous savez si on peut ouvrir cette petite porte, là, au fond ?

– Ah, la cave ? Je ne sais pas. Mais il y a un trousseau de clefs suspendu au clou, là. Si vous voulez essayer… Vous pouvez même prendre ma torche dans la boîte à outils.

La troisième clef ouvrit la serrure. Helen braqua le faisceau de la torche dans les ténèbres et descendit l'escalier. Une fois en bas, elle suivit la galerie dont le plafond était tapissé de toiles d'araignées poussiéreuses. La porte du cachot, arrachée et brisée en deux, barrait le chemin. Elle l'enjamba. L'odeur de moisi prenait à la gorge. Au sol, la couchette effondrée se confondait avec la terre. Un seau troué et couvert de rouille gisait dans un coin.

Il n'y avait plus de dessin, plus de Ciel, plus rien.

Les oiseaux s'étaient envolés. Tous.

Le moment le plus dur, et Helen ne s'y était pas attendue, fut celui où Octavo dut donner le tour de clef et fermer derrière lui la petite maison de Paula. Sur les marches de l'escalier, ils ne purent ni l'un ni l'autre retenir leurs larmes.

Mais sur la route, ils bavardèrent gaiement, parlèrent de leur vie et s'amusèrent à évoquer le passé. « Tu te souviens de "Maguise" ? demandait Helen. Et de "Un pied – une main" ? » Octavo, qui avait oublié, riait aux éclats. Il était drôle et plein de joie de vivre.

Il déposa Helen chez elle au milieu de la nuit.

Ils se séparèrent sur la promesse de se revoir de temps en temps pour parler de Paula. Elle se glissa sans bruit dans sa maison endormie, mais comme elle poussait la porte de sa chambre, une autre s'ouvrit au bout du couloir et sa fillette apparut.

– Tu ne dors pas, mon ange ?

La petite secoua la tête. Elle tirebouchonnait le devant de sa chemise de nuit et n'était pas loin de pleurer.

– J'ai fait un mauvais rêve, maman, et puis tu étais partie.

Helen la prit dans ses bras, la recoucha dans son lit et resta assise près d'elle pour la rassurer.

Elle caressa les cheveux de sa fille, lui parla doucement.

Il lui semblait que dans ses mains caressantes et dans sa voix coulait l'amour reçu de Paula, et qu'elle le transmettait à son tour, aussi puissant que le fleuve.

– Je suis revenue, dit-elle. Dors, *ma toute belle*, dors. Tout va bien.

Remerciements

Je veux dire mes remerciements aux quelques personnes qui m'ont accompagné pendant l'écriture de ce roman : Thierry Laroche, de Gallimard Jeunesse, pour ses remarques pertinentes et toujours amicales ; Jean-Philippe Arrou-Vignod, de Gallimard Jeunesse, qui a su me rassurer à propos de mon écriture « à la lanterne » ; Patrick Carrère, médecin, pour son apport concernant les choses médicales ; Christopher Murray, musicien, pour son aide, tout aussi précieuse, concernant la musique ; Rachel et mes enfants Emma et Colin, qui me font tous les trois le cadeau inestimable et sans cesse renouvelé de leur présence à mes côtés.

Je voudrais enfin exprimer mon immense gratitude à Kathleen Ferrier, contralto britannique, dont la voix et le destin bouleversants ont traversé toute mon écriture. Sans elle, ce roman ne serait pas.

J.-C. M.

Table

Après *Le Combat d'hiver*,
découvrez un autre roman du froid écrit par
Jean-Claude Mourlevat :

Extrait

Le Chagrin du roi mort

— Es-tu bien sûr, Aleksander, que tu veux piétiner dans la neige glacée pendant des heures, te geler les pieds et les doigts, te faire bousculer par des adultes et revenir déçu parce que tu n'auras rien pu voir ? En es-tu bien sûr ?

— J'en suis sûr, maman, et puis Brisco vient avec moi. Hein, que tu viens avec moi, Brisco ?

Il faisait encore sombre chez les Johansson. Le jour se levait tout juste et filtrait par les petits carreaux embués de la fenêtre. Assis côte à côte à la longue table commune, les deux enfants ébouriffés, les yeux encore encombrés de sommeil, se tenaient exactement dans la même attitude : les épaules rentrées dans le cou, les mains enserrant le bol rempli de lait fumant. La mère, debout près du fourneau, les observa, amusée une fois de plus par leur façon de s'imiter l'un l'autre sans le vouloir. C'était une belle jeune femme, sereine et tranquille. Ses cheveux étaient tenus dans un fichu noué derrière la tête. Quelques mèches blondes s'en échappaient.

– C'est vrai que tu veux y aller aussi, Brisco ?

– Si Aleks y va, j'y vais…, grommela le plus rond des deux, sans lever du bol sa tête bouclée.

– Tu vois, maman, il veut ! fit l'autre.

La femme, habituée à l'infaillible solidarité de ses garçons, sourit et retourna les tranches de pain de seigle qui commençaient à dorer sur la fonte brûlante du fourneau. En dessous, les flammes vacillaient derrière la vitre du foyer. De l'autre côté de la salle, la vaste cheminée ouverte était encore éteinte.

– Bien, dit-elle après un temps, je vous laisse y aller, mais promettez-moi de ne pas vous séparer, et de bien vous tenir.

– Maman… ! soupira Aleks sur le ton las et agacé de celui qui a entendu cent fois déjà la même recommandation superflue.

– Je sais que vous êtes raisonnables, se reprit-elle, mais aujourd'hui, ce n'est pas une fête. Tout le monde est triste. Alors pas de course ni de cris, c'est promis ?

— Promis…, dit Aleks, répondant pour les deux.

Au fond, la jeune femme était heureuse que son fils montrât autant de détermination. Dès qu'il les avait vus rentrer, son mari et elle, au petit matin, il avait voulu savoir « comment c'était » et insisté pour y aller à son tour. Et rien ne l'avait dissuadé, ni le froid annoncé, ni la longue attente probable.

— Qu'est-ce qui t'intéresse autant ? lui avait-elle demandé. Pourquoi veux-tu tellement y aller ?

— Ben, je veux dire adieu au roi quand même, avait-il argumenté. Je l'aimais bien, moi.

Elle n'était pas dupe. Ce qu'il voulait voir, c'était le roi, certainement, mais le roi mort surtout. Il n'en avait jamais vu, de mort, jusqu'à ce jour. Et c'était là une formidable occasion. Ses parents l'avaient dit eux-mêmes en revenant : « Son visage est paisible, on dirait qu'il dort, il est très beau… » *Ainsi*, pensait Aleks, *je pourrai faire l'expérience de voir un vrai mort, sans avoir à la payer de ma peur. Il y aura plein de gens, ce sera dehors et pas dans une chambre sinistre, et je serai avec Brisco.*

Jean-Claude Mourlevat

Comment s'est déroulée l'écriture du *Combat d'hiver*?
Elle a duré plus d'un an, c'est inhabituellement long pour moi. J'ai avancé dans l'histoire sans plan établi et j'en ai ignoré l'issue presque jusqu'au bout.

Qu'est-ce qui a motivé votre écriture?
Le désir d'écrire un texte plus long que les précédents, et qui tienne compagnie au lecteur plus longtemps. Le désir de donner le premier rang à des personnages féminins.

Comment caractériseriez-vous vos personnages principaux?
Helen : l'humanité.
Milos : la vitalité.
Bartolomeo : le mystère.
Milena : la grâce.

**Pourquoi avoir choisi de mettre surtout
en avant le point de vue d'Helen?**
Helen est le personnage le plus proche du
lecteur : ce pourrait être vous ou moi. On en
a besoin dans ce roman. Mais je ne trouve
pas qu'elle prenne le pas sur Milena et
Bartolomeo, de vraies figures héroïques.

**Aviez-vous un message à faire
passer avec *Le Combat d'hiver*?**
Je suis préoccupé par la lutte entre
la culture ou l'art et la barbarie.

**Pourquoi avoir fait le choix qu'un simple
chant suffise à revigorer la résistance,
jusque-là endormie?**
Nous sommes dans une fiction romanesque,
pas dans l'histoire. Mais je crois à la force
des symboles, à leur capacité d'entraînement.
La voix de Milena est le déclencheur d'un
mouvement qui couvait.

**Pourquoi n'avoir donné aucun nom
au «monde» que vous avez créé?
Est-ce une projection de la France?**
Je n'ai jamais pensé à la France.
Nous sommes plutôt en Europe centrale.
Ne pas nommer le pays donne au récit
une valeur plus générale. L'enjeu est
au-delà des nationalités et des frontières.

www.onlitplusfort.com

Le blog officiel des romans Gallimard Jeunesse.
Sur le Web, le lieu incontournable
des passionnés de lecture.

**ACTUS // AVANT-PREMIÈRES //
LIVRES À GAGNER // BANDES-ANNONCES //
EXTRAITS // CONSEILS DE LECTURE //
INTERVIEWS D'AUTEURS // DISCUSSIONS //
CHRONIQUES DE BLOGUEURS...**

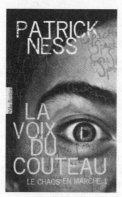

JEAN-CLAUDE MOURLEVAT est né en 1952 à Ambert, en Auvergne. Il a fait des études à Strasbourg, Toulouse, Bonn et Paris, a été professeur d'allemand pendant quelques années, puis a choisi de se consacrer au théâtre. Il a créé alors deux solos clownesques qu'il a interprétés plus de mille fois en France et un peu partout dans le monde. Plus tard, il a monté des pièces de Brecht, Cocteau, Shakespeare... En 1998 est publié *La Balafre*, son premier roman. Depuis, les livres se sont succédé avec bonheur, plébiscités par les lecteurs, la critique et les prix littéraires. *Le Combat d'hiver* a reçu a lui seul le prix France Télévision 2006, le prix Livrentête 2007, le prix Saint-Exupéry 2007, le prix Ado-Lisant 2008 (Belgique), le prix Sorcières 2008 et le prix des Incorruptibles 2008.

Retrouvez Jean-Claude Mourlevat sur son site internet :
www.jcmourlevat.com

Maquette : Dominique Guillaumin
Photo de l'auteur © D.R.

ISBN : 978-2-07-069576-8
Loi n° 49-956 du 16 juillet 1949 sur les publications destinées à la jeunesse
Premier dépôt légal : octobre 2010.
Dépôt légal : mars 2012.
N° d'édition : 244132 – N° d'impresssion : 172335.
Imprimé en France par Maury Imprimeur - 45330 Malesherbes